오늘 하루 아무 일도 일어나지 않았다

오늘 하루 아무 일도 일어나지 않았다

초판 1쇄 발행 2022년 12월 20일

지은이 이영현
펴낸이 장길수
펴낸곳 지식과감성#
출판등록 제2012-000081호

교정 김원영
기획 이주연
표지디자인, 내지삽화 라마디자인
편집 정윤솔
검수 한장희, 이현
마케팅 고은빛, 정연우
후원 전라남도, (재)전라남도문화재단

주소 서울시 금천구 벚꽃로298 대륭포스트타워6차 1212호
전화 070-4651-3730~4
팩스 070-4325-7006
이메일 ksbookup@naver.com
홈페이지 www.knsbookup.com

ISBN 979-11-392-0812-2(03810)
값 15,000원

• 이 책은 전라남도, (재)전라남도문화재단의 후원을 받아 발간되었습니다.
• 이 책의 판권은 지은이에게 있습니다.
• 이 책 내용의 전부 또는 일부를 재사용하려면 반드시 지은이의 서면 동의를 받아야 합니다.
• 잘못된 책은 구입하신 곳에서 바꾸어 드립니다.

지식과감성#
홈페이지 바로가기

오늘 하루 아무 일도 일어나지 않았다

이영현
소설집

자음과모음

목차

트랙터꾼 • 7

오늘 하루 아무 일도 일어나지 않았다 • 43

모녀의 동굴 • 89

사이렌 • 151

어둠의 그늘 • 199

도둑고양이 • 241

차가운 밤 • 263

수렁은 마르지 않는다 • 289

트랙터꾼

차 소리에 낮잠을 깬 기종은 게슴츠레하게 눈을 치떴다. 은회색 차 한 대가 묘지 입구로 다가서는가 싶더니 여자 둘이 내렸다. 똥똥한 키에 반백의 머리칼을 한 여자는 지난 겨울에 찾아온 적이 있는 면사무소 복지팀장이었고, 운전석에서 내린 젊은 여자는 부하 직원으로 보였다. 두 사람은 묘지 봉분들 사이를 가로질러 그가 누워 있는 소나무 밑으로 다가오고 있었다.

성가신 느낌으로 기종은 모른 척 눈을 감았다. 아직 술기가 덜 깬 듯 머릿속이 어지럽고, 나뭇가지로 흘러내린 햇살이 눈가에 눌어붙곤 했다.

"김기종 씨?"

갈고리처럼 휘어진 여자의 음성이 귀 신경을 잡아당겼다. 기종은 마지못해 눈을 다시 떴다. 복지팀장이 머리 위에서 그를 굽어보고 있었다. 반바지 밑으로 드러난 희멀건 허벅지가 대리석처럼 단단해 보였다. 기종은 어쩔 수 없이 일어나 앉으면서 머리를 휘휘 내둘렀다. 머릿속에는 여전히 비눗방울 같은 거품이 들어차 있었고, 햇살은 계속 눈언저리에서 알씬거렸다.

"갑시다! 어머님이 돌아가셨소."

기종은 잠시 무슨 말인가 싶어 그녀를 올려다보다가, 한참 만에야 어머니가 돌아가셨다는 말임을 깨달았다. 집 안에서 악취가 난다는 신고를 받고 가 보니 이미 죽어 있더라고 했다. 이미 며칠 지난 듯 상당히 부패가 진행되어 구더기와 물것들이 들끓고 있더라는 것이었다.

기종은 심드렁하게 담배를 피워 물었다. 슬쩍 본 손목시계는 오후 세 시를 넘어서고 있었다. 나뭇가지 사이로 찢겨 내리는 햇볕은 여전히 따가웠고, 묘지 주변의 개간지에는 타들어 가는 흙냄새와 코털을 간질이는 건초 냄새, 비닐이 그을리는 듯한 멀칭 필름 냄새가 일렁거렸다.

물방울 떨어지는 소리에 얼핏 뒤를 보았다. 소나무 아래 둘러친 천막 안에서 향순이 희멀끔한 엉덩이를 내놓고 샤워를 하고 있었다. 전기 모터의 세찬 물줄기가 그녀의 등 위로, 머리 위로 뿌옇게 폭포수처럼 쏟아져 내리면서 얼핏 무지개 조각들이 어른거렸다. 복지팀장과 여직원의 출현이 당황스러운 듯이 대충 비누 거품을 훔치고 전기 모터를 껐다. 젊은 여직원이 쳐다보기가 민망한 듯 애써 외면을 했다.

"아저씨!"

복지팀장의 갈고리 목청이 다시 귓바퀴를 할퀴었다.

"뭐해요. 안 일어나고? 내가 당신 찾으려고 오늘 얼마나 고생한 줄 알아요? 젊은 사람이 어떻게 핸드폰도 없이 살아요?"

그러다 머리를 털고 있는 향순에게 소리를 빽 내질렀다.

"거, 옷 좀 빨리 입을 수 없어요?"

"예? 예."

수건으로 머리를 훔치던 향순이 엉거주춤 텐트 안으로 들어갔다. 그녀의 젖가슴과 머리칼에서는 여전히 물방울이 뚝뚝 떨어지고 있었다.

기종은 담배꽁초를 던지고 늘어지게 하품을 했다.

어머니를 본 것은 5년 전이었다. 아버지의 유골함을 안고 화장장에서 돌아오자 뜻밖에 가출했던 어머니가 귀가해 있었다. 아버지가 죽었다는 소식을 듣고 돌아온 모양이었는데, 오랜만에 본 어머니의 모습은 예전과 별로 달라진 게 없었다. 주름살이 조금 는 것 같았으나, 새치가 많던 귀밑머리는 오히려 검게 변해 있었다. 어머니는 혼자 술을 마시면서 마당에서 쓰레기를 태우고 있었다. 아버지가 집을 짓기 위해 모아 둔 주춧돌들 옆에서 아버지의 옷가지와 장롱, 목수 연장 등을 태우고 있었다. 아버지가 요양병원에 들어가기 전에 타고 다닌 휠체어와 목발까지 모조리 불사르고 있었다.

그러다 어머니는 기종이 안고 있던 회색 보자기를 낚아챘다. 먹을 거라도 찾는 양 부산하게 보자기를 펴다가, 유골함을 발견하고는 질색을 했다.

이런 쓰레기를 왜 집에까지 갖고 와?

발칵 성을 내면서 불길 속으로 집어 던졌다. 보자기가 순식간에 타들어가면서 목재 유골함이 불길 속에 휩싸였다. 불과 몇 분 만에 유골들이 기어 나와 쓰레기 더미 속에 묻혔다. 그날 기종은 어머니가 내민 술을 한잔 얻어 마시고 나서 갑자기 졸음이 쏟아져 집을 나왔다. 그게 어머니와의 마지막 만남이었다.

 텐트 앞에 있던 물병을 따서 입에 들이댔다. 물은 햇볕에 젖어 오줌처럼 미지근했고, 물맛은 밍밍해서 구토증이 엄습했다.

 "이봐요, 지금 경찰이랑 동네 사람들이 당신을 얼마나 기다리고 있는 줄 알아요?"

 복지팀장이 언성을 높였다. 그는 기분이 언짢아 그녀를 올려다보았는데, 회색 루주를 바른 입술이 밟힌 지렁이처럼 꿈틀거리고 있었다.

 코스모스처럼 생긴 젊은 여직원이 사정 조로 나왔다.

 "아저씨, 빨리 가시지요. 시신이 부패해서 아무도 손을 못 댄대요. 동네 사람들이 못 살겠다고 야단이에요. 팀장님께서 얼마나 놀라셨다구요. 오늘 점심도 못 드셨어요."

 "씨발! 재수가 없으려니까……."

 복지팀장이 침을 뱉듯이 말했다.

 기종은 끈적이는 목덜미의 땀기를 훔치면서 잠시 생각을 가다듬었다. 시신을 치우기에는 너무도 더운 날씨였다. 8월 말, 건들바람이 불면서 아침저녁으로는 제법 선선한 기운을 느낄 수가 있었으나 한낮은 여전히 살을 태울 듯한 불볕이 쏟아졌다. 트랙터꾼인 기종에게 있어서 1년 중 가장 작업을 하기 힘들 때가 바로 요즘, 무 파종 시기였다. 후덥지근한 공기와 뿌연 흙먼지, 하반신을 불유쾌하게 자극하는 열기, 들불처럼 너울대는 햇살, 귀를 먹먹하게 하는 소음……, 어쩔 수 없이 일주일 전부터 야간에 주로 작업을 하고 있었는데 아침이면 흰자위에 흉측한 핏발이 서곤 했다. 내일 아침까지 작업해야 할 면적은 1만여 제곱미터. 작업량이 많아 복지팀장을 따라나설 수가 없었다.

"안 갈 거요?"

복지팀장이 쪼아 버릴 듯한 눈길로 굽어보았다.

기종은 늘어지게 하품을 하면서 천천히 일어나 묘지 우측으로 걸어갔다. 추리닝 바지를 까 내리고 소변을 누면서 잠시 머릿속을 굴렸다. 사정이 어떻든지 간에 자신에게는 어머니의 시신을 치울 의무가 있었다. 하지만 오늘 밤 작업을 하지 못하면 김 사장이 화를 낼 것이고, 그리되면 평생 신용을 무기로 살아온 자신의 경력에 오점을 남기게 될 것이었다. 그는 영암과 나주 일대의 개간지에서 활동하는 트랙터꾼 중 한 사람이었다.

바지춤을 올리고 복지팀장을 보았다.

"먼저 가시오. 내일 새벽에 가서 치울 테니까."

"뭐라구요?"

복지팀장이 어처구니없어했다.

"이봐요. 내가 그동안 당신 어머니 때문에 얼마나 힘들었는지 아세요? 암에 걸렸다고 죽는소리를 해서 긴급 지원금도 받게 해 줬고, 용돈이나 벌게 해 달라고 해서 일자리 사업에 넣어 주니까 툭하면 다른 사람들하고 싸움질이나 하고, 그 동안 우리가 얼마나 고생했는지 아세요?…… 아들이라는 양반이 고맙다는 말은 못할망정, 시신이라도 빨리 치워 주어야 할 것 아니에요. 동네 사람들이 송장 썩은 냄새 땜에 집에도 못 들어가고 있어요!"

기종은 나무 그늘에 쌓인 수박 더미로 다가갔다. 돌무더기처럼 쟁여

진 300여 개의 수박이 건초 더미에 덮여 있었다. 보름 전에 수박밭을 설거지하면서 김 사장이 모아 둔 것들이었다. 하지만 곧바로 태풍이 들이닥쳤고, 뒤이어 수박값이 곤두박질치자 김 사장은 출하를 포기했다. 눈치 빠른 행인들이 이미 많이 훔쳐 가 버렸지만, 아직도 상당한 양이 남아 있었고, 그중 일부는 거무죽죽하게 썩어들어 시수(屍水)를 토해내고 있었다.

기종은 수박 더미를 둘러보다가 검푸른 수박 한 통을 골라냈다. 발뒤꿈치로 내리찍자 퍽 소리가 나면서 두 쪽으로 갈라졌다. 벌겋게 상한 부위도 있었으나 그런대로 먹음직스러운 분홍빛이었다. 싱싱한 조각을 하나 집어 들고 속살을 파먹었다.

텐트에서 옷을 걸치고 나온 향순이 면사무소 여직원에게 물었다.

"왜 돌아가셨대요?"

"자살하신 것 같아요."

"예?…… 왜요?"

그러자 여직원이 잘은 모르겠지만, 면사무소 노인 일자리 사업을 다니다가 어떤 영감하고 바람이 났는데, 영감의 부인에게 들켜 심하게 얻어맞은 게 사건의 발단인 것 같다고 말했다. 그 일로 반년 가까이 입원과 통원을 반복하였지만, 병원비를 한 푼도 받지 못했고, 어쩔 수 없이 영감의 집에 찾아갔는데 영감에게 모욕만 당했다더라고 했다. 설상가상으로 3년 전에 수술한 폐암이 재발했다면서 날마다 행정에 도움을 청했지만 더는 도와줄 방법이 없었고, 며칠 동안 찾아오지를 않아서 어딘가에 입원한 줄 알았는데 농약을 먹고 자살했더라는 것이었다.

"팀장님께서 그동안 아저씨 어머님 때문에 얼마나 고생하셨는지 몰라요. 군청에서도 두 손 두 발 다 들었다니까요?"

"하아, 우습네요. 그 연세에 연애라니."

향순이 킬킬킬 웃어대다가 기종의 눈총에 입을 다물었다.

복지팀장이 목청을 가라앉히고 향순에게 물었다.

"부인 되세요?"

향순이 어색하게 웃으면서 그런 셈이라고 말했다.

"그러면 댁이라도 같이 갑시다. 아무리 미워도 어머니는 어머니 아니에요?"

"그렇죠. 근데, 저이가 가야 할 것 같은데."

향순이 말끝을 흐리자 복지팀장이 무슨 뜻인지 알겠다는 듯 기종의 옆으로 다가들었다.

"이보세요!"

기종은 수박 조각을 꾸역꾸역 목으로 넘겼다. 따 놓은 지 2주가 넘었으나 수박은 아직 먹을 만했다. 꽃뱀 한 마리가 천천히 수박 더미에서 나와 그가 누운 오줌 위로 기어갔다. 그는 걸신이 들린 듯 다시금 수박을 한 통 쪼갰다.

복지팀장이 화가 난 품으로 쏘아보다가 홱 몸을 돌렸다.

개애새끼, 하고 낮게 욕을 하는 소리가 들렸다.

기종은 귀에 거슬렸으나 어머니 때문에 점심을 먹지 못했다는 말에 꾹 눌러 참았다. 복지팀장과 아가씨가 묘지를 내려갔다. 은회색 차에 올라타자마자 뿌연 먼지를 날리면서 2백여 미터쯤 내려가다가 참나무 등이 우거진 야산 모퉁이로 사라졌다. 그 옆의 개간지에서는 한 떼의 외국인 노동자들이 김장 무 파종을 하고 있었다. 이틀 후에 비가 온다고 해서인지 다들 파종을 서두르고 있었다.

걱정스러운 표정으로 향순이 다가왔다.

"안 가도 되겠어?"

"새벽에 간다니까."

기종은 트랙터로 다가갔다. 낮 동안 땡볕에 달궈진 운전석은 한증탕처럼 후끈했다. 유리문을 연 채 햇빛 가리개를 내리고 시동을 켰다. 낮잠에 곯아떨어져 있던 트랙터가 짜증이 난 듯 툴툴거렸다. 캐노피마저 따끈하게 달궈져 머리가 뜨거웠다. 에어컨을 최대로 올리고 천천히 밭으로 들어가 로터리의 레버를 내렸다. 작업 깊이를 조절하고 알피엠(RPM)을 올리자 트랙터가 굉음을 내지르며 성난 멧돼지처럼 잡초 뿌리들로 엉킨 들판을 짓씹어 나갔다. 비료를 뿌린 수박밭을 로터리로 짓뭉개면서 천천히 전진해 나갔고, 자욱한 먼지가 트랙터 주변을 휘감아 버렸다.

고향 마을까지의 거리는 30여 리. 서둘러 작업을 마쳐야 새벽에 짬을 낼 수 있을 것이었다. 트랙터 굉음으로 귀 신경이 먹먹하게 마비되어 가면서 피로감이 몰려오기 시작했다. 향순이 저녁을 지어 오려는 듯 맹꽁이처럼 생긴 경차를 몰고 개간지를 떠나고 있었다.

비가 가랑가랑하게 내리던 어느 여름날 오후였다. 학교를 파하고 집에 오자 20여 명의 주민들이 집 앞에서 웅성거리고 있었다. 구경거리가 생겼나 싶어 기종은 어른들 가랑이 사이로 들어갔다. 빗물에 짓이겨진 길바닥에 아버지와 어머니가 뒤엉켜 있었다. 아버지가 어머니의 머리채를 잡고 주먹질을 하고 있었고, 알몸이 된 어머니는 아버지의 팔뚝이며 가슴을 마구 할퀴고 있었다. 아버지는 팔에서 피가 나는 것도 아랑곳하지 않고 벗겨진 어머니의 몸뚱이를 주민들에게 보여주면서 마음껏 구경하라고 말했다. 아버지가 목수 일을 나간 사이에 바람을 피웠다는 것이었는데, 어머니는 아버지의 손등을 할퀴면서 바락바락 악을 써댔다.

늬놈은 바람 안 피웠냐? 늬놈이 돈 준 적 있냐?

그러다 아버지의 주먹질에 어머니가 의식을 잃고 널브러졌다. 사나운 빗줄기가 쉴새 없이 어머니의 헝클어진 머리칼과 진흙을 뒤집어쓴 젖가슴과 남김없이 드러난 사타구니 위로 지저분하게 내리꽂히고 있었다. 보다못해 아낙네 몇몇이 달려들어 아버지를 만류했고, 남정네들은 아버지의 팔을 끌고 구판장 쪽으로 내려갔다.

기종은 가만히 집으로 들어와 텔레비전을 켰다. 만화영화에 한창 정신이 팔려 있을 때 어머니가 울음소리를 질질 흘리면서 마당으로 기어들었다. 우물에서 대충 흙탕물을 씻어내고, 동네 사람들의 구경감이 돼버린 그 몸뚱이에 옷을 걸치고 집을 나섰다. 어머니의 손에는 늘 그렇듯이 큼지막한 줄무늬 캐리어가 들려 있었고, 어머니의 등 뒤로 어둠이 젖어 내렸다. 그 무렵 개간지 작업반장 노릇으로 돈벌이를 하던 어머니는 신북이나 영암의 여관방에 머물고 있던 야채장사들에게 언제나 환영을 받았다.

아버지가 귀가한 것은 어머니가 나간 지 두어 시간 후였다. 뱃속에 술을 양껏 채우고, 그러고서도 모자라 양손에 잔뜩 술을 사 들고 들어온 아버지는 밤새도록 마시다가 쓰러지듯 잠이 들었다. 아버지는 부지런했다. 아무리 술을 마셔도 새벽이면 또 늘 그랬던 것처럼 어김없이 오토바이를 몰고 한옥건축 공사장으로 나갔다. 아버지가 하룻밤 머물다 간 안방에는 기종에게 남긴 지폐 몇 장이 나뒹굴고 있었다.

　기종은 나름대로 규칙적으로 생활했다. 아버지가 나간 직후 잠자리에서 일어나 혼자서 밥을 지어 먹었고, 학교에 다녀온 후 다시 저녁을 먹었고, 텔레비전을 보고 잠이 들었다가 다시 아침을 지어 먹었다. 그렇게 며칠 지나다 보면, 어머니가 귀가해 있었다. 때로는 낯선 남자를 데려와 고기반찬을 해놓고 술을 마시고 있었는데, 기종도 그날만큼은 배불리 먹을 수가 있었다. 그렇게 한 달쯤 지내다가 아버지가 돌아올 때가 되면 어머니는 임무를 마친 술래처럼 미련 없이 가방을 챙겨들고 집을 빠져나갔다.

　태양이 서산에 발그레한 엉덩이를 걸치고 있었다. 다소 무안한 낯으로 주위의 하늘까지 붉게 물들이면서 숨을 고르고 있었고, 기종은 지치고 고단한 느낌으로 노을을 바라보면서 잠시 목 운동을 했다. 야간작업 일주일째, 전신이 무지근하고 옆구리가 자꾸 결렸다.

　"얼른 와."

　향순이 텐트 옆에서 불렀다. 야외용 비닐 돗자리 위에 이미 저녁상이 차려져 있었다.

　기종은 슬리퍼를 질질 끌고 묘지로 다가갔다. 김치찌개와 나물 무침에 낙지 호롱이 구이까지 곁들인, 절로 군침이 도는 밥상이었다. 허기가 지던 참이라 먼저 호롱이 구이를 들고 한 겹 한 겹 벗겨 먹었다. 소나무 우듬지에서 매미 하나가 한 입만 달라는 듯 시끄럽게 떠들어댔다.

이 시간에 누굴까. 오토바이 하나가 거칠게 떠들면서 묘지 안으로 달려왔다. 기종에게 부딪칠 듯이 달려들다가 덜컥 멈춰 섰다. 오토바이에서 내린 통통한 몸집의 사내는 마을 이장 장호였다. 아내가 가출한 바람에 혼자서 남매를 키우면서 마을 일을 도맡아 하고 있었는데, 시커먼 헬멧을 벗으면서 연신 투덜거렸다.

"아따. 너무 하요 성님! 성님 엄니 땜에 온 동네가 쇼가 되어 부렀는디 여그서 바꿈살이(소꼽장난) 하고 있소?"

"앉아라!"

"밥은 됐고, 소주나 한 잔 주시오."

철버덕 주저앉았다. 축사를 청소하다가 왔는지 해병대 복장의 반바지에서 퀴퀴한 소똥 냄새와 사료 냄새가 풍겼다.

기종은 술잔을 가져다가 술을 남실남실 채워 주었다.

"그동안 고생했다."

진심으로 고마움을 표했다. 지난겨울 찾아온 복지팀장의 말에 따르면 어머니의 요구 사항이 너무도 많아서 이장도 골머리를 앓고 있다고 했다.

"거, 제발 전화 하나 사란 말이오. 요즘 세상에 전화도 없는 사람이 어딨다요?"

술을 홀짝 털어 넣고 나서 다시금 투덜거렸다.

기종은 입을 막듯이 다시금 잔을 채워 주었다. 본래 전화가 있었으나 트랙터 작업 특성상 소음이 심해 제때 전화를 받지 못한 경우가 많았고, 거기에 짜증을 내는 사람이 많았고, 그게 피곤해서 향순에게 전화를 맡겼고, 그러다 사람들이 향순을 통해 연락하게 되면서 전화기를 없애 버렸다. 최근 산 트랙터에는 핸즈프리 기능도 있었으나 전화기가 굳이 필요치 않아 구입하지 않고 있었다.

석 잔을 연거푸 비우고 나서야 장호가 향순을 턱짓했다.

"형수님, 소개나 좀 하시오."

"아니야."

기종은 머리를 저으면서 신북에서 식당을 하는 여자라고 말했다. 향순이 그와 눈인사를 나누었는데, 놈이 먹잇감을 발견한 양 바투 다가앉았다.

"몇 반이오?"

"3학년 7반요."

장호가 반색을 하면서 오른팔을 그녀의 목에 척 걸쳤다.

"그라믄 나랑 갑(甲)이구만. 기념으로 오늘 밤에 연애나 한번 하자."

그리고는 그녀의 가슴골에 손을 쑥 밀어 넣었다.

향순이 자지러질 듯 놀라면서 기종의 옆으로 물러앉았다.

"아따, 복쟁이(복어) 같이 생긴 년이 더럽게 빼네."

향순은 모욕을 느낀 듯 싸늘히 흘겨보고는 발딱 일어났다. 마주하고 싶지 않다는 듯 수박 더미 쪽으로 다가갔고, 장호는 자작해서 연거푸 술을 들이켰다.

"먼저 가거라. 일이 끝나는 대로 갈 테니까."

"아따. 성님도! 동네 사람들이 시방 난리요. 성님이 새벽에 와서 치울란다고 했다는 소리를 듣고는, 당장 가서 성님을 끌고 오라고 하더란 말이오."

그러면서도 향순의 엉덩이를 음충맞게 흘긋거렸다.

기종은 장호와 언쟁하고 싶지 않아 알아서 하라고 말했다. 적당히 배가 불러오자 자리를 털고 일어났다.

"아따 어째 일어나요? 같이 한잔 합시다."

장호가 볼통거렸다.

"바빠."

트랙터를 몰고 한쪽에 있던 대형 트럭으로 다가갔다. 드럼통에 매달린 호스를 끌어 내려 트랙터 연료통에 기름을 채워 넣었다. 남은 작업은 골내기, 새벽까지 쉬지 않고 작업을 하려면 트랙터의 연료통 두 개를 가득 채워야만 했다.

향순이 아무래도 불안한 모양이었다. 옆으로 다가와 어깨를 집적거리면서 장호를 못마땅한 눈길로 흘긋거렸다. 장호를 쫓아 보내라는 눈짓이었다.

하지만 기종은 애써 모른 척했다. 향순은 교통사고로 남편을 잃은 뒤 친정어머니에게 딸을 맡긴 채 작은 주점을 운영하고 있었다. 무나 수박 수확 철에는 50대인 최 사장이나 60대 중반인 김 사장의 작업장에 점심을 배달하면서 기종과 연결해 주었고, 이따금 김 사장이나 최 사장에게 몸을 내주기도 했다. 그러다 언제부터인가 기종의 식사 배달을 전담하게 되면서 함께 자곤 했다. 장호의 말마따나 참복어처럼 얼굴이 검고 주근깨가 많았으나 조용하고 부담이 없는 여자였다.

　연료를 가득 채우고 나서 기종은 배토기를 채웠다. 어느덧 어둠이 검푸르게 짙어가면서 밤기운이 들판을 짓누르고 있었다. 매번 느끼는 것이지만, 개간지의 여름밤은 항상 무겁고 부담스러웠다. 특히 밤이 깊어갈수록 어둠이 지겹게 느껴져 일을 빨리 끝내고 싶은 마음뿐이었다.

　트랙터를 몰고 로터리 평지 작업이 완료된 전방의 개간지로 들어갔다. 배토기를 내리고, 작업 깊이를 적당히 고정해 놓고 서서히 속도를 높였다. 미등이 비치는 트랙터 꽁무니를 계속 주시하면서 작업을 속행했다. 묵직한 밤기운이 어깨에 달라붙으면서 금세 피로감이 몰려왔다. 아무래도 내년부터는 작업량을 줄여야 할 것 같았다.

　장호는 여전히 술을 마시고 있었고, 향순은 장호에게서 도망치듯이 저 아래 농로에서 걷기 운동을 하고 있었다. 스마트폰 전등에 의지해서 농로를 따라 빠르게 걷고 있었다. 기종이 야간작업을 할 때면 향순은 저렇듯 걷기 운동을 했다.

　고등학교 1학년 때 아버지가 사고로 집안에 들어앉았다. 상량식을 하다가 지붕에서 떨어져 넓적다리가 부러진 것이었다. 처음에는 사촌 형이 운영하는 영암의 정형외과에 입원했었으나, 연일 술을 마시고 말썽을 부린 탓에 병원에서 쫓겨나 통원 치료를 받게 된 것이었다. 그날 오후 술에 취한 모습으로 휠체어를 타고 들어서는 아버지를 흘겨보면서 어머니는 곧바로 집을 나갔고, 어머니의 등 뒤로 아버지의 추악한 욕지거리가 퍼부어지고 있었다.

아버지는 술을 좋아했다. 새벽부터 밤늦게까지 술로 하루를 보냈고, 술이 떨어지면 신북 택시부에 전화하여 소주 한 박스와 돼지고기를 주문했다. 20여 분만에 택시 기사가 도착하면 기분 좋게 택시비와 물건값을 계산하면서 이따금 팁을 얹어 주기도 했다. 온종일 방 안에 들어 앉아 텔레비전 채널을 돌리면서 노래를 따라 부르거나 술을 마시거나 잠을 잤다.

그런 아버지의 일상에 다소 염증을 느끼던 어느 늦가을 저녁, 집에 들어서던 기종은 숨이 턱 막혔다. 안방 여기저기에 더러운 배설물이 어질러져 있었고, 그 속에서 아버지가 아랫도리를 다 내놓은 채 곯아떨어져 있었다. 기종은 비위가 약한 편이었다. 술주정은 견딜 만했으나 아버지의 배설물에서 풍기는 악취는 도저히 견딜 수가 없었다.

다음 날 오후 기종은 어쩔 수 없이 여기저기 수소문해서 어머니를 찾아갔다. 당시 어머니는 나주의 한 개간지 관리사에서 야채 장사를 하다가 빈털터리가 된 한상덕 씨와 동거하고 있었는데, 기종의 방문을 별로 반기지 않았다.

왜 왔어?

거의 나무라는 듯한 말투였다. 기종은 내심 서운했으나 갈 곳이 없었기 때문에 아버지가 방에 똥을 쌌다고 말했다. 그럼에도 어머니의 표정은 여전히 별로였는데, 뒤에 있던 한 씨가 '그냥 들어오라고 해.'라고 말했다. 정말 고마운 사람이었다. 어머니는 그제야 내키지 않은 표정으로 아들을 받아주었다. 기종의 개간지 생활은 그렇게 시작되었다. 부엌을 겸한 관리사의 방은 다소 협소한 편이었다. 하지만 전혀 상관이 없었다.

어머니는 한 씨와 침대 위에서 잤고, 기종은 전기 패널이 깔린 따뜻한 방바닥에 누웠다. 이따금 두 사람이 살을 비벼대는 소리가 들렸으나 기종은 모른 척해주었다.

한 씨는 부지런하고 성실한 사람이었다. 한때는 40여 명의 인부를 부리던 장사꾼답게 중고 트랙터를 사서 재기에 몸부림쳤다. 눈보라 속에서 무 수확 작업을 해서 서울로 올려보내곤 했고, 어머니도 성심껏 거들었다. 이듬해 봄에는 수박 모종을 재배하여, 노지에 심었다. 수시로 농약을 치고, 옆순 자르기와 제초 작업을 했다. 가뭄 때는 밤잠을 설쳐 가면서 스프링클러로 물을 주었고, 일손이 달리거나 인부를 구할 돈이 없을 때는 기종에게 도움을 청하기도 했다.

한 씨에게는 불행히도 고혈압과 당뇨병이 있었다. 매일같이 약을 복용했지만, 저녁이 되면 지치고 축 늘어진 모습으로 누워 있는 날이 많았고, 어쩔 수 없이 어머니의 지시로 트랙터 운전을 배운 기종은 한 씨의 트랙터 작업을 전담하다시피 했다.

한 씨와의 미래가 불안해 보였을까. 한 씨가 누워 있는 횟수가 잦아지자 그해 가을 어머니는 농사일을 크게 줄였다. 관리사에 딸린 땅만 조금 임대해서 배추를 심더니 늦가을부터는 자신의 본업인 개간지 작업반장으로 나섰다. 때로는 트랙터꾼이 필요하다면서, 기종까지 데리고 다녔다. 어머니는 발이 넓었다. 가끔 나주 지역의 개간지까지 기종을 데리고 다녔고, 덕분에 기종도 야채장사들을 알게 되었고, 차츰 야채 장사들이 직접 일감을 의뢰하게 되면서 기종은 자연스럽게 학교와 멀어졌다.

다시 해가 바뀐 이듬해 2월, 어머니가 보이지 않았다. 이미 작정하고 나간 듯 옷가지도 보이지 않았다. 어머니는 그렇게 기종을 한 씨의 관리사에 떨구어놓은 채 홀로 모습을 감췄다.

그리고 기종이 한 씨와 단둘이 생활한 지 보름째 되던 날 아침, 라면을 몇 가닥 입에 넣던 한 씨가 도로 젓가락을 내려놓았다. 이마에 식은땀이 배어나 있었고, 얼굴이 서리맞은 콩잎처럼 거무죽죽했다.

나 죽으면 우리 딸한테 연락 좀 해다오.

사진을 하나 내밀고는 다시 자리에 누웠다. 사진 속에는 학사모를 쓴 아가씨가 덧니를 드러내며 웃고 있었는데, 뒤쪽에 핸드폰 번호가 하나 적혀 있었다.

보름 후 한 씨는 조용히 세상을 떠났다. 하우스 로터리 작업을 마치고 돌아오자 그의 입가와 코 주변에 동태처럼 하얀 성에가 끼어 있었다. 이튿날 장의차에 한 씨를 실어 보내고 나서 기종은 본격적으로 트랙터꾼 생활을 시작했다.

돌연 트랙터 불빛 안으로 두 사람이 달려들었다. 불나비처럼 달려드는 향순의 모습에 기종은 멈칫 트랙터를 세웠다. 그 사이에 장호가 껑충 뛰어서 향순의 허리를 안고 뒹굴었다. 가슴을 짓누른 채 바지를 벗기려던 순간, 향순의 오른발이 장호의 턱주가리를 걷어찼다. 그 틈을 이용해 발딱 일어난 향순이 다시금 트랙터로 달려들었다. 살려달라고 울부짖으면서 문짝에 매달렸다.

어쩔 수 없이 기종은 트랙터에서 내려왔고, 향순이 토끼처럼 가슴으로 파고들었다.

장호가 얻어맞은 턱을 어루만지면서 다가들다가 욕정이 번들거리는 눈길로 너털웃음을 지었다.

"아따, 썩을 년! 징하게 빼네. 성님, 그년 이리 주시오. 내가 이참에 버르장머리를 고쳐 놓을란께."

번쩍 손을 뻗어 향순을 잡으려 들었다.

칙살맞은 느낌으로 기종은 그를 밀쳐냈다.

"그만해라."

"성님은 바쁜께 일이나 하시오!"

그리고는 다시금 훌쩍 뛰어 향순의 머리를 잡았고, 기종은 역겨워서 머리통을 쥐어박았다. 외마디를 지르면서 장호가 옆으로 나가떨어졌다. 놈이 발딱 일어나면서 대들자 이번에는 노기가 치밀어 복부를 걷어찼다. 놈이 억 소리를 지르면서 배를 안고 나뒹굴었다. 데굴데굴 구르면서 무 두둑들을 함부로 망가뜨리고 있었고, 그 모습에 더욱 노기가 치민 기종은 놈의 뒤통수를 힘껏 내리찍었다. 장호가 개구리처럼 사지를 쭉 뻗으면서 가늘게 다리를 떨었다. 잠시 의식을 잃은 듯 움직임이 없다가 한참 만에야 머리를 쳐들었다.

"칵! 칵!"

토악질을 하면서 입안의 흙을 뱉어냈다. 손가락으로 입안과 콧속의 흙 주버기를 긁어내면서 거칠게 숨을 헐떡거렸다. 허리를 굽힌 채 한참을 캑캑거리다가 원망스러운 눈길로 기종을 흘겨보면서 묘지로 향했다. 흙 주버기가 목에 걸린 듯 심하게 재채기를 하면서 개간지를 떠났다.

향순의 모습은 처참했다. 털이 뽑힌 암탉처럼 볼썽사나운 모습으로 오들거리고 있었고, 산발한 머리칼은 흙투성이였다. 기종은 장호를 미리 보내지 못한 것을 후회하면서 향순을 안았다. 묘지로 들어가 전기 모터를 켰다. 그녀가 샤워를 하는 동안 말없이 옆에서 물과 샴푸를 뿌려주었다. 장호와 실랑이를 벌이다가 다친 듯 향순의 상반신이며 허벅지에는 군데군데 할퀸 자국이 있었다. 이따금 울음을 멈추고 입안에서 피를 뱉어내기도 했다.

겨우 샤워를 마친 향순이 욕지거리를 내뱉었다.

"저 자식, 고발해 버릴 거야!"

이를 갈 듯이 말했다. 향순이 욕을 하는 소리를 처음 들었기 때문에 기종은 머리를 끄덕여 주었다. 그녀가 고발을 하겠다면 말릴 수가 없는 일이었다.

"집에 갈게!"

그리고는 다시금 히스테릭하게 울면서 주섬주섬 옷을 챙겨 입었다.

"어머님 장례식을 도와주려고 했는데, 기분이 엿 같아서 안 되겠어."

"할 수 없지."

기종은 그녀의 심정을 충분히 이해했다. 비칠거리는 향순을 부축해서 차 쪽으로 데려갔고, 차에 올라타면서도 향순은 자꾸만 눈물을 닦아냈다. 충격이 좀체 가시지 않은 듯 울음기에 젖은 얼굴로 기어를 넣었다.

향순의 자동차가 맹꽁이처럼 엉금엉금 농로를 접어 들었다. 그녀의 기분이 너덜거리는 탓인지 심하게 엉덩이를 뒤뚱거리면서 어둠 속으로 멀어져 갔다.

기종은 물병을 집어 반쯤 마시다가 머리에 부었다. 어둠이 썩어 문드러져 들판을 더럽히고 있었다. 시궁창 물처럼 퀴퀴하고 너저분한 냄새를 풍기면서 목덜미에 진득진득하게 달라붙었다. 기종은 어둠을 떨쳐내듯 휘휘 머리를 내둘렀다.

트랙터꾼 노릇을 한 지 10년쯤 지난 어느 날, 건장한 체격의 40대 남자가 개간지로 찾아왔다. 정형외과 의사인 사촌 형이었다. 그는 이곳저곳을 수소문해서 겨우 찾아왔다고 했는데, 아버지 때문에 골치가 아프다고 말했다.

네 아부지 요양병원에 넣자.

그동안 주간 요양사들이 드나들었으나 툭하면 욕을 퍼붓고, 음탕한 말을 지껄이고, 비위에 맞지 않으면 주먹까지 휘두르는 통에 다들 방문을 꺼린다는 것이었다. 밤새도록 노래를 불러대는 바람에 이웃들도 못 살겠다고 아우성이라고 했다.

여기다 사인만 해라. 내 친구가 운영하는 요양병원이니까 잘해 줄 거다.

기종은 미안한 마음에 사촌 형이 내민 서류에 즉시 사인을 했다. 돌아서려다 말고 사촌 형이 나무라듯 말했다.

너도 늬 아부지한테 신경 좀 써라. 내가 뭔 죄냐. 낮이나 밤이나 툭하면 전화해대고, 정말이지 살 수가 없다.

죄송합니다.

전화번호가 어떻게 되냐?

저한테 연락하세요.

뒷전에 있던 향순이 얼른 나서서 자신의 스마트폰 번호를 가르쳐 주었다.

사촌 형은 혀를 차면서 흘끗 째려보고는 향순에게 명함을 내밀었다.

영암 오면 한번 들르시오. 이놈도 사람 좀 만들고.

향순은 굽신거리면서 알았다고 말했다.

사촌 형은 다시 한번 기종을 한심하다는 눈길로 흘겨보고 나서 외제 승용차를 몰고 떠났다.

며칠 후 향순이 명함에 적힌 병원에 다녀왔다면서 사촌 형이 매우 좋은 사람 같다고 말했다. 아버지에게는 병약한 형이 한 분 있었는데, 총각 때 목수 일로 형의 가족을 부양했고, 그때 신세를 진 것이 있어서 사촌 형이 아버지를 돌보는 중이라더라고 했다. 금시초문이라고 하자, 향순이 나무라는 눈길을 했다.

형님한테 잘하세요. 병원비도 그분이 다 부담한다더라니까.

오는 길에 요양병원에 들러 아버지도 만나고 왔다고 말했다. 음료수를 몇 박스 사다가 간호사며 요양보호사들에게 나누어 주었다는 것이었다.

그 뒤로도 향순은 이따금 사촌 형을 만나거나 요양병원에 들렀다가 왔다고 말했다. 기종은 솔직히 신경을 쓰지 말라고 말하고 싶었으나 그도 귀찮아서 그만두었다.

그리고 한 달쯤 지난 어느 날 아침이었다. 텐트 안에서 막 잠을 자려고 누울 때 조금 전에 떠났던 향순이 다시 왔다. 사촌 형이 당장 요양병원에 가 보라고 하더라는 것이었다.

지금 수술 중이셔서 못 간다고 우리한테 얼른 가 보래. 아버님이 무슨 일을 저질렀나 봐.

기종은 솔직히 자고 싶었다. 밤샘을 한 터라 30분 만이라도 자고 싶었으나 향순에게 이끌려 요양병원에 도착했다. 영암읍 어귀에 있는 '만세 요양병원'은 3층으로 된 회색 건물로 주차장과 건물 사이로 드넓은 정원이 조성돼 있었다. 군데군데 서 있는 플라타너스 그늘에서 환자들이 한가롭게 노닥거리고 있었고, 정원 중앙으로 난 길을 따라 잠시 걸어가자 회색 건물 이층에서 낯익은 노랫소리가 들렸다. 아하 신라에 바아아암이이이여, 짜자잔찬 짜자자자찬찬!…… 아버지가 예전에 즐겨 부르던 '신라의 달밤'이었다. 태양이 눈을 쨍하니 뜨고 있는 시간에 부르기에는 다소 부적절한 노래였다. 하지만 아버지는 손 박자에 추임새까지 넣으면서 신나게 불러댔다.

진찰실로 들어가자 의사가 기종의 위아래를 훑어보았다. 흙 때가 묻은 반바지에 슬리퍼 차림의 기종을 보고는 자리에 앉기도 전에 퉁명하게 내쏘았다.

아버님을 데려가시오!

왜요?

향순이 눈을 홉떴다. 의사가 대답을 하려는 순간 아버지의 노랫소리가 진찰실로 날아들었다. 고장 난 테이프처럼 '신라의 달밤' 첫 소절을 다시 부르고 있었다.

그때 반쯤 열린 문을 밀치고 울음기를 머금은 반백의 여자와 비쩍 마른 간호사가 들어왔다. 기종을 찾아온 듯 울음기를 머금은 여자가 대뜸 스마트폰 화면을 내밀었다.

보시오!

기종은 잠시 실눈을 했다. 반사광 때문에 한참 만에야 스마트폰 화면이 눈길에 잡혔다. 철이 지난 오디처럼 거무튀튀한 유두 주변에 흉측한 피멍이 맺혀 있는 사진이었다.

썩을 놈이 새벽에 지 똥 기저귀를 채워 준께는 갑자기 내 젖꼭지를 이렇게 비틀어 부렀소! 애기덜한테 말하기도 챙피하고, 인자 내 젖꼭지를 어쯔게 할라우?

이 일로 다급히 부른 모양이었다. 향순이 진찰실 바닥에 이마가 닿도록 허리를 숙이면서 사죄했다.

간호사가 욕 덩어리를 마구 쏟아냈다.

개 같은 놈이 맨날 ×을 내놓고 지랄 염병을 해 대고, 주사를 놓아 줄라고 하면 온몸을 마구 더듬고, 쫙쫙 찢어 죽이고 싶을 때가 한두 번이 아니라니까!

그렇겠네요.

가만히 있을 수가 없어 기종은 맞장구를 쳤는데, 향순이 가만히 있으라는 눈짓을 했다. 간호사가 도마질을 하는 듯한 목청으로 욕을 계속했다.

개새끼가 전에 정형외과에서도 아가씨 젖꼭지를 비틀어 버려서 거기 원장님이 2백만 원이나 주고 해결했다고 하더라니까. 모가지를 싹둑 잘라도 시원치 않을 놈을 원장님은 왜 받아 주냐구요!

알았으니까 조금만 나가 계세요.

원장이 성가신 표정으로 두 여자를 밖으로 내보냈다. 반강제로 두 여자를 내보내고 나서 골머리가 아픈 듯 머리를 내저었다.

요양병원을 운영한 지 10년이 넘었지만, 저렇게 악독한 사람은 처음이오. 남자 조무사들도 도저히 감당을 못하겠답디다. 오늘 사건은 내가 댁의 사촌 형하고 같이 수습할 테니까, 저 양반이나 빨리 데려가시오.

우리도 못 해요. 화가 나겠지만 원장님이 좀 도와주세요. 제발요!

향순이 돌발적으로 무릎을 꿇었다. 기종은 당황스러웠다. 향순이 무릎을 꿇으라는 눈짓을 했으나, 도무지 내키지가 않아 머뭇머뭇 서 있었다. 차라리 간호사 말처럼 아버지의 사지를 찢어 죽이거나 목을 잘라 죽여 버렸으면 싶었다.

향순의 하소연이 통한 것일까. 원장이 골치가 아픈 듯 어디론가 전화를 걸었다. 사촌 형에게 전화를 한 모양이었다. 등을 돌리고 한참 동안 얘기를 나누는 듯하다가 쓴입을 다시면서 종이를 한 장 내밀었다. 사촌 형이 사정을 하니까 손발을 묶든 어쩌든 병원 측에 책임을 묻지 않겠다는 각서를 써 달라는 것이었다. 기종은 고마운 심정으로 원장이 부르는 대로 각서를 썼다. 다른 환자나 직원 등에게 피해를 주는 등의 행위를 할 경우에는 요양병원 측에서 어떤 조치를 하더라도 민·형사상의 책임을 일절 묻지 않겠다는 내용이었다. 향순도 연서를 하고 지장을 찍었다.

고맙습니다.

향순이 눈물을 훔치면서 다시 허리를 굽혔다.

진찰실을 서둘러 빠져나와 주차장으로 향했다. 아버지의 고장 난 노랫소리는 여전히 요양병원을 울리고 있었다. 정원으로 날아와 금잔디 위에 지저분하게 달라붙었고, 플라타너스 잎들이 이따금 지겨운 듯이 나풀거렸다. 아버지의 노랫소리 사이사이로 조금 전 간호사가 욕을 퍼붓는 소리도 터져 나왔다.

아부지 안 보고 갈 거야.

향순이 물었다.

기종은 머리를 내저었다. 똥오줌 위에 누워 있던 아버지를 생각하면 지금도 진저리가 쳐졌다. 아버지의 노랫소리에서 도망치듯이 향순의 차에 올라탔다. 그게 아버지에 대한 마지막 기억이었다.

빨강 파랑 불빛을 불안하게 휘두르면서 순찰차가 건듯건듯 다가들었다. 자신들의 도착을 알리듯 사이렌까지 한바탕 터트리면서 기종이 다가가던 밭머리에 차를 세웠다. 경관 복장의 세 사람이 내리더니 살집이 좋은 사내가 오라는 손짓을 했다. 경고봉을 상하로 흔들면서 같은 동작을 반복했다.

기종은 트랙터의 시동을 끄고 발치에 있던 물병을 입에 들이댔다. 먹먹하던 귓속에 정적이 스며들면서 피곤함이 무지근하게 어깨를 짓눌렀다. 트랙터에서 내려 잠시 다리를 굽혔다가 펴기를 반복하다가 바지를 내리고 소변을 누었다.

농로로 나서자 경관들이 에워쌌다. 그는 담배를 피워 물면서 연기를 어둠 속으로 길게 내뿜었다. 목이 뻐근하고 옆구리며 등껍질이 그을린 비닐처럼 딱딱하게 말라붙은 느낌이 들었다.

상고머리에 예의 살집 좋은 경관이 다가들었다.

"김기종 씨?"

"예."

기종은 그를 응시했다. 어둠 속에 드러난 가오리 같은 얼굴이 노기로 일그러져 있었다.

"나 파출소장인데, 오늘 면 직원하고 이장님이 왔다 갔죠?"

"예."

그는 담뱃재를 털면서 다시 목 운동을 했다.

"그럼 왜 안 왔소?"

"새벽에 간다고 했는데요."

"이 양반아, 그게 우리한테 할 소리여?"

파출소장이 밥그릇을 빼앗긴 개처럼 으르렁거렸다. 어둠 속이지만, 흉하게 뒤틀린 입술은 불도그를 닮았다는 느낌이 들었다.

"곧 끝납니다."

그는 허기가 져서 묘지로 들어갔다. 수박을 한 통 골라 주먹으로 내리쳤다. 툭 깨서 몇 조각을 먹다가 게워내듯 내뱉었다. 수박을 잘못 고른 듯 시척지근한 맛이 입안을 마비시켰다. 다급히 텐트 옆으로 다가가 밍밍한 물로 입안을 부셔 댔다. 눈으로 쏟아진 어슴푸레한 허공에는 크고 작은 별들이 지저분하게 떠 있었다. 다시 물병을 하나 터서 입안을 헹구다가 물총을 분사하듯이 길게 물줄기를 내뿜었다.

"어떻게 할 작정이오? 영암에는 부패한 시신을 다룰 만한 데가 없어서 광주에 있는 장의사를 어렵게 섭외해 놨었는데, 그 양반도 가 부렀소. 새벽에 가서 시신을 어떻게 치운다는 것이오?"

"내가 알아서 할게요!"

기종은 물병을 멀리 내던지고 트랙터로 향했다. 날이 새면 30여 명의 인부가 몰려와 무 파종 작업을 할 것인데, 경운 작업을 하지 않을 수는 없지 않느냐고 덧붙였다.

　파출소장이 따라오면서 기종의 말꼬리를 잡아챘다.

　"이봐! 당신 일만 중요하고 우리는 놀고먹는 줄 알아? 당신 어머니 땜에 내가 그동안 얼마나 고생한 줄 알아?"

　기종은 귀에 거슬려 걸음을 멈추고 파출소장을 쏘아보았다. 어머니 때문에 고생한 것을 왜 자신에게 따지는지 모를 일이었다.

　키가 호리호리한 젊은 경관이 파출소장을 진정시키면서 앞으로 다가들었다.

　"새벽까지 치우신다는 것이죠?"

　"예."

　"약속했습니까?"

　"예."

　기종은 자신도 신용 하나로 사는 사람이라고 덧붙이려다가 그만두었다. 파출소장이 몽니가 박인 소리로 내붙였다.

　"우리도 발 좀 뻗고 잡시다."

　"미안합니다."

　"꼭 좀 부탁합시다!"

　강다짐을 박아 놓고 파출소장이 몸을 돌렸다. 젊은 경관이 목례를 하고 뒤를 따랐다.

　"저런께 자식 교육을 잘해야 하는 것이여. 지 에미하고 똑같잖아!"

　트랙터에 오르려던 기종은 몸을 홱 돌렸다. 오물통을 뒤집어쓴 것처럼 기분이 더러웠다. 자신이 어머니와 닮았다는 말은 참을 수 없는 모욕이었다.

유심히 개간지를 빠져나가는 순찰차의 꼬리등을 노려보던 기종은 밭에서 다시 나와 트럭으로 다가갔다. 아무래도 시신을 먼저 치워야 할 것 같았다. 시신을 치우고 와서 나머지 작업을 해치우기로 했다. 이미 골내기 작업을 6할 이상 마친 상태이므로 내일 오전 작업에는 전혀 지장이 없을 것이었다.

연료 통을 실은 트럭으로 올라가 시동을 걸었다. 빠른 속도로 차를 몰고 개간지를 빠져나갔다.

아버지가 사망했다는 연락이 온 것은 각서를 쓰고 돌아온 지 한 달쯤 지나서였다. 병원 사무장으로부터 향순에게 전화가 왔다는 것이었다.

엊그제까지 멀쩡했었는데 정말 이상하네.

향순이 고개를 갸웃거렸다. 사흘 전에 간호사와 요양사들에게 음료수를 나누어 주면서 먼발치서 아버지가 얌전히 누워 있는 모습을 보았고, 요즘은 노래를 부르지도 않고 말을 잘 듣는다고 했었는데, 느닷없이 새벽 4시에 사망했다는 것이었다.

얼른 가 보자.

뭔가 짐짐한 기색으로 향순이 차에 타라고 말했다. 하지만 기종은 솔직히 기분이 좋았다. 참으로 오랜만에 접한 희소식이었다. 연일 밤샘 작업을 한 터라 몹시 졸리고 고단했지만, 다소 즐거운 마음으로 향순의 차에 올라탔다. 차창으로 들어온 초가을 바람이 후각을 부드럽게 간지럽혔다. 늦더위를 먹은 황달 빛 벼들이 모처럼 싱그럽게 보이던 초가을 아침이었다.

깜박 잠이 들었던 모양이다. 향순의 목소리에 눈을 떴을 때 '만세 요양병원' 간판이 나붙은 회색 건물이 정원 건너편에 서 있었다. 잔디가 곱게 손질된 정원의 나무 그늘 여기저기에는 전에 보았던 것처럼 환자복을 입은 사람들이 두서너 명씩 모여 있었다. 죽음을 기다리기 지루한 듯 이따금 공허한 웃음을 터트리면서 시간을 보내고 있었다.

기종은 향순을 따라 요양병원 우측 건물로 다가갔다. '만세 장례식장'의 현판이 붙어 있는 것으로 보아 요양병원에서 운영하는 장례식장인 듯싶었다.

사무실로 들어가자, 검누런 반소매 셔츠를 입은 금테 안경의 중늙은이가 기다리고 있었다. 향순을 보고 반색을 하면서 깊숙이 허리를 굽혔다.

아이구, 며느님 오셨습니까? 그동안 정말 고생하셨습니다.

아 예.

둘은 구면인 듯 반갑게 인사를 나누었다. 향순의 말에 따르면 요양병원과 장례식장의 사무장을 겸하고 있는 어른이라고 했다.

망자는 아까 요구하신 대로 영안실에 모셔 두었습니다.

일회용 자판기에서 커피를 한 잔씩 뽑아주고 나서 사무장이 입을 열었다. 향순이 아버지의 시신을 영안실로 옮겨 두라고 한 모양이었는데, 기종은 잘했다고 말했다.

사무장이 책꽂이에서 장례식장 홍보물을 꺼냈다.

한번 보시죠.

관광지 광고지처럼 생긴 홍보물을 내밀었다. 남편의 장례식을 치른 경험이 있어선지 향순은 상례나 장례 물품 등을 꼼꼼히 들여다보았다. 손가락으로 짚어가면서 이따금 질문도 던졌다. 기종은 딱히 할 일이 없어 커피를 홀짝거렸다. 어디선가 향을 태우는 듯한 연기가 콧속으로 날아들었다. 코털을 자극하는 향내에 숨길이 거북해서 기종은 가만히 심호흡을 했다.

향순이 홍보물들을 훑어보고 나자, 사무장이 본격적으로 장사를 시작했다. 고인이 요양병원 입원 환자일 경우, 장례식장 비용을 50% 할인하고 있다고 홍보하면서 장례식장부터 결정하기를 권했다.

조문객들이 오가기 편하니까 1층으로 하시지요.

기종은 성가시다는 느낌이 들어 머리를 가로저었다.

그냥 화장(火葬)만 하고 싶은데요.

사무장이 입귀를 찌그러뜨리며 기종을 훑어보다가 장례식장이 마음에 들지 않으면, 다른 곳으로 모시고 가도 된다고 말했다.

아뇨. 그냥 화장을 하고 싶어서요.

기종은 솔직하게 말했다. 귀찮은 일은 딱 질색이었다.

다행히 향순이 눈치 빠르게 거들고 나섰다.

우리가 바빠서 별로 조문 다닌 데가 없거든요. 괜찮죠?

아, 그렇군요.

사무장은 그제야 이해가 간다는 듯 머리를 끄덕거렸다. 기종이 어색하게 여길까 봐서인지 짐짓 크게 웃으면서 알겠다고 말했다.

알았습니다! 그럴 수도 있지요. 저희는 뭐 상관없습니다. 상주님들 뜻이 중요하지요. 하지만 입관은 하셔야 할 텐데…….

당연히 그것은 해야죠. 수의도 좋은 것으로 해주세요.

기종은 그것도 필요가 없다고 말하고 싶었으나 향순이 가만히 있으라는 눈짓을 했다.

장의차는 뭐로 하시겠습니까? 리무진도 있고, 버스도 있는데요.

기종은 솔직히 장의차도 필요가 없었다. 리무진은 아버지의 삶과 전혀 어울리지 않았고, 버스는 조문객이 없는 자신과 어울리지 않았다. 자신의 낡은 트럭에 관을 싣고 가서 조용히 화장하고 싶었다. 하지만 향순이 기종의 손목을 잡고 계속 가만히 있으라는 눈짓을 보냈고, 기종은 갑갑해서 자리를 떨치고 일어났다.

나는 밖에 좀 있을게. 향 냄새가 싫어서.

속이 메슥거려서 밖으로 나왔다. 그제야 콧속으로 부드럽고 신선한 바람이 스며들면서 불편하던 숨길이 가라앉았다. 사람들이 없는 장례식장 좌측 모퉁이로 다가갔다. 벤치에 앉아 하릴없이 노닥거리는 환자들을 멀거니 바라보다가 피곤한 느낌으로 잠시 누웠다. 머리 위에 드리워진 플라타너스 잎들이 시야를 어지럽혔다. 무질서하게 뻗어 있는 가지들에는 손바닥만 한 나뭇잎들이 박쥐 떼처럼 달라붙어 있었다. 시신경이 피곤해서 잠시 눈을 감았다.

깜박 선잠이 들었던 모양이다. 누군가 흔들어대는 바람에 눈을 떴을 때 향순이 내려다보고 있었고 눈가에는 눈물이 지저분하게 얼룩져 있었다.

화장장으로 갈 시간이야.

곤하게 자고 있는 기종을 깨우고 싶지 않아 혼자 입관을 마쳤노라고 했다.

말끝에 흑 하고 우는소리를 했는데, 기종은 그녀를 위로하듯 어깨를 감싸 안았다. 향순의 차를 타고 곧바로 화장장으로 향했다.

리무진 장의차의 꽁무니를 따라 차를 몰면서, 향순은 이따금 눈물을 훔치곤 했다. 조금 안됐다는 느낌이 들어 기종은 위로의 말을 할까 하다가, 자신이 위로를 받아야 할 처지임을 깨닫고 입을 다물었다. 향순은 눈물샘에 구멍이라도 났는지 잊을 만하면 한 번씩 눈물을 훔치곤 했다.

리무진 장의차는 완행열차처럼 쉬엄쉬엄 굴러가고 있었다. 비상등을 깜박이면서 장의차의 정규 속도인 듯 시속 50킬로미터 이하로 기어가고 있었다. 뒷유리에 장식된 황금빛 용무늬와 '謹弔(근조)'라는 글자가 눈길을 간지럽혔다. 기종은 노랑나비 한 마리가 눈앞을 어지럽히는 것 같아 가만히 눈을 감았다.

꿈속에서 오랜만에 아버지를 만났다. 어린 시절 아버지는 언젠가는 멋진 한옥을 짓겠다면서 건축 재료들을 사 오곤 했다. 주춧돌이며 구들장 등은 마당에다가, 기둥이나 마룻장 등은 허청에다 차곡차곡 정리했다. 그리고는 다소 의욕에 찬 모습으로 일을 가지 않은 날은 목재를 손질했다. 널판자를 대패질하거나, 톱질하거나, 서까래를 다듬기도 했다. 아버지가 일을 나가면 기종은 허청으로 들어가 반들반들하게 대패질이 된 목재들을 보면서 멋진 기와집에서 살게 될 날을 그려보곤 했다. 기종에게 꿈이 있었다면 오로지 그것뿐이었다.

정말 피곤했던 것 같다. 향순의 부름에 다시 눈을 뜨자 낯익은 골목이 시야로 다가들었다. 자신이 자랐던 집 앞의 골목에 향순의 차가 멈춰 서 있었고, 열린 철대문 사이로 어머니가 쓰레기를 태우면서 술을 홀짝거리는 것이 보였다. 시커멓게 피어오른 연기가 골목으로 기어 나와 차 안으로 숨어들었다. 플라스틱을 태우는 듯한 독하고 매캐한 연기에 기종은 차에서 내렸다.

향순이 하얀 보자기에 싼 유골함을 내밀었다.

이것은 자기가 알아서 해.

기종이 곤히 자고 있어서 화장까지 혼자 마쳤다는 것이었다.

기종은 너무도 고마워서 향순에게 정말 수고했다고 말했다.

얼마야?

필요 없어. 내가 하고 싶어서 한 거니까.

향순이 눈물을 훔치며 머리를 가로저었다. 아버지의 죽음이 그녀의 마음을 꽤 슬프게 한 모양이었다. 향순은 끝내 돈을 사양하고 차를 몰고 떠났다.

아버지의 장례식은 그렇게 끝났다.

오랜만에 찾아온 고향 마을은 시궁창처럼 거무데데한 어둠에 짓눌려 있었다. 군데군데 박힌 가로등 불빛이 기진한 듯이 어렴풋하게 골목을 밝히고 있었고, 마을 앞 들판에서는 이따금 개구리들이 잠꼬대하는 소리가 흘러나왔다.

회관 앞에 차를 세운 기종은 등유 통을 하나 들고 골목을 올라갔다. 향순이 옆에 없다는 것이 생각할수록 서운했다.

집 앞의 철대문 주변으로 출입 금지 테이프가 쳐져 있었다. 마당으로 들어가자 고양이 한 마리가 기종을 흘겨보다가 어슬렁어슬렁 이웃집으로 넘어갔다. 마당에는 간장을 달이는 것 같은 시체 썩은 냄새와 짐승의 배설물 등의 악취가 헝클어져 있었다. 아버지가 남기고 간 주춧돌들이 잡초들 사이에서 데면데면하게 인사를 건넸다. 허청에 모아 둔 목재들도 어둠의 너울 사이로 눈을 힐끔거렸다.

안방의 불을 켜자 방 안의 정경이 날렵하게 드러났다. 어머니의 시신은 아랫목에 놓여 있었는데, 암갈색 홑이불 주변으로 구더기와 파리 떼가 기어 다녔다. 악어 무늬 손가방과 화장품들, 그리고 속옷들이 담긴 커다란 캐리어가 윗목에서 배를 내놓고 있었고, 노란 농약병 하나가 그 옆에 엎어져 있었다.

기종은 작업을 서둘렀다. 허청으로 들어가 아버지가 소중하게 모아 둔 목재들을 방으로 날랐다. 먼지가 덕지덕지 내려앉은 기둥이며 도리 등을 가져다가 방 중앙에 쌓기 시작했다. 불쏘시개로 어머니의 옷가지들을 중간중간에 밀어 넣고 허리 높이까지 제단을 쌓아 올렸다.

금세 온몸이 땀에 젖었다. 하지만 쉴 겨를이 없었다. 널판자를 하나 가져다가 어머니 시신 밑으로 밀어 넣고, 시신 조각들이 흩어지지 않도록 홑이불로 둘둘 감았다. 포장용 테이프로 꼼꼼하게 포장 작업을 한 시신을 제단 위로 번쩍 들어 올렸다. 구더기며 시체에서 흘러나온 시수(屍水) 방울들이 발등 위로 후드득 떨어졌다. 모기며 하루살이 떼가 먹잇감을 빼앗기지 않으려는 듯 아우성을 치며 덤벼들었다. 기종은 물것들을 쫓아내듯 제단 위에 등유를 골고루 뿌렸다.

갑자기 목이 탔다. 마당으로 물러 나온 기종은 물 대신 담배를 한 대 피워 물고 라이터를 안으로 던졌다. 목재 더미에 부딪혀 툭 떨어진 라이터 불이 가물가물 꼬리를 치다가 확 퍼져 올랐다. 화약이 폭발하듯이 무섭게 불길이 솟구쳤다. 회오리바람처럼 맹렬히 천장을 휘돌다가 순식간에 집채를 삼켜 버렸다. 자잘한 폭발음이 폭죽처럼 잇따르면서 사위가 대낮처럼 환해졌다. 마을 사람들이 놀란 듯 이 집 저 집에서 전등불이 터져 올랐다.

기종은 잰걸음으로 골목을 내려와 트럭에 올라탔다. 사람들과 마주치고 싶지 않아 서둘러 마을을 빠져나왔다. 이제 겨우 새벽 두 시. 30여 분 후에는 작업을 재개할 수 있을 것이고, 그리 되면 날이 새기 전에 골내기를 마칠 수 있을 것이었다.

모처럼 기분이 좋아진 그는 라디오 노랫소리를 들으면서 개간지로 힘차게 차를 몰았다.

〈2021〉

이묵은 밀짚모자를 젖히고 소주병을 입으로 들이댔다. 앞니가 모두 달아난 쭈글쭈글해진 입술로 마지막 한 방울까지 핥아 마시고 나서, 거무죽죽한 담뱃갑 안에서 육포 조각을 하나 꺼내 입안에 욱여넣었다. 흔들거리는 어금니로 몇 차례 씹고 나서야 꽃뱀 특유의 텁텁한 살코기 맛이 입안에 감돌았다.

　발밑의 용담천 물줄기는 조금 누그러진 기미였다. 간밤의 폭우로 불어났던 황토물이 다소 지친 듯한 품으로 굽이쳐 흐르고 있었고, 10여 미터 전방의 옹달샘처럼 우묵하게 휘어져 나간 곳에서는 손자가 담가 둔 낚시찌가 여전히 민감하게 깜박거렸다. 송사리 떼가 입질이라도 하는 듯 툭하면 한 번씩 휘청거리곤 했다.

　하지만 어찌 된 셈인지 손자가 보이지를 않았다. 조금 전까지 저쪽으

＊　제목은 김현승의 〈마지막 지상에서〉에서 인용함.

로 돌아서서 소변을 보는가 싶던 손자가 감쪽같이 사라져 버린 것이었다.
 이묵은 머리를 쳐들고 건너편 고구마밭으로 눈길을 보냈다. 완만한 경사를 이루면서 저 위쪽 사장거리까지 뻗어 올라간 고구마밭에는 빗물을 머금은 고구마 잎들이 검푸르게 번들거렸다. 사장거리 소나무 아래에서 아내와 아들 내외가 늦은 아침을 먹고 있는 게 보였다. 노란 셔츠 차림의 손녀가 검정 개와 장난질을 치면서 평상을 빙빙 돌아다니곤 했다. 하지만 그곳에도 손자의 모습은 눈에 띄지 않았다. 그 옆에 있는 아내의 집 마당까지 살펴보았으나 손자는 그림자도 보이지 않았다.
 다소 걱정스러운 듯 다시금 손자의 낚시에 눈길을 보내던 이묵은 조금 전 저 아래 물결 사이로 손자의 파란 반바지가 떠내려가는 모습을 얼핏 본 듯한 느낌이 들었다. 등골이 서늘했다. 마음 같아서는 당장 하천으로 뛰어들어 확인해 보고 싶었다. 하지만 안타깝게도 그는 수영을 하지 못했다. 더욱이 낚시찌 부근은 40여 년 전까지 천수답에 물을 퍼 올리던 두레 통 자리로, 수심이 두 길이 넘었다.
 불안한 눈길로 낚시찌를 흘깃거리던 이묵은 술에 취해 잘못 보았을 수도 있다고 애써 마음을 다잡았다.
 "암만!"
 자신에게 들으라는 듯 이렇게 크게 중얼거리면서 손자 찾기를 단념했다.
 겨우 평정심을 되찾고 차양이 덜렁거리는 낡은 밀짚모자를 고쳐 썼다. 간밤에 천둥 번개와 비바람을 쏟아붓던 하늘은 말짱한 낮으로 열기를 내뿜고 있었다. 햇볕이 점점 따가워지면서 목덜미에 땀이 배어났다. 주위의 온도마저 비닐하우스 안처럼 후덥지근하게 달아오르고 있었다.

불현듯 마당의 배추 모종이 걱정되기 시작한 이묵은 자리에서 일어났다. 다급해진 몸짓으로 낚싯대와 지렁이 통을 경운기 트레일러에 실었다. 모종이 말라 죽게 된다면 아내가 별로 좋아하지 않을 것이었다.

탕…! 탕…! 타타타…….

시동을 걸자 경운기가 큰기침을 몇 차례 하다가 힘차게 깨어났다. 주황색 칠이 드문드문 벗겨진 낡은 경운기지만 몇 년 전 아내가 달아 준 시동모터 덕분에 시동 거는 데는 전혀 어려움이 없었다. 오른발에 장애가 있는 그에게 경운기는 없어서는 안 될 소중한 교통수단이었다. 기어를 2단으로 넣고 재빨리 집으로 향했다. 벼들이 싱그럽게 자라고 있는 우측의 들판에서는 드론으로 농약을 살포하는 사람들이 보였고, 제비들이 드론 조작기를 쥔 사람의 머리 위를 오르내리곤 했다.

하천 둑을 따라 50여 미터쯤 올라가던 이묵은 좌측으로 난 다리를 건너 아래로 향했다. 군데군데 웅덩이가 진 울퉁불퉁한 농로를 따라가다가 사장거리로 통하는 길목에서 잠시 멈칫거렸다. 아내에게 손자가 없어졌다는 것을 알리는 게 좋지 않을까 싶었다.

"아니지!"

그는 다시금 혼잣말을 하면서 크게 도리질을 했다. 이제야 알렸다가는 야단을 맞을 게 뻔해서 내처 경운기를 몰았다. 빗물이 고여 있는 웅덩이들을 피해 20여 미터쯤 더 전진하다가 집 전체가 칡넝쿨에 뒤덮인 폐가 마당에 경운기를 세웠다. 이묵이 수년 전부터 기거하고 있는 폐가로, 마당에는 배추 묘상(苗床)이 멍석만 하게 조성돼 있었다. 포트마다 반 뼘씩 자란 연녹색 배춧잎들이 기다렸다는 듯이 반가운 미소를 보내왔다.

 오른 다리를 지팡이에 의지하고 집 앞의 우물로 다가들었다. 예전에 주민들의 식수원이었던 공동 우물로, 수심이 1미터밖에 되지 않았으나 1년 내내 물이 흘러 넘쳤다. 가장자리에 떠 있던 낡은 플라스틱 바가지가 엉덩이가 가려운 듯 거풋거렸다. 옆에 있는 평상과 빨랫돌에는 비바람에 떨어진 감잎들이 지저분하게 달라붙어 있었다.

 이묵은 바가지로 물을 떠다가 빨랫돌과 평상을 먼저 씻고 나서, 조로에 물을 채워 모종에 물을 주었다. 어린 모종들이 밭에 이식할 때까지 잘 자라기를 기원하면서, 뙤약볕에 상하지 않도록 그늘막도 쳐주었다.

 모종에 물을 주고 나서 잠시 숨을 고르던 이묵은 경운기 뒤쪽의 또 다른 폐가로 다가갔다. 예전에 이장을 하다가 도망간 판수네 슬래브 집이었다. 아내가 수년 전부터 도배를 새로 해서 낚시꾼이나 도박꾼들에게 식사를 제공해 주는 곳으로, 손님들이 닭죽을 좀 남기지 않았나 싶어 거실로 들어갔다. 싱크대 안의 양은솥을 살폈다. 하지만 솥 안에는 닭 뼈들과 식기들뿐이었다.

 "거지 같은 새끼덜."

 그는 욕을 걸쭉하게 내뱉고 나서 안방으로 들어갔다. 방 안에는 홑이불과 재떨이 등이 어지럽게 나뒹굴었고, 한쪽 벽면에는 허름한 모기장이 축 늘어져 있었다. 지팡이로 이불을 이리저리 떠둥그렸다. 눈을 빛내면서 방구석까지 살폈다. 하지만 오늘은 100원짜리 하나 보이지 않았.

 아쉬운 마음으로 슬래브집을 나와 우측 폐가를 건너다보았다. 예전에 교장이 살았던 폐가로, 높직하게 솟아오른 검붉은 굴뚝이 담쟁이 넝쿨에 휘감겨 있었고, 파란 기와지붕에는 대 이파리며 담쟁이 넝쿨이 뒤엉켜 있었다. 아내가 손님 숙소로 활용하는 곳 중 하나지만, 하지만 간밤에 저곳에는 손님을 들이지 않았으므로 굳이 가 볼 필요가 없었다.

잠시 늘어지게 하품을 하고 나서 갑자기 할 일을 찾은 것처럼 이묵은 불편한 다리를 이끌고 집으로 향했다. 이묵이 거처하는 폐가는 솔직히 이곳 폐가들 중에서 가장 낡고 귀기스러웠다. 옥춘 형이 잠적한 이래 30여 년째 방치되다 보니, 남쪽으로 위태롭게 기울어진 데다가, 지붕이며 담벼락에는 칡넝쿨이 무성했다. 지붕을 온통 뒤덮은 칡넝쿨은 추녀를 타고 내려와 바람벽이며 방문 앞까지 드리워져 있었다.

지팡이를 내려놓고 마루로 올라섰다. 안방으로 들어가다 말고 문설주에 붙은 손바닥만 한 거울에 얼굴을 들이댔다. 허연 수염들이 삐죽삐죽 나 있는, 앞니가 없는 항문 같은 입을 크게 벌렸다. 왼쪽 어금니 잇몸 위아래가 붉게 충혈돼 있었고, 가만히 손가락으로 만지자 몹시 따끔거렸다. 쯧쯧. 그는 한심한 느낌으로 혀를 차다가 방바닥에 널린 손전등과 손톱깎이, 라이터 등을 굽어보았다. 흙 때가 묻은 담뱃갑에 눈길이 미쳐서야 방에 들어온 목적을 상기해 내고 바보처럼 비죽 웃었다. 담뱃갑을 집어 들고 으스대듯이 방을 나왔다. 마당을 지나 우물 옆에 있는 허름한 슬레이트집으로 다가갔다.

송월댁은 오늘도 마루에 오종종하게 앉아서 저수지를 지켜보고 있었다. 이따금 수면 위로 뛰어오르는 물고기들과 먹이를 구하러 온 이름 모를 물새들을 바라보고 있다가, 둑길을 오가는 농사꾼들과 얘기를 나누는 것이 그녀의 일과였다. 풀어헤친 미역 무늬 블라우스 사이로 곰팡이

슨 메주 같은 젖통 두 개가 축 늘어져 있었고, 쭈글쭈글한 입 주변에는 똥파리가 기어 다녔다.

"먹어!"

담뱃갑을 송월댁 앞에 내려놓았다. 아침에 잡은 꽃뱀 고기를 절반가량 남겨 둔 것으로, 송월댁은 천천히 담뱃갑 안을 들여다보더니 한 조각을 입에 넣고 우물거렸다. 불쌍하게도 이가 하나도 남지 않은 그녀는 꽃뱀 조각을 연신 입안으로 굴리다가, 젖통을 덜렁대면서 방으로 기어 들어가 소주병을 가져왔다. 어제저녁, 비바람에 쫓겨 부랴부랴 떠나던 낚시꾼들이 송월댁에게 주고 간 것이었다. 어떻게 얻어먹을까 고민하고 있다가 꽃뱀 고기와 바꿔 먹기로 한 것이었다.

송월댁은 인심을 쓰듯 새 종이컵에다 소주를 한잔 따라주었다.

이묵은 얼른 컵을 비우고, 다소 염치가 없었지만 한잔 더 따라 마셨다. 그제야 수전증에 걸린 듯 떨리던 손이 평온을 되찾았다.

송월댁 옆에 있던 망원경을 눈에 들이댔다. 사장거리 소나무 밑의 정경이 오롯이 다가왔다. 양은솥을 가운데 두고 아내와 아들 내외가 뭔가를 먹고 있었다. 어제 팔고 남은 토종닭으로 백숙을 끓인 성싶었다.

"베락이나 맞을 것들. 나는 안 주더라도 너한테는 한 그릇 줘야제."

이미 송월댁도 보았던 모양이었다.

이묵은 속이 상했으나 망원경을 내려놓으면서 자신의 입을 가리켰다.

"나는 이빨이 안 좋아서."

"벵신. 말이나 못함사."

"벵신 아니여."

그는 다리를 절뚝거렸으나 병신이라는 말은 정말 듣기 싫었다.

송월댁이 우물거리던 꽃뱀 조각을 퉤 뱉었다.

"맛 없어 못 묵겄다. 늬 불알이나 내놔라."

"내 불알은 맛이 없어!"

"내 불알은 맛이 없어!"

송월댁은 이묵의 말투를 흉내 내면서 쥘부채로 젖가슴에 달라붙은 똥파리를 쫓았다.

이묵은 무시당하는 것 같아 관자놀이가 화끈거렸으나 소주를 얻어먹었으므로 화를 내지는 않았다. 이 마을에서 송월댁은 유일한 말벗이었다.

이묵은 송월댁의 눈치를 살피다가 한 잔 더 따라 마셨다.

"빌어묵을 놈들."

송월댁이 저수지를 턱짓하면서 욕지기를 뱉어냈다. 간밤에 폭우로 쓸려 내려온 쓰레기 더미가 100여 미터 저 아래까지 섬처럼 이어져 있었는데, 군데군데 돼지 새끼 사체들이 눈에 띄었다. 저수지 상류의 돈사 퇴비 더미에서 휩쓸려 내려온 것들로, 폭우 때면 흔히 볼 수 있는 광경이었다. 손자가 하천에 빠진 게 맞다면 언젠가는 저 돼지 새끼들처럼 떠오를 거라고 기대하면서, 이묵은 남은 술을 모조리 입에 털어 넣었다.

"잘 묵었어."

얼근히 취기가 올라 절뚝절뚝 집으로 향했다. 천둥소리에 잠을 이루지 못한 탓인지 금세 졸음이 밀려왔다. 눕기만 하면 잠 기운이 머릿속으로 쏟아져 들어올 것 같았다. 꽃뱀 덕분에 소주를 얻어먹을 수 있었던, 참으로 기분 좋은 아침이었다.

이묵은 용담마을 토박이였다. 열한 살 때 사장나무에서 그네를 타다가 떨어져 절름발이가 되었으나 남동생과 같이 홀어머니를 모시고 평범하게 자랐다. 마을에서 십 리 정도 떨어진 중학교를 마치고 동생 뒷바라지를 위해 농사를 거들다가, 스무 살 때는 다소 무리를 해서 경운기를 구입했다. 농사용이자 자신의 불편한 다리를 대신할 교통수단으로 한 대 마련한 것이었다.

그 무렵 이 일대에는 대대적으로 개간의 열풍이 휘몰아쳤다. 갈퀴나무와 푸나무를 하던 주변의 야산들이 모두 황토밭으로 변했다. 수박이며 고추, 참깨, 무와 땅콩 등을 심은 개간지로 나가 품팔이를 하는 것이 주민들의 일상이 되었다. 신북이며 시종, 도포 등의 면소재지 여관방에는 서울 등지에서 내려온 야채 상인들이 죽치고 지냈고, 농산물을 밭떼기로 중개하는 중간상이나 인부를 구해주는 작업반장, 상차꾼과 경운기꾼 등도 쏠쏠한 재미를 보았다. 무와 배추 수확 철이 되면 영암에서는 개도 돈을 물고 다닌다는 소문이 나돌 정도였다.

당시 이묵은 상차꾼인 옥춘 형의 소개로 박일두 사장 경운기꾼이 되었다. 매일같이 개간지에서 인부들이 실어 준 무 외대들을 도로변의 트럭으로 옮겨주었다. 트레일러 견인력을 높이기 위해 데후라고 부르는 사륜구동 기어를 추가로 설치하고, 핸들 조작이 쉽도록 운전석도 넓게 개조해서 경운기꾼으로서의 입지를 다져나갔다. 매년 농한기에 적지 않은 수입을 올린 그는 5년 후 2천 평의 개간지를 장만하기도 했다.

박 사장의 작업반장으로 싸납쟁이가 등장한 것은 바로 그즈음이었다. 병든 홀어머니를 모시고 사는 이혼녀라고 했는데, 싸납쟁이라는 별명에서 볼 수 있듯이 여간내기가 아니었다. 빨간 루주를 바른 귀여운 입에서는 툭하면 욕지기가 튀어나왔다. 인부들이 조금이라도 해찰을 부리면 '야, 거기 늙은 것들! 제대로 안 할 거야?' 하고 으름장을 놓았다. 지게꾼이 술에 취해 넘어지기라도 하면 달려가서 멱살을 잡아 흔들기도 했다. 아니꼽고 더러운 일이 한둘이 아니었지만, 인부들은 그녀가 박 사장의 애인이라는 소문에 함부로 대들지 못했다. 온종일 화투나 치던 농한기에 돈을 벌 수 있다는 것은 분명히 행운이었던 것이다.

싸납쟁이는 재주가 많았다. 인부들을 조달하고, 작업을 감독하는 것만 아니라 밭떼기로 미리 야채 밭을 사두었다가 서울에서 내려온 야채 상들에게 되파는 중간상인 노릇도 더러 했고, 박 사장이 이따금 서울에 가게 되면 사장 노릇까지 겸했다.

박 사장의 점심을 마련하는 것도 그녀의 일과였다. 밤낮없이 일에 매달리면서도 점심을 손수 싸 왔다. 이묵은 가끔 그녀의 배려로 점심을 얻어먹기도 했는데, 그녀가 가져온 계란말이며 김치는 감칠맛이 있었다. 같은 또래로 보이는 그녀가 박 사장처럼 '어이 신 씨.' 하고 불러대는 것이 귀에 거슬렸지만, 가끔 밥을 얻어먹는 재미로 일절 내색하지 않았다.

그러구러 5년 정도 흐른 어느 12월, 갑작스럽게 작업이 중단되었다. 싸납쟁이와의 불륜 관계가 발각된 박 사장이 야채장사를 접고 서울로 가 버린 것이었는데, 하지만 일주일 후 이묵은 다시 싸납쟁이의 부름을 받았다. 상차꾼과 마을 아낙네 10여 명을 데리고 와서 작업을 해 달라고 했다. 박 사장이 헐값으로 넘겨준 무밭을 밑천으로 야채 장사를 시작했다는 것이었다.

기대치 않게 싸납쟁이의 경운기꾼과 작업반장 노릇을 겸하게 된 이묵은 다소 우쭐해져 옥춘 형과 마을 아낙네 10여 명을 데리고 돈벌이를 계속했다.

"자기가 착실해서 부탁한 거니까 잘 좀 해 줘. 알았지?"

싸납쟁이는 무슨 뜻인지 몰라도 이묵을 '자기'라고 불렀고, 이묵은 애인이 된 것처럼 기분이 황홀해져 그녀가 시키는 일은 뭐든지 열심히 했다. 틈틈이 그녀가 사 놓은 총각무 하우스로 달려가서 물을 주거나 보온 덮개를 덮어 주기도 했고, 더러는 웃거름을 주거나 농약을 살포하기도 했다. 싸납쟁이와 단둘이 일을 하는 횟수가 잦아지면서 이묵은 싸납쟁이와 부부가 된다면 얼마나 좋을까 하는 주제넘은 상상을 하기도 했다. 품삯이 자꾸 체불되는 게 다소 마음에 걸렸지만, 그는 싸납쟁이에게 충성을 다했다.

그렇게 새해가 되고 입춘도 지난 어느 봄날, 옥춘 형이 마을 아낙 서너 명과 함께 사장거리로 올라왔다. 지난 몇 달간 싸납쟁이에게서 받지 못한 임금을 받아 달라면서 작업반장인 이묵에게 앞장설 것을 요구했다. 그 무렵 싸납쟁이는 어머니 상을 당한 뒤 시골집을 처분하고 신북의 여관에 머물고 있었는데, 이묵은 그의 성화에 못 이겨 사람들을 경운기 트레일러에 태웠다.

옥춘 형은 성미가 급했다. 여관 앞에 도착하자마자 2층으로 뛰어 올라가 방문을 두드렸다. 하지만 그녀의 방에서는 아무런 대꾸가 없었다. 주인의 말로는 분명히 방 안에 있다고 했으나, 끝내 아무런 대꾸가 없었다.

하지만 호락호락 물러설 옥춘 형이 아니었다.

"요년, 누가 이긴가 보자!"

여관 카운터 앞에 죽치고 앉았다. 통닭을 주문해서 맥주를 홀짝거리면서 싸납쟁이가 내려오기를 기다렸다. 봄날답지 않게 시간은 더디게, 지루하게 흘러갔다. 점심때가 되자 짜장면을 시켜 먹었고, 현관에 들이비치던 오후의 햇살이 서서히 빠져나가자 아낙네들이 지친 듯 택시를 타고 떠났다. 거리의 가로등 불빛이 희미하게 흩날리기 시작할 무렵, 이묵은 옥춘 형에게 그만 돌아가자고 말했다. 무 값 폭락으로 싸납쟁이가 돈에 쪼들린다는 것을 잘 알고 있었기 때문에, 나중에 다시 오자고 설득했다.

싸납쟁이가 등장한 것은 바로 그때였다. 2층에서 하이힐 소리가 나는가 싶더니 싸납쟁이가 내려왔다. 외출이라도 하려는 듯 바바리코트에 태극무늬 스카프를 목에 두른 모습이었는데, 두 사람을 발견하고는 다소 놀란 눈빛을 지었다.

"뭔 일이야? 나를 만나러 온 거야?"

옥춘 형이 앞으로 썩 나서서 아침에 왜 문을 열지 않았는가 하고 따졌다. 싸납쟁이가 느긋하게 담배를 피워 물었다. 뜸을 들이듯 천천히 담배 연기를 두어 모금 빨고는 수면제를 먹고 잠이 들어 소리를 전혀 듣지 못했다고 답했다.

"수면제를 먹고 자면 나는 누가 패 죽여도 몰라."

옥춘 형이 코웃음을 쳤다.

"웃기고 있네. 돈 받으러 온 걸 알고 늬년이 일부러 모른 척했잖아!"

"내가 그까짓 푼돈을 떼어먹을 사람으로 보이냐? 네까짓 게 뭔데 욕을 하고 지랄이야?"

싸납쟁이가 야무지게 맞받아쳤다. 옥춘형이 기가 차다는 듯이 쏘아보다가 냅다 뺨을 후려쳤다.

하지만 다음 순간 비명을 내지른 것은 옥춘 형이었다. 옆으로 쓰러지던 싸납쟁이가 눈 깜짝할 사이에 옥춘 형의 사타구니를 거머잡은 것이었다. 그것도 추리닝 바지 안으로 손을 집어넣어 무자비하게 비틀고 있었고, 옥춘 형이 숨길이 짜부라드는 듯한 외마디를 지르면서 주저앉았다. 주먹으로 싸납쟁이의 머리를 후려치면서 떼어내려 했으나, 싸납쟁이는 더욱더 모지락스럽게 잡아 비틀었다. 옥춘 형이 무릎을 굽힌 채 거세게 몸을 뒤틀자 바지가 무릎까지 흘러내렸다.

옥춘 형의 처절한 비명에 여관 주인 내외가 뛰어나왔다. 싸납쟁이의 몸뚱이를 잡아 흔들면서 싸움을 뜯어말렸다. 하지만 싸납쟁이는 표독스러운 낯으로 쇠갈고리처럼 억세게 옥춘 형의 사타구니를 잡아 흔들어댔고 급기야 옥춘 형이 받은 침을 꿀컥 삼키면서 살려 달라고 애원하기 시작했다.

"잘못했지?"

싸납쟁이가 얼굴을 바짝 들이대고 사타구니를 다시 한번 잡아당기자, 옥춘 형이 떠듬떠듬 잘못했다고 말했다. 숨통이 도막도막 끊기는 듯한 소리로 잘못했다고 거듭 사과했다.

그제야 싸납쟁이의 붉은 입술에 독기 어린 미소가 피어올랐다. 사타구니를 움켜쥐고 있던 손을 천천히 거둬들이면서 바닥에 떨어져 있던 담배를 다시 피워물었다. 옥춘 형이 고통스러운 신음을 내뿜으면서 참담한 몰골로 바지를 추슬렀다. 어기적어기적 여관을 빠져나가 어스름한 골목으로 사라졌다.

정신이 퍼뜩 든 이묵은 급히 밖으로 향했다.

"거기 서!"

싸납쟁이의 명령에 이묵은 발이 얼어붙었다. 등 뒤로 나긋나긋하게 다가온 싸납쟁이가 어깨를 끌어안으면서 이묵의 입안으로 담배 연기를 불어넣었다.

"자기는 내 편이잖아. 나 지금 배고파 죽겠다, 밥 좀 사 도라."

이묵은 매캐한 담배 연기에 숨이 턱 막히고 정신이 몽롱해졌다. 아무런 대꾸도 못 하고 그녀가 이끄는 대로 여관을 나섰다. 저 구석의 어둠 속에서 옥춘 형이 엉덩이를 허옇게 내놓은 채 여전히 신음하고 있었다.

그날 이묵은 그녀가 원하는 대로 국밥을 사 주고, 그녀가 마시고 싶어 하는 술을 사 주고, 그녀가 이끄는 대로 여관방으로 들어갔다. 그는 그렇게 그녀와 한 몸이 되었다. 다음 날에는 그녀의 밀린 방세를 지불했고, 또 그다음 날에는 마을 사람들 품삯을 대신 갚았다. 생전 처음으로 노래방에도 가 보고, 영화도 한 편 보았다.

일주일 후 돈이 바닥난 이묵은 조심스럽게 이렇게 말했다.

"나, 이제 집에 가야 해. 논을 갈아야 하거든?"

"그래? 그럼 진작 말하지. 얼른 가자."

그녀는 기다리고 있었다는 듯 투덕투덕 짐을 쌌다. 옷장에 있던 옷가지며 화장대 위의 화장품들을 캐리어 두 개에 쓸어 담았다.

트레일러에 짐을 싣고 경운기 좌석에 나란히 앉아 집으로 향했다. 저녁노을이 지기 시작하는 들녘을 가르며 경운기를 몰았다. 옆에서 풍기는 싸납쟁이의 향긋한 분 냄새를 즐기면서 이묵은 이제 자신도 어엿한 가장이 되었다는 자부심을 느꼈다. 농촌 총각 결혼 문제가 심각한 시기에, 더욱이 장애가 있는 자신이 이런 똑똑한 여자를 아내로 맞이한 것은 큰 복이 아닐 수 없었다. 이미 소문을 듣고 있었던 듯 어머니와 남동생도 그날 밤 싸납쟁이를 가족으로 맞아 주었다. 그리고 얼마 뒤에는 결혼식을 올렸고, 또 얼마쯤 지나서 아들을 낳았다.

아내는 부지런했다. 야무지게 집안일과 농사일을 챙기다가 그해 초겨울부터는 아들을 이묵에게 맡기고 마을 사람들을 이끌고 다시금 무 작업장에 나갔다. 이듬해에는 마을 부녀회장까지 맡았고, 2년 후 딸을 낳은 다음에는 이묵의 전답을 담보로 자금을 대출받아 중간상인 노릇까지 했다. 갓 심은 수박이나 무, 배추 등을 밭떼기로 사서 서울의 야채 장사들에게 웃돈을 받고 되팔았다.

하지만 아내에게는 운이 따르지 않았다. 수박은 툭하면 탄저병으로 말라 죽었고, 가을 채소를 매입하면 가격이 폭락하기 일쑤였다. 실패를 거듭하면서 이묵이 어렵게 마련한 2천 평의 개간지와 고래실논까지 처분해 버렸고, 그러고서도 품삯을 제때 지급하지 못해 주민들과 자주 마찰을 빚었다.

아내는 솔직히 좋은 사람은 아니었다. 품삯을 받으러 온 아낙네들에게는 욕을 퍼붓기 일쑤였고, 저쪽에서 고성을 지르면 따귀를 때렸다. 그런 일이 빈번해지면서 이웃들이 하나둘씩 아내를 피해 마을을 떠났다. 옥춘 형이 가장 먼저 종적을 감췄고, 어머니와 친구였던 동산댁은 날마다 집 앞에서 농성을 벌이다가 부산에 살던 아들에게 업혀 갔다. 이장을 하던 이묵의 소꿉친구 판수는 아내와 정을 통하다가 목돈을 뜯어내려는 낌새를 알아채고 야반도주를 했다. 교장으로 퇴임한 김준범 선생의 경우는 참으로 안타까웠다. 이묵의 초등학교 담임이었던 그는 어느 날 밤 사장거리에서 담배를 피우고 있는 아내를 발견하고 '이런 버르장머리없는 년' 하고 질책을 했다. 그게 화근이었다. 무 값 폭락으로 잔뜩 독이 올라 있던 아내는 그에게 분풀이를 해 버렸다. 그날 밤 평생 씻을 수 없는 치욕을 겪은 교장 선생은 서울의 아들네 집에서 요양을 하다가 1년여 만에 세상을 뜨고 말았다.

얼굴이 찢기는 듯한 아픔으로 눈을 번쩍 떴다. 살쾡이처럼 험악하게 변한 아내의 얼굴이 보였다. 정신을 가눌 새도 없이 아내가 다시금 뺨을 때렸고, 이묵은 진저리를 치면서 얼굴을 감싸 쥐었다.
"이 웬수야! 아침부터 뭔 술을 이렇게 처먹었나?"
이묵은 양손으로 얼굴을 가린 채 아내를 멍멍이 응시했다. 뭔가 묻는 듯했으나 무슨 소린지 가늠이 되지 않았다. 머릿속이 프라이팬 속의 콩기름처럼 자글거렸다.
아내가 멱살을 잡아 흔들었다.
"민준이 봤어 안 봤어?"
"민준이?"
"아침에 낚시할 때 당신이 건너편에 있었잖아. 내가 애를 놔두고 밥 먹으러 갔었잖아!"

마루에서 아들이 큰소리를 내질렀다.

이묵은 그제야 손자의 이름이 민준인가 보다 하는 생각을 하면서 퍼뜩 정신이 돌아왔다. 손자를 찾는 모양이었다. 이묵은 미리 알려주지 못한 게 미안했으나, 아내가 속내를 눈치채지 못하도록 천연스럽게 더듬거렸다.

"응, 아까 저기 두레 통 자리에서 낚시하고 있었는데……. 낚시질을 하던데."

"안 보이니까 묻지!"

아내의 손바닥이 날아와 잇달아 얼굴을 채찍질했다. 이묵은 너무 아파서 엉금엉금 구석으로 도망쳤다.

"엄마, 그냥 나와! 물어볼 사람한테 물어야지."

경멸적인 눈길을 던지면서 아들이 아내를 만류했다.

하지만 아내는 바투 다가들어 이묵의 머리를 잡아 흔들었다.

"우리 민준이, 봤어 안 봤어?"

"봤지……. 그러다가 배추 모종에 물 주러 왔지……."

겁이 나서 하마터면 '요' 하고 존댓말을 할 뻔했다.

"애를 혼자 두고 왔단 말이여?"

아내가 다시금 따귀를 후려쳤다. 얼굴이 찢기는 것처럼 아파서 그는 눈물을 찔끔거렸다.

"물을 줘야 하잖아…. 모종이 죽으면 안 되잖아."

"입 다물어! 이 구신아!"

열불이 치민 듯 아내가 급기야 이묵의 머리를 후려쳤다. 화풀이를 하듯이 마구 이묵의 머리를 쥐어박았고, 이묵은 양손으로 머리를 감싸 쥐고 신음을 끽끽 내질렀다.

"고만하시오!"

덩치 큰 사내 하나가 방 안으로 뛰어 들어와 아내를 막았다. 전에도 몇 번 방문한 적이 있는 파출소장이었다. 그는 아내를 옆으로 힘껏 밀치고 이묵을 밖으로 잡아끌었다. 불구덩이에서 탈출하듯 이묵은 황급히 밖으로 나섰다. 밀짚모자를 챙겨들고 도망치듯이 마당으로 내려섰다. 경운기 옆에는 순찰차가 한 대 주차돼 있었는데, 그 옆에 있던 여순경이 다가와 측은한 눈길로 지팡이를 집어 주었다.

파출소장이 이묵의 어깨를 잡아끌었다.

"현장에 가 봅시다!"

"거긴 아무것도 없어요!"

뒤따라오던 아내가 걷어차듯이 말했다.

하지만 파출소장은 아내의 말을 무시하고 이묵을 잡아끌었다.

이묵은 절뚝절뚝 파출소장을 따라 집을 나섰다. 아내에게 얻어맞은 얼굴이 불에 덴 듯 화끈거리고, 좀체 눈물이 멎지를 않아 앞을 제대로 볼 수가 없었다.

심하게 절뚝거리는 그가 딱해 보인 모양이었다. 뒤따라오던 순찰차를 세우고 파출소장이 타라고 말했다. 아내는 아직도 분이 덜 풀린 듯이 등 뒤에서 이묵에게 눈총질을 보내고 있었는데, 이묵은 잔뜩 주눅이 든 모습으로 순찰차에 올라탔다.

여순경이 운전하는 순찰차가 빗물이 고인 농로로 접어들었다. 먹이를 놓치지 않으려는 하이에나처럼 아내가 아들의 스쿠터 뒷좌석에 엉덩이를 걸치고 바짝 뒤쫓아왔다.

낮잠을 자는 동안 용담마을에 큰 소동이 벌어진 성싶었다. 농로 주변의 공터는 물론 저 위의 사장거리까지 수십여 대의 차량이 주차돼 있었고, 지금도 한창 차량들이 몰려들고 있었다. 인근 마을 주민들뿐만 아니라 언젠가 쌀 한 포대를 가져와 사진을 함께 찍었던 면장과 몇몇 면사무소 직원들, 그리고 낯선 군인들과 경찰, 소방관들까지 볼 수가 있었.

파출소장이 두레 통 자리에 차를 멈추게 하고 하천 둑으로 올라갔다. 이묵이 뒤따라 올라가자, 파출소장이 쥘부채로 발밑을 가리켰다.

"애가 여기 있었다고 하던데요?"

"예……, 예."

이묵은 어눌하게 답했다. 아까보다 수위가 크게 낮아진 하천에는 황토물이 다소 온순해진 기세로 조용히 굽이쳐 내리고 있었다. 이묵을 마뜩잖게 흘겨보면서 소리 없이 휘돌아 내려가고 있었고, 두레 통 가장자리에는 여전히 손자가 던져둔 낚시찌가 떠 있었다. 송사리들의 입질에 지친 듯 비스듬히 누워 잔물결에 건들거렸다.

"아저씨는 뭐 했소?"

파출소장이 다시 물었다.

"저기서 낚시를 했지요…… 쩌그서요."

그는 턱으로 건너편 하천 둑을 턱짓했다.

"왜 여기서 안 했소?"

계속되는 파출소장의 추궁에 이묵은 뒷전에서 쏘아보고 있는 아들의 눈치를 보면서 "긍께(그러니까)." 하고 얼버무렸다. 이곳은 원래 자신의 낚시터였다. 한겨울에도 하루에 너덧 마리는 너끈히 건져 올릴 수 있었던 명당자리였다. 하지만 지난해 늦가을, 이따금 물고기를 낚아 올리는 자신을 보고 아들이 다가와 낚시를 줘 보라고 했다. 신장이 180센티미터가 넘은 데다가 시커먼 구레나룻에 부리부리한 눈망울을 가진 아들은 마주보기가 부담스러운 존재였다. 압박감을 주는 걸걸한 목청이 예전에 자신을 밤늦게까지 부려먹던 박일두 사장과 흡사해서 이묵은 직수긋이 낚싯대를 건넸다. 그날 낚시에 맛을 들인 아들은 집에 올 때마다 고급 낚싯대를 가져와서 손자와 함께 즐겼다. 그리고 그때마다 이묵에게 자리를 비켜 줄 것을 요구했다. 처음에는 내심 억울하고 화가 났으나, 한편 생각해 보면 아들에게 낚시터를 양보하는 것이 아버지의 도리라는 생각이 들어 건너편으로 자리를 옮겼다. 아들과 손자가 보이면 으레 자리를 양보했다. 오늘 아침에도 이미 아들과 손자가 자리를 차지하고 있었으므로 그는 건너편으로 갈 수밖에 없었다. 낚시를 담가 놓고 소주를 반병쯤 마셨을 때, 아들이 밥 먹으러 가자고 손자와 실랑이를 벌이는 소리가 들렸다. 손자는 한사코 먹지 않겠다고 했고, 어쩔 수 없다는 듯이 아들이 스쿠터를 타고 떠나는 게 보였다. 그리고 그 얼마 후였다. 손자가 몇 걸음 뒤로 물러나 저쪽을 향해 소변을 보고 있을 때 이묵은 다시금 조갈이 나서 소주를 입으로 가져갔다. 손자에게서 눈을 뗀 것은 그 4, 5초간이었다. 소주를 서너 모금 마시고 다시금 저쪽을 건너다보았을 때 소변을 누던 손자가 감쪽같이 사라진 것이었다.

"여길 떠난 것이 대략 몇 시요?"

파출소장이 물었다.

이묵은 아들의 눈길을 피하면서 더듬더듬 아홉 시가 조금 못 되었을 거라고 말했다. 분명히 자신이 배추 모종에 물을 주고 있을 때 교장 집의 괘종시계가 아홉 점을 쳤었다.

"미치겠네. 벌써 두 시간 전의 일이 아니여. CCTV 하나 없고, 도대체 애가 어딜 간 거여?"

부채를 차양처럼 이마에 들이대고 저 아래 저수지로 눈길을 밀어 넣었다. 황토물이 저수지로 기어드는 100여 미터 지점에서부터 저 멀리 하류까지 쓰레기 더미가 잔교(棧橋)처럼 떠 있었다. 천변에 베어 둔 나뭇가지며 잡초들, 밭에서 걷어낸 피복 필름과 엽연초 줄기와 돼지 사체들이 저수지 중간까지 쌓여 있었다. 둘레가 6km에 달하는 용담 저수지가 쓰레기 매립장을 방불케 했다.

119 조끼 차림의 사내와 면장이 옆으로 다가들었다. 그들은 파출소장과 번갈아 악수를 나누었는데, 119 조끼는 소방서 구조대장이라고 했다.

"뭣이 좀 보입니까?"

면장이 물었다.

"아뇨."

파출소장이 신경질적으로 부채질을 했다.

장교 차림의 군인 하나가 껑충 뛰어 올라와 파출소장에게 인사를 건넸다. 파출소장과 면장과 구조대장이 대대장님이 직접 오셨냐면서 반갑게 악수했다. 군부대 대대장인 모양이었는데, 약간 처진 아랫배를 추어올리면서 대대장이 고구마밭을 턱짓했다.

"이러고 있을 게 아니라 일단 저기 고구마밭부터 수색해 봅시다. 애가 일곱 살이고, 한창 뛰어놀 나이니까 우선 주변을 살펴보는 게 나을 것 같아요."

그러자 이구동성으로 좋은 생각이라고 말했다.

대대장이 다시금 둑 밑으로 훌쩍 뛰어 내려갔다. 장교 둘에게 뭔가를 지시했고, 곧이어 날카로운 호루라기 소리가 울려 퍼졌다. 주변에 있던 50여 명의 군인이 일정한 간격으로 늘어서서 고구마밭으로 들어섰다. 토끼 몰이꾼처럼 더러는 막대기를 휘저으면서 사장거리를 향해 수색해 나갔다. 그들의 머리 위로 햇살이 물엿처럼 끈적끈적하게 달라붙었다. 사장나무 위에서 개고마리 한 쌍이 서두르라는 듯 시끄럽게 딱딱거렸.

목덜미의 땀을 훔치면서 파출소장이 구조대장을 응시했다.

"어쩌면 저수지를 수색해야 할지도 모르겠는데 소방서에다 구명보트하고 수상 구조인력 좀 부탁드리는 것이 어떻겠습니까?"

"저도 같은 생각입니다. 당장 서장님께 연락 한번 해보겠습니다."

구조대장이 둑에서 내려가 이리저리 전화를 걸기 시작했다. 면장도 뒤따라 내려가 어디론가 상황 보고를 했다.

"아저씨는 나랑 같이 저기 폐가들을 한번 살펴봅시다."

파출소장이 어깨를 부축했고, 이묵은 파출소장의 도움을 받으며 둑에서 내려왔다.

"우리 손자는 절대로 저런 더러운 데는 안 가요."

등 뒤에 있던 아내가 퉁명하게 내붙였다.

"일단 모든 곳을 다 찾아볼 수밖에 없소."

파출소장이 이번에도 아내의 말을 무시하고 이묵에게 차에 탈 것을 요구했다.

이묵은 아내의 눈길이 싸늘하게 굳어가는 것을 보면서도, 다리가 불편했기 때문에 부득이하게 순찰차에 다시 탔다. 지난해 여름, 아내는 불법 도박장을 제공한 혐의로 파출소장에게 경고를 받은 적이 있었는데, 그 뒤로는 파출소장을 끔찍이 싫어했다. 손자의 일만 아니었다면 오늘도 부르지 않았을 것이었다.

솜털이 보송보송한 흰 피부의 여순경이 기민하게 순찰차를 유턴시켜 폐가로 향했다. 아들이 아내를 스쿠터에 태우고 바짝 따라왔다. 언제 나타났는지 며느리가 길옆에 주저앉아 훌쩍이고 있었고, 그 옆에서 손녀딸이 며느리의 등을 다독거리고 있었다.

파출소장이 탐탁지 않은 표정으로 스쿠터 뒤에 탄 아내를 눈짓했다.

"저 여자가 부인이 맞소?"

이묵은 이미 자존감이 망가진 상태라 작게 머리만 끄덕거렸다.

"그러면 저 산적같이 생긴 놈이 아들이 맞다는 얘기구먼요?"

"긍께요."

이묵은 아들을 욕하는 것 같아 짐짓 아버지답게 약간은 기분이 좋지 않은 표정을 지었다.

"그럼 지금 찾고 있는 애가 손자가 맞다는 말씀이지라우?"

"긍께요."

이묵은 자신도 모르게 계속 어정쩡하게 답했고, 그 답변이 마음에 들어 스스로를 칭찬하고 싶어졌다. 자신과 닮은 데는 없었지만, 분명히 스쿠터를 몰고 오는 놈은 아들이었고, 찾고 있는 아이는 손자였다.
 농로가 비포장인 데다가 이묵의 경운기 바퀴들이 파헤쳐 놓은 곳이 많아 경찰차가 자꾸만 멈칫거렸다. 튀어 오르는 물방울을 피해 아들의 스쿠터가 쌩하니 앞서 나갔다. 시커먼 구레나룻에, 다리며 팔뚝에도 털이 많은 아들이 오늘따라 유난히 이물스럽게 느껴졌다.

 한때는 아들이 사랑스럽게 느껴진 때도 있었다. 돌 때까지만 해도 이묵은 아들을 안고 자랑삼아 마을을 돌아다니곤 했다.
 하지만 언제부터인가 마을 사람들 사이에서 아들이 박일두 사장을 닮았다는 소문이 나돌았고, 어머니와 입다툼 끝에 아내가 사실이라고 인정하면서 이묵은 아들을 자랑할 수가 없게 되었다. 심지어 어머니는 이묵이 아들을 안아주는 것조차 나무라곤 했다.
 하지만 아내는 당당했다. 어머니가 나무랄 때마다 이묵도 이미 알고 결혼한 것이라고 주장했고, 이묵은 솔직히 그 말을 부정할 수가 없었다. 나중에야 안 일이지만, 자신과 결혼하기 전에 이미 그녀는 임신 상태였던 것이다. 묵인하는 듯한 이묵의 태도에 화병이 난 어머니는 어느 날 뒷산 상수리나무에 목을 매고 말았다.
 아들은 커갈수록 영락없이 박 사장을 닮아 갔다. 초등학교 5학년 때부터 덩치가 남다르게 성장하더니 중학교 2학년 때는 이미 신장이 170센티미터에 달했다. 그리고 아들도 어느 때부턴가 이묵을 아버지라고 부르지 않았다. 아내하고만 대화를 나눌 뿐 이묵과는 눈길조차 마주치지 않았다.

딸을 생각하면, 이묵은 더욱 가슴이 아팠다. 아들과 두 살 터울인 딸은 예쁘고 싹싹하고 공부까지 잘했다. 하지만 딸이 중학교에 들어갈 무렵부터 마을에는 다시금 이상한 소문이 나돌기 시작했다. 이번에는 딸이 예전에 아내와 바람을 피웠던 이장 판수를 닮았다는 것이었고, 딸도 그 소문을 들었는지 학교에서 귀가하면 방 안에서 나오지를 않았다.

그리고 딸이 중학교 3학년이던 해 여름밤이었다. 밤늦도록 하우스에서 엽연초를 엮다가 귀가하자, 마루에 걸터앉은 딸의 얼굴이 눈물로 얼룩져 있었다. 소문의 진위를 확인하기 위해 아내에게 물은즉 소문이 사실이라고 했다는 것이었다. 그 일로 아내와 한바탕 언쟁을 벌인 듯 딸은 원망 섞인 투로 이묵에게 따져 물었다.

"아빠도 내가 다른 사람 핏줄인 걸 알고 있었다면서 왜 여태 말을 안 했어?"

이묵은 애써 대답을 회피한 채 아내를 건너다보았다.

"자기도 알고 있었잖아. 안 그래?"

확인하는 듯한 말투였다. 자존심이 상했지만, 이묵은 이번에도 아내의 말을 부정하지 못했다. 결혼 직후부터 아내와 잠자리를 한 적이 거의 없었던 데다가, 아내가 판수에게 몸을 주고 돈을 뜯어내려 한다는 소문이 난 후로는 스스로 아내를 멀리했기 때문이었다. 따라서 딸을 임신했을 때부터 자신의 핏줄이 아닐 거라는 확신이 들었고, 생김새도 점차 판수를 닮아갔다. 하지만 그렇다고 딸을 멀리하거나 아내와 헤어질 수는 없는 노릇이었다. 장애를 가진 자신과 함께 살아주는 것만도 감지덕지해야 할 일이었기 때문에, 귀를 막고 입을 봉한 채 죽어라 일만 했다. 붙임성이 많고 똑똑한 딸이 귀여워서 늘 친딸처럼 여기며 살았다.

"거 봐, 이년아. 아빠는 가만히 있는데 왜 네가 지랄발광을 해? 내가 밥을 안 주디 일을 시키디? 에미한테 고맙다는 말은 못할망정 왜 걸핏하면 나한테 눈을 허옇게 뜨냔 말이여?"

딸은 대꾸 없이 가만히 일어났다. 이미 짐을 싸 둔 듯 방에 들어가 책가방과 옷가방을 들고 나왔다.

"허이구, 오냐 그래! 나가라 이년아. 나도 늬 낯바닥 보기 싫으니까 나가! 늬년이 에미 없이 얼마나 잘 사는가 보자!"

집을 나서는 딸에게 아내는 악담을 마구 퍼부었다. 딸이 신던 슬리퍼와 운동화, 실내화 등을 잇달아 등짝에 내던졌다. 급기야는 개 밥그릇이며 자기 신발까지 벗어 던지면서 딸을 저주했다.

이묵은 다급히 딸의 뒤를 쫓았다.

"잡지 마!"

아내가 야멸치게 소리쳤다.

하지만 이묵은 허우적허우적 딸의 그림자를 쫓아갔다.

"윤지야……!"

딸의 이름을 애타게 부르면서, 필사적으로 발걸음을 놀렸다. 하지만 그날따라 그의 다리는 심하게 절뚝거렸고, 딸의 발걸음은 점점 더 빨라졌다. 이묵을 떼어내려는 듯 딸은 급기야 종종걸음으로 내달렸다. 이묵의 목소리에서 벗어나려는 듯 뒤도 돌아보지 않고 내달리다가 한순간 어둠 속으로 사라져 버렸다.

다리가 부러지는 듯한 고통으로 이묵은 길바닥에 털썩 주저앉았다.

목줄기가 터지도록 딸의 이름을 불러댔다. 하지만, 한번 어둠 속으로 빨려 들어간 딸은 끝내 돌아오지 않았다. 딸은 그렇게 이묵의 삶에서 뿌리째 뽑혀 나갔다.

그날 밤, 어둠이 하얗게 사위어갈 때까지 길바닥에 주저앉아 있던 이묵은 새벽닭이 우는 소리에 몸을 일으켰다. 허정허정 사장거리를 지나 언덕을 내려갔다. 딸이 없는 집에는 결코 들어가고 싶지 않았다. 금방이라도 쓰러질 듯이 비딱하게 기운 폐가로 들어갔다. 쥐들과 벌레들이 우글거리는 방 안에 누웠다. 칡넝쿨이 내려와 자신의 목을 조르고, 온갖 벌레들과 밤 짐승들이 다가와 살을 파먹고, 지붕이 무너져 자신을 덮어 버리기를 바랐다. 세상에서 흔적도 없이 사라져 버리기를 소망했다.

하지만 죽는 것도 그리 쉬운 일이 아니었다. 다음 날 눈을 뜬 그에게는 다시금 반갑지 않은 하루가 다가와 있었다. 태양은 오히려 어제보다 더 해끔한 모습으로 열기를 뿜어내고 있었다. 간밤에 엮어둔 엽연초가 걱정된 이묵은 어쩔 수 없이 절뚝절뚝 집으로 향했다.

옥춘 형의 집에서 나오는 것을 본 것일까. 집 앞에 도착하자, 아내가 옷가지며 약간의 취사도구를 경운기에 실어주었다. 라면 한 상자와 먹다 남은 소주까지 챙겨주면서 말했다.

"잘됐어. 이참에 우리도 갈라서자."

선심을 쓰듯 만 원짜리 두 장을 내밀었다.

"돈은 이것밖에 없어. 그동안 나 땜에 고생 많았다."

"돈은 필요 없어."

이묵은 돈을 거절했다. 마지막 자존심을 내보이듯 억지웃음까지 지으면서 경운기 시동을 켰다. 시원섭섭한 느낌으로 옥춘 형의 집으로 거처를 옮겼다. 문득 뒤를 돌아다보았을 때 아내는 이미 집으로 들어간 후였다. 두 사람은 그렇게 남남이 되었다.

그렇지만 두 사람의 생활은 전과 달라진 게 없었다. 아내는 전처럼 개간지에 나가 품을 팔거나 작업반장 노릇을 했고, 이묵은 경운기를 몰고 나가 농사일을 했다. 물론 자신의 전답이 있는 것은 아니었다. 모든 전답이 남에게 넘어가 버렸기 때문에 그가 모내기를 한 곳은 남들이 버리고 간 천수답이나 새로 일군 하천 부지였고, 엽연초와 콩 등을 심은 곳도 폐가의 마당이나 텃밭 등이었다. 하지만 그는 아침이면 폐가에서 기어 나와 일터로 향했고, 아내는 이따금 사장거리에서 담배를 피우고 있다가 정답게 손을 흔들어 보이기도 했다.

그러다 어느 해 여름이었다. 낚시꾼 하나가 마을에 먹을 만한 게 없는가 하고 묻자, 아내는 집에 있던 암탉을 잡아 백숙을 대접했다. 늘 느끼는 거지만 아내는 요리 솜씨가 좋았다. 그 일을 계기로 손님이 하나둘 늘어나는가 싶더니 얼마 후에는 도박꾼들이 은밀히 숨어들었다. 예약 손님까지 받으면서 백숙과 닭찜과 삼계탕만 아니라 때로는 삼겹살과 붕어 매운탕도 팔았다. 해가 바뀌면서 아내는 이장 집과 교장 집을 수리하여 고객들의 휴식 공간이자 숙소로 활용했는데, 여름철 성수기에는 방 여섯 개가 모자랄 정도였다.

물론 이묵은 법적으로 엄연히 남편이었기 때문에 아내가 시키는 일을 하지 않을 수 없었다. 닭과 붕어 등을 손질하거나 손님들 방을 청소하는 등의 일은 오롯이 그의 몫이 되었다. 옥춘 형네 텃밭에 닭을 기르거나,

채소나 양념거리를 재배해서 대는 것도 그의 임무 중 하나였다.

그러나 이묵은 불만을 표한 적이 없었다. 장사가 잘되어서인지 자신을 대하는 아내의 눈길에서 가끔, 정말 가끔은 결혼하던 시절처럼 다정한 기운을 느낄 수 있었기 때문이었다. 끼니때면 늘 밥을 챙겨주었고, 경운기 연료도 기분 좋게 한 드럼씩 사 주었다. 경운기 시동에 어려움을 겪는 것을 보고 시동 모터를 달아 주었을 때는 큰절을 하고 싶을 정도였다.

순찰자가 경운기 옆에 멈춰서자 파출소장이 곧바로 이장 집 거실로 들어갔다. 이묵은 바짝 따라붙었다. 아내가 따라오다가 경운기 운전석에 걸터앉아 담배를 피워 물었고, 아들은 그 옆에 스쿠터를 세워놓고 손자의 흔적을 찾아보려는 듯 두리번두리번 뒤란으로 돌아갔다.

이장 집 거실에는 백두산 천지 사진이 걸려 있었고, 색이 바랜 녹색 커튼이 길게 드리워져 있었다. 폐가 특유의 꿉꿉하고 음습한 곰팡 냄새가 감돌았으나 전체적으로는 깨끗한 거실이었다. 파출소장은 싱크대에 담긴 식기들과 닭의 뼈다귀들을 보더니, 자신의 짐작이 맞았다는 듯 아내 쪽을 향해 연해 코웃음을 지었다. 이불이 흐트러진 방 안을 훑어보다가 구석에 있던 화투장들을 집어 들었다. 물증을 잡았다는 듯이 득의양양한 얼굴로 거실을 나섰다. 경운기에 비딱하게 걸터앉아 있는 아내에게 다가가 화투장들을 흔들어댔다.

"아줌마! 이거 뭐야?"

아내는 알 바 아니라는 듯이 담배 연기를 길게 허공에 내뿜었다. 아내의 입을 빠져나온 연기가 도넛처럼 허공을 떠다녔다.

파출소장이 이기죽거렸다.

"폭우 예보가 내리니까는 우리가 안 올 줄 알고 어젯밤에도 도박꾼들을 불러들이셨구먼? 정말 머리가 좋아. 어제 얼마 벌었어?"

"야, 시발놈아! 왜 반말이야?"

아내가 담배를 던지면서 경운기에서 내려와 파출소장의 어깨를 밀쳤다. 파출소장이 어이가 없는지 배치기로 아내를 되쳤다.

"헛소리 말고 도박꾼들 연락처나 줘 봐. 모조리 잡아 넣을라니까."

아내의 어깨를 잡아 흔들었다. 그 순간 아내가 몸을 숙이면서 그의 사타구니를 거머잡았다. 하지만 파출소장의 동작이 더욱 빨랐다. 아내의 싸움 기술을 익히 듣고 있었던 듯 슬쩍 피하면서 옆구리를 걷어찼다.

아내가 땅바닥을 구르면서 고래고래 소리를 내질렀다.

"오메 나 죽네! 경찰이 사람 죽이네!"

하지만 파출소장도 만만한 상대가 아니었다. 현행범을 체포하듯이 아내를 번쩍 일으켜 세우며 팔을 뒤로 꺾었고, 여순경이 신속하게 수갑을 채웠다.

아내의 아우성에 득달같이 아들이 뒤란에서 뛰어나왔다. 파출소장과 여순경에게 삿대질을 하면서 거칠게 항의했다.

"당신들 왜 이래? 우리 엄마가 뭔 죄여?"

파출소장이 아들을 막아서면서 사람들에게 들으라는 듯 큰소리로 대꾸했다.

"자네 어머니는 죄가 많아. 남의 재산 무단 점유에다가 불법 도박장 설치에다가 무허가 음식점 운영까지!"

"좋아!… 당신 두고 봐!"

아들이 스마트폰을 꺼내 흥분한 목소리로 누군가와 통화를 시작했다. "삼촌 빨리 오시오. 카메라 기자까지 데리고 오시오. 애가 없어져서 미치겠는데, 경찰이 엄마를 체포했어!"

하지만 파출소장과 여순경은 전혀 개의치 않은 투로 아내를 순찰차로 데려갔다. 경찰에 항의하는 아내와 아들의 목소리가 왁자하게 터져 오르면서 사람들이 연신 이쪽을 기웃거렸다.

그때 짤막한 사이렌 소리가 허공을 갈랐다. 경찰 승합차 한 대가 사이렌을 울리면서 송월댁네 마당으로 들어섰다. 뒤미처 검은색 승용차 두 대가 그 옆에 나란히 머리를 맞대고 멈춰 섰다.

승합차에서 내리는 경찰들을 보던 파출소장이 아내를 놓아둔 채 뒤뚱뒤뚱 달려갔다. 번쩍거리는 훈장을 가슴에 단 머리가 희끗희끗한 사내에게 '서장님 오셨습니까?' 하고 90도로 인사했다. 이어서 승용차에서 내린 검은색 양복에게도 다가가 인사를 했는데, 그에게는 '반갑습니다 군수님.' 하고 말했고, 또 다른 승용차에서 내린 은회색 복장의 사내에게는 '소방서장님까지 오셨습니까?' 하고 인사를 건넸다. 대대장도 어디선가 성큼성큼 다가와 군수 등과 인사를 나누었다. 용담마을에 군 단위 기관장들이 총출동한 셈이었다. 이후로도 차량들이 계속 들어오면서 용담마을이 대목장처럼 북적거렸다.

경찰서장은 잠시 파출소장으로부터 상황 보고를 듣다 말고 순찰차 앞에서 악다구니를 내지르고 있는 아내의 모습에 눈살을 찌푸렸다. 아내 쪽을 보면서 '저건 뭐야?' 하고 물었고, 파출소장이 귀에 대고 나직하게 보고를 하는 듯하더니, '이런 미친놈!' 하고 질책성을 내질렀다. 아내를 붙들고 있던 여순경이 재빨리 수갑을 풀었다.

기념식에 참석했다가 오는 길인지 정복 차림을 한 서장은 어색한 웃음을 지으면서 분위기를 수습하려는 듯 곧바로 아내에게 향했다. 파출소장이 죄인처럼 연신 굽신거리면서 뒤를 따랐다.

잰걸음으로 아내에게 다가선 서장이 정중하게 허리를 숙였다.

"우리 파출소장이 큰 실수를 한 것 같습니다. 정말 죄송합니다."

거듭 허리를 숙이면서 사과를 했고, 그제야 아내도 다소 울분이 가라앉은 표정으로 연신 눈물을 훔쳤다. 서장은 주위에 있던 사람들에게도 소란을 피워 죄송하다고 말하고 나서 지금부터 실종된 아이를 찾는 데 총력을 다할 것임을 약속했다.

"저쪽으로 가시죠."

아내를 조심스럽게 부축하여 송월댁네 집으로 데려갔다. 군수와 소방서장 등도 아내에게 일일이 위로의 말을 건넸는데, 아내는 괴롭고 슬픈 기색으로 기관장들과 나란히 마루에 걸터앉았다.

"그럼 지금부터 보고를 시작하겠습니다."

기다렸다는 듯이 경찰서 생활안전과장이라는 사내가 메가폰을 잡았다. 색연필로 군데군데 원을 그린 지도 두 장을 이젤 위에 걸어놓고 보고를 시작했다. 사건 발생 시각부터 지금까지 수색 상황. 그리고 투입 인원을 보고하고 나서, 최악의 상황을 대비하여 전라남도 소방서에 구명보트와 수중구조 전문 인력을 요청해 놓은 상태라고 말했다. 경찰서장이 메가폰을 건네받았다.

"방금 보고를 들으신 대로 아무래도 저수지 쪽을 살펴보아야 할 것 같은데, 도경(道警)에 수색용 경찰 헬기도 요청했으니까, 소방서장님께서도 구명보트와 구조 인력을 급파해 달라고 해 주십시오. 일각이 급합니다. 지금부터 두 시간이 골든타임입니다."

골든타임입니다. 그는 이 말이 마음에 드는지 두 번이나 되풀이해서 말했다.

뒤미처 군수가 일어나 메가폰을 잡았다. 그는 경찰서장과 경쟁이라도 벌이는 듯 영암군에서도 관계 기관과 공조해서 실종자 수색에 전력을 다하고 있다는 것을 밝히고 나서, 돌연 칡넝쿨로 덮여 있는 이묵의 폐가를 가리켰다.

"여기 와서 보니까, 폐가가 세 동 있는데 면장한테 지시해서 조속히 철거하도록 하겠습니다. 그리고 저수지에 쓰레기가 엄청난데 관할 기관인 농어촌기반공사와 협의해서 조만간에 수거를 완료하도록 하겠습니다."

중키에 얼굴이 넓적한 군수는 모처럼 잡은 메가폰을 놓고 싶지 않은지 간밤의 강수량과 영암군의 재해 예방 대책에 대해 장황하게 연설을 계속했고, 그 사이에 민방위복의 여직원들이 사람들에게 부채를 나눠주기 시작했다. 이묵은 얼른 다가가 손을 내밀었다. '재해 예방은 작은 실천에서'라고 쓰인 부채를 송월댁 몫까지 두 개 받아들고 마루로 다가갔다. 하지만 이제 보니 송월댁이 보이지 않았다. 마루에 나무 그루터기처럼 박혀 있던 송월댁이 어디로 갔는지 모를 일이었다.

이묵이 평상으로 돌아와 눈으로 계속 송월댁을 찾고 있는 사이에, 군수가 물러가고 민방위복을 걸친 사내가 나왔다.

"영암군 재난과장 김옥춘입니다."

이렇게 자신을 소개하고 나서 잠시 사람들을 둘러보다가 조심스러운 어조로 점심시간이 되었음을 밝혔다.

"지금이 12시 10분, 가족분들께는 정말 죄송합니다만, 점심시간이라서 소방서 구명보트와 경찰서 수색 헬기가 올 때까지 수색을 중단해야 할 것 같습니다. 대신 저와 각 필수요원들은 남아서 상황을 유지하도록 하겠습니다. 각 기관 필수요원들님들께서는 즉시 저기 큰 소나무 밑으로 이동해 주시기 바랍니다. 저희가 도시락을 준비했습니다."

기관장들이 부산하게 일어나 차량으로 향했다. 서로에게 점심을 함께 하지 못해 미안하다면서 각자의 차량을 타고 송월댁네 마당을 빠져나갔다. 군인들도 사장거리로 이동하다가 군용 버스에 질서 있게 올라타고 있었다. 부대로 들어가 식사를 하고 올 모양이었다. 아내와 아들 내외도 공무원들의 권유에 따라 행정 차량에 몸을 실었다.

일시에 차량들이 빠져나가면서 송월댁네 마당에는 어정쩡한 정적이 밀려들었다. 마당 가장자리의 장독대 위에서는 잠자리 한 마리가 안달뱅이처럼 불안하게 배회하고 있었고, 저수지에서는 따가운 햇볕을 빨아들인 돼지 사체들이 풍선처럼 점점 빵빵하게 부풀어 오르고 있었다. 등허리가 검푸른 물총새 한 마리가 그 옆에서 깃털을 정리하고 있었다.

방에 있었던 것일까. 방문이 삐걱 열리더니 송월댁이 마귀할멈처럼 살그머니 기어 나왔다.

이묵은 절뚝절뚝 다가가 부채를 하나 건넸다.

"어째 방에 있었는가?"

송월댁이 잠시 쭈글쭈글한 입술을 우물거리다가, 여순경이 들어가라 더라고 말했다. 새삼 분기가 치민 듯 침방울을 튀기며 욕지거리를 내뱉었다.

"시불 년이 내 젖통이 보기 싫다고 방으로 들어가라고 안 하냐? 내가 지년한테 젖을 달라고 했어 돈을 달라고 했어. 시불 년이 젖통 내놓고 있다고 볼 때마다 염병 지랄을 하네. 내 집에서 내가 깨(옷)를 벗고 있든 젖통을 내놓고 있든 뭔 상관이냔 말이여. 내 말 틀렸냐?"

"긍께."

조금 생각해 보면 여순경의 말도 일리가 있는 것 같아 이묵은 이렇게 답했고, 이번에도 답변을 잘한 것 같다는 생각이 들었다.

송월댁이 부엌에서 소주를 한 병 가져왔다. 이묵의 얼굴에 금세 생기가 차올랐다.

"또 있었어?"

"어저께 낚시꾼들이 술을 박스째 주고 가드라. 상추를 조금 뜯어 줬더니 차에 있던 것까지 주고 가드란께. 시방도 네 병이나 있다."

송월댁이 으스대듯이 말했다. 자신이 보지 못한 사이에 상추까지 선물한 모양이었다. 부러운 느낌으로 이묵은 소주를 한 컵 들이켰다. 미지근한 알코올 성분이 목줄기를 훑고 내려가자 한결 기운이 샘솟았다. 다시 한 잔 따라 마시다 말고 망원경으로 사장거리를 보았다. 재난과장을 비롯한 30여 명의 공무원들이 사장거리에 모여 있었다. 면장과 구조대장, 파출소장을 비롯한 공무원들이 도시락들을 하나씩 받아들고 점심을 먹고 있었다. 아내와 아들 내외, 심지어 손녀까지도 도시락을 하나씩 지

급받아 배를 채우는 중이었다.

"하아 참!"

이묵은 아랫배에 구멍이 난 것처럼 힘이 빠졌다.

"어째서?"

"우리만 밥을 못 받았어."

억울한 나머지 눈가에 눈물이 비어져 나왔다.

"베락이나 맞아 뒈질 것들. 즈그덜만 주둥인가?"

송월댁이 큰소리로 저주를 퍼부었다.

이묵은 자신들을 팽개친 공무원들이 너무도 원망스러워서 다시는 이곳에 오지 못하도록 길을 폭파해 버리고 싶었다.

소방관 네 명이 부산하게 일어났다. 긴급출동 명령이라도 받은 듯 도시락들을 내려놓고 구급차를 타고 떠났고, 민방위복을 입은 한 여성이 그들의 도시락을 쓰레기봉투에 담았다. 절반도 먹지 못한 도시락을 모조리 구겨 담았다. 이묵은 자신도 모르게 더욱 맥이 풀려 망원경을 내려놓았다. 뱃속이 통째로 꺼져 내리는 느낌이었다. 오늘 그가 먹은 것은 뱀 고기와 소주 두 병뿐이었다. 어제는 닭을 잡아 주고 나서 먹은 닭 창자와 간 등의 부산물, 그리고 손님들 방에서 몰래 훔친 소주 두 병이 전부였다.

허기증을 달래기 위해 술을 한 잔 더 마시고 나서 다시금 망원경을 눈에 들이댔다. 쓰레기봉투의 행방을 예의 주시했다. 다행히 민방위복 여성이 다른 쓰레기봉투들과 함께 사장나무 밑에다 쟁이고 있었다. 저것들만 가져온다면 송월댁과 함께 오랜만에 배불리 먹을 수 있을 것 같았다.

이묵은 조바심을 억누르고 소주를 한 잔 더 마셨다.

"경찰서장한테 딸내미 찾아달라고 부탁 좀 해 보제. 사람이 좋게 보이드만."

"뭔 소리여?"

이묵은 지르퉁하게 눈을 흘겼다.

"내가 늬 속을 모를 줄 아냐? 맨날 딸내미 보고 싶어 함시로."

"내가 언제?"

"그러면 딸내미 사진은 뭣 하러 담고 댕기냐?"

그는 속내를 들킨 것 같아 속이 뜨끔했으나 우정 태연하게 말했다.

"보고 잪어서가 아니여."

"보고 잪어서가 아니여."

송월댁이 어눌하고 투박한 이묵의 말을 따라 했다.

"벵신. 구신을 속여라."

"병신 아니여!"

이묵은 벌컥 화를 내면서 망원경을 내던졌다.

"내가 왜 병신이여? 당신은 뭣이 그리 잘났어?"

어처구니없게 눈물 방울이 떨어질 것 같아 얼른 샘 쪽으로 몸을 돌렸다.

"시불 년."

낮게 욕을 내뱉었다. 젖통이 똥 덩어리보다 더 더럽게 보인다고 퍼부어 주고 싶었으나 소주를 얻어먹기 위해 꾹 눌러 참았다. 평소보다 더욱 심하게 기우뚱거리는 걸음새로 샘으로 다가들었다. 바가지에 물을 떠서 입에 들이댔다. 목으로 넘어가는 바가지 물에 눈물방울이 떨어져 몸 안으로 다시 들어갔다.

 햇살은 여전히 불침처럼 따갑게 내리꽂히고 있었다. 그는 머리가 뜨거워 평상 그늘로 기어 올라갔다. 바지 주머니에서 낡은 지갑을 꺼냈다. 손때가 반들반들한 고동색 지갑을 조심히 펼쳤다. 속 비닐에 끼워진 사진 속에서 딸이 환하게 웃고 있었다. 하얀 교복 차림에 단정하게 빗어 넘긴 머리칼이 윤기로 번쩍거렸다. 고르게 난 건강한 치아와 잇몸이 귀여운, 세상에서 가장 사랑하는 딸이었다. 지금 몇 살일까? 아들과 두 살 터울이었는데 아들이 몇 살인지 알 수가 없었기 때문에 딸의 나이도 짐작할 수가 없었다. 하지만 딸은 이쁘고 착하고 부지런해서 어디서든 잘 살고 있을 것이었다.

 덜덜덜덜.

 송월댁이 성인용 보행기를 밀면서 다가왔다.

 이묵은 지갑을 급히 갈무리하고 송월댁을 외면했다. 병신이라던 말이 생각할수록 괘씸했다. 송월댁은 솔직히 자신보다 잘난 것이 하나도 없었다. 40대에 남편을 잃었고, 큰아들은 고등학생 때 저수지로 떠내려 온 볏단들을 주우러 들어갔다가 익사했다. 송월댁과 함께 살던 둘째 아들도 간질로 고생하다가 10여 년 전에 죽었다. 기초생활 수급 대상자로 선정되어 보조금과 기부 물품 등을 받는 것이 자신보다 나은 점이라고 할 수 있었으나, 그마저도 하나 남은 딸이 수시로 와서 긁어가 버리곤 했다.

 송월댁이 조금 전에 이묵이 먹다 남은 소주병을 평상에 내려놓았다. 이마에 맺힌 땀을 훔치면서 미역 무늬 블라우스를 벗었다.

"물이나 한 바가지 끼얹어라."

빨랫돌에 배를 대고 갈비뼈가 앙상하게 드러난 등을 구부렸다. 그녀의 등은 다듬잇돌처럼 검누렇게 반들거렸고, 찌그러진 젖통 하나가 빨랫돌 옆으로 비어져 나와 있었다. 검버섯이 덕지덕지한 목덜미에는 쥐젖들이 추물스럽게 돋아나 있었다.

이묵은 마지못해 일어나 샘으로 다가갔다. 늘 그래 왔듯이 바가지로 물을 떠서 송월댁 등판에 천천히 흘려보냈다.

"ㅇㅇㅇㅇ… ㅇㅇㅇㅇ."

차갑다는 뜻인지 시원하다는 뜻인지 송월댁이 이빨 빠진 신음을 연신 내질렀다. 이묵은 다시 물을 한 바가지 떠다가 천천히 부어 주면서 손으로 등을 문질러 주기도 했다. 그 사이에 송월댁에 대한 노여움도 말갛게 가라앉고 있었다.

평상으로 올라와 소주병을 집어 들었다. 마지막 한 방울까지 말끔하게 목젖 너머로 털어 넣고 끄윽 트림을 했다. 송월댁이 옆으로 올라와 블라우스로 상반신의 물기를 훔쳐냈다.

퍼억!

저수지의 돼지 사체 하나가 폭발하는 소리였다. 더러운 고깃점들이 1미터가량 치솟았다가 푸르르 쏟아져 내렸다.

"퉤! 벼락이나 맞을 것들!"

송월댁이 가래침을 칵 뱉었다. 피와 살점들이 썩어가는 지독한 악취가 금세 스멀스멀 밀려드는 듯했다. 감나무 위에서는 햇볕을 톱질하는 듯한 매미 소리가 터져 나오곤 했다.

졸음이 오는 듯 송월댁이 모잽이로 누웠다. 감나무 잎사귀에 찢긴 햇살이 송월댁의 젖가슴을 떠듬적거렸다. 송월댁은 늘 그렇듯이 누에고치 속의 번데기 같은 모습으로 편안히 낮잠에 빠져들었고, 이묵은 감나무에 등을 기댄 채 꾸벅꾸벅 졸기 시작했다.

지난해 여름밤이었다. 전날 밤에 왔던 도박꾼 넷이 오후부터 삼겹살 파티를 하더니 저녁에는 목포에서 접대부 넷을 불러들였다. 백숙으로 저녁을 먹고 나서 전축에서 흘러나오는 음악 소리에 맞춰 쌍쌍이 춤을 추며 노래를 부르다가, 일부는 화투를 치거나 방에 들어가 몸을 풀기도 했다. 아내는 분주하게 그들에게 술과 음식을 제공했고, 이묵은 허드렛일을 거들면서 틈틈이 술을 홀짝거렸다.

요란한 사이렌 소리와 함께 순찰차가 들이닥친 것은 자정이 조금 넘어서였다. 그날 밤 느닷없이 순찰을 나온 파출소장은 남녀가 어우러진 난잡스러운 술판과 널려 있는 화투장들, 그리고 전축에서 흘러나오는 요란한 음악 소리에 잔뜩 눈살을 찌푸렸다. 도박꾼들과 접대부들을 앞혀 놓고 일장 훈시를 한 다음 당장 돌아가도록 명했다. 아내가 조용히 하겠다면서 자고 갈 수 있도록 해달라고 간청했으나 막무가내였다. 떠나지 않으면 당장 체포하겠다는 말에 도박꾼들과 접대부들이 대리기사를 불러 마을을 떠났다.

그러고 나서도 파출소장은 아내를 집요하게 욱대겼다.

"대단하구만, 대단해! 여기는 완전히 아줌마 세상이여. 소문은 들었지만 정말 대단해서. 그동안 전혀 눈치를 못 챘거든?"

아내는 아니꼬운 듯했으나 담배 연기를 어둠 속으로 불어 내면서 아무런 대꾸도 하지 않았다.

"아줌마. 이번엔 그냥 가지만, 다음에는 콧물도 없어. 알았어?"

그렇게 단단히 경고를 하고 나서 파출소장이 순찰차에 올라탔다. 경광등을 요란하게 깜박이면서 사장거리를 넘어갔다.

아내가 움직이기 시작한 것은 그 직후였다. 순찰차가 어둠 속으로 사라지기가 무섭게 담배꽁초를 비벼 던지고 송월댁 집으로 향했다. 점점 걸음을 빨리하는가 싶더니 방문을 우지끈 열고 들어가 송월댁을 끌어냈다. 아내가 어떻게 알았는지 지금도 궁금하지만, 송월댁이 잠을 잘 수가 없다면서 파출소에 전화를 했다는 것이었다.

아내는 송월댁을 샘으로 끌고 갔다. 한 손으로 머리를 움켜쥐고 번쩍 안아서 우물 속에 처박았다. 송월댁이 아우성을 치면서 허우적거렸다. 이끼 낀 석축을 양손으로 붙잡고 밖으로 나오려고 안간심을 썼다. 하지만 그때마다 아내는 송월댁을 안으로 밀어 넣으면서 머리를 힘껏 눌러 버렸다. 송월댁이 머리를 쳐들 때마다 다시금 밀어 넣기를 되풀이했고, 송월댁이 결국 숨넘어가는 소리로 울부짖었다.

"잘못했다……! 잘못했다……! 잘못했다……!"

하지만 아내는 냉혹했다. 그 뒤로도 집요하게 머리를 물속에 짓누르고 있다가 송월댁이 축 늘어져서야 밖으로 끌어냈다. 그러고서도 직성이 풀리지 않는지 송월댁을 빨랫돌에 눕혀놓고 잇달아 뺨을 후려쳤다. 담배를 피워 문 채 10여 분 동안 화풀이를 하고서야 우물을 떠났다.

칡넝쿨 사이에 몸을 숨긴 채 줄곧 숨을 죽이며 지켜보던 이묵은 아내가 완전히 집으로 들어간 후에야 살금살금 다가갔다. 으스름한 어둠 속에서 송월댁이 부들부들 떨고 있었다. 사레들린 것처럼 캑캑 재채기를 하다가 이따금 경련을 일으키듯 몸을 뒤틀었다. 앓는 소리를 연신 내뱉으며 숨길을 되찾으려 안간힘을 썼다.

이묵은 급히 집으로 달려가 아껴둔 양주를 가져왔다. 수년 전 어떤 낚시꾼이 주고 간, 한 잔 정도 남은 양주를 송월댁 입안으로 조심스럽게 흘려 넣었다. 집 안으로 데리고 가서 옷도 갈아입히고 전신을 주물러 주었다. 그녀가 죽으면 심심할 것 같아 다음 날 아침에는 참붕어도 한 마리 고아 주었다. 송월댁은 이묵의 정성 어린 간병으로 사흘 만에야 겨우 정상으로 돌아왔다.

이날 사건은 아내의 장사에 큰 타격을 주었다. 그 후로 2, 3일에 한 번씩 순찰차가 폐가 주변을 어슬렁거렸고, 군청 위생계 직원도 다녀갔다. 농어촌공사에서는 낚시 금지 표지판을 세워놓고 이를 어긴 자에게는 벌금을 부과하겠다는 현수막까지 내걸었다. 따라서 아내가 장사를 할 수 있는 날은 어제처럼 폭우가 내리거나 폭설이 내리는 날뿐이었고, 그때에도 이묵 내외는 수시로 밖의 동정에 귀를 기울여야만 했다.

그리고 지난 초여름이었다. 신북장에 다녀오던 이묵은 사장거리 어귀에서 급히 경운기를 돌렸다. 육중한 몸집에, 머리칼이 허연 사내가 평상 위에 앉아 있었다. 총각 시절에 경운기꾼으로 자신을 고용했던 박일두 사장이 아들 내외와 점심을 먹고 있었다. 잠깐 스쳐본 것이지만, 박 사장의 모습은 예전과 크게 다름이 없었고, 한쪽에는 고급 회색 승용차가 주차돼 있었다.

그날 박 사장과 마주치고 싶지 않아 다시금 신북으로 나온 이묵은 용담천 둑길로 우회하여 천천히 집으로 돌아왔다. 진입로보다 두 배나 더 먼 거리였지만, 아내가 혼자 있을 때도 되도록 둑길을 이용했다.

마당을 뒤흔드는 듯한 헬기 소리에 이묵은 눈을 치떴다. 자신도 모르게 평상에서 낮잠이 든 것이었는데, 송월댁은 어디로 갔는지 보이지 않았다.

태양 빛이 부챗살처럼 내리비치는 저수지 위에서 파란 등껍질의 헬기가 빙빙 돌고 있었다. 이따금 물보라를 일으키면서 저수지를 탐색했다. 주황색 소방 보트 네 척이 저수지 가장자리에서 숨을 죽이고 있었다. 그리고 저수지 주변의 농로며 둑방에는 오전보다 더욱 많은 사람들이 헬기의 수색 작업을 지켜보고 있었다.

기관장들은 송월댁네 마루에서 담소를 나누고 있었다. 끊겼던 대화를 잇듯이 군수가 큰 소리로 말했다.

"아무튼 폐가도 문제입니다. 조금 전에 면장한테 물어봤더니, 철거가 쉽지가 않답디다. 전부터 몇 번이나 저 집들을 철거하려고 했는데, 저기 한옥은 건물을 뜯으면 세금이 올라간다고 아들놈들이 들은 척도 안 하고 있고, 슬래브 집하고 칡덩굴에 덮인 집은 소유자 행방을 아는 사람이 없대요."

"나쁜 사람들이네요. 남은 사람들이라도 잘 살게 해 주어야지."

경찰서장이 개탄했다.

하지만 이묵은 철거가 어렵다는 군수의 말에 내심 안도했다. 폐가들이 철거된다면 자신은 노숙을 할 수밖에 없었던 것이다.

군수는 자신의 치적을 홍보하듯이 얘기를 계속했다.

"철거도 문젭니다. 제가 올해부터 폐가 처리 비용을 한 동당 1백만 원에서 2백만 원으로 상향시켜 지원하고 있는데, 폐기물 업체에서는 한 동당 기본적으로 5백만 원을 달라고 한답디다. 그러니 누가 철거하겠습니까?"

"아, 그러면 저 저수지 쓰레기 처리 비용은 얼마나 들까요?"

앞에 있던 회색 양복 차림의 중년 사내가 끼어들었다. 비디오카메라를 메고 있는 청년과 나란히 서 있는 것으로 보아 아들이 전화로 불러들인 언론사 기자인 모양이었다. 화제가 자연스럽게 쓰레기 처리 문제로 넘어가려는 순간, 경찰서장이 벌떡 일어나 조용히 하라는 시늉을 하면서 무전기를 귀에 들이댔다.

"응, 응. 알았어."

그리고는 저수지 중앙의 쓰레기 더미를 가리켰다.

"저 아래쪽에 뭔가 있답니다."

헬기가 높직이 떠올라 저수지를 선회하는 가운데, 구명보트 두 대가 저수지 중앙으로 질주하고 있었다. 수상 구조대원들이 나뭇가지들이 쌓여 있는 저수지 한가운데로 접근하여 잡초와 갈대 더미들을 걷어내는 순간 파란 색채가 언뜻 눈에 띄었다. 사람들 속에서 탄식과 비탄의 소리가 울려 퍼졌다. 아들이 처절하게 울부짖으며 아래로 달려 내려갔다. 구급차가 빵빵거리면서 뒤를 따랐고, 아내와 며느리도 허위허위 달려갔다.

구조대원 하나가 손자를 구명보트에 싣는 순간 이묵은 자신이 아침에 본 장면이 또렷하게 떠올랐다. 분명히 소변을 보고 돌아서던 손자는 찌가 움직이는 것을 발견하고 낚싯대로 돌진했다. 이묵이 본 장면은 거기까지였다. 하지만 그 순간 뭔가에 발이 걸린 듯 손자가 중심을 잃고 물속으로 추락했다. 추락 장면을 보지는 못했지만 그렇게 사라진 게 틀림없었다.

수상 구조대원들이 황색 시트로 감싼 시신을 싣고 보트를 몰고 왔다. 소방관들이 들것으로 시신을 옮기는 모습을 보면서 아들 내외가 고통스럽게 울부짖었다. 두 사람이 구급차에 올라타자, 아내가 손녀를 안고 뒤따라 올라갔다. 경찰 헬기가 임무를 마친 듯 높다랗게 저수지를 선회하다가 광주 쪽으로 가뭇없이 사라졌다.

구급차가 천천히 이쪽으로 올라왔다. 마당 어귀에 멈춰 서서 소방서장을 비롯한 기관장들에게 간략히 목적지를 설명하고 길을 재촉했다.

뒤미처 사람들이 일사불란하게 차를 몰고 마을을 빠져 나가기 시작했다. 제시간에 퇴근할 수 있게 돼서 천만다행이라면서, 다들 고생했다고 악수를 나누면서 차량들을 몰고 총총히 귀가를 서둘렀다. 공연이 끝난 야외극장을 빠져나가듯이 질서 있게, 가끔은 신경질적으로 경음기를 울리면서 용담골을 빠져나갔다.

태양이 다소 미안한 표정으로 서산마루에 엉거주춤하게 걸터앉아 있었다. 송월댁이 그제야 젖가슴을 덜렁거리면서 방에서 기어 나왔다.

이묵은 급히 망원경으로 사장거리를 보았다. 검정 개가 쓰레기봉투들 주변에서 코를 킁킁거리고 있었다. 음식을 찾듯이 계속 주변을 두리번거렸다. 마음이 다급했다. 경운기로 다가가 서둘러 시동 모터 버튼을 눌렀다.

  탕…! 탕…! 탕…! 타타타타타타.

  발작적으로 재채기를 내지르면서 경운기가 눈을 부릅떴다. 이묵은 3단 고속으로 기어를 넣고 경운기를 몰기 시작했다. 노을빛을 가르면서 사장거리로 내달았다. 개가 쓰레기봉투를 찢어 버리기 전에 도착해야만 했다. 오늘은 운 좋게 아내도 없었다. 참으로 오랜만에 배불리 먹을 수 있을 거라는 기대감으로 이묵의 얼굴에는 참을 수 없는 미소가 번져 나왔다.

                                                〈2020년〉

1

 핑크뮬리처럼 연한 분홍빛 머리를 한 여인이 대형 캐리어를 밀면서 마당을 질러왔다. 회색 코트 밑으로 드러난 목이 긴 가죽 부츠가 낚시로 막 건져 올린 고등어처럼 검푸르게 번들거렸다. 외할머니였다.
 나는 식당을 나와 반갑게 맞았다.
 "오우 김초희, 이뻐졌는데? 나는 어뜬 아가씬고 했네?"
 외할머니는 선글라스를 벗으면서 살짝 눈총을 보냈다.
 "잘 있었니?"
 "나야 항상 오케이지."
 캐리어를 받아들고 식당으로 모시고 들어갔다.
 하지만 어머니는 한심하다는 눈빛으로 외할머니를 쏘아보았다.
 "……기생년도 아니고 당골네도 아니고, 머리가 그게 뭐여?"

말끝에 '미친년'이라는 욕지기가 묻어 나왔다. 오랜만에 온 외할머니에게 건넨 인사말치고는 좀 너무한다 싶었다.

하지만 외할머니는 어머니의 구박에 이미 이골이 나서인지 어깨만 으쓱했을 뿐 아무런 대꾸도 하지 않았다. 나는 계속 못 들은 척하라는 눈짓을 보내면서 어정쩡하게 서 있는 외할머니를 의자에 앉혔다.

"나이가 일흔이나 처묵었으면 나잇값을 해야지……."

이번에는 말끝에 혀를 끌끌 찼다.

"나는 이쁜데?"

"미친놈!"

내가 외할머니를 감싸자 대번에 욕망치가 내게로 날아왔다. 나와 외할머니를 한참 동안 싸잡아 노려보다가 다시 혀를 끌끌 차면서 식당을 나갔다. 귀밑까지 내려오는 등산용 털모자를 눌러쓰고, 고동색 목도리를 목에 둘둘 휘감았다. 마당으로 내려서더니 화풀이하듯이 트랙터에 부착된 굴삭기에 삽과 대 빗자루들을 던져 넣었다. 도끼날 같은 눈으로 다시 한번 외할머니 쪽을 찍어 보고는 트랙터의 시동을 걸었다. 120마력짜리 대형 트랙터가 불만스럽게 툴툴거리면서 불티가 뒤섞인 매연을 뿜어내다가 비릿한 기름 냄새를 내갈기면서 집을 빠져나갔다. 무를 수확하기 위해 시오리 떨어진 개간지로 가는 중이었다. 농산물 중간상인이자 인력회사 사장인 종학에게 외국인 노동자 15명을 데리고 오후부터 작업을 해 달라고 한 상태였다. 사흘 전 내린 폭설로 2헥타르나 되는 무밭이 얼어가고 있었는데, 비룟값이라도 건지기 위해 오늘부터 조금씩 출하 작업을 할 작정이었다.

나는 잔뜩 주눅이 든 외할머니에게 점심을 차려 드렸다.

"밥이나 먹어. 아무 걱정하지 말고."

냉장고에서 반찬통들을 꺼내 식탁에 늘어놓았다.

외할머니의 표정이 겨우 밝아졌다.

"하아, 맛있겠다."

짐짓 호들갑스럽게 수저를 들고 며칠 전에 어머니가 담근 김장 김치로 식사를 시작했다. 나는 맞은편에 앉아 부잣집 치와와처럼 곱상하게 생긴 외할머니와 도사견처럼 표독스럽게 생긴 어머니가 진짜 모녀 관계가 맞는지 이참에 유전자 검사를 한번 해보고 싶은 충동이 일었다.

"뭔 일이여? 김 씨하고 잘 지낸다고 했잖아."

"죽었어."

연신 숟갈질을 하면서, 보름 전에 사망했다고 말했다. 원인은 심근경색. 장례식을 마친 후 그분 아들이 수고비로 몇 푼 줘서 멋 좀 부렸다고 말했다. 젊어서 남편을 잃은 외할머니는 이 남자 저 남자와 만남과 헤어짐을 반복하면서 부초처럼 떠돌았다. 환갑이 넘은 후 나의 간곡한 요청으로 어머니와 함께 기거하기도 했지만, 어머니의 구박을 견디지 못하고 가출하기 일쑤였다. 반년 전에는 공무원으로 퇴직한 사내와 함께 살게 되었다는 연락이 왔는데, 그마저도 저승으로 가 버린 모양이었다.

"한잔할래?"

외할머니가 캐리어에서 양주를 한 병 꺼냈다.

나는 머리를 저었다.

"저녁에 하세, 지금 일 가니까."

"그러자."

외할머니는 손가락으로 배춧잎 하나를 길게 찢었다. 초록과 심홍색이 어우러진 인조 손톱 장식이 비단벌레가 날아다니는 것처럼 눈길을 어지럽혔다.

외할머니의 등 뒤로 다가가 앙상한 어깻죽지를 끌어안고 가만히 숨을 들이마셨다. 외할머니에게서는 세상에서 가장 좋아하는 여인의 살 냄새, 논둑 길에 피어난 갈꽃 냄새가 풍겼다.

"얼른 가. 늬 엄마 잔소리하기 전에."

"알았어."

나는 아쉬움을 내려놓고 식당을 나왔다. 마당에는 눈발이 간간이 떨어지고 있었다. 허청에 있던 닭들이 추운 듯 한구석에 모여 앉아 깃을 맞대고 있었다. 닭장 어귀에서는 검은 고양이 한 마리가 한가롭게 털을 핥고 있었다.

나는 용달차를 몰고 급히 마을을 나왔다. 마을 뒷산을 넘어서자 저 멀리 어머니의 트랙터가 보였다. 빨리 오라고 다그치듯 트랙터의 연통에서 이따금 불꽃이 피어오르곤 했다.

군복 차림에 소총을 거머쥔 아버지의 영정과 울긋불긋한 단풍잎 모양의 무공 훈장, 국방색 보자기로 싼 네모난 유골함. 집 앞에 즐비하게 늘어선 군용 트럭들과 이따금 무서운 기세로 타오르는 화톳불, 그 을씨년스러운 분위기 속에서 술에 취해 떠들어대던 남정네들과 팥죽을 한 그릇이라도 더 먹기 위해 아귀다툼을 하던 아낙네들…….

은옥의 기억 저 깊은 곳에서 지금도 빛바랜 무성 영화 화면처럼 떠오르는 장면들이었다.

그날 어머니는 혼이 빠져나간 사람처럼 방 안에 멀거니 누워 있었고, 은옥은 이따금 아버지의 영정에 절을 하곤 했다.

자. 다시 무릎 꿇고 앉아라.

큰 키에 말처럼 긴 얼굴의 아버지 친구는 이따금 주먹으로 눈물을 훔치면서 술을 따라주었고, 또 다른 친구들은 술을 마시면서 연신 혀를 찼다.

미친 자식, 뭔 돈을 번다고 월남에 갈 것이여.

그런께 말이여. 태권도 좀 한다고 깝싹거릴 때부터 내가 알아봤지.

그나저나 인자 은옥이 엄마가 걱정이구만.

아버지 친구들이 떠들어대는 소리에 은옥은 월남이 어디인지 궁금했으나 아무도 말해 주지 않았다.

장례를 무사히 치른 뒤에도 아버지의 친구들은 어머니가 걱정되는 듯 매일같이 집에 드나들었다. 누가 먼저랄 것도 없이 화투판을 벌이고, 거기에서 돈을 딴 사람은 고기를 사다가 어머니를 대접하곤 했다.

좀 먹어요. 은옥이를 생각해서 힘을 내야지. 입맛이 없으면 술이라도 한잔해요. 옳지 그렇지.

노래도 한 곡 하고. 한잔 마셨으면 노래를 해야 할 거 아니오. 자, 다들 박수!

그러면 어머니는 못 이긴 척 '홍도야 우지 마라' 등 조금은 슬픈 노래를 간드러진 목소리로 부르기 시작했다. 아버지의 친구들은 금세 원숭이 떼처럼 기성을 내지르면서 젓가락 장단으로 호흡을 맞췄고, 한 곡이 끝나면 앙코르를 외쳤고, 어머니는 또 못 이기는 척 몇 곡을 더 불렀다. 가끔은 취기 때문인지 어머니는 노래하는 도중에 울기도 했는데, 아버지의 친구 중 누군가는 안쓰럽다는 듯이 어머니를 안아 주었고, 그러다 또 그 누군가는 어머니를 안은 채 잠이 들었다.

은옥이 학교에 가기 위해 작은방을 나서면 부스스한 얼굴로 억지로 눈을 치뜬 어머니는 윗목에 있던 지폐를 한 장 내밀었다.

엄마가 미안. 가다가 빵 사 먹어.

은옥은 따뜻한 흰밥이 먹고 싶다고 말하고 싶었으나, 이미 방문이 닫힌 후였다.

어쩔 수 없이 은옥은 집을 나섰다. 2킬로미터쯤 되는 등굣길을 혼자서 타박타박 걸어가다가 학교 앞에서 빵과 우유를 샀다. 악취가 풍기는 음침한 재래식 화장실에서 소리 없이 빵을 뜯어 먹었다. 부드러운 카스텔라 빵이었지만, 마지막 조각을 억지로 넘긴 딱딱한 느낌은 우유를 마셔도 가시지를 않았다.

아버지의 친구들은 친절했다. 아버지가 군대에 있을 때와 마찬가지로 매년 뒷골 서 마지기 논에 쟁기질을 하고, 모내기를 하고, 농약을 쳤다. 다들 솔선해서 어머니를 거들었고, 어머니도 그들의 성의를 잊지 않았다. 그들이 일할 때는 요리 솜씨를 발휘하여 정성껏 대접했다. 함께 식사하고, 술잔을 주고받다가, 감사의 의미로 노래를 불러 주고, 전축을 켜놓고 춤까지 추었다.

덕분에 집안에는 차츰 활기가 차오르면서 시든 나팔꽃 같던 어머니의 모습도 어느덧 화사하고 고운 자태를 되찾았다.

그러구러 5학년이던 어느 여름날이었다. 화장실에서 점심용 빵을 먹고 교실에 들어서던 은옥은 자신의 공책에 빨간 색연필로 터무니없이 크게 그려놓은 여성의 성기를 보았다. 등 뒤에서 들리는 아이들의 비웃음 소리에 자신도 모르게 책가방을 챙겨 들고 뛰쳐나왔다.

그날, 정신이 든 것은 차가운 빗방울 때문이었다. 와우산 중턱의 신작로를 걷고 있던 그녀는 급히 비를 피할 곳을 찾았다. 소나기라도 몰아치려는 듯 거센 마파람과 함께 소나무 우듬지들이 윙윙거리고 사위가 시커멓게 변했다. 다급한 마음에 와우산 계곡으로 뛰어들었다. 악어 머리처럼 돌출한 바위 밑으로 음침한 공간이 눈에 띄었다. 마파람에 휘청거리는 신우대 숲을 젖히고 득달같이 안으로 기어들었다. 그녀가 바위 밑으로 몸을 들이미는 순간 세찬 빗줄기가 쏟아져 내렸다. 산을 부숴 버릴 듯한 천둥소리에 비바람은 더욱더 거세어졌고, 번개가 눈앞에 내리꽂힐 때마다 심장이 갈라지는 것처럼 섬찟했다.

바위 밑은 의외로 넓었다. 어른 키만 한 높이에 두어 사람이 기거할 만한 넓이의 동굴이었다. 오래전에 누군가 드나든 듯 수직으로 된 안쪽 암벽에는 비뚤배뚤 한자가 쓰여 있었다. 한구석에 짐승들의 배설물 찌꺼기와 벌레들이 눈에 띄었으나 은옥은 전혀 개의치 않았다.

비는 잦아드는 듯하다가 쏟아지기를 반복했다. 신우대들이 휘청거리는 틈으로 계곡물이 요동치며 흘러내리는 것을 멍하니 바라보고 있던 은옥은 연신 하품을 했다. 한숨 자고 싶었다. 가방에서 책들을 꺼내 바닥에 깔았다. 그 위에 다리를 뻗고 길게 누웠다. 퀴퀴한 곰팡내와 배설물의 악취도 이제는 편안하게 느껴졌다.

오랜만에 단잠을 자고 일어났을 때는 이미 비가 그친 후였다. 먼 서산 마루에 턱을 괴고 있던 태양이 다소 미안한 듯 홍조를 머금고 있었다. 숲을 물들인 노을빛이 스러지고, 검푸른 이내가 내리는 것을 무연히 바라보다가 사위가 완전히 깜깜해져서야 은옥은 동굴을 나왔다. 입구를 조릿대와 신우대 등으로 가려놓고 타박타박 집으로 향했다. 다음 날에도, 그다음 날에도 빵과 우유를 사 들고, 만화를 빌린 후 굴속으로 들어가 하루를 보냈다. 만화를 보다가, 골판지 같은 빵을 뜯어 먹다가, 낮잠을 자곤 했다. 때로는 바위 위로 올라가 저 아래 개간지에서 사람들이 시끄럽게 떠들면서 일하는 광경을 구경하기도 했고, 가끔은 해가 지기가 무섭게 개간지를 떠나는 사람들을 보면서 자신도 따라가고 싶다는 충동을 느끼기도 했다.

어느 날, 집을 나서던 길에 어머니가 물었다.

너, 학교에 안 가니? 누가 널 여시굴(여우굴)에서 봤대.

일전에 약초를 캐러 온 이웃집 할머니에게 들킨 적이 있었는데, 어머니에게 고자질한 모양이었다. 옆에 있던 사내가 목을 길게 늘여 빼고 킬킬거렸다.

놔두시오. 저것이 지 애비를 탁한 것 같소. 상철이도 맨날 학교에 안 가고 여시굴에서 빠구리 쳤거든.

그러면서 사내는 어서 가라면서 방문을 닫았다.

그날 오전 은옥은 굴속을 자세히 살폈다. 석이버섯 같은 곰팡이가 더덕더덕 붙어 있는 암벽의 낙서에서 그녀는 마침내 아버지의 이름을 찾아냈다. 까만 크레용으로 쓴 '崔相哲(최상철)'이라는 한자였다. 어둠 속에서 아버지의 손을 맞잡은 것처럼 그리움이 왈칵 솟구쳤다. 가슴이 홧홧해진 은옥은 아버지의 이름이 적힌 여우굴이 자신의 집처럼 여겨졌다. 종이 박스와 홑이불을 가져다가 굴속을 방처럼 꾸몄다. 사람들의 눈에 띄지 않도록 신우대와 조릿대, 잡초 등을 얽어 입구를 막았다. 어머니의 노랫소리와 사내들의 웃음소리가 듣기 싫어 오밤중까지 머무르는 일이 잦아지면서 여우굴은 그녀의 보금자리가 되었다.

그날도 자정이 다 돼서야 집으로 들어서던 은옥은 멈칫 걸음을 세웠다. 어두컴컴한 마당에서 10여 명의 아낙네가 웅성거리는 게 보였다. 짐승의 사체를 뜯어먹는 까마귀 떼처럼 연신 파닥거리면서 어머니의 몸 위로 똥물을 끼얹곤 했다. 욕설을 퍼붓거나 더러는 발길질도 하면서, 알몸이 된 어머니의 전신에 똥물을 퍼부었다. 지독한 악취로 정신이 얼얼했다. 이미 목숨이 끊어진 듯 어머니는 미동도 하지 않았다.

은옥은 방으로 가기 위해 어쩔 수 없이 인기척을 냈다. 아낙네들이 다소 놀란 듯 서로 눈치를 교환하다가 서둘러 집을 빠져나갔다.

은옥은 코를 한 손으로 막고 똥바가지들을 치웠다. 부엌의 물항아리에서 물을 떠다가 어머니의 몸에 끼얹었다. 그러자 신기하게도 어머니가 조금씩 움직이기 시작했다. 멈추었던 심장이 다시 뛰는 듯 사지를 조금씩 움직여 토방으로 기어 올라갔다. 섬돌에 엎드린 채 얼굴이며 몸뚱어리며 머리에 묻은 똥 덩어리와 휴짓조각들을 떼어냈다. 털이 문드러진 쥐처럼 더럽고 징그러운 모습이었다. 어둠 속에 허옇게 드러난 어머니의 엉덩이를 짓밟아 버리고 싶었다. 어머니의 머리를 지근지근 짓뭉개 버리고 싶었다.

은옥은 불쑥불쑥 가슴에 곤두서는 살의(殺意)를 숨기고 샘에서 물을 길어다가 어머니의 몸에 계속 뿌렸다. 머리부터 발끝까지 비누칠을 하면서 밤새도록 몸을 씻던 어머니는 새벽닭 우는 소리에 구렁이처럼 천천히 안방으로 기어 들어갔다.

2

어둠 속에서도 무 작업은 계속되었다. 관리사 외등과 트랙터 미등에 의지해서 무 두둑에 쌓인 눈을 조심조심 쓸어나갔다. 똥똥하게 생긴 태국 청년과 보조를 맞춰가면서 거칠게 빗자루질을 해 댔고, 그때마다 미역 줄기처럼 검푸르게 얼어붙은 무 잎들이 진저리를 치며 깨어났다. 뒤따르던 인부들이 무를 뽑아 컨테이너 상자에 담으면 종학이 지게차로 번쩍 들어 냉동 탑차로 가져갔다.

어머니는 저쪽 산모퉁이에서 억척스럽게 무를 뽑고 있었다. 온종일 말 한마디 없이 작업에만 몰두하고 있었다.

지게차의 시동을 끄고 종학이 다가왔다.

"오늘은 고만하자."

상차 작업이 마무리된 모양이었다. 운전기사가 바쁜 손놀림으로 냉동 탑차의 옆면 패널을 턱턱 내리고 있었다. 이번이 세 대째, 오후 1시부터 밤 9시까지 태국인 10명과 베트남인 5명을 데리고 쉴 새 없이 작업을 했지만, 눈을 쓸면서 수확을 해선지 생각보다 작업이 더뎠다. 인부들은 이미 피곤한 모습으로 관리사 쪽으로 향하고 있었다. 붉은 털모자를 쓴 베트남 청년 하나는 벌써 관리사 앞에 주차된 봉고차로 올라가는 중이었다.

나는 여전히 무를 뽑고 있는 어머니에게 다가갔다.

"고만하세!"

하지만 어머니는 들은 척도 하지 않았다.

"최은옥?"

내가 어깨를 잡는 순간 어머니가 나를 확 밀쳤다. 멍멍히 쳐다보자 등을 돌린 채 관리사 쪽으로 휘적휘적 걸어갔다. 단단히 화가 난 듯 관리사로 들어가 버렸다.

다가오던 종학이 우려가 깃든 눈길을 보내왔다.

"종일 기분이 안 좋으신 것 같은디, 뭔 일 있냐?"

"외할머니가 오셨어."

종학이 크게 머리를 끄덕거렸다. 외할머니와 어머니의 사이가 나쁘다는 것은 근동에서 모르는 사람이 없었다.

"또 고생하겠다."

"고생은 무슨?"

나는 심상하게 말했다.

"내일 보자."

내 어깨를 다독거리고 나서 종학이 몸을 돌렸다. 인부들을 태운 봉고차를 몰고 냉동 탑차를 따라 개간지를 빠져나갔다.

5년 전, 함께 살던 남자와 헤어져 달방을 구하고 있던 외할머니에게 나는 시골로 내려오기를 간청했다. 딸아이 유치원 문제로 마침 내가 영암으로 분가했기 때문에, 외할머니가 거처할 방도 이미 마련된 상태였다. 남들처럼 어머니가 외할머니를 모시고 오순도순 사는 모습을 보고 싶었다. 외할머니를 설득하는 일은 그리 어렵지 않았다. 하지만 어머니의 반대는 예상보다 훨씬 더 심했다.

살인이 날 줄 알아!

칼을 목에 들이댈 듯이 겁박하기도 했다.

하지만 나는 포기하지 않고 집요하게 어머니를 설득하였고, 어머니가 이 세상에서 유일하게 존경하는 작은할아버지도 나의 생각에 전적으로 찬성하면서 지원을 아끼지 않았다. 외할아버지와 죽마고우이기도 했던 작은할아버지는 서울에서 수시로 내려와 어머니를 타일렀고, 두 분의 대화 사이사이에 이따금 고성이 오가기도 했으나, 시일이 지날수록 어머니의 반발심이 한결 누그러지는 것을 느낄 수가 있었다.

그리고 1년 후, 작은할아버지 내외를 따라 주춤주춤 집에 들어온 외할머니는 어머니에게 억지로 미소를 지어 보였다. 자신을 쏘아보고 서 있는 어머니에게 다가가 다정히 손을 내밀었다. 하지만 어머니는 외할머니의 어깨를 툭 밀치고 식당을 나가 버렸다. 개간지 일을 핑계로 온종일 돌아오지 않았다.

작은할아버지 내외가 섭섭한 기색으로 서울로 올라간 후, 오밤중이 돼서야 귀가한 어머니는 말없이 혼자서 식사를 마치고 안방으로 들어갔다. 30여 년 만에 이루어진 모녀간의 재회는 그렇게 싱겁게 끝났다. 하지만 나는 솔직히 가슴속에 차오르는 감격을 억제할 수가 없었다. 두 분 사이에 아무런 대화도 없었지만, 한집에서 기거하게 된 것만도 큰 진전이었던 것이다.

 이후로 나는 외할머니와 어머니가 아무리 다퉈도 눈 하나 까딱하지 않았다. 외할머니에게 수시로 욕을 퍼붓고 이따금 손찌검까지 했으나 차츰 나아질 거라 믿었다.

 관리사로 들어가자 어머니가 고단한 품으로 설거지를 하고 있었다. 인부들이 새참 때 사용한 식기들을 치우고 있었고, 등에서는 여전히 밤송이 같은 불만기가 느껴졌다.

 "먼저 가소."

 나는 어머니의 어깨를 잡았다.

 "너나 가!"

 어머니가 시큰둥하게 내뱉었다.

 "아따. 짜잔하게 어째 이런가 모르겄네."

 그러자 어머니가 고무장갑을 벗어 나의 얼굴을 때렸다.

 "왜 자꾸 그년을 끌어들이냔 말이여! 내가 싫다는데 왜 그래! 왜? ……."

 점점 소리를 높여 소리를 지르는가 싶더니 목이 갈라진 듯 허리를 숙이고 숨을 캑캑거렸다. 수분 후 허리를 쳐든 어머니의 얼굴이 물기로 가득했다.

 내가 다시 어깨를 잡으려 하자 고무장갑을 던지고 관리사를 나갔다. 내가 뒤쫓아가자, 용달차로 올라갔다. 단단히 골이 난 듯 차 문을 쾅 닫고는 집으로 가 버렸다.

 나는 쓴입을 다시면서 담배를 피워 물었다. 라이터 불을 켜자, 바람이 달려들어 날름 집어삼켰다. 파카 깃을 세워 불을 겨우 붙이고 목을 젖힌 채 허공으로 길게 연기를 뿜어냈다. 강렬한 외등 불빛 너머에서 별들이 추운 듯 눈을 껌벅이고 있었다. 별똥별 하나가 긴 꼬리를 가물거리면서 저 멀리 남녘으로 사라지고 있었다.

똥물 사건이 있은 지 사흘이 되던 날 밤이었다. 고물 용달차 한 대가 마당에서 멈추더니 반백의 키 큰 사내가 휘적휘적 들어왔다. 어머니를 번쩍 안아서 용달차 안으로 밀어 넣고, 들고 온 쌀 포대들 속에 어머니의 옷가지를 주섬주섬 담았다. 은옥의 책이며 물건들까지 챙겨서 차에 실었다. 어머니는 모든 것을 그에게 일임한 양 눈을 감고 있었다.
가자.
사내는 은옥의 손을 잡아끌었다.
불과 5분여 만에 짐을 챙긴 사내는 도망치듯 마을을 빠져나왔다. 은옥이 매일같이 걸어 다니던 신작로를 지나 국도로 진입했다. 언젠가 어머니를 따라간 적이 있는 영암읍 방향으로 차를 몰았다. 터널처럼 견고한 시커먼 어둠을 뚫고 한참을 달리다가 덕진다리 부근에서 우측으로 꺾어 들었다. 비포장 된 신작로를 따라 잠시 올라가다가 골목으로 접어드는가 싶더니 슬래브 집 마당에서 덜컥 멈췄다.
내립시다!
사내가 우정 큰소리로 환영하듯 말했다. 서둘러 이쪽으로 다가와 은옥과 어머니를 차례차례 안아 내렸다.
사내를 따라 들어간 거실에는 환한 샹들리에 조명이 빛나고 있었고,

벽면의 찬장에는 고급 식기들이 번쩍거렸다. 안방과 작은방에도 침대와 가구들이 갖춰진 부티 나는 집이었다. 사내는 두 사람을 거실에 앉혀 놓고 익숙한 솜씨로 밥상을 차려왔다. 갈비찜에 생선구이까지 곁들인 푸짐한 밥상이었다.

솜씨는 없지만 맛있게 먹어요!

어머니에게 숟가락을 직접 쥐어 주며 말했다. 어머니는 풀이 죽은 모습으로 눈물을 훔치고는 깨지락깨지락 숟가락을 놀렸다. 사내는 은옥에게도 정감 어린 눈길을 던졌다.

인자 여기가 늬 집이다. 학교도 내가 오늘 이곳으로 옮겨 놨은께 내일 나하고 같이 가자.

머리칼이 반백이었으나 사내의 얼굴은 주름살이 별로 없는 건강한 모습이었고, 무엇보다도 선한 눈길이 마음에 들었다. 사내는 그렇게 은옥의 새아버지가 되었다.

새아버지에게는 아들이 둘 있었다. 하지만 둘 다 광주에서 대학에 다니고 있었기 때문에 신경을 쓸 일이 거의 없었다. 둘째는 다소 불만스러운 기색이었지만, 큰아들은 은옥을 친동생처럼 대하면서 가끔 참고서를 사 주기도 했다.

새아버지는 어머니에게 매우 헌신적이었다. 집안일을 마친 어머니가 무료한 나머지 텃밭에서 호미질이라도 할라치면 즉시 달려가서 데리고 나왔다. 전답이 50여 두락이 넘는 대농이었으나 모든 일을 능숙하게 처리해 나갔다.

물론 새아버지 혼자서 할 수 없는 일도 있었다. 특히 경운기에 설치한 호스 분무기로 농약을 할 때는 누군가 호스를 잡아줘야만 했다. 하지만 그때도 새아버지는 은옥에게 도움을 청했다.

  네가 엄마보다 키가 크니까 나 좀 도와다오.

  당시 이미 신장이 160센티가 넘었던 은옥은 어쩔 수 없이 새아버지를 따라나섰다. 처음 해본 농사일은 다소 힘들고 고단했다. 알싸한 농약 냄새도 싫었고, 더욱이 뜨거운 뙤약볕 아래서 줄을 당겼다가 풀어주곤 하는 것은 여간 고역스러운 게 아니었다. 하지만 그날 밤 새아버지로부터 용돈을 받고 나서 그녀는 생각을 고쳐먹었다. 당당하게 용돈을 받고 싶어 새아버지가 도움을 청할 때면 선뜻 따라나섰다. 낫을 들고 논둑의 잡초를 베기도 했고, 밀짚모자를 쓰고 뙤약볕에서 고추를 따기도 했다. 하지만 대부분의 일은 새아버지가 거의 혼자서 처리했다. 이따금 은옥에게 시킨 일도 용돈을 주기 위한 소소한 것들이 대부분이어서, 은옥은 새아버지가 시킨 일은 뭐든지 다했다.

  새아버지의 배려로 어머니도 서서히 자긍심을 회복해 나갔다. 집 안에서 요리하거나 빨래를 하거나 청소를 하는 게 일과였던 어머니는 이듬해부터 영암장에 나다녔고, 또 한 해가 흐른 후에는 이따금 아는 사람을 만났다면서 술을 한잔 걸치고 오기도 했다. 여름날 아침 나팔꽃처럼 연분홍빛으로 화사하게 되살아난 어머니가 외출을 할 때면 새아버지는 사랑스럽게 바라보곤 했다. 어머니가 반찬을 걸게 장만해서 이웃과 함부로 나눠 먹고, 또 어떤 날은 이웃들과 술을 마시다가 마루에 잠들어 있기도 했지만 새아버지는 눈살 한번 찌푸리지 않았다.

  어머니는 가끔 따분해 보였다. 집안일을 마치고 나면 스쿠터를 타고 들판을 돌아다니든가, 새아버지가 일하는 모습을 구경하든가, 들꽃을 꺾어 머리에 꽂기도 했다. 더러는 새아버지와 농담을 주고받거나, 노래를 부르거나, 혼자 술에 취해 잠이 들기도 했다.

술과 노래. 어머니가 예전처럼 이 두 가지에 젖어가는 것을 보면서 은옥의 가슴속에는 다시금 위기감이 스멀거렸다. 이따금 만취 상태로 새아버지의 등에 업혀 오는 어머니를 볼 때면 머리통을 한 대 후려치고 싶었다. 새아버지와 둘이서 일을 하고 귀가하였을 때 한가롭게 술에 취해 노래를 부르고 있는 어머니를 볼 때면 목을 졸라 죽여 버리고 싶었다.

그러던 어느 날, 새아버지는 어머니를 위해 거금을 투자했다. 노래방 기계를 사다가 아랫방에 설치한 것이었다. 방음을 위해 일주일 동안 밤을 새워가면서 벽면과 천장에 계란판을 다닥다닥 붙이고 나서 반짝이는 회전식 조명 아래서 어머니에게 노래를 한 곡 청했다. 어머니는 무척 감격스러워했다. 은옥이 앞에 있음에도 아랑곳하지 않고 호들갑스럽게 새아버지와 입을 맞추고 그동안의 갈증을 해소하듯 밤새도록 노래를 불렀다.

집 안에 노래방 기계를 설치했다는 소문에 주민들이 몰려왔다. 평소 사람을 좋아하던 어머니는 반갑게 그들에게 마이크를 건네고, 술과 음식을 대접했다. 함께 노래하고, 함께 춤을 추고, 밤이 깊도록 함께 술을 마셨다. 일주일이 멀다 하고 집 안에는 잔치가 벌어졌다. 어머니의 노래방에 모여든 사람들은 왁자하게 웃고 떠들면서 밤이 깊도록 노래를 불렀다. 그러다 어머니가 밤늦게 잠이 든 날은 새아버지가 아침을 차렸고, 새아버지가 바쁜 날에는 은옥이 손수 아침을 지어야만 했다.

중학교 3학년이던 어느 가을날 아침이었다. 학교에 가기 위해 서둘러 집을 나서던 은옥은 어머니의 부름에 몸을 세웠다. 머리가 부수수한 모습으로 일어난 어머니가 노래방 문설주에 등을 기댄 채 물을 떠다 줄 것을 요구했다.

은옥은 못 들은 척 학교로 향했다.

은옥아!

어머니가 재차 불렀다.

그 순간, 노래방으로 뛰어 들어간 은옥은 어머니의 머리채를 잡고 문턱에 쿵쿵 내리찧었다. 어머니의 비명조차 귀에 들리지 않았다. 한참 동안 어머니의 머리를 절굿공이처럼 내리찧고 있다가 새아버지에게 뺨을 맞고서야 정신을 차렸다. 어머니는 머리에 피를 흘리면서 기절한 상태였고, 새아버지의 눈에는 놀라움과 노여움이 가득했다.

어머니의 상태는 위중했다. 새아버지는 급히 어머니를 트럭에 태우고 병원 응급실로 달려갔다.

그날 해거름이었다. 학생들이 썰물처럼 빠져나간 교실에 망연히 혼자 남아 있던 은옥은 창밖으로 스러져가는 노을빛을 보다가 문득 여우굴을 떠올렸다. 오랜만에 그곳에 가서 푹 자고 싶었다. 노을빛이 이내 속으로 스러지고, 너울너울 밀려드는 어둠에 떠밀려 교실을 나오면서도 은옥은 어머니가 있는 집에는 들어가고 싶지가 않았다.

새아버지의 고물 트럭이 옆으로 덜컹덜컹 굴러온 것은 그녀가 막 교문을 나설 때였다. 말없이 한식집으로 데려가 저녁을 사 준 새아버지는 그녀를 문구점 뒤에 있던 하숙집으로 데려갔다.

너는 여그서 공부만 해라. 내가 대학까지 보내 줄 것인께 엄마는 신경

쓰지 말고 그냥 공부만 해. 알았지?

움푹 꺼진 새아버지의 눈가에 물기가 차올랐다. 둘째 아들을 낳은 직후 아내가 5년 동안 누워 있다가 죽었고, 그래서 오랫동안 혼자 살아온 자신에게는 어머니가 옆에 있는 것만으로도 행복하다고 말했다.

은옥은 그날부터 하숙 생활을 하다가 고등학교 때는 기숙사로 들어갔다. 어머니와 마주치고 싶지가 않아 집에는 가지 않았다. 새아버지는 매달 용돈을 통장으로 보내주면서, 이따금 찾아와 고기를 사 주기도 했다. 가끔 담임 선생과 진학 상담도 하면서 은옥의 뒷바라지에 최선을 다했다.

그러던 어느 날 마트에 다녀오던 은옥은 장터거리 주막 앞에서 사내들과 술을 마시고 있는 낯익은 여자를 발견했다. 어머니였다. 화사한 스카프를 한 어머니는 술에 취해 머리가 출렁일 정도로 웃어대다가 은옥을 발견하고는 웃음을 뚝 그쳤다. 하지만 누가 먼저랄 것도 없이 서로를 외면했다. 은옥은 애써 태연한 낯으로 어머니 옆을 지나 기숙사로 돌아왔다. 그 뒤로도 몇 차례 마주친 적이 있었으나 두 사람은 무심히 지나쳤다. 편했다. 어머니와의 관계를 그렇게 끝내고 새아버지의 딸로서 새 인생을 살아가기로 했다.

3학년 1학기, 모의고사 준비로 학교 도서관에서 밤늦도록 공부를 하고 있던 날이었다. 밖에는 장대비가 어둠을 쓸어내듯 억수같이 쏟아지고 있으나 학생들은 숨을 죽인 채 공부에 매달려 있었다. 숙직 선생의 부름을 받은 것은 밤 10시가 넘은 시각이었다. 가방을 싸 들고 집에 가 보라는 권유에, 뭔가 걱정스러운 듯한 표정에 서둘러 집으로 향했다. 택시에서 내려 우산을 받쳐 들고 전등이 환하게 켜져 있는, 비바람에 흙탕물이 넘쳐흐르는 마당으로 조심스럽게 발을 들이밀었다. 노래방 앞에서 우산을 쓴 10여 명의 주민이 웅성거리고 있었고, 노래방 기계 앞에 누워 있는 새아버지가 보였다. 목침을 베고 누운 새아버지의 코에서 거품이 비어져 나올 때마다 큰아들이 화장지로 닦아주곤 했고 농약 냄새가 빗줄기를 뚫고 코끝에 와 닿았다. 심장이 깔때기처럼 졸아들었다.

 무심코 새아버지에게 다가가던 은옥은 순간적으로 옆구리를 얻어맞고 흙탕물 속에 고꾸라졌다. 시커먼 비보라 사이로 분노에 씩씩거리는 작은아들이 보였다. 재차 옆구리를 걷어차면서 당장 나가라고 소리쳤다. 어머니가 이웃 마을 남자와 도망갔다는 것이었다.

 은옥은 비틀비틀 골목을 내려오면서 자신도 모르게 헛웃음을 터트렸다. 새아버지의 친딸처럼 살아 왔지만, 핏줄을 바꿀 수는 없었다. 새아버지만을 의지한 채 죽어라 공부에 매달린 자신이 한심하기 그지없었다. 그녀는 실성한 사람처럼 이따금 큰소리로 웃으면서 비바람 속으로 걸어 나갔다. 벼가 심어진 논둑길을 지나 시커먼 황토물이 넘쳐나는 실개천을 건넜다. 논둑에서 미끄러지면 다시 일어났고, 발을 헛디뎌 넘어지면 기를 쓰고 일어나 걸음을 옮겼다. 먹물처럼 시커먼 비바람이 그녀를 줄기차게 내몰았다.

 이따금 내리치는 번갯불에 방향을 확인하면서 두어 시간 만에 와우산에 들어선 은옥은 억새와 신우대 수풀을 헤치고 여우굴 안으로 기어들었다. 더듬거리는 손끝에 어린 시절에 깔아 둔 종이 박스의 감촉이 익숙하게 와 닿았다. 반가웠다. 그녀는 긴 여행에서 귀가한 사람처럼 쓰러지듯 몸을 눕혔다. 꿉꿉하고 퀴퀴한 악취가 마음을 안온하게 해 주었다.

눈을 감고 죽음이 다가오기를 기다렸다. 벌레와 곰팡이들이 덤벼들어 자신의 살점을 파먹기를 바랐다. 자신의 몸에서 해골이 낱낱이 드러나고 영혼이 긴 꼬리를 빛내면서 아버지가 계신 저승으로 날아가는 꿈을 꾸었다.

3

 술에 취한 외할머니가 엉망으로 망가진 모습으로 식당 바닥에 널브러져 있었다. 이미 일전을 치른 듯 설거지하는 어머니의 낯빛도 험상스럽게 상기돼 있었다.
 내가 의자에 걸터앉자 외할머니가 어기적어기적 일어나 맞은편에 앉았다.
 "정민아, 저년이 내 머리카락을 다 뽑아 부렀단다."
 외할머니의 손아귀에서 분홍빛 머리칼들이 어지럽게 번뜩거렸다.
 어머니가 흥 하고 코웃음을 쳤다.
 외할머니가 하소연을 계속했다.
 "나는 한마디도 안 했다. 네가 시킨 대로 집 안 청소하고 밥해 놓고 다 했어. 때리면 그냥 맞아 죽어야겠다 하고 가만히 있었는데, 저년이 집에 오자마자 내 머리 갖고 욕을 퍼붓더라. 그래서 내가 '정도껏 하시오' 하고 한마디 했더니 다짜고짜 달려들어서 뺨을 때리고 머리를 뽑아 불더라. 내가 지 딸년이라고 해도 그렇게 무지막지한 짓은 안 할 것이다."
 폭설로 무 농사를 망치게 된 화풀이를 한 게 아닐까. 평소에도 진한 화장을 하고 다니는 외할머니를 혐오하긴 했지만, 이토록 심하게 구타한 적은 없었다. 뺨이나 등짝을 한 대씩 후려치는 게 보통이었는데, 오늘은 너무 심했다는 느낌이 들었다. 그럼에도 어머니는 아직 직성이 풀리지 않은 듯 다시금 독살스러운 욕설을 퍼부었다.

"확 불 질러 버리기 전에 가만히 주둥이 닫고 있어! 평생 더러운 짓거리만 하고 산 년이 뭣이 잘났다고 그렇게 요란하게 하고 댕기냔 말이여. 저런 년한테 어떤 골 빈 놈들이 돈을 주는가 모르겄어."

"이년아. 늬 아부지는 나한테 맨날 이쁘다고만 하더라."

그 순간 어머니가 밥그릇으로 싱크대를 쾅 내리쳤다.

"내 앞에서 아부지 얘기는 하지 말랬지?"

여차하면 달려들어 주먹을 휘두를 기세로 노려보았다.

나는 아슬아슬한 분위기를 눙치듯이 일부러 식탁을 탁탁 내리쳤다.

"어이 은옥 씨! 거 애먼 사람한테 화풀이하지 말고 아들놈 밥이나 갖고 오소!"

"네가 갖다 먹어!"

어머니가 소리를 버럭 내질렀다. 너무도 어이가 없어 헛웃음이 배꼽 언저리에서 보글거렸다.

"아따 우리 은옥 씨는 참말로 기운도 좋네! 오밤중까지 일하고 와서 뻗칠 것인디, 뭔 기운이 남아서 그렇게 악을 써댄가? 남들이 들으면 우리 집에 전쟁이 난 줄 알겄네."

"내가 주마."

외할머니가 비칠거리면서 일어나 밥을 한 그릇 담아 왔다.

모녀의 동굴

양주병을 들고 와서 술도 한잔 따라주었다. 나는 조갈이 나서 외할머니와 건배를 하고 술을 털어 넣었다. 독한 알코올이 들어가면서 금세 몸이 후끈해졌다. 발렌타인 30년산, 목구멍의 갈증이 녹처럼 벗겨지면서 한기에 찌든 몸이 나른하게 풀렸다.

"정민아, 내가 억울해서 도저히 못 살겠다. 오늘 밤에 혀를 깨물고 칵 죽어 버릴란다."

어머니가 외할머니의 말에 불쑥 코웃음을 터트렸다.

"워매! 저년 주둥이에서 어떻게 저렇게 이쁜 말이 나온다냐. 거 말로만 하지 말고 제발 좀 죽어라! 오늘 저녁에 죽으면 내가 비싼 수의 사다가 아주 멋들어지게 초상을 치러 줄 것인께 어서 좀 죽어."

외할머니가 발딱 일어나 겁도 없이 어머니 앞으로 다가갔다. 염소 싸움하듯이 머리를 바짝 들이댔다.

"이보시우 최은옥 씨! 내가 당장 혀를 깨물고 죽더라도 당신한테 초상 치러 달라고 하지 않을 거니까 걱정하지 마세요!"

"왜? 고급지게 초상을 치러 줄 것인께 어서 좀 죽어! 하이고 하이고, 불쌍한 우리 어머니, 하고 눈물 바람 콧물 바람 하면서 서럽게 울어 줄 것인께 어서 좀 죽으란께. 멧동도 풍수 사다가 젤로 좋은 데다 써 주고 제사상도 걸게 차려 줄 것인께!"

느닷없는 어머니의 호의에 외할머니가 오물을 뒤집어쓴 듯 질색을 했다.

"왜 이러세요 최은옥 씨? 내가 죽고 싶다니까 갑자기 효녀 노릇을 하고 싶으신 모양인데, 그냥 평소대로 하세요. 당신한테 절 받고 싶은 생각은 눈꼽만큼도 없는께 제발 그런 말씀은 하시지 말고 때리고 싶으면

어서 더 때리세요!"

어머니가 외할머니의 머리를 힘껏 밀치면서 어이가 없다는 듯 배를 흔들며 웃어댔다.

"오매, 정말로 오래 살고 볼 일이네. 진짜로 이년이 죽을 날이 됐는가 오늘은 계속 이쁜 소리만 해 쌓네. 정민이 너도 들었지야? 이년 죽으면 이대로 와우산 골짜기에다 내다 버려라. 날마다 이놈 저놈한테 고급 음식들만 받아 처묵어 놔서, 짐승들이 뼉다귀 하나 안 남기고 오독오독 잘 씹어 먹을 것이다."

말문이 막힌 듯 외할머니가 한동안 어머니를 노려보다가 내가 강제로 안아다 주저앉히자 술을 다시 채웠다. 가늘게 손가락이 떨리고 있었다. 술잔을 단숨에 비우고 다시금 어머니에게 대꾸했다.

"고맙네요 최은옥 씨! 내 소원을 어떻게 아셨수? 그게 내 마지막 소원이거든요."

그리고는 싸늘해진 얼굴로 내게 돌아앉았다.

"정민아, 네 에미 말 들었지? 저년 말대로 나 죽으면 꼭 그렇게 해라. 내가 시방 술 취해서 하는 소리 아니다. 알았지? 나는 늬 외할아버지 옆에 갈 자격도 없는 년인께, 꼭 늬 에미 말대로 해라."

"오매, 정말로 낼은 해가 서쪽에서 뜰란갑네. 평생 똥걸레보다 더 더럽게 살아온 년이 오늘은 뭔 일로 저렇게 이쁜 말만 골라서 한다냐?"

나는 두 사람의 말을 한 귀로 흘려보냈다. 두 사람이 싸우는 모습을 강 건너 불구경하듯 무덤덤하게 바라보면서 연신 숟갈질을 했다. 마지막 국물까지 깨끗이 들이마시고 나서 따뜻한 물로 입안을 헹구었다. 외할머니와 어머니의 싸움은 좀체 끝날 기미가 없었다. 외할머니는 더욱 공손한 존댓말로, 어머니는 몹쓸 딸년을 야단치듯이 더욱더 험한 독설로 대거리를 해 댔다. 나는 남은 양주를 모두 털어 마시고 나서 자리에서 일어났다.

"자, 오늘은 이 정도로 끝냅시다. 낼 또 싸울라믄 힘들을 아끼셔야제."

외할머니를 번쩍 안아 들었다. 내려놓으라고 버둥거렸으나 작은방으로 안고 들어와 나란히 누웠다. 온종일 노동을 해서일까. 체내의 술기가 활성화되면서 기분 좋은 노곤함이 밀려왔다.

외할머니가 못 이긴 척 내 팔을 베고 누운 채 넋두리하듯 말했다.

"내일 나 없다."

"알았어."

"절대로 찾지 마."

"알았어."

"죽었다고 해도 울지 말고."

"알았어."

어머니가 우리의 얘기를 듣기 싫은 듯 안방의 텔레비전 볼륨을 크게 틀었다. 나는 외할머니를 끌어안고 어린애를 달래듯이 등을 다독거렸다. 외할머니는 내 품에서 잠시 흐느끼다가 노래를 부르는 듯했는데, 나는 피곤해서 이내 잠이 들고 말았다.

은옥은 눈을 떴다. 자신의 몸뚱이가 썩어서 흙 속에 스며들 때까지 누워 있고 싶었으나 굴속으로 날아드는 여자의 비명에 잠이 깨고 만 것이었다. 고문이라도 당하는 듯 여자의 울부짖음은 단속적으로 높아졌다가 낮아지곤 했다.

무슨 일일까. 은옥은 오랜만에 굴에서 기어 나왔다. 밤이 깊어가는 시각, 싸움 소리는 저 아래 개간지에서 들려오고 있었다. 은옥은 여자의 처절한 울부짖음에 이끌려 산비탈에서 내려와 조심스럽게 다가갔다.

농로를 사이에 두고 20여 미터 전방에 시커먼 하우스 한 동이 설치돼 있었다. 햇살을 막기 위해 보온 덮개를 씌워 둔 하우스 앞에 남녀의 모습이 보였다. 까만 블라우스를 입은 여자가 묘지 상석에 엎어져 서럽게 울고 있었고, 사내가 바지 주머니에서 돈다발들을 꺼내 여자에게 던졌다.

다 가져라. 이년아!

여자의 뒤통수를 다시금 주먹으로 후려치고는 전등이 환하게 켜져 있는 하우스로 안으로 들어갔다. 모기장을 쳐놓은 마룻바닥에 벌렁 누워 텔레비전을 켰다. 마루 안쪽으로는 방을 들이고, 입구에는 주방이며 식탁을 설비한 하우스형 관리사였다.

여자가 금세 울음을 뚝 그치고 돈다발들을 집어 들었다. 관리사를 곁눈질하면서, 손가락에 침을 묻혀가며 돈다발들의 액수를 세어 보고는 만족스러운 낯으로 핸드백에 담았다. 헝클어진 머리칼과 옷매무새를 대충 고치고는 커다란 엉덩이를 흔들면서 하우스로 들어갔다. 잠시 사내에게 말을 붙이는가 싶더니 옷을 벗기 시작했다. 꽃뱀이 허물을 벗듯이 천천히 껍질을 벗고 나서 사내의 바지를 벗겼다.

한심한 느낌으로 은옥은 주변을 둘러보았다. 개간지에는 싱싱하게 자라난 수박 넝쿨들이 우거져 있고, 수확이 임박한 듯 어른 머리통보다 더

큰 수박들이 별빛에 이마를 번뜩이고 있었다. 마침 배가 고프던 참이라 은옥은 주의 깊게 사방을 두리번거리다가 밭둑 옆에 있는 수박을 한 통 서리했다. 처음으로 하는 도둑질에 가슴이 물방울을 맞은 듯 선뜩거렸다. 얼른 숲으로 들어가 소나무 그늘에 숨었다. 관리사 안의 사내와 여자는 반죽이 잘된 찰흙처럼 엉겨 붙어 있었다.

수박을 나무 밑동에 내리쳤다. 쩌억 소리와 함께 두 쪽으로 갈라졌다. 은옥은 손으로 수박 속살들을 뜯어내 입안으로 집어넣었다. 달고 부드러운 수박이 뱃속으로 녹아들면서 금세 생기가 솟아올랐다. 순식간에 한 통을 먹어 치운 은옥은 다시금 밭으로 다가갔다. 며칠을 굶은 탓인지 여전히 뱃가죽이 허전했다.

하우스 안의 사내와 여자는 꽈배기처럼 달라붙어 쉬이 떨어질 것 같지 않았다. 안심하고 밭 안쪽으로 들어간 은옥은 표가 나지 않도록 잎사귀들 속에 숨어 있는 큰 수박을 두 통 골랐다. 어깨가 처질 만큼 묵직한 수박을 양손에 하나씩 들고, 산짐승을 잡은 포수처럼 의기양양하게 여우굴로 돌아왔다.

굶주림만큼 사람의 생존 본능을 자극하는 것은 없을 것이다. 이틀 만에 수박 두 통을 말끔히 먹어 치운 은옥은 한껏 몸을 낮춰 다시금 수박밭으로 접근했다. 일전에 보았던 사내가 설핏한 햇살 속에 서 있었다. 10여 명의 아낙네와 농담을 주고받다가 이따금 허리를 젖히면서 웃어 댔다. 사내는 중키에 거무튀튀한 살갗을 지닌 가물치 같은 인상이었다. 잡초를 뽑고 있는 아낙네들과 농담을 주고받다가, 이따금 아낙네들이 주워낸 배가 갈라진 시뻘건 열과(裂果)들을 숲에다 버리곤 했다.

은옥은 나무 그늘에 몸을 숨긴 채 사람들이 떠나기를 기다렸다. 소나무에 등을 기댄 채 숨을 죽이고 있다가 인부들이 용달차의 짐칸으로 올라가는 모습에 살그머니 엉덩이를 쳐들었다. 한 걸음 한 걸음 다가가다가 용달차가 멀어지자마자 재빨리 관리사로 숨어 들었다.

외관과는 달리 관리사는 블록으로 벽체를 세우고 패널을 얹은 일종의 조립식 주택이었다. 방 뒤에 욕실 겸 화장실이 마련돼 있고, 그 뒤쪽은 보온 덮개와 온갖 농기구를 보관하는 농자재 창고였다.

은옥은 우선 상자에 있던 라면 봉지를 다섯 개 꺼냈다. 냉장고에서 김치와 마른안주도 약간씩 덜어냈다. 도둑질이 익숙하지 않아선지 어느새 등골에 땀이 흐르고 가슴이 널뛰듯이 쿵쾅거렸다. 필요한 먹거리를 빈 포대에 쓸어 담고 서둘러 하우스를 빠져나왔다. 수박도 두 통 땄다. 한 통을 포대에 담고, 한 통은 옆구리에 낀 채 재빨리 동굴로 향했다.

이틀 후에도, 그다음 날도 은옥은 사내의 관리사에서 먹을 것을 구했다. 숨바꼭질하듯이 은밀히 개간지를 지켜보고 있다가 용달차가 보이지 않으면 행동을 개시했다. 다소 미안하긴 했지만 참치캔이며 먹다 남은 과자 부스러기, 심지어는 밥과 김치찌개를 훔쳐 오기도 했다. 사내의 창고에서 가져온 비닐과 보온 덮개 조각으로 여우굴 바닥도 푹신푹신하게 만들었다. 그녀는 자신의 생활이 너무도 만족스러워 가끔 콧노래까지 흥얼거렸다. 회색 체육복이 쥐 가죽처럼 시커멓게 더러워졌으나 전혀 개의치 않았다. 씻을 만한 물도 없는 데다 보는 사람도 없었기 때문에 밤이면 옷을 벗고 벌거숭이로 지냈다.

4

외할머니가 사라졌다. 귀가 나흘 만의 가출이었다. 나에게 아내와 함께 자라고, 이번에는 맞아 죽더라도 나가지 않겠다면서 등을 떠밀더니, 결국은 약속을 어긴 것이었다. 간밤에 나간 듯 보일러가 꺼진 방 안에는 냉랭한 공기가 감돌았다.

전화를 걸었다. 하지만 늘 그렇듯이 스마트폰이 꺼져 있었다. 외할머니는 본인이 필요할 때 외에는 스마트폰을 꺼두는 습관이 있었다.

아침 햇살이 비껴드는 허청 어귀에서 닭들이 추운 듯 웅크리고 있었고, 추녀의 고드름이 떨어질 듯 위태롭게 매달려 있었다. 낙숫물이 떨어진 함지박 주변에는 토사물처럼 흉물스럽게 얼음이 넘쳐 나와 있었다.

식당으로 들어갔다. 메주를 쑤려는 듯 어머니가 식당 바닥에서 콩을 고르고 있었다. 등 뒤로 다가가 어머니 목덜미 사이로 손을 집어넣었다. 강하게 뿌리쳤으나 나는 꼭 끌어안고 어머니의 가슴을 만졌다. 어머니의 가슴은 나의 유일한 장난감이었다. 내가 태어난 지 일주일 만에 개간지 관리사로 들어간 어머니는 그곳에서 먹고 자면서 일에만 매달렸다. 온종일 어머니의 등에 업혀 있거나 나무 그늘에 누워서 나는 어머니가 일을 마치기를 기다렸고, 걸음마를 배운 후로는 밭두렁이나 관리사에서 혼자 놀다가 밤이 되면 어머니의 젖가슴을 만지며 잠이 들었다. 초등학교에 들어가면서부터 어머니와 따로 자게 되었으나 어머니의 젖가슴을 찾는 버릇만은 지금까지도 고치지를 못하고 있었다.

"최은옥?"

어머니는 말없이 벌레가 갉아 먹은 콩들을 골라냈다.

"초희 좀 봐줘. 불쌍하잖아."

"에미는 안 불쌍하냐?"

어머니가 밉살스러운 투로 타박을 내질렀다.

"자기가 뭐가 불쌍해. 아들 있겄다. 손자 손녀 있겄다. 동네 사람들은 다 은옥이 출세했다고 하대."

"그래! 늬 에미는 날마다 깨춤 추고 산다."

나를 힘껏 밀쳐 버리고 밖으로 나갔다. 무 밭으로 가려는 모양이었다. 스웨터를 벗고 작업복으로 갈아입었다. 시커먼 파카를 걸치고, 모자를 눌러썼다. 털 장화 속에 두 발을 집어넣고 트랙터 위로 올라갔다.

"오후에 같이 가세!"

그러나 어머니는 내 말을 뭉개고 트랙터를 몰고 나갔다. 얼어붙은 무들을 뽑아서 양지바른 곳으로 옮기려는 모양이었다. 어제부터 어머니는 틈이 날 때마다 응달진 곳에 있는 무들을 뽑아서 양지바른 곳에다 가져 장을 했다. 이제 3할가량 작업을 해낸 상태, 인건비나 겨우 건질 정도였으나, 어머니는 밭 설거지를 겸해서 모두 출하하겠다고 고집을 부렸다.

다시 외할머니에게 전화를 걸었다. 하지만 여전히 스마트폰이 꺼져 있었다.

심란한 느낌으로 아내에게 전화를 걸었다.

"왜?"

일요일이어선지 아이들이 옆에서 떠들어대는 소리가 들렸다.

"외할머니 좀 찾아 봐. 전화번호부를 보고 여관 등에 전화해서 머리가 빨간 할머니가 묵고 있는가 알아봐."

"있으면?"

"있으면 집에 좀 모시고 있어."

"안 오실 것인데…."

그러면서도 아내는 내 기분을 이해한 듯 알았다고 말했다.

아내는 평소 외할머니의 일에 끼어들기를 싫어했다. 어머니의 입장을 생각해서인지 극도로 말을 아꼈고, 외할머니도 아내의 입장을 고려한 듯 내 집에 온 적이 없었다. 이따금 어머니 몰래 나의 가족과 외식하는 것조차도 부담스러워했다.

어머니를 뒤쫓아 관리사로 향했다. 눈발이 잔약한 햇살 사이로 이따금 하나씩 흩날리고 있었다. 며칠 참아 주나 싶었는데, 저녁에는 대설주의보까지 내린 상태였다. 작업할 의욕이 축축 처지는, 눈이 유난히 자주 내리는 겨울이었다.

외할머니의 존재를 내가 처음 알게 된 것은 대학 입시 준비차 서울의 작은할아버지 집에 갔을 때였다. 작은할머니가 내민 흑백사진 속에는 작은할아버지와 외할아버지 부부가 있었다. 남산공원에서 찍은 흑백사진 하단에는 '1966년 가을, 김초희 21번째 생일 기념'이라고 적혀 있었다. 훈장이 달린 군복 차림의 외할아버지도 인상적이었지만, 하얀 원피스 차림에 외할아버지의 군모(軍帽)를 살짝 눌러 쓴 외할머니가 여자 마술사처럼 묘하게 호기심을 잡아끌었다.

하지만 외할머니의 행방을 아는 사람은 아무도 없었다. 작은할머니의 말에 따르면 외할머니는 본래 시골에서 살 수 있는 사람이 아니었다.

서울의 어느 술집에서 일하던 외할머니는 외할아버지를 만나 시골로 내려왔는데, 외할아버지가 월남에서 전사하는 바람에 인생이 엉망이 돼 버렸다고 했다. 생활이 문란해서 마을에서 쫓겨났고, 덕진에 사는 홀아비와 함께 살다가 이웃 동네 남자와 바람이 나서 영암을 떠났다더라고 했다.

네 외할아버지가 나빠. 서울에 있었으면 내가 옆에서 챙겨주고 그랬을 것인데, 억지로 시골로 끌고 가더니 네 외할머니를 천하에 없는 바보 멍청이로 만들었어. 참 곱고 착한 여자였는데…….

회한에 잠긴 듯 작은할머니는 한동안 외할머니의 사진에서 눈을 떼지 못했다.

그러다 내가 서울 모 대학 3학년이던 해의 어느 봄날 오후였다. 다소 피곤한 느낌으로 강의동을 나서자 건너편 화단 앞에 머리가 희끗희끗한 여인 하나가 서 있었다. 눈이 마주친 순간 온몸이 전기선에 닿은 듯 오싹한 기운에 휩싸였다. 회색 블라우스에 청바지를 입은 여인은 여자 마술사 같은 신비한 미소로 나에게 오라는 손짓을 했고, 자석에 끌려가듯 다가간 나는 외할머니를 와락 끌어안았다. 외할머니에게서는 저녁노을 속의 시든 나팔꽃 냄새, 잠시 잊고 지낸 어머니의 젖 냄새가 풍겼다.

나 아니?

알지. 천하에 없는 바보 멍청이라고.

그러자 외할머니는 내 가슴을 한 대 치고 목젖이 보일 만큼 한참을 웃었고, 웃음기가 고갈되면서 겨우 안정을 되찾은 얼굴에는 주름진 물기가 번져 있었다. 핏줄이어서였을까. 우리는 서로의 머리를 만지고, 얼굴을 쓰다듬고, 서로의 눈을 들여다보다가 다시 끌어안았다.

그날 저녁 우리는 생전 처음으로 밥을 같이 먹었다. 생전 처음으로 소주도 한 병씩 마셨고, 생전 처음으로 노래방에 가서 노래도 불렀다. 밤이 이슥한 시간, 나는 외할머니를 업고 노래방을 나와 하숙방으로 들어갔다. 내가 대학에 다닌다는 소문을 듣고 몇 번이나 망설이다 찾아왔노라고 했다.

그 뒤로도 우리는 자주 만났다. 내가 다니는 대학 인근에서 혼자된 영감의 말벗을 해주면서 살고 있던 외할머니는 살그머니 찾아와 방을 청소하거나 빨래를 해놓기도 했다.

하지만 외할머니의 방문은 오래가지 못했다. 어느 날 시골에서 올라온 어머니에게 들키고 만 것이었다. 주인집 아주머니 말로는, 그날 해거름에 집에 도착한 어머니는 외할머니를 보자마자 머리채를 휘어잡고 밖으로 끌고 나가더라고 했다. 덫에 걸린 생쥐를 버리듯이 다짜고짜 끌고 나가 한길에다 내팽개쳤고, 외할머니는 한참 동안 기절한 듯이 엎어져 있다가 어디론가 사라졌다는 것이었다.

그날 밤 어머니는 내게 외할머니와 두 번 다시 만나지 말 것을 요구했다. 외할머니를 다시 만나면 모자간의 관계를 끊겠다는 경고까지 했다. 평소 느끼지 못했던 어머니의 매서운 말투에 나는 알았다고 답했다.

하지만 나는 이미 외할머니의 마법 같은 매력에 푹 빠진 상태였다. 어머니와 달리 속정이 깊은 외할머니가 보고 싶어 몰래 연락을 주고받았고, 외할머니가 가끔 몸을 의탁할 곳이 없을 때는 용돈을 보내드리기도 했다.

동굴 생활을 시작한 지 보름쯤 지난 무렵이었다. 배고픔에 잠을 이루지 못한 은옥은 새벽을 틈타서 동굴을 빠져 나왔다. 숲에는 으스름한 어둠이 너울거렸고, 먼 마을의 가로등 불빛들이 뿌옇게 빛나고 있었다.

은옥은 살금살금 발소리를 죽이고 하우스 근처로 다가갔다. 등잔 밑이 어둡다는 말처럼 가까운 곳에서 수박을 훔치면 사내가 전혀 눈치채지 못할 거라는 생각이 들었다. 관리사에서 30여 미터 근처까지 접근한 은옥은 조심스럽게 밭으로 들어가 수박을 두 통 땄다. 재빨리 밭두둑을 질러 나와 농수로를 건넜다. 어깨가 빠질 듯해서 나무숲 그늘에서 잠시 수박을 내려놓았다. 그 순간 시커먼 그림자 하나가 휘익 덤벼들었다. 느닷없이 명치를 얻어맞은 은옥은 억 소리를 지르며 나동그라졌다. 사내였다. 밤새도록 지키고 있었던 듯 사내의 발길질이 무자비하게 짓쳐들어왔다. 숨 쉴 틈조차 주지 않고 구둣발로 온몸을 짓밟았다. 배를 안고 엎드리면 등짝을 내리찍었고, 옆으로 몸을 뒤틀면 하반신을 걷어찼다. 뼈마디들이 바스러지고 살점들이 찢기는 듯한 고통이 엄습했다. 다시금 명치를 걷어채인 은옥은 정신이 아뜩했다. 죽을 것 같은 공포로 자신도 모르게 사내의 발을 붙들면서 살려 달라고 울부짖었다.

하지만 사내는 잔혹했다. 두 발을 붙들고 애원하는 은옥을 차갑게 굽어보다가 머리채를 와락 거머쥐었다. 모지락스럽게 질질 끌고 가다 관리사 앞 묘지에 내동댕이쳤다.

너는 오늘 죽었어!

다시금 옆구리를 걷어찼고, 은옥은 처절하게 울부짖으면서 사내의 다리를 부여잡았다. 잘못했다고, 평생 다 갚겠다고 말했다. 무릎을 꿇고 목숨만 살려 달라고 애원했다.

 사내가 잠시 숨을 가누며 은옥을 굽어보았다. 어느 정도 화가 풀린 듯 말없이 굽어보다가 모터 펌프를 켜고 호스를 끌고 왔다. 은옥의 몸뚱어리를 겨누고 세찬 물줄기를 분사했다. 회초리질 하듯이 전신에 퍼부어 댔다. 은옥은 외마디를 지르면서 물줄기를 피해 묘지 봉분들 사이에 머리를 처박았다.

 하지만 사내는 집요했다. 은옥을 끌어다가 묘지 상석에 눕히고 이번에는 거침없이 가위질을 시작했다. 짐승의 가죽을 벗기듯이 은옥의 옷가지를 말끔하게 잘라낸 후, 약하게 조절한 물줄기로 몸뚱이를 씻어 주었다. 선심을 쓰듯 비누칠까지 해가면서 때밀이처럼 정성껏 닦아 주었다. 은옥의 몸뚱이를 이리저리 돌려가면서 오물이며 땟물을 말끔하게 씻어냈다. 마지막으로 머리칼을 감겨 주고 나서 자신의 먹잇감을 확인하듯이 외등 불빛에 은옥의 얼굴을 들여다보다가 불쑥 너털웃음을 지었다.

 너, 상철이 딸이지?

 음충맞게 킬킬킬 갤갤갤 한참을 웃어댔다. 그러면서 한결 기분이 좋아진 낯으로 바지를 벗었다. 은옥은 눈을 감은 채 어금니를 지그시 깨물었다. 사내의 구타가 멈춘 것만도 다행이라고 여기면서 죽은 듯이 누워 있었다.

 그날 아침 은옥을 마음껏 능욕한 사내는 흡족한 얼굴로 옷가지를 던져 주었다. 전번에 보았던 여자의 것으로 보이는 야한 속옷과 물방울무늬 몸뻬와 무늬 없는 회색 블라우스를 입게 했다.

 넌 이제 내 종이다.

사내가 얼굴을 톡톡 치면서 말했다.

무슨 뜻인지 몰라 대답을 머뭇거리자 주먹을 쳐들었다. 은옥은 황급히 울음기를 삼키면서 알았다고 답했다. 사내가 은옥의 턱을 잡아 올렸다.

도망가면 죽는다!

……예.

일 열심히 하고!

예.

그제야 사내가 만족스럽게 웃으며 다시금 입술을 맞추었다.

가서 라면 하나 끓여라.

은옥은 얼른 관리사로 들어갔다. 뼈마디가 깨지고 부서진 것처럼 욱신거리고, 현기증이 아뜩아뜩 밀려오곤 하였으나 심신을 겨우 가누고 냄비에 물을 받았다. 라면이 끓을 동안 마루를 닦고 밥상을 차렸다. 사내가 같이 먹자고 하자, 주춤주춤 다가가 마주 앉았다. 뜨겁고 얼큰한 라면 국물이 목으로 넘어가는 순간 눈물과 콧물이 왈칵 뿜어져 나왔다.

태양이 그 어느 때보다도 평온한 빛으로 햇살을 뿌려 주는 아침이었다. 청량한 기운이 감도는 소나무 그늘 아래서 은옥은 사내의 밀짚모자를 쓰고, 사내의 낡은 운동화를 신고, 사내가 자신을 능욕했던 상석 앞에 서 있었다. 봉고차를 타고 온 10여 명의 아낙네와 나란히 서서 사내의 작업 지시를 경청했다.

상석 위에 올라선 사내는 새벽과는 달리 장난스러운 목청에 야한 농담까지 섞어 가면서 인부들에게 수박을 수확하는 법을 가르쳤다. 다들 잘 알고 있는 눈치였으나, 은옥을 염두에 둔 듯 잘 익은 수박 고르는 법을 세심히 지도했다.

　은옥은 아낙들이 일하는 모습을 곁눈질하면서 눈치 빠르게 일을 해나갔다. 오전에는 수박을 따냈고, 오후에는 고랑에 따 놓은 수박을 함지박에 담아 날랐다. 두세 통씩 담아서 머리에 이고 용달차까지 날라야만 했는데, 은옥은 머리 가죽이 찢기는 것처럼 고통스러워 양손으로 날랐다. 도둑질할 때보다 더 빨리, 더 열심히 수박을 날랐다. 사내의 심기를 거스르지 않도록 사력을 다해 일했다. 얻어맞은 옆구리와 허리가 결리고 정강이며 허벅지가 퉁퉁 부어 있었지만 이를 악물고 일을 마쳤다.

　그날 저녁, 은옥은 사내가 시키는 대로 냉장고의 돼지고기로 김치찌개를 끓였다. 함께 밥을 먹고, 다시 몸을 내주고, 밤이 이슥해서야 사내의 팔을 베고 누웠다.

　하지만 잠이 올 리 만무했다. 관리사의 주변으로 어둠이 몰려오는 듯 사각사각 옷자락 스치는 소리가 들렸다. 은옥의 행방을 찾듯이 관리사를 기웃거리고, 외등 빛을 타고 허공을 오르내리고, 급기야 벌거벗은 은옥을 발견하고는 재미있다는 듯 낄낄거렸다.

　사내가 잠이 든 것을 확인한 은옥은 가만히 일어나 방구석에 쪼그리고 앉았다. 머리 가죽부터 발가락까지 아프지 않은 곳이 없었다. 새벽부터 조금 전까지 겪었던 일들이 회오리바람에 휩쓸린 종잇장처럼 머릿속을 휘돌다가 아득히 사라지곤 했다. 생각하기조차 무섭고 끔찍한 하루였다. 사내의 잠을 방해하지 않기 위해 하얗게 소리 죽여 울던 그녀는 피곤한 나머지 그대로 쓰러지고 말았다.

5

날이 저물면서 눈발이 더욱더 거칠어졌다. 삭정이처럼 딱딱하게 얼어붙은 무 이파리들이 장갑에 감기듯이 착착 달라붙었고, 컨테이너 박스 안에도 눈이 수북이 쌓이고 있었다. 외국인 인부들이 바삐 돌아갈 채비를 하고 있었다. 그들의 머리 위로, 무를 실은 트럭 위에도 함박눈이 쌓이고 있었다.

종학이 장갑을 벗으면서 다가왔다.

"아까 보낸 차가 못 가고 휴게소에 있단다. 낼 작업을 할 수 있을런가 모르겠다."

폭설로 인해 3시에 출발한 트럭이 천안 쪽에서 멈췄다는 것이었다.

"염병할."

나는 원망스럽게 하늘을 흘겨보았다. 운송이 어렵다면 작업을 중단할 수밖에 없었다.

어머니가 종학의 얘기를 들은 듯 걱정스러운 낯으로 다가왔다.

"차가 못 움직인다고?"

"예. 눈이 너무 많이 와서 고속도로 제설 작업이 빨리 안 되는가 보네요. 휴게소에서 쉬고 있답니다. 이렇게 계속 눈이 오면 내일 작업이 어려울 것 같은디요?"

종학의 말에 어머니가 도리질을 했다.

"그러면 내일은 좋은 것만 뽑아서 햇볕이 든 쪽에다 쟁여 놓자. 비닐로 덮어두었다가 눈이 그치면 서울로 실어 내자."

"인건비가 배로 들 것인디?"

내가 주저하자 어머니가 조바심을 쳤다.

"그래도 해봐야 할 거 아니냐. 저 무들을 다 버릴라냐?"

"어쩌겄어! 안 그래도 이익이 없는디."

"그러니까 내가 팔자고 할 때 팔았어야지, 이놈아!"

어머니가 발칵 화를 냈다.

"에미가 그만큼 말해도 안 듣더니 이게 뭔 고생이냔 말이여, 왜 에미 말을 안 들어, 이 썩을 놈아!"

종학이 보고 있어선지 한바탕 악다구니를 퍼붓고 홱 몸을 돌렸다. 알아들을 수 없는 소리로 계속 구시렁거리면서 휘적휘적 걸어가다가 용달차를 몰고 가 버렸다.

솎음 작업을 마친 11월 초, 무밭을 보러 온 밭떼기 장사꾼 하나가 평당 4천 원을 제시했다. 20년 넘게 어머니와 거래해 온 인연으로 높이 쳐준 것이라고 했다. 하지만, 나는 6천 원을 요구했다. 9월 초까지 이어진 장마로 전라도의 무 파종 면적이 크게 줄어든 데다가 한창 가격이 치솟을 때였다. 더욱이 인근에서는 나의 무가 가장 실했다. 5천 원까지 주겠다고 했으나, 무슨 오기였는지 나는 끝까지 6천 원을 고집했고, 결국 거래가 무산되고 말았다. 문제는 그다음부터였다. 갑자기 충청도 지역의 무 작황이 좋다는 소문이 나면서 무 값이 거짓말처럼 곤두박질치기 시작하더니 장사꾼들의 발길이 뚝 끊겼다. 지난번에 왔던 장사꾼에게 어머니가 3천 원만 주고 가져가라고 했으나 지금까지 아무런 대답이 없었다. 며칠 전에 내린 폭설로 무청이 얼부풀어 벌써 허연 비듬을 보이고 있었고, 일부는 눈이 녹은 땅에 얼어붙어 뽑히지도 않았다. 비룻값이라도 건질 요량으로 작업하고 있지만, 솔직히 그만두고 싶었다.

인부들을 보내고 관리사로 들어갔다. 설거지를 대충 마치고 귀가를 서둘렀다. 관리사를 나서자 아내에게서 전화가 걸려왔다.

"찾았어?"

"응. 전화로 외할머니 특징을 말했더니 금방 알던데."

"어딘데?"

"터미널 옆 목포여관. 죽어도 우리 집에 안 가시겠다고 해서 애들하고 같이 소고기로 외식했어. 방금 여관으로 돌아가셨는데 이제 어떻게 하지?"

"알았어. 외할머니는 내가 알아서 할게."

눈발이 더욱 난잡하게 휘날리고 있었다. 가을 내내 물을 주면서 힘들여 가꾼 무들이 폭설에 죽어가고 있었다. 나는 애써 외면하고 트랙터를 몰고 개간지를 나섰다.

사내에게 잡힌 지 사흘째 되던 날이었다. 은옥이 설거지를 하고 있을 때 빨간 티코 차량이 다가왔다. 전에 가끔 보았던 여자가 이상한 짐승이라도 발견한 듯 속눈썹이 유난히 긴 고양이 같은 눈길로 은옥의 위아래를 훑어보았다. 들고 온 화장지와 세제를 내려놓고 텔레비전을 보고 있는 사내에게 다가앉았다.

저 앤 뭐야? 더럽게 왜 내 옷을 입고 있어?

내 종이다.

사내가 쇠톱을 가는 소리로 음충맞게 웃었다.

당장 보내!

미쳤냐. 요새 인건비가 얼만디.

사내가 눈을 흘기자, 여자가 다짜고짜 따귀를 후려쳤다.

내가 바람피면 죽인다고 했지.

사내가 말벌에 쏘인 얼굴로 여자를 노려보다가 사정없이 머리통을 내리쳤다. 외마디를 지르면서 옆으로 나가떨어진 여자가 살벌한 기세로 덤벼들었다. 하지만 어림없는 짓이었다. 이번에는 돌주먹을 맞고 벌렁 나가떨어졌다. 여자는 기절을 한 듯 그렇게 통나무처럼 쓰러져 있다가 한참 만에야 구석으로 물러앉았다. 벽에 이마를 대고 엎어지는가 싶더니 왈칵 울음을 내쏟았다. 신북에서 다방을 운영한다는 고양이처럼 생긴 여자는 온몸을 들썩이면서 서럽게 울어댔다. 자해를 하듯이 이마를 벽에 쿵쿵 찧으면서 그악스럽게 울부짖었다.

성가신 눈길로 여자의 등짝을 흘겨보던 사내가 엉덩이 걸음으로 다가갔다. 여자를 강제로 돌려 눕히고는 느닷없이 입술을 들이댔다. 버둥거리는 머리를 움켜쥐고 여자의 울음을 빨아들이듯 입을 맞추면서 바지를 벗기기 시작했다.

은옥은 두 사람을 피해 서둘러 창고로 들어갔다. 한구석에 골판지를 깔고, 보온 덮개를 덮고 누웠다. 흙먼지가 묻은 더럽고 무겁고 딱딱한 보온 덮개였으나, 동굴 생활에 익숙해서인지 오히려 기분이 안온했다. 그날 이후로 은옥은 다방 여자가 찾아오거나 사내가 잠이 들면 창고로 들어가 잠을 청하곤 했다.

8월도 하순으로 접어든 어느 날 오전, 수박을 모조리 처분한 사내가 용달차 대신 낯선 외제 승용차를 몰고 와서 쌀과 반찬거리를 내려놓았다.

놀다 올 테니까 수박밭 멀칭 필름 좀 걷어라.

피서를 다녀와서 가을무를 심겠다는 것이었다. 승용차의 조수석에 앉아 있던 다방 여자가 질겅질겅 껌을 씹으면서 연신 비웃음을 던졌다.

종년아, 잘 있어.

낮게 씨월거리고는 차창 밖으로 손까지 흔들어 주었다.

다방 여자에게서 사내를 빼앗고 싶다는 투지가 가슴속에 곤두선 것은 바로 이때였다. 사내의 종노릇을 하고는 있지만, 자신이 다방 여자보다 못났다는 생각은 전혀 들지 않았다. 사내의 환심을 살 수 있는 방법을 잠시 생각해 보던 은옥은 일단 일에 전념하기로 했다. 사내가 필요로 하는 여자가 되기로 했다.

지체없이 수박 넝쿨 제거 작업에 돌입했다. 새아버지에게 배운 대로 요령껏 낫질을 해가면서 꼼꼼하게 수박 넝쿨을 제거한 후, 멀칭 필름을 벗겨나갔다. 필름 가장자리를 덮은 흙덩이들을 삽으로 떠둥그리면서 가죽을 벗겨내듯이 조심스럽게 벗겨냈다. 사내가 자신을 믿고 의지할 수 있도록 밤잠을 설쳐가면서 작업을 마무리했다.

며칠 후, 해수욕장에서 돌아온 사내는 기대했던 대로 흡족한 미소를 머금었다.

내가 종년 하나는 잘 뒀구만.

은옥은 칭찬으로 받아들이고 으스대듯이 다방 여자를 쳐다보았다.

하지만 다방 여자는 여전히 멸시에 찬 눈길을 하고 있었다.

이튿날 사내는 인부들에게 비료를 살포하도록 지시한 후, 은옥에게는 트랙터 운전을 가르쳤다. 조향 레버와 리프트 레버 등 각종 장치 조작법은 물론, 로터리 경운기와 배토기 등을 쉽게 연결하는 방법, 그리고 개간지 구석구석까지 빈틈없이 로터리 경운을 하는 요령과, 후진해서 밭두둑과 나란히 골내기 하는 방법까지 자세히 지도했다. 은옥은 메모까지 해 가면서 열심히 익혔다. 실습한 지 하루 만에 매끄럽게 무 이랑을 만들어내자, 사내의 입가에 만족스러운 미소가 스쳤다. 은옥은 더욱 힘이 나서 야간을 활용하여 이틀 만에 골내기 작업을 마무리했다.

하지만 가을 채소 작업은 이제부터가 시작이었다. 다음 날부터 은옥은 곧바로 파종 작업에 매달렸다. 사내가 일러준 대로 아낙네들에게 짝을 지어 무를 심도록 지시했다. 작업반장처럼 인부들을 관리하면서 열심히 무를 심었다. 인부 중에는 예전에 은옥의 어머니에게 똥물을 끼얹었던 사람도 있었는데, 은옥과 사내의 관계를 궁금해하면서 은밀히 쑥덕거렸다.

저것이 어쩌다가 용식이 각시가 되었으께라우?

각시가 아니고 종년이라고 하대. 용식이가 지 주둥이로 그렇게 말하더란께.

그거이 뭔 소리께라우? 돈 주고 사 왔으께라우?

그런께. 당최 뭔 소린지 모르겄드란께. 은옥이 아부지하고 즈그 작은 아부지가 옛날에 친하게 살아 놔서, 작은아부지가 알믄 벼락이 떨어질 것이라고 했더니, 작은아부지가 알아도 자기는 떳떳하다고 하더란께.

독한 놈이네. 불쌍한 애를 종으로 부려먹으면 쓰겄소?

은옥은 아낙네들의 쑥덕거림을 더 듣고 싶지 않아 일부러 멀리 떨어져 작업했다. 자신이 종이든 노예든 상관없었다. 몸은 비록 힘들었으나 마음은 새아버지와 살 때보다 오히려 더 편했다.

무 파종 작업을 완료한 은옥은 다섯 대의 스프링클러를 가동시켰다. 무밭 전체에 물을 주기 위해 네 시간에 한 번씩 자리를 옮겨주었다. 밤잠을 설쳐 가면서 정성을 다해 물을 주었다. 오밤중에 차가운 물방울을 뒤집어쓰고 나면 잠이 달아나기 일쑤였으나 성심을 다해 무를 길렀다. 밤낮을 가리지 않고 정성껏 보살펴 준 덕분에 사상 유례없는 가을 가뭄 속에서도 사내의 무밭은 고르게 싹이 텄다. 연둣빛 새싹들이 앙증맞게 어깨동무를 하고 올라오는 것을 보면서 은옥은 자기 일처럼 희열을 느꼈다.

무 솎음 작업도 그녀의 몫이었다. 인부들을 데리고 은옥은 아침부터 저녁까지 솎음 작업을 해나갔다. 요즘 들어 입맛이 없는 데다가 오후만 되면 몸이 노곤했지만 이를 악물고 작업에 전념했다. 이렇듯 죽을 둥 살 둥 모르고 일에만 매달리는 은옥이 안쓰러웠던 모양이다. 아낙네들이 더욱더 낮게 쑤군거리는 소리가 들렸다.

저것이 암만해도 애기를 밴 것 같어라우. 아까도 가만히 본께 헛구역질을 하더랑께요.

그런께 말이여. 저 멍청한 년이 어짤라고 애기까지 뱄으까이. 용식이는 날마다 다방 년하고 붙어 댕기던디.

은옥은 차마 더 듣지 못하고 숲으로 뛰어 들어갔다. 임신 사실을 숨기려고 헛구역질이 날 때면 감기인 척 밭은기침을 해 대면서 물을 마시곤 했지만 아낙네들이 눈치를 채고 만 것이었다. 하지만 고민할 겨를도 없이 사내가 찾는 소리에 얼른 숲에서 빠져나왔다. 자신이 사는 길은 오로지 일을 열심히 하는 것뿐이었다.

  그해 늦가을 오후, 이번에도 남들보다 좋은 가격에 무를 팔아넘긴 사내가 방 안으로 불러들였다. 공손히 무릎을 꿇고 앉자, 돈다발을 툭 던졌다.

  100만 원이다. 둘이 놀다 올 테니까 쉬고 있어.

  다방 여자를 데리고 방을 나섰다. 외국 여행이라도 가는지 큼직한 은회색 캐리어를 들고 관리사를 나섰다.

  승용차에 오르던 두 사람의 목소리가 은옥의 귓전에 날아들었다.

  배가 많이 나왔는데?

  응. 곧 종이 하나 더 늘 거다. 매년 하나씩 만들 거야.

  사내가 키득거리는 소리가 들렸다. 다방 여자가 이쪽을 향해 혀를 날름 내밀었다.

  피가 거꾸로 휘돌면서 전신의 힘이 일시에 빠져나갔다. 승용차가 멀어져가는 모습을 떨리는 눈길로 지켜보고 있던 은옥은 고꾸라지듯 주저앉았다. 사지가 바들거리면서 숨통이 깔때기처럼 가늘어지곤 했다. 종을 매년 하나씩 늘리겠다는 말이 너무도 끔찍했다.

  해가 저물 때까지 엎어져 울던 은옥은 겨우 몸을 추스르고 창고로 들어갔다. 농약 박스에서 노란색 농약병을 꺼냈다. 생을 마감하기로 결심하고 농약병 뚜껑을 열었다. 차분히 숨을 가라앉히고 병을 입으로 가져갔다. 피를 태울 듯한 알싸한 독기가 코를 찔러왔다. 자신도 모르게 다시금 눈물이 굴러 나왔다. 잠시 들썩이는 숨을 고르면서 병을 내려놓았다가 다시 집어 들었다. 눈을 질끈 감고, 마지막 숨을 들이쉬고 떨리는 손으로 병을 입술에 들이댔다. 하지만 그 순간 은옥은 화들짝 놀라 병을 다시 내려놓고 말았다. 배 속의 아이가 자지러지듯 발차기를 해 대고 있었다.

이튿날 아침 은옥은 영암을 다녀왔다. 사내가 준 돈으로 창고 구석에 아이와 함께 살아갈 방을 만들었다. 텐트를 치고 바닥에는 비닐 장판과 전기 매트를 깔았다. 천장에 전등도 하나 달았다. 텐트 속에 은은한 조명을 밝혀 놓고 새로 산 이불을 덮고 누웠다. 그제야 겨우 마음이 안정되면서 졸음이 쏟아졌다. 살 것 같았다. 이것이 자신의 운명이라면 순순히 받아들일 수밖에 없었다.

일주일 후 여행에서 돌아온 사내는 경운 작업을 지시했다. 그동안 남에게 임대해 주었던 하우스 세 동에 겨울 총각무를 심겠다는 것이었다. 은옥은 속으로 반발심이 일었으나 아무런 내색도 하지 않고 트랙터 운전석으로 올라갔다. 뿌연 먼지를 마시면서 이틀에 걸쳐 로터리 경운 작업을 마쳤다. 20여 명의 인부를 데리고 억척스럽게 멀칭 필름을 씌우고, 파종을 했다. 골고루 물을 주고, 할죽을 꽂고, 이중 터널을 씌웠다. 매일같이 보온 덮개를 벗기고 덮기를 반복하면서 총각무 농사에 혼신을 다했다. 온종일 농약 통을 짊어지고 농약을 살포하기도 했다. 체력이 바닥나서 때로는 정신이 혼미해지기도 했지만, 사내에게 조금도 나약한 모습을 보이지 않았다. 폭설이 내리는 날에는 오밤중에 나와서 하우스에 쌓인 눈을 긁어내리곤 하면서도, 사지가 얼어서 눈밭에 주저앉은 적도 있지만 그녀는 이를 악물고 이겨냈다.

새해로 접어들면서 그녀의 배는 더욱 비대해졌다. 개구리를 삼킨 뱀처럼 움직임이 현저히 둔해졌고, 불러나온 배를 바라보는 사내의 눈길에는 혐오의 기색이 역력했다. 밤마다 다방 여자의 차가 관리사 앞을 지켰다.

어느 날 밤, 두 사람에게 술상을 차려주고 텐트 안으로 기어든 은옥은 관리사 쪽에서 들리는 노랫소리에 두 귀를 막았다. 다방 여자의 노랫소리를 밀어내듯 목이 까맣게 타들도록 아버지를 불러댔다.

6

영암에도 눈발이 세차게 쏟아지고 있었다. 어지럽게 부서져 내리면서 도로와 지붕들을 지저분하게 뒤덮고 있었고, 택시들이 엉금엉금 손님들을 실어 나르고 있었다.

터미널 앞에 트랙터를 세우고 목포여관으로 들어갔다. 계산대를 지나 3층에 도착했을 즈음 스마트폰이 울렸다. 종학이었다.

"낼 작업을 안 하기로 했다. 늬 어머니한테 폭설 때문에 계속 작업하기가 어렵겠다고 말씀드렸더니, 그만하겠다고 하시더라."

"어머니가?"

나는 반신반의했다. 그동안 여러 차례 말씀드렸지만, 한사코 고집을 부리던 어머니였다.

하지만 종학이 그렇다고 말했다.

"또 너한테 야단치실까 봐 내가 전화로 말씀드렸더니, 나한테 고생했다고 하시더라. 너도 늬 엄마 말 좀 들어라. 솔직히 농사나 장사나, 근동에서 네 엄마만큼 잘 아시는 분이 어딨냐?"

친구의 타박에 나는 입맛을 쩝 다셨다. 평생을 개간지에서 잔뼈가 굵은 어머니였지만, 이상하게도 나는 요즘 들어 어머니의 의견에 어깃장을 놓는 경우가 많았다. 손해를 보더라도 어머니 방식이 아닌, 내 방식대로 해보고 싶은 충동이 가슴을 간질이곤 했다.

"알았다."

떨떠름한 느낌으로 전화를 끊었다.

외할머니가 묵고 있다는 302호실로 다가갔다. 초인종을 누르자, 외할머니가 나왔다. 저녁을 먹으면서 반주라도 한 듯 생각보다 낙락해진 얼굴로 나에게 척 안겨 왔다.

"가세."

"네 집에는 안 가."

외할머니가 도리질을 했다. 입에서는 단술 내가 풍겼고, 어머니가 잡아 뜯은 머리칼은 여전히 핑크뮬리처럼 은은하게 빛났다.

"관리사로 가세."

"관리사?"

외할머니가 이내 반색을 했다. 외할머니가 마땅히 기거할 곳이 없을 때면 은밀히 모시고 가곤 했던 곳이었다.

나는 편의점에 들러 마른안주와 소주를 한 박스 샀다. 트랙터용 굴삭기에 외할머니의 캐리어와 소주 박스 등을 담고 운전석으로 올라갔다. 외할머니를 조수석으로 끌어올리고 영암을 빠져나왔다. 맹꽁이처럼 기어가는 승용차들을 추월하여 트랙터가 달리기 시작했다. 120마력의 대형 트랙터가 탱크처럼 저돌적으로 눈보라를 뚫고 달려 나갔다.

외할머니가 머리를 기대 왔다.

"네 딸, 정말 이쁘더라. 노래도 잘하고, 춤도 잘 추고, 쫑알쫑알 앵무새같이 말도 잘하고……, 너는 밥 안 먹어도 배 부르겠더라."

"인자 알아써? 나 밥 안 먹은 지 오래됐어."

일부러 농담을 하자, 외할머니가 내 허벅지를 치면서 깔깔거렸다.

20분 후, 우리는 와우산 자락을 지나 관리사에 도착했다. 외등을 서치라이트처럼 밝혀 놓고 방 안의 전기 패널을 켰다.

"당분간 여기서 지내소."

"늬 엄마가 오면 어쩌구?"

"걱정 마. 눈이 많이 와서 작업을 그만하기로 했어."

"그래?"

외할머니는 한결 마음이 놓인 듯한 표정으로 정말 잘됐다고 말했다. 우리는 눈이 더욱 많이 내리기를 빌면서 신나게 건배를 했다. 폭설로 작업을 망쳐 낙심한 어머니와 폭설이 내린 덕분에 기분이 좋아진 외할머니, 두 분이 모녀가 맞는지 이번에는 유전자 검사를 꼭 한번 해 봐야 할 것 같았다.

외할머니는 연신 소주잔을 비워 내면서 자신의 어린 시절을 들려 주었다. 부잣집 첩의 딸로 태어나 큰어머니에게 모질게 학대받던 이야기, 친어머니가 병으로 죽은 후 요정에서 행수 기생의 몸종 노릇을 했던 일, 목청이 좋아 어린 나이에 어른들의 술자리에서 노래를 불러 돈을 벌었던 일들을 들려주었다. 이미 귀에 못이 박히도록 들었었지만, 나는 열심히 들어주었고, 외할머니는 신이 나서 당시에 불렀던 노래들을 간드러지게 부르기 시작했다. 낡은 축음기처럼 가끔 음정이 튀어 오르거나 발음이 불안하기도 했으나, 나는 진지하게 장단을 맞췄다. 그러다 외할머니가 노래를 한 곡조 마치면 분위기가 처지지 않도록 나도 한 곡 불렀다. 때로는 둘이서 합창도 하다가 우리는 술기를 식히기 위해 밖으로 나갔다.

외할머니는 눈을 유독 좋아했다. 세상을 뒤덮은 하얀 눈 위를 강아지처럼 껑충거리면서 다니다가 묘지에 벌떡 누워 눈 사진을 찍기도 했다. 어린아이처럼 깨끗한 눈 위에 누웠다 일어나기를 반복하다가 다시 술을 마셨다.

은옥은 누군가가 부르는 소리에 잠에서 깨어났다.

텐트의 지퍼를 내리자, 회색 코트를 입은 중년 여자가 창고로 들어왔다. 여자가 묻혀 온 싸늘한 냉기에 이불로 얼른 몸을 감쌌다. 뒤편에는 감색 코트를 입은 키 큰 사내가 서 있었다. 무슨 일인지 관리사 쪽에서는 다방 여자의 악다구니가 날아들곤 했다.

중년 여자가 다가와 은옥의 머리를 쓸어넘겼다. 찬찬히 얼굴을 들여다보다가 신음처럼 내뱉었다.

맞네! 은옥이가 맞어! 얼굴이 상철 씨하고 진짜 닮았어!

눈언저리의 잔주름에 연민과 눈물이 차올랐다.

애 밴 것도 맞아요. 애, 배를 좀 봐요.

이불을 젖히고 은옥의 배를 감색 코트의 사내에게 보였다.

은옥은 중년 여자에게 이끌려 창고를 나왔다. 희붐하게 비껴든 햇살에 눈이 부셨다. 묘지 옆에 낯선 암갈색 지프가 주차돼 있었고, 다방 여자가 계속 숟가락을 부딪치듯이 딱딱거리면서 차를 몰고 떠났다. 입 다툼이라도 벌인 듯 사내가 다소 화난 빛으로 담배 연기를 불어 내고 있었고, 동녘에서는 아침 해가 노란 입김을 내뿜으면서 천천히 기어오르고 있었다.

나, 모르겠냐?

중년 사내가 다가와 손을 잡았다. 이마가 반쯤 벗어진 말의 두상을 닮은 얼굴이, 큰 덩치가 그제야 어렴풋이 기억의 늪에서 떠올랐다. 아버지 장례식 때 매번 절을 시키던 아버지의 친구이자 사내의 작은아버지였다. 아버지가 돌아가신 후 많은 친구가 드나들었으나, 이분만은 장례식 이후 만난 적이 없었다.

은옥의 행색을 찬찬히 훑어나가던 작은아버지의 눈길이 점점 험악해졌다. 구질구질한 옷차림에 지저분한 머리칼, 그러다가 바가지처럼 불룩한 은옥의 배를 보는 순간 분노에 찬 흉흉한 기세로 사내에게 다가갔다. 작은어머니가 불안한 듯 은옥의 손을 잡고 뒤를 따랐다.

야, 이 망할 놈의 새끼야!

작은아버지가 다짜고짜 사내의 멱살을 움켜쥐었다.

네가 사람이냐? 너는 그 잡년하고 방에서 자고 임신한 애를 창고에서 자게 해?

사내가 작은아버지의 손을 완강히 뿌리치면서 억울하다는 표정을 지었다.

저것이 거기가 좋다는데 내가 뭐라고 한다요?

혼인신고는 했냐?

사내가 어이가 없다는 듯 허허 웃었다.

작은아부지! 저 앤 그냥 내 종이에요. 어떻게 종년하고 결혼한다우?

말을 끝내기도 전에 작은아버지의 주먹이 사내의 관자놀이에 날아가 박혔다. 퍽 소리와 함께 비틀거리던 사내가 덤벼들 듯이 목을 쳐들었다. 하지만 작은아버지의 동작이 더 빨랐다. 사내의 멱살을 다시 움켜잡고 연거푸 주먹을 먹였다. 속수무책으로 얻어맞던 사내가 무릎이 꺾인 듯 털썩 주저앉았다. 코를 뚫린 황소처럼 숨을 헐떡거리면서 항복을 선언하듯이 무릎을 꿇었다.

이놈아! 은옥이가 어째서 니 종이냐?

저년이 내 수박을 훔쳐먹었단 말이오!

사내가 코피를 튀기면서 항의를 했다. 그 말에 더욱 분기가 치민 듯 작은아버지의 주먹이 이번에는 사내의 턱주가리에 내리꽂혔다. 사내가 옆으로 풀썩 나동그라지면서 차라리 죽이라고 고래고래 소리를 내질렀다.

고만하세요!

작은어머니가 다급히 두 사람 사이로 끼어들었다.

조카를 죽일 셈이에요?

작은아버지가 마지못해 한 걸음 물러서면서도 분기가 여전히 가시지 않은 듯 뜨거운 입김을 불어 냈다.

기가 막혀서 내가 말이 안 나온다! 어떻게 된 놈이, 남의 귀한 딸을 종으로 부려 먹을 생각을 하냐? 네가 그러고도 사람이냐? 은옥이 아부지가 살아 있었으면 너는 뼈도 못 추렸어 이 망할 자식아!

　고만하라니까요!

　작은어머니가 남편을 나무라면서 사내의 코피를 닦아 주었다. 작은아버지의 흉포한 기세에 질린 듯 사내는 숨을 헐떡거리면서 아무런 대꾸도 하지 않았다.

　은옥은 오랜만에 아버지의 모습이 떠올랐다. 아버지는 은옥에게 늘 경외감을 갖게 하던 존재였다. 딱 한 번 휴가를 나왔던 아버지의 군복에서는 자극적인 화공 약품 냄새와 구릿빛 총알 냄새가 풍겼고, 그래서인지 베트콩들을 잔인하게 죽이던 만화 속의 군인들처럼 섬찟하고 무섭게 느껴졌다. 군용 배낭에서 쏟아져 나온 핏빛 초콜릿과 메스껍고 느끼한 비스킷들, 암녹색 깡통에 담겨 있던 고기와 콩 등은 더욱 이물스럽게 느껴졌는데, 그런 것들을 얻어먹기 위해 주변을 어슬렁거리는 친구들마저도 일부러 멀리했다. 무엇보다도 그녀를 움츠리게 한 것은 아버지의 무술 실력이었다. 기합을 지르면서 공중으로 날아올라 송판을 하나하나 격파해 나가거나, 20여 미터 전방의 기둥에 정확히 날아가 박힌 단도가 은빛으로 파르르 떨릴 때면 저도 모르게 눈을 질끈 감았다.

　작은아버지가 사내의 어깨를 잡아당겼다.

　가자!

　죄인을 압송하듯이 사내의 목덜미를 붙잡고 지프에 밀어 넣었다. 사내는 기가 완전히 꺾인 듯 작은아버지가 잡아끄는 대로 차에 올라탔다. 은옥은 작은어머니와 나란히 뒷좌석에 앉았고, 작은아버지는 운전을 하면서도 사내를 연신 질책했다. 죽일 놈. 망할 놈, 개잡놈……, 작은어머니의 타박에 잠시 조용해지는가 싶다가도 다시금 욕을 퍼붓곤 했다.

내가……, 이날껏 살면서 너 같은 놈은 듣도 보도 못했다. 어떻게 사람 새끼가, 어린 여자애를 종으로 부려먹냔 말이여, 이 개만도 못한 놈아!

고만하시라니까! 용식이도 이제 알아들었을 테니까 고만해요.

작은어머니가 나무라는 투로 재차 제지하자 작은아버지가 겨우 입을 다물었다.

들판에는 봄기운이 스멀스멀 피어나고 있었다. 잔설이 거품처럼 군데군데 떠 있었으나 서리를 뒤집어쓴 파란 새싹들이 따뜻한 기운을 받아 조금씩 깨어나고 있었다.

영암읍에 도착한 은옥과 사내는 작은어머니가 시키는 대로 옷가게와 목욕탕을 거쳐 미장원으로 들어갔다. 사내는 단정하게 군청색 양복 차림으로, 은옥은 임부용 원피스와 빨간 코트 차림으로 나란히 앉아 머리를 매만졌다. 미장원을 나서다 말고 은옥은 거울 속에 비친 자신의 모습을 찬찬히 바라보았다. 깡마르고 배가 부른 임부의 모습이 너무도 낯설었다.

점심 후 면소재지에 들러 작은어머니가 시키는 대로 혼인신고서를 작성했다. 작은어머니 내외를 증인으로 혼인신고서를 제출했다. 간단했다. 다방 여자에게 멸시와 모욕을 당할 때마다 벼르고 별렀던 일이, 아이를 가졌을 때부터 밤마다 속으로 기도하고 아이를 당당하게 낳고 싶었던 간절한 소망이 마침내 이루어진 셈이었다. 은옥은 그렇게 사내와 부부가 되었다. 하지만 너무도 갑작스럽게 이루어진 탓인지 아무런 감동을 느낄 수가 없었다. 그저 그랬다. 너무도 간단해서 오히려 믿기지가 않앉고, 사내도 작은어머니의 지시에 따를 뿐 숫제 무덤덤한 얼굴이었다.

목포로 갑시다.

면사무소를 나오자마자 작은어머니는 남편을 독촉했다. 사내를 은옥의 옆으로 밀어 넣고 앞자리로 옮겨 탔다.

은옥이 손 좀 잡아 줘라. 인자 부부잖아. 여자가 애를 가질 때는 여자가 시키는 대로 다 해줘야 한단다.

예? ……

사내가 은옥을 힐끗 쳐다보다가 차갑게 외면했다. 은옥은 서운한 느낌으로 사내의 손을 굽어보았다. 의외로 사내의 손은 별로 크지 않았다. 숯불에 타들어 간 고구마처럼 다소 검고 딱딱해 보일 뿐이었다. 은옥은 용기를 내 사내의 손을 잡아 보려다가 콧물을 훔치는 사내의 몸짓에 흠칫 놀라 얼굴을 돌리고 말았다.

목포에 도착하자마자 작은어머니는 은옥을 산부인과로 데리고 들어갔다. 나이가 지긋한 여의사는 처음 진찰을 받는다는 얘기에 은옥의 몸 상태며 태아의 심장 박동수 등을 꼼꼼하게 살폈다. 태아의 움직임을 자세히 보여주면서 다행히 모든 게 정상이라고 말했다. 초음파 사진 속 아기의 생김새와 심장 박동 소리에 은옥은 가슴 저 밑바닥에서 뜨거운 피가 꿈틀거리는 것을 느꼈다. 자신에게 농약을 마시지 못하게 한 이유를 이제야 알 것 같았다. 산모 수첩을 받아들고 산부인과를 나오면서 은옥은 자신이 곧 엄마가 된다는 사실을 온몸으로 실감할 수 있었다.

그날 마지막 행선지는 시댁이었다. 은옥이 작은어머니 내외를 따라 처음 방문한 사내의 집은 전통 기와를 올린 고풍스러운 한옥이었다. 길게 네모진 마당 안쪽에 청색 기와집이 높직이 자리하고 있었고, 아래쪽의 창고에는 가끔 사내가 몰고 다니던 회색 아우디 승용차가 주차돼 있었다. 창고 저쪽으로 낯익은 대형 트랙터와 관리기가 웅크리고 있었다.

처음으로 시댁을 방문하게 된 은옥은 다소 설레는 기분으로 안방으로 들어갔다. 이미 연락을 받은 듯 방 안에는 10여 명의 아낙이 모여 있었다. 은옥이 개간지에서 본 아낙도 더러 있었는데 아마도 그중의 누군가가 작은아버지에게 연락한 모양이었다.

애기가 괜찮던가?

허리가 꾸부정한 할머니가 작은아버지에게 다가앉았다. 작은아버지는 크게 머리를 끄덕였다.

다행히 건강하답니다.

할머니와 아낙네들이 이구동성으로 참으로 다행이라고 말했다.

할머니가 은옥의 배를 쓸어주면서 끌끌 혀를 찼다.

우리 성님이 살아 있었으믄, 징하게 좋아했을 것인디.

그런께요.

작은어머니가 맞장구를 치면서 사내의 손을 잡았다.

낼은 은옥이랑 같이 가서 출산 준비물을 사거라. 그런 것은 애 아빠랑 같이 가서 사야 한단다.

……예.

작은어머니의 말에 사내가 마지못해 하는 투로 답했다. 하지만 입꼬리에는 여전히 독사의 등껍질처럼 거무스름한 미소가 어른거렸다.

작은아버지가 무슨 말을 하려는 순간, 방구석의 전화벨이 울렸다. 무심코 전화기를 귀에 들이대던 사내가 엉덩이를 불에 덴 듯 벌떡 일어났다. 다방 여자가 혼인 신고한 것을 알아챈 모양이었다. 전화기에 대고 무슨 상관이냐고 따지는가 싶더니 급기야 살기등등한 표정을 지었다.

너 이년, 거기 가만히 있어! 가서 모가지를 비틀어 버릴 테니까!

수화기를 거칠게 내려놓고 방을 나갔다. 작은아버지에게 당한 분풀이라도 하려는 듯 흥맹한 기세로 승용차로 다가갔다. 종종걸음으로 뒤따라가던 작은어머니가 팔을 붙들었다.

싸우지 말고 말로 해라. 돈 좀 주고 완전히 끝내.

사내가 대답을 하지 않고 작은어머니의 팔을 떼어냈다.

절대로 때리지 말고! 여자는 때리면 못써.

사내는 성가신 표정으로 알았다고 말했다.

차 문을 쾅 닫고 요란한 엔진 소리를 내면서 집을 빠져나갔다. 길가에서 한가롭게 어정거리던 닭들이 후다닥 사방으로 달아났다. 승용차는 이내 마을 진입로를 벗어나 앞산 모퉁이로 꽁무니를 감췄다. 노을빛이 스러져가는 앞산 능선에는 이미 검푸른 이내가 흩날리고 있었고, 작은어머니는 마음이 놓이지 않는지 오랫동안 마당 가운데 서 있었다.

그날 밤 은옥은 작은아버지와 많은 얘기를 나누었다. 사내는 집안 장손으로 어렵게 태어난 늦둥이라고 했다. 아버지가 일찍 돌아가신 탓인지 어려서부터 말썽이 잦았고, 결혼식 날에는 다방 여자가 나타나 소란을 피우는 바람에 파혼까지 당했다고 했다. 그 일로 형수가 화병으로 돌아가시자 조카와 연락을 끊었다가 어젯밤 당숙모로부터 은옥의 소문을 듣고 부랴부랴 내려왔노라고 했다.

네 아빠가 죽고 나서 네가 항상 마음에 걸렸는데, 이렇게라도 우리 식구가 돼서 다행이다.

은옥의 손을 다독거리면서 자연스럽게 아버지의 이야기를 꺼냈다. 어려서부터 은옥의 아버지와 어울려 다녔고, 초등학교 시절에는 이 집에서 함께 공부하며 놀았다고 했다. 은옥의 아버지가 친구들과 싸운 죄로 집에서 쫓겨난 적이 있었는데, 한 달 가까이 자신의 방에서 함께 잔 적도 있다고 했다. 월남으로 가면서 어린 딸을 가장 걱정했었고, 지금도 저승에서 은옥을 지켜보고 있을 거라는 얘기에 가슴이 먹먹했다.

밤이 고즈넉하게 깊어가고 있었다. 이미 자정이 가까운 시간이었으나 사내는 돌아오는 기척이 없었다.

은옥은 작은방으로 건너와 잠자리에 누웠다. 오늘 하루의 일들이 먼 옛날의 일처럼 아련하게 여겨지면서 좀체 잠이 오지 않았다. 사내의 아내가 되었다는 사실이 아직도 실감이 되지 않았다. 사내가 돌아오면 어떻게 부를까. 이따가 들어오면 어떻게 대할까. 온갖 상념들이 꿀벌 떼처럼 머릿속을 어지럽게 넘나들었다.

7

이틀 후였다. 느지막이 일어나 아침 겸 점심을 먹고 있을 무렵, 종학에게서 전화가 걸려 왔다.

"관리사가 다 타 부렀담서?"

"뭔 소리냐?"

"모르고 있었냐?"

나는 당황스러웠다. 어제 오후에 외할머니를 혼자 두고 집에 왔었다. 불안한 마음이 없지 않았으나, 외할머니가 걱정하지 말고 집에 가라고 했던 것이다.

전화기 너머에서 종학이 말을 계속했다.

"나도 소문만 들었는데, 어젯밤에 불이 나서 다 타 부렀닥 하더라."

나는 다급히 외할머니에게 전화를 걸었다. 하지만 이번에도 전화기가 꺼져 있었다. 부랴부랴 아파트를 나왔다. 외할머니에게 계속 전화를 걸었으나 결과는 마찬가지였다.

20여 분 후, 개간지에 도착한 나는 오싹한 느낌으로 눈을 치떴다.

불길이 휩쓸고 간 관리사는 전쟁의 폐허처럼 참혹했다. 방 안의 집기들과 텔레비전은 물론, 목재 평상이며 싱크대까지 모조리 잿더미로 변해 있었다. 이부자리며 전기 장판, 외할머니의 캐리어까지 불길에 타 버린 상태였다.

뒤편의 창고도 마찬가지였다. 블록 벽으로 차단되어 있었음에도 지붕의 패널이 검게 타들어 바닥으로 휘어져 내린 상태였다. 소방관들이 헤집어놓은 듯 불길에 그슬린 보온 덮개며 멀칭 필름 두루마리들도 내장이 쏟아진 짐승의 사체처럼 흉물스럽게 뒤집혀 있었다. 타다 만 물건들 사이로 소방차에서 뿌린 물이 지저분하게 얼어붙어 있었다.

하지만 어디에도 외할머니의 모습이 보이지 않았다. 영하 10도, 게다가 다시금 눈발이 하나씩 떨어지는 혹한의 아침이었다.

두렵고 불길한 느낌으로 주변을 두리번거렸다. 개간지는 며칠 전보다 더욱 살풍경했다. 수확을 하지 못한 무들이 눈에 짓눌려 힘겹게 웅크리고 있었고 작업을 마친 곳의 무 지스러기들도 추위를 견디기 어려운 듯 실비명을 지르고 있었다. 묘지에는 사흘 전 외할머니와 놀았던 흔적이 어지럽게 흩어져 있었다.

그날 밤 눈 사진을 찍다 말고 외할머니가 내기를 제안했다. 눈 사진을 망가뜨리지 않고 일어나기 시합이었다. 우리는 손을 맞잡고 나란히 서서 뒤로 벌렁 누운 후, '하나, 둘, 셋!' 소리와 함께 벌떡 일어났다. 하지만 절반쯤 일어나던 외할머니는 술에 취한 듯 중심을 잃고 기우뚱 나동그라졌다. 눈 속에 얼굴을 박은 채 웃어대던 외할머니가 옆에 있는 무덤을 때렸다.

이 사람이 나를 밀쳤어. 이 안에 누구냐?

우리 아부지.

아, 그 칼 맞아 죽은 놈?

응.

에라, 나쁜 자식아.

아버지의 무덤을 두어 대 때리다가 그래도 사위라면서 술을 한잔 부어 주었다.

혼인신고를 마친 날 밤, 다방 여자를 만나러 간 아버지는 끝내 돌아오지 못했다. 그날 밤 다방 여자의 칼에 찔려 사망한 것이었고, 얼마 후 어머니는 나를 낳았다. 그리고 아직 핏덩이인 나를 안고 세상 사람들의 눈을 피해 개간지로 들어온 어머니는 10여 년 후 근동에서 가장 건실한 여자 농군이 되었다.

관리사에 머물고 있는 외할머니를 발견하고 화가 난 것이 아닐까. 어머니에게 전화를 걸어 볼까 하다가 그만두었다. 어머니가 관리사에 불을 질렀다면 도저히 용서할 수가 없을 것 같았다.

119에 전화를 걸었다. 간밤에 이곳에 출동한 직원과의 통화를 요청하자, 수분 후 투박한 음성의 사내를 바꿔 주었다. 어젯밤 10시경에 불이 났다는 신고를 받고 출동했는데, 도착했을 때는 이미 사람이 접근하기 어려울 정도로 불길이 맹렬하게 타오르고 있었다고 했다.

"누가 신고했나요?"

"도로를 지나가던 사람이 신고를 했습디다."

"할머니 한 분 못 봤소?"

"할머니요? 아저씨 어머님이 나중에 오셨었는디, 낮에 일할 때만 사용하는 관리사라고 하던데요. 할머님이 그곳에 계셨나요?"

나는 잠시 대답을 못 하고 머뭇거렸고, 소방관이 바쁘다면서 전화를 끊었다.

차가운 아침 바람에 눈꽃이 분분히 흩날리기 시작했다. 다급한 심정으로 창고 쪽을 둘러보던 나는 흠칫 걸음을 멈췄다. 창고 뒤쪽으로 외할머니의 부츠 자국이 나 있었다. 조금 전에 묘지에서 본 그 낯익은 발자국이 숲으로 이어지고 있었다.

나도 모르게 심장이 빠르게 고동치기 시작했다. 황급히 발자국을 따라 산비탈을 거슬러 올라갔다. 발자국은 눈 덮인 산등성이를 지나 여우굴로 향하고 있었다. 나의 걸음을 막듯이 눈발이 는개처럼 뿌옇게 앞을 막아섰다. 나는 불안감에 휩싸여 발걸음을 더욱 빨리했다. 〈2017〉

한길 쪽에서 사내들의 말소리가 들리는가 싶더니 세 사람이 마당으로 들어왔다. 흰머리를 짧게 깎은 이장과 평소 학교를 방문하곤 하던 파출소장, 그리고 조금 전에 학교에서 만난 암갈색 잠바 차림의 형사였다. 하지만 할머니는 흘끗 쳐다보았을 뿐 다소 무시하는 듯한 모습으로 바느질을 계속했고, 할아버지가 엉거주춤 토방으로 내려섰다.

"뭔 일이신가?"

친구인 이장에게 점잖게 물었다.

이장이 지나칠 정도로 반가운 미소를 지으면서 토방으로 성큼 올라섰다. 어제 선옥이 광수를 강간 혐의로 고소하였는데, 당시 현장에 내가 있었다고 하였기 때문에 경찰서에서 나를 증인으로 조사하고 싶어 한다고 말했다.

"광수란 놈이 도망쳐 부러서 자네 손자한테 물어볼 수밖에 없닥 하대. 엔간하믄 애를 좀 보내소. 오죽하면 형사님이 직접 오셨겠는가?"

막걸리라도 한잔 걸친 듯 불콰한 낯으로 크게 떠들어댔다. 이장의 어깨밖에 닿지 않는 왜소한 체구의 할아버지가 난처한 듯한 몸짓으로 뿔테안경을 고쳐 쓰면서 할머니의 눈치를 살폈다. 경찰의 출현에 호기심이 동한 마을 할머니 서넛이 성인용 보행기를 하나씩 밀고 마당으로 주춤주춤 다가들었다.

형사가 이장 옆으로 올라와 할머니에게 연신 허리를 굽신거렸다.

"아까는 죄송합니다. 할머님한테 전화를 해 봐도 안 되길래 그런 것인데."

한 시간 전, 여름방학 특강을 마치고 교실을 나서던 참이었다. 담임 선생이 내게 잠깐 교무실로 와 달라고 요구했고, 교무실로 들어가자 파출소장과 형사를 소개해 주었다. 내게 물어볼 게 있다고 하니까 두 사람을 따라가 보라는 것이었다. 나는 대충 짐작이 가서 책가방을 챙겨 들고 교문을 나섰다. 하지만 그 순간 할머니의 암회색 경차가 달려와 나의 앞을 막아섰다. 보호자의 동의도 없이 왜 나를 데려가느냐고 두 사람에게 강력히 항의하고 나서, 할머니는 뒤도 돌아보지 않고 나를 데리고 와 버렸다.

"정말 죄송합니다. 담임 선생님 승낙을 받고 데려갔던 것인데."

재삼 형사가 할머니에게 허리를 숙였다.

할머니가 바느질감을 내려놓고 일어나면서 지그시 형사를 꼬나보았다.

"형사 양반, 우리 유근이가 무슨 죄를 지었소?"

"아닙니다."

형사가 뒷주머니에서 손수건을 꺼내 이마의 땀을 찍어냈다.

"그러면 왜 자꾸 데려가려는 거예요?"

"어제 경찰서에 온 선옥이가, 유근이가 증인이라고 했기 때문에 그럽니다."

"우리 유근이는 못 봤대요."

"그래도 선옥이가 계속 증인이라고 하니까, 경찰에서는 정식으로 조사해야 하니까 그런닥 안 하요? 봤으면 봤다, 못 봤으면 못 봤다, 간단히 한마디만 하면 될 것인디, 어째서 그렇게 빡빡하게 나오요?"

"댁은 나서지 마세요."

이장의 참견이 언짢은 듯 할머니가 쌀쌀맞게 내뱉었다. 할머니는 평소 이장을 몹시 경멸하고 있었다.

이장이 무참한 표정으로 큼큼 빈 목을 다듬으면서 마당으로 물러갔다. 형사가 쉽게 물러설 것 같지 않자, 할머니가 한 걸음 양보하듯 대안을 제시했다.

"정 물어볼 게 있으면 여기서 물어보세요. 나는 절대로 우리 애를 경찰서에 안 보낼 거니까. 싫으면 그냥 가시고요."

너무도 단호한 어조에 형사가 난감한 듯이 저만큼 물러나 파출소장과 뭔가를 의논하는가 싶더니 어디론가 전화를 걸었다. 할아버지보다 몸피가 더 왜소한 할머니였지만, 개량 한복 차림에 은비녀를 한 모습이 그 어느 때보다도 기품 있고 존경스럽게 보였다.

형사가 전화를 끊고 다시 토방으로 올라왔다.

"좋습니다. 그리 말씀하시니 여기서 물을랍니다. 잠깐만 올라가겠습니다."

예절 바르게 할머니의 동의를 구하고 마루로 올라와 나와 마주 앉았다. 검은 표지의 손지갑만 한 수첩을 꺼내 잠시 적기 시작했다.

"뭔 구경났소?"

이장이 돌연 악다구니를 내쏘았다. 할머니에게 무시당한 화풀이를 하듯이 터무니없이 큰 소리를 내질렀고, 아래채 추녀 밑에 앉아 있던 할머니들이 투덜투덜 집을 나갔다. 하지만 호기심을 억누를 수 없는 듯 집 앞의 감나무 밑에 주차된 할머니의 소형 승용차에 등을 기대고 앉았다.

형사가 은색의 볼펜형 녹음기를 꺼내 몇 가지 버튼을 누르더니 녹음을 병행하겠다고 말했다. 할머니가 바짝 다가앉아 내 왼손을 꼭 잡았다.

"202×년 8월 16일, 최선옥 학생 강간 고소 사건과 관련해서 증인 조사를 시작하겠습니다. 장소는 춘동마을 손유근 학생 집입니다."

녹음을 위해서인 듯 잠시 사무적인 말투로 얘기를 하던 형사가, 나에게 뱀 혓바닥 같은 미소를 보내왔다. 이 대 팔 가르마를 한 해끔한 얼굴에 부드러운 눈빛이었지만, 나는 솔직히 부담스러워 눈길을 회피했다.

"뭐 긴장할 것 없다. 자연스럽게 대답만 해주면 되니까."

다시금 뱀 혓바닥 같은 검은 미소를 날름거리면서 형사는 조사를 시작했고, 할머니는 나를 잡은 손에 더욱 힘을 주었다.

"이름은?"

"손유근입니다."

"학교하고 학년 반은?"

"동명중학교 3학년 1반입니다."

"선옥이하고 한 반이라고 하던데."

"예."

"안 되겠어요."

돌연 할머니가 발딱 일어나 나를 안방으로 밀어 넣었다.

"형사 양반. 우리 손자는 착한 애예요. 그런 추잡한 일에 우리 애를 끌어넣지 말아요."

형사가 다시금 체크무늬 손수건을 꺼냈다. 땀도 나지 않았으나 슬쩍 이마를 훔치고는 사정 조로 말했다.

"알고 있습니다. 그래서 간단히 이렇게……."

"관둬요! 이러다 사실이 밝혀지면 우리 애를 증인으로 자꾸 부를 것이고, 애가 말실수라도 하게 되면 광수란 애가 평생 우리 애를 괴롭힐 것인데, 그땐 어떻게 책임질 거예요?"

"그런 일은 없도록 하겠습니다."

"어떻게요? 광수란 놈을 아직도 못 잡은 모양인데, 오늘 밤에라도 그놈이 몰래 와서 우리 애한테 해코지하면 댁이 책임질 거예요?"

형사가 말문이 막힌 듯 습관적으로 이마의 땀을 훔쳤고, 그러자 할머니가 그거 보라는 듯이 하얗게 눈을 흘기면서 마루에서 밀어냈다.

"가세요. 지키지도 못할 약속은 하지도 마시고. 나 몰래 우리 유근이를 만나지도 마시고!"

"아까도 말씀을 드렸지만, 오전 일은 할머니와 통화가 안 돼서 그랬었습니다. 도서관에 전화를 했더니 붓글씨 수업 중이라고 해서, 시간은 없고 해서 파출소장님의 안내로 학교로 간 겁니다."

형사가 다시금 정중하게 사과했다. 할머니는 영암도서관의 '하계 청소년 서예 교실'에서 붓글씨를 가르치고 있었는데, 그 때문에 전화 통화가 되지 않아 나를 데리러 학교로 왔다는 얘기였다.

하지만 할머니는 들은 척도 하지 않았다.

무기력하게 토방으로 내려선 형사가 도움을 청하듯이 파출소장과 이장을 바라보았다. 키가 큰 형사가 작은 몸피의 할머니에게 쩔쩔매는 모습을 보면서 나는 할머니의 손자라는 사실이 무척 자랑스러웠다.

이장이 보다 못한 듯 토방으로 다시 올라왔다.

"아니 김 선생! 광수란 놈이 선옥이한테 어떻게 했는가만 물어 볼란다고 하는디 어째 그렇게 형사님을 힘들게 하요?"

"우리 애가 못 봤다고 했잖아요. 어제 옆에서 다 들은 양반이 왜 자꾸 선옥이 편만 들어요? 그러고도 이장이에요? 이장이란 양반이 동네서 이런 더러운 일이 생겼으면 부끄럽게 생각해야지, 뭘 잘했다고 경찰서에다 신고하고 시끄럽게 하냔 말이에요?"

힐책에 가까운 할머니의 타박에 이장의 표정이 금세 붉으락푸르락해졌다.

"젠장, 내가 선옥이를 경찰서에 데리고 간 것이 뭐가 잘못됐소? 내가 부끄럽게 생각해야 된다는 말이 뭔 소리여? 내가 강간했소?"

"댁이 걸핏하면 노망난 할머니하고 사는 선옥이를 친손녀처럼 돌보고 있다고 자랑하고 다녔잖아요. 할머니를 병원에 데리고 다니는 것도 벅찬데, 선옥이 통학까지 시키느라 죽겠다고 온갖 유세를 다 떨고 다니던 양반이, 애가 그런 일을 당한 줄도 몰랐다는 게 말이나 돼요?"

할머니의 매서운 질책에 이장이 대번에 흉흉하게 눈알을 부라리면서 덤벼들었다.

"요년이 인자 본께 생사람 잡을 년이시. 붓글씨 좀 쓴다고 해서 내가 선생 대우를 해주니까는 나를 지 서방 잡데끼 하고 있네!"
 "말조심하세요! 요년이 뭐예요? 요년이. 그리고 내가 언제 우리 서방을 잡았어요?"
 그러자 파출소장과 형사가 다급히 이장의 팔을 하나씩 붙들고 나가자고 말했다. 하지만 이장이 거칠게 뿌리치고 할머니를 요절낼 듯한 기세로 달려들었다.
 "야 이년아. 내가 늬년한테 ×을 달라고 했어 돈을 달라고 했어. 왜 생사람을 잡고 지랄이여? 늬년이 배웠으면 얼마나 배웠어?"
 당장이라도 주먹을 휘두를 기세였다. 하지만 파출소장이 이장의 허리를 안고 마당으로 끌어 내렸다. 형사와 파출소장에게 끌려나가면서 이장이 계속 추잡한 욕을 퍼부어댔다.
 할아버지도 마루로 올라와 할머니를 다독거렸다.
 "왜 이장한테 그러는가? 이장이 잘못한 것도 없는데."
 할머니가 할아버지의 손을 찰싹 때렸다.
 "뭐가 잘못한 게 없어요. 저 인간이 어떤 인간인지 몰라서 그래요? 저 인간 땜에 옛날에 당신 친구 가정이 파탄 났던 거 잊었어요?…… 아무리 동네에 사람이 없어도 그렇지, 어떻게 저런 개만도 못한 놈을 이장으로 뽑았는지 모르겠어."
 "뭣이 어쩌고 어째? 저년이 오늘 죽고 싶어 환장을 했는 갑이시?"
 집을 나서던 이장이 파출소장과 형사를 뿌리치고 다시금 성난 멧돼지처럼 돌진해 왔다. 하지만 이번에도 파출소장과 형사가 득달같이 이장을 붙들었다. 양팔을 하나씩 붙들고 억지로 이장을 밖으로 데려갔다. 하지만 이장의 기세는 이미 걷잡을 수가 없었다. 흉포한 맹수로 돌변해서 할머니에게 입에 담기 힘든 욕설을 퍼부어댔다. 저만큼 멀어지고 있었음에도 이장의 목소리가 독화살처럼 날아와 마당에 박혔다.
"저런 찢어 죽일 놈."
 할머니가 분기를 참지 못하고 이를 갈 듯이 내뱉었다. 할아버지를 못마땅한 빛으로 힐끗 쳐다보고는 안방으로 들어갔다. 할아버지는 맥이 빠진 모습으로 마당을 건너 '자이헌(自怡軒)'이라는 현판이 걸린 아래채로 모습을 감췄다.
 기분이 심란해서 방으로 들어왔다. 왜 이런 일을 겪게 되었는지 도무지 알 수가 없었다. 나는 침대에 벌렁 누워 양손으로 귀를 막았다.

 할머니는 이 세상에서 나를 지켜주는 울타리이자 내가 기댈 수 있는 유일한 버팀목이었다. 어머니의 가출과 아버지의 자살로 이어진 불행 속에서도 내가 무탈하게 자라날 수 있었던 것은 순전히 할머니 덕분이었다. 할머니를 어머니로 여기고 유치원을 다녔고, 초등학교를 졸업했으며, 중학에 입학했다. 한자 2급 자격증과 전국 수학 경시대회 수상 경력 등도 오롯이 할머니 덕분이었다.
 하지만 이태 전 평교사로 퇴직한 할아버지가 친구에게 속아 퇴직금을 날리게 되면서 할머니의 얼굴에는 근심이 무겁게 드리워졌다. 빚을 갚기 위해 아파트를 처분하고 시골로 내려오던 날은 밤이 깊도록 나를 끌어안고 울었다. 그러면서도 할머니는 내게 아무 걱정 말고 공부만 열심히 하라고, 어떻게든 대학까지 보내 주마고 누누이 약속했다.

그리고 지난 3월 하순 전학 수속을 위해 이곳 면 소재지 유일의 중학교를 방문한 할머니는 3학년 담임 선생에게 깊숙이 허리를 숙이고 나서, 난초를 곁들여 손수 만든 손수건만 한 명함을 내밀었다. 담임 선생은 '松園 金善子(송원 김선자)'라는 할머니의 이름과 잔글씨로 쓴 수상 경력들을 들여다보면서 곧바로 교장실로 안내했다. 교장은 할머니 또래의 통통한 여자였는데, 할머니가 내민 명함을 존경스럽게 들여다보고 나서 나를 잘 지도하겠노라고 약속했다.

집에서 2킬로미터쯤 떨어진 곳에 자리한 중학교는 할아버지의 모교였다. 50여 년 전만 해도 학급당 2개 반에 전체 학생 수가 6백 명이 넘었다고 했으나 지금은 고작 19명뿐이었다. 1학년이 6명에, 2학년 8명, 3학년은 나를 포함하여 겨우 5명이었다. 학년별 교실이 있었지만, 전체적으로 모여 자습을 하는 시간이 많았고, 음악이며 미술, 체육 등의 실기 수업은 주로 한꺼번에 이루어졌다. 교직원은 교장을 포함하여 14명. 그리고 체육과 컴퓨터, 진로 상담 선생은 인근 중학교 교사가 겸임했다. 이웃 초등학교와 병합해서라도 계속 존속시켜 달라는 주민 측과 학교를 폐교하자는 교육청 측의 줄다리기가 10여 년째 반복되고 있다고 했다.

면학 분위기는 좋은 편이었다. 선생과 학생들이 1대1로 질문을 주고받는 형태로 수업이 이루어졌고, 더러는 다른 학생을 지도하는 시간에 낮잠도 조금 잘 수가 있었다. 학교의 교과 수준은 서울보다 낮은 편이었다. 하지만 나는 할머니가 지시한 대로 잘난 척을 하지 않고 얌전히 학교에 다녔다.

그렇게 시골 학교에 적응해 가던 4월의 어느 일요일이었다. 할머니와 내가 집에 있을 때 할아버지가 선옥이를 데려왔다. 3학년 중 유일한 여학생이자 덩치가 크고 젖가슴이 자꾸만 출렁거려서 마주보기가 영 어색했던 학생이었다.

"여보. 우리 동네 앤데, 유근이하고 같은 학년이라고 하대. 치매에 걸린 지 할머니를 모시고 둘이 산대."

더욱이 그녀의 성장 환경이 나와 비슷하다고 했다. 그녀가 세 살 때 어머니는 가출해 버렸고, 아버지는 서울에서 애가 둘 딸린 여자와 재혼하였는데, 교통사고로 한쪽 다리를 잃은 후 집에 온 적이 없다는 것이었다.

주황색 체육복 차림의 선옥이 할머니에게 꾸벅 인사를 하고 나서 성큼 마루로 올라섰다. 천성적으로 연민이 많은 할머니는 가엾은 애라고 생각되었는지 자리에서 일어나 포근한 웃음을 머금었다.

"둘이 한 학년이라니 다행이구나. 우리 유근이가 시골에 사는 것은 처음이거든."

선옥은 건성으로 "예. 예." 하면서 바지 주머니에 손을 찌른 채 집 안을 이곳저곳 살폈다. 문이 열린 식당으로 들어가 할머니가 가지런히 정리해 둔 다소 고급스러운 찬장의 식기들이며 싱크대며, 안쪽 벽을 장식한 세한도(歲寒圖) 서각(書刻) 작품 등을 흘끗흘끗 둘러보았다.

"늬 아빠가 다쳐서 돈을 못 번다던데 걱정이 많겠구나."

할머니가 정을 붙여 보려는 듯 말을 걸었다. 그녀가 머리만 끄덕인 채 대꾸를 하지 않자 할머니는 다시 물었다.

"네 엄마한테서는 도움이 좀 있니?"

그녀가 정색한 낯빛으로 눈을 모로 흘겼다.

"그년이 뭔 엄마다우? 나는 그년이 누군지도 모른께 얘기도 꺼내지 마시오. 나는 지금 우리 아부지하고 같이 사는 여자가 진짜 엄마지 그런 년은 엄마가 아니라고 생각해요. 유근이네 엄마도 바람 나서 집을 나가 부렀담서요?"

당돌한 그녀의 질문에 할머니는 마름모꼴로 찌그러진 웃음을 지으면서 부정도 긍정도 하지 않았다.

"저는 그런 나쁜 년들은 모가지를 싹둑 잘라 버려야 한다고 생각해요. 나라에서는 왜 그런 년들을 살려 두는지 도무지 이해가 안 된단께라우."

할머니는 악에 받친 듯한 그녀의 말투에 더욱 찌그러진 웃음을 지으면서 화제를 돌렸다.

"뭘 좀 마실래?"

"내가 찾아 먹을게요."

할머니가 움직이기도 전에 그녀는 냉장고 문을 열고 오렌지 주스를 꺼내 컵에 가득 따랐다. 할머니는 무참한 기색으로 곱게 빗은 은빛 머리칼을 손바닥으로 꾹꾹 눌렀다.

"집(宅)이덜은 어째 내려왔소? 다들 서울로 못 가서 환장덜 하고 있는디?"

선옥이 물었다. '집'이라는 말이 생소했으나 할머니는 이내 알아듣고 억지웃음을 지었다.

"시골이 좋지. 공기도 맑고, 사람들도 좋고."

"아따! 웃기는 소리 마시오. 시골 사람들이 뭣이 좋아라우. 내 눈에는 다 사기꾼이고 도둑놈들인디. 나는 우리 할망구 땜에 할 수 없이 여기 있지만, 할망구만 죽으면 낼이라도 당장 올라갈라우."

할머니는 다시금 무르춤한 표정으로 팔목에 낀 침향 염주를 어루만졌다.

선옥은 컵을 내려놓고 나를 턱짓했다.

"유근이는 어째 이렇게 작대요? 나는 첨에 1학년인 줄 알았단께라우."

갑자기 화제를 내게로 돌렸다. 나는 얼굴이 화끈거렸으나 아무런 대꾸도 하지 않고 펼쳐놓은 한문책을 들여다보았다. 실제로 내 키는 할머니와 똑같은 153센티미터로 1학년생들과 비슷했다.

할머니가 미처 대꾸할 말을 찾지 못하고 우물쭈물하는 사이에 선옥이 안방 문을 열고 들어갔다. 한문 서적들이 가지런하게 정리된 좌측 벽면의 책장들과, 한지 뭉치를 길게 늘어뜨린 윗목의 대나무 시렁, 벽면을 빈틈없이 장식한 크고 작은 족자들과 서각 작품 등을 건성으로 훑어보면서 이따금 스마트폰 카메라의 셔터를 누르기도 했다. 할머니는 안방에 누군가 함부로 들어가거나, 자신의 작품들을 허락 없이 촬영하는 것을 별로 좋아하지 않았으나 이날만은 기가 다 빠진 듯 지켜보기만 했다.

"할머니는 서예 선생이라고 하더니 꼭 조선 때 사람 같으요이? 집 안에 텔레비전도 없고 컴퓨터도 없고. 유근이가 무척 심심하겄는디요?"

"…심심하기는? 우리 유근이는 그런 것을 안 좋아해."

어물어물 대꾸를 하면서 겨우 자신감을 되찾은 할머니가 나를 대견스럽게 바라보았다.

하지만 선옥이 이번에도 철판 때리는 소리로 맞받아쳤다.

"뭣이 그런다우. 할무니가 그러라고 시켰겄제. 우리 학교에서 스마트폰이 없는 애는 유근이밖에 없어요, 애들이 유근이 보고, 다들 서울에서 원시인이 내려왔다고 놀린단께라우."

나는 놀림을 받은 적은 없으나 그렇게 등 뒤에서 소곤거리는 소리를 가끔 듣고 있었다. 할머니가 당황한 듯이 자신의 주머니에서 검고 가장자리가 닳아진 폴더폰을 꺼내 보였다.

"유근이도 핸드폰 있는데? 우리 식구는 모두 이것을 쓰는데?"

"유근이가 폴더폰이 있어요?"

나는 친구들이 비웃을까 봐 폴더폰을 가방에 숨긴 채 사용한 적이 없었다. 선옥이 어처구니없다는 표정으로 깔깔거렸다.

"할머니는 참말로 웃기요. 유근이가 그런 고물을 쓰겄소?"

한심하다는 듯이 웃으면서 자신의 주머니에서 화사한 분홍빛 케이스에 금빛 장식을 한 스마트폰을 꺼냈다.

"요새 애들은 이런 거 써요. 그런 구닥다리를 누가 갖고 댕긴다우?"

자존심이 달걀 껍데기처럼 짜부라진 할머니가 더욱 기가 찬 낯으로 할아버지와 나를 보면서 쓴웃음을 지었다.

그때 선옥의 스마트폰에서 감미로운 바이올린 소리가 흘러나오기 시작했다. 선옥은 더는 구경할 만한 게 없어서인지 스마트폰을 귀에 들이대고 쫑알거리면서 토방으로 내려섰다. 마당을 질러가다 말고 할머니와 할아버지에게 손을 흔들어 보이고 나서 집을 빠져나갔다. 할아버지는 살찐 엉덩이를 씰룩거리면서 한길로 사라져가는 선옥을 떨떠름하게 쳐다보다가 할머니의 눈길이 이상해서인지 애써 얼굴을 돌렸다.

할머니가 털썩 주저앉았다.

"살다 살다……, 저런 버르장머리 없는 애는 생전 처음 보네. 여우도 아니고 요물도 아니고……, 당신은 왜 저런 이상한 애를 집에 데려와요?"
 할아버지가 억울하다는 듯 손사래를 쳤다.
"유근이하고 친구잖아."
"친구라고 하지 말아요!"
 할머니가 진저리를 치면서 소리를 내질렀다.
"저런 것이 어떻게 우리 유근이 친구예요? 그렇게 사람 볼 줄을 모르니까 맨날 사기나 당하고, 짐승 같은 인간들하고 어울리지."
 할머니의 타박에 한껏 풀이 죽은 할아버지가 아래채로 향했다. 짧은 팔을 길게 늘어뜨린 채 마당을 질러가는 할아버지가 햇빛에 점점 졸아드는 느낌이 들었다.
 그날 저녁 할머니는 밥상머리에서 선옥과 어울리지 말 것을 내게 신신당부했고, 나는 전부터 가까이하고 싶지 않았던 터라 염려 말라고 말했다. 그리고 다음 날 학교에서 만났지만 나는 할머니의 말대로 알은체도 하지 않았다. 수업 중에도 필요한 경우를 제외하고는 일절 대화를 나누지 않았다. 더욱이 할머니는 나를 매일같이 승용차로 등하교시켰기 때문에 그녀와 길에서 마주칠 일도 거의 없었다.
 그러다 지난 7월 말이었다. 여름방학을 맞아 학교에서는 3학년을 대상으로 영어 수학 특강을 실시했는데, 할머니가 영암도서관의 서예반 강의를 맡았기 때문에 나는 어쩔 수 없이 걸어서 등하교하게 되었다. 학교까지 거리는 2킬로 남짓. 과히 멀지 않은 거리였으므로 나는 기꺼이 도보로 다녔다. 이따금 할머니가 적어준 한시를 외우기도 하고, 더러는 길가에서 물뱀이 개구리를 잡아먹는 광경을 구경하기도 하면서 즐거운 마음으로 등하교를 했다.

그날도 특강을 마치기가 무섭게 교문을 나서는데 선옥이 뒤따라왔다.

"우리 집에 가자!"

예기치 않게 그녀가 나를 초대했다. 나는 솔직히 할머니의 당부도 있고 해서 거절하고 싶었다. 하지만 동급생을 너무 멀리하는 것도 예의가 아닌 것 같아 몰래 한 번 가 보기로 했다.

우리는 나란히 면 소재지를 벗어나 들판 사이로 난 넓은 농로를 걸어갔다. 좌우로 펼쳐진 들판에서는 통통하게 배동한 벼들이 햇살을 빨아먹으면서 출수 준비를 하고 있었고, 그 위로 제비들이 날아다니면서 물것들을 잡아먹곤 했다. 누구와 대화하는지 선옥은 스마트폰을 귀에 박은 채 이따금 웃음을 터트리면서 알 수 없는 소리로 시설거렸고, 나는 간밤에 할머니에게 배운 '장가행(長歌行)'이라는 오래된 한시(漢詩)를 암송하면서 타박타박 뒤를 따랐다.

들판 중간쯤 걸어왔을 때 장갑차 모양의 암회색 에스유브이(SUV) 차량이 다가섰다. 차 문이 열리는가 싶더니 돼지 털처럼 짧은 머리의 이장이 나타났다.

"타라!"

선옥을 데리러 온 모양이었다.

하지만 선옥이 스마트폰을 귀에 댄 채 머리를 가로저었다.

"걸어갈 거예요."

이장은 나를 흘겨보고는 같이 타라고 말했다.

"걸어간당께요. 다이어트 중이에요."

날이 더워 일사병에 걸릴 수 있다고 했지만, 선옥은 길이 얼마 남지 않았다면서 한사코 마다했고, 잠시 차를 몰고 뒤를 따르던 이장이 골이 난 표정으로 쌩하니 떠났다.

잠시 후 우리는 마을 회관에서 우측으로 잠시 올라가다가 맨 끝에 있는 초라한 슬레이트 집으로 들어갔다. 입식 부엌을 사이에 두고 좌우에 방이 하나씩 있었는데, 뒷담 너머에서 늙은 땡감 나무 하나가 팔을 벌리고 있었다. 좌측 텃밭에서는 머리가 땅에 닿도록 등이 굽은 노파가 까맣게 건조된 마늘 대를 뒤적이면서 알 수 없는 소리로 웅얼거리곤 했다.

선옥은 나를 데리고 좌측 방으로 들어갔다. 길쭉하게 생긴 방 안에는 1인용 텐트가 설치돼 있었고, 유리창 쪽으로 놓인 장방형 책상과 책상 아래 방바닥에는 책들과 과자 부스러기들이 어지럽게 나뒹굴었다. 텐트 옆의 소파 위에는 여러 가지 야한 여자의 속옷들이 널려 있었다.

부엌에서 아이스크림을 가져온 선옥이 내게 하나 내밀었다.

"먹어."

그리고 데스크톱 컴퓨터를 켜주더니 서랍에서 은회색 노트북을 꺼냈다. 소파에 엉덩이를 깊숙이 묻은 채 노트북 속의 누군가와 화투를 치기 시작했고, 나는 아이스크림을 맛있게 빨면서 오랜만에 블록 게임 프로그램을 설치했다. 블록 게임은 아버지가 돌아가시기 전에 몰래 하던 것이었는데, 이름이 '클래식 블록 퍼즐게임'으로 바뀐 것 말고는 크게 변한 것이 없었다. 나는 솔직히 컴퓨터 게임을 좋아했다. 손끝이 촉촉하게 깨어나면서 10분여 만에 능숙하게 버튼들을 다룰 수가 있었고, 한 판이 끝날 때마다 다음 단계로 빠르게 올라갔다.

차 소리가 나는가 싶더니 아까 들에서 보았던 이장이 에스유브이에서 내리고 있었다. 거침없이 방으로 들어와 과자 봉지 서너 개와 돼지고기 팩 하나를 책상 위에 늘어놓았다.

"먹으면서 놀아라."

"고맙습니다앙."

선옥은 냉큼 튀김 과자 봉지를 뜯어서 입에 한 줌 넣었고, 나는 이장의 눈치를 보면서 비스킷 봉지 하나를 열었다.

이장은 선옥의 옆에 털썩 앉아 허리를 잔뜩 구부린 채 화투 게임을 구경했다. 이따금 훈수를 두다가 둘이서 머리를 부딪치며 웃기도 했고, 때로는 선옥이 패를 잘못 냈다면서 등짝을 때리기도 했다. 그러다 문득 선옥의 어깨를 흔들었다.

"고기를 갖다가 냉장고에 넣어라. 요새는 금방 상한다."

선옥이 움직이지 않자 다시금 등짝을 때렸다.

"얼른 갖다 넣으란 마다!"

"좀 갖다 넣으세요."

그러자 그는 다소 골이 난 투로 나의 눈치를 살피다가 어쩔 수 없다는 듯이 "에이 나쁜 년." 하고는 내 옆으로 다가왔다. 밉살스러운 눈길로 나를 흘끗 보다가 돼지고기 팩을 들고 부엌으로 들어갔다. 냉장고를 여는 소리가 들리는가 싶더니 다시금 황소 같은 이장의 목소리가 방으로 날아들었다.

"선옥아, 이리 와 봐라. 그저께 사 놓은 고기를 왜 냉장실에다 두었냐?"

"저녁에 먹을 거예요."

"그래도 고기는 항상 냉동실에 넣으란 마다. 알았냐?"

"알았어요."

"이리 와 보란 말이다. 설거지는 왜 안 했냐?"

계속되는 성화에 선옥이 짜증스러운 얼굴로 한숨을 내쉬면서 게임을 중단했다. 방문을 닫고 나간 후, 고기의 보관법이나 설거지의 필요성에 대해서 이장이 장황하게 설명하는 소리가 들렸다.

나는 이장의 목소리가 듣기 싫어 컴퓨터 볼륨을 높였다. 그렇게 세 판 정도 게임을 즐겼을 때 이장이 부엌 앞문을 통해 마당을 질러가는 게 보였고, 한참 후 방으로 돌아온 선옥이 5만 원짜리 지폐를 책상 위에 내던졌다.

"늙은 놈이 엔간히 껄떡거려야지. 구역질 나서 혼났네."

그렇게 투덜거리면서 다시금 화투패를 펼쳤다. 그녀의 눈가에 얼핏 물기가 보였으나 모른 척 게임에 집중했다. 차곡차곡 점수를 높여가면서 게임에 빠져들었다.

선옥이 다시 일어난 것은 10여 분 후였다. 이번에는 튕기듯이 일어나 앞문을 탕 열었다.

"염병할 망구탱이야! 여기다 오줌 싸지 말랬지."

토방으로 뛰어 내려가 노파의 엉덩이를 들입다 후려쳤다. 텃밭에 있던 노파가 토방에 쪼그리고 앉아 오줌을 누고 있었다. 노파의 가랑이 사이로 오줌 줄기가 흘러나와 마당으로 흘러내리고 있었다. 선옥이 잇달아 엉덩이를 후려쳤지만 아무런 감각이 없는지 노파는 연신 누렇게 웃었다. 이가 몽땅 빠진 입안에서는 이따금 입천장을 차는 소리가 터져 나왔다.

선옥이 못 살겠다고 넋두리를 하면서 마당으로 내려갔다. 샘에서 호스를 끌어다가 노파의 엉덩이 밑으로 물을 흘려보냈고, 노파의 두 발 사이로 오줌과 섞인 물줄기가 낙숫물처럼 흘러내렸다. 어디선가 너덧 마리의 닭이 몰려와 목을 축였다.

나는 오줌 냄새를 견딜 수가 없어 컴퓨터를 껐다. 노파의 몸뻬를 추어올리는 선옥에게 손을 흔들어 보이고 나서 집으로 향했다.

순찰차 한 대가 마당으로 들어왔다.

할머니가 반사적으로 나의 앞을 가로막고 일어나면서 순찰차를 노려보았다. 파출소장과 예의 형사가 내리는가 싶더니, 뒷좌석에서는 뜻밖에 담임 선생이 등장했다. 나의 담임은 50대 중반의 영어 선생으로, 뒤통수까지 벗겨진 대머리 때문에 다들 '낙지 대가리'라고 불렀다. 그는 예절 바른 걸음걸이로 토방으로 올라 할머니에게 정중히 허리를 굽혔다.

"선생님."

그는 할머니를 늘 선생님이라고 불렀다.

할머니는 담임 선생이 탐탁지 않은 듯 흘겨보다가 마지못해 인사를 받았다.

"웬일이세요?"

담임 선생이 오전에 나를 형사에게 보냈던 일을 사과하면서, 이미 알고 있는 내용을 어려운 영문법을 가르치듯이 장황하게 설명했다. 학교의 명예를 위해 사건이 빨리 해결되기를 바라는 차원에서 한 일이고, 이렇게 집에까지 온 것도 그런 차원이라면서 할머니에게 송구하지만 경찰의 수사에 적극 협조해 달라고 말했다.

할머니는 담임 선생이 간곡히 사정을 하는 데다가, 이장의 욕설에 기가 한풀 꺾인 듯 체념의 표정을 지었다.

"그렇다면 할 수 없죠."

그러자 뒷전에 있던 형사가 토방으로 올라섰다.

"죄송합니다."

다시금 예절 바르게 허리를 굽신거리면서 마루로 올라왔다. 오전과 마찬가지로 볼펜형 녹음기를 켜놓고 곧바로 본론으로 들어갔다.

"선옥이하고는 친구라면서?"

"친구 아니에요. 우리 유근이는 그런 애하고는 안 놀아요."

할머니가 어깃장을 내질렀다.

형사가 곤혹스러운 표정을 지었다.

"선옥이 말로는 자기 집에도 몇 번 온 적이 있다고 하던데요?"

형사의 이의 제기에 할머니의 눈길이 내게로 쏠렸다. 반신반의하는 뾰족한 눈길이었는데, 나는 너무도 죄송스러워 답변을 주저했다.

"선옥이 집에 갔었지?"

형사가 집요하게 물고 늘어졌다.

나는 체념 조로 "네!" 하고 작게 말했다.

할머니가 낙심한 모습으로 내 손을 내려놓고 한 걸음 물러나 앉았다.

그 틈을 비집고 형사가 다가들었다.

"선옥이 말로는 세 번 정도 왔다고 하던데?"

"세 번이나?"

할머니가 더욱 실망한 모습으로 반문했다.

나는 죄스러워서 기어드는 목소리로 "네." 하고 답했다. 할머니의 눈가에 금세 물기가 꼬물거렸다.

형사는 질문을 계속했다.

"가서 뭐 했니?"

"컴퓨터 게임요."

"게임을 했어?"

할머니의 목청이 이번에는 소프라노로 치솟았다. 나는 더욱 주눅이 든 말투로 더듬더듬 그렇다고 답했다.

"두 번째로 갔을 때는 광수도 같이 있었다면서?"

형사가 다시 물었다.

"예."

"언제쯤이니?"

"열흘쯤 됐어요."

"정확히 언제?"

나는 할머니의 눈치를 보면서 그녀의 집에 가려 하지 않았다는 것을 재차 강조한 뒤, 8월 5일 오후라고 말했다. 정말 가고 싶지 않았으나, 같이 가자는 선옥의 권유를 뿌리칠 용기가 없었다.

그날 선옥과 나란히 귀가하고 있을 때 녹이 슨 중형 트랙터가 나타나 앞을 가로막았다. 성깔이 있어 보이는 구릿빛 얼굴에 덩치가 제법 큰 학생이 트랙터 운전석에 앉아 있었다. 가끔 지붕이 없는 낡은 트랙터를 몰고 마을을 돌아다니던 광수라는 학생으로, 나중에 알아본 바로는 읍내 전자고등학교 3학년이었다. 그는 다짜고짜 우리에게 탈 것을 요구했고 나와 선옥은 트랙터 뒷바퀴의 커다란 흙받기에 마주 걸터앉았다.

 광수는 콧노래를 흥얼거리면서 트랙터를 몰고 가다가 선옥의 집으로 들어갔다. 마당 한가운데 트랙터를 주차하고, 제집처럼 자연스럽게 안으로 들어갔다. 멋대로 부엌의 냉장고에서 과자를 꺼내 왔다. 번데기처럼 생긴 과자를 입안으로 가득 밀어 넣고 데스크톱 컴퓨터를 켰다. 이미 자주 이용한 듯 몇 차례 검색어를 입력하더니 사냥꾼들이 원시 인간을 사냥하는 게임을 시작했다. 나는 너무도 끔찍해서 살그머니 외면했고, 선옥은 광수를 한심한 눈길로 힐끔거리다가 서랍에서 노트북을 꺼냈다.

 광수가 먹이를 가로채듯이 노트북을 붙잡았다. 하지만 선옥이 잽싸게 양팔로 끌어안았다.

 "줘 봐."

 "싫어. 왜 내 것을 오빠 맘대로 할라고 하는가?"

 "아따 썩을 년. 더럽게 치사하게 구네."

 광수가 못 이긴 척 손을 거둬들이다가, 이번에는 책상 위의 스마트폰에 눈독을 들였다.

 "핸드폰은 또 언제 바꿨냐? 이장 놈이 사 주디?"

 선옥이 스마트폰도 얼른 주머니에 갈무리하면서 되바라지게 따졌다.

 "이장이 왜 사 준단가? 향우회장이 장학금 주길래, 새로 바꿨어. 왜? 배 아퍼?"

"장학금도 이장 놈이 너를 추천했는께 줬겠제. 한 달 전에는 봉사단체가 도배까지 해 주고, 노트북에다 속옷에다 생리대까지 사다 주고, 늰년은 복이 터졌다."

"나는 부모도 없고 농사도 없는께 그러제."

"우리 집은 뭐가 있다냐? 아부지는 간경화로 오늘낼하고 있고, 엄니는 허리가 부러져 일을 못 하는디도 이장 놈이 신경 하나도 안 쓰더라."

"오빠는 누나들도 있고 농사도 많잖어."

"그래도 이장이 나쁜 새끼여. 트랙터질을 한 시간 해 주믄 동네 할머니들을 이삼 일씩 데려다가 부려 먹고, 지 편이 아닌 사람은 어떻게든 잡아 먹을라고 하고. 이 늙은 놈이 이장을 오래 해 먹더니 동네 사람들을 지놈 종으로 안단께."

광수는 평소 이장에 대한 불만이 많은 것 같았다. 하지만 선옥은 실제로 이장의 도움을 받아서인지 아무런 대꾸도 하지 않았다.

"이년아, 너도 조심해. 이 새끼가 언제 너를 잡아 묵을지 모르니까. 젊었을 때는 이 새끼가 지 친구 각시덜을 다 따 묵었다고 하더라."

"오빠나 잘하소. 내가 앤 줄 아는가?"

"내 말 명심해. 너 생각해서 하는 말인께. 좌우지만, 장학금 받았으면 10만 원만 빌려 도라."

"없어. 나도 돈이 없는께 빌려 간 돈이나 갚어. 올해 나한테 빌려 간 돈이 얼만 줄이나 알어?"

"가을부터 실습 나간께 걱정 마, 이년아! 이자까지 쳐서 갚을 것인께."

광수는 불만스럽게 입술을 씰룩거리면서 과자를 봉지째 입안에 털어 넣고, 선옥의 어깨를 잡았다.

"가자. 술이나 마시자."

선옥의 빚 독촉을 피하고 싶은지 방을 나섰고, 선옥이 못 이긴 척 따라나섰다. 나는 집에 가고 싶었으나 두 사람이 화를 낼 것 같아 주춤주춤 뒤를 따랐다.

트랙터를 그대로 둔 채 마당을 나선 광수가 아랫집으로 들어갔다. 함석 차양을 길게 드리운 고풍스러운 기와집이었는데 회색 강아지 하나가 마루 밑에서 달려 나와 발목에 엉덩이를 비벼댔다. 나는 살포시 끌어안고 손바닥을 대주었다. 강아지가 젖을 빨듯이 손가락을 빨았다.

광수는 당당하게 신발을 벗고 마루로 올라가 안방 문을 열었다. 옷장을 열고 이리저리 들여다보다가 서랍을 뒤적거렸다. 별로 쓸 만한 게 없는 듯 두리번거리다가 우측의 부엌으로 들어가 소주를 두 병 가져왔다. 그동안 선옥은 스마트폰을 검색하고 있었고, 나는 손가락을 빨아대는 강아지 때문에 움직일 수가 없었다. 광수는 아직 성에 차지 않은 듯 다음 집으로 들어갔다. 이번에도 자신의 집처럼 거침없이 들어가 소주 한 병과 마른 멸치를 가져왔다.

"가자."

우리는 광수의 트랙터를 타고 마을을 나섰다. 마을 안길을 나와 회관 앞을 지나면서 광수는 콧노래를 흥얼거렸다. '무더위 쉼터'라는 간판이 붙은 회관 앞에는 할머니들이 몰고 다니던 성인용 보행기들이 어지럽게 서 있었다. 더위에 지친 개 한 마리가 혓바닥을 늘어뜨린 채 회관 앞 그늘에 엎드려 있었다.

"소주하고 멸치만 훔쳤니?"

시시껄렁한 얘기에 형사가 말을 가로챘다.

"예."

"선옥이는 마루에 있었고?"

"예."

"선옥이 말로는 광수가 돈도 자주 훔쳤다고 하던데."

"못 봤어요."

나는 보지 못했으므로 솔직하게 말했다.

"알았다."

형사가 질문을 잠시 중단하고 메모지에다 뭔가를 끄적거렸다. 속기사처럼 마구 휘갈겨 쓰고 나서 다시금 녹음기를 켰다.

"자, 그 다음에는?"

"마을 뒤의 폐가로 갔어요."

폐가라는 말에 형사의 눈이 동전처럼 반짝거렸다.

"폐가로?"

"예."

나는 설명을 계속했고, 할머니는 눈을 지그시 감은 채 침향 팔찌의 염주를 다시 굴렸다.

들판을 지나 숲속을 2킬로미터쯤 횡단하였을 때 개간지가 펼쳐졌다. 수박밭과 하우스들 사이로 난 농로를 따라 내려가다가 살풍경한 슬래브 집 앞에서 멈추었다. 예전에 인권 변호사로 활동했던 사람이 서울에서 내려와 지은 집인데, 10여 년 전 간암으로 죽은 후 방치된 상태라고 했다. 샘가의 장독대며 함지박들이 잡초와 흙먼지를 뒤집어쓰고 있었고, 함지박 안의 시커먼 물속에 장구벌레들이 떠다녔다. 마당에 둘러친 회색 목책은 대부분 넘어진 상태였다. 목책을 따라 심어진 야자수들도 키만 껑충하게 자란 채 무당 집의 솟대처럼 기묘한 분위기를 자아내고 있었다.

광수는 나와 선옥을 데리고 슬래브 집으로 들어갔다. 거실에는 앉은뱅이 탁자며 빛바랜 소파, 먼지를 뒤집어쓴 석유 난로 등이 어지럽게 흩어져 있었고, 벽에 걸린 그림이며 족자들도 위태롭게 매달려 있었다. 방 안의 텔레비전은 브라운관이 깨져서인지 잔뜩 인상을 구기고 있었다.

하지만 소파들과 탁자는 그런대로 깨끗했다. 자주 이용하는 듯 선옥이 익숙한 손놀림으로 탁자 밑에서 종이컵을 꺼냈다. 검은 나방 한 마리가 천장에서 한가롭게 날아다녔다.

"앉아라."

광수가 소파에 앉으면서 내 어깨를 눌렀다. 나는 선옥의 맞은편에 짜부라지듯이 주저앉았다.

"받아!"

광수가 종이컵을 내밀었다. 나는 어쩔 수 없이 종이컵을 받았고, 광수가 선심을 쓰듯 소주를 남실남실 채워 주었다. 선옥의 컵에 술을 채우는 동안 나는 선옥의 뒤편으로 눈길을 던졌다. 시신경이 시릴 만큼 반짝거리는 물결이 눈앞을 가로지르고 있었다. 멀리 백룡산에서 흘러내린 하천이 은갈치 떼처럼 퍼덕거리고 있었고, 그 너머의 짙푸른 들판에서는 햇살 가루를 뒤집어쓴 벼들이 신경질적으로 꿈틀거리고 있었다. 귀곡산장 같은 살풍경한 폐가와 갈치 떼처럼 꿈틀거리는 냇물, 그리고 햇살에 번들거리는 들판의 풍경이 이질적으로 공존하는 참으로 기묘한 곳이었다.

"술을 마셨니?"

할머니가 염주 굴리기를 멈추고 나를 쏘아보았다. 나는 할머니의 눈길이 비수처럼 느껴져 얼굴을 숙였다.

"마셨어?"

할머니가 재차 다그치자, 나는 모기만 한 소리로 "네." 하고 말했다.

할머니의 목덜미에 경련이 파르르 스쳤다.

"자, 유근이를 위해 건배!"

광수가 잔을 들고 호기롭게 외쳤다. 솔직히 그날은 광수가 나를 환영하는 자리라고 해서 술을 거절할 수가 없었다. 하지만 살짝 입을 축이자 혀끝이 짜르르 떨렸다. 선옥과 광수는 어느새 종이컵을 비우고 나를 주시했다. 건배 잔은 반드시 비워야 한다면서 광수가 독촉했고, 나는 광수의 강압적인 눈빛에 종이컵을 입안으로 기울였다. 혀끝을 마비시킨 액체가 잇몸을 저미고 입안을 채웠다. 알알하면서도 비릿한 느낌의 액체가 목구멍을 타고 미끄러져 내려갔다. 실뱀장어처럼 이물스러운 느낌이 거북살스럽게 뱃속을 휘젓기 시작했다.

빈 컵을 내려놓자 광수가 다시 채웠다. 선옥과 광수는 이미 두 잔째

비운 후였다. 나는 약한 모습을 보이기 싫어 짐짓 태연하게 두 번째 컵을 입안에 털어 넣었다.

"짜아식. 원시인이라고 하더니 괜찮네."

광수가 호감이 가는 낯으로 내 입에 멸치를 밀어 넣었다.

하지만 그 순간 오심이 우꾼 치고 올라왔다. 순간적으로 거실을 뛰쳐나가 마당에 엎어졌고, 나도 모르게 멸치가 입 밖으로 튀어 나갔다. 가슴이 먹먹할 정도로 구역질을 해 대면서 뱃속에서 날뛰는 실뱀장어까지 토해냈다. 눈물과 콧물을 흘리면서 아침에 먹은 밥까지 토하고 났을 때 하늘과 땅이 뒤죽박죽 요동하기 시작했다. 얼굴이 타 버릴 것처럼 화끈거렸다.

"그리고는?"

형사가 다시금 말꼬리를 잡아 올렸다.

새삼 메슥메슥한 기운이 치밀어 나는 호흡을 가다듬었다.

"내가 그러고 있으니까 광수가 일어나서 하천으로 갔어요."

"하천으로?"

형사의 눈빛이 면도날처럼 가늘어졌다.

할머니와 파출소장과 담임 선생도 나를 주시했다.

나는 그렇다고 답했다.

광수는 더위를 참을 수 없다면서 거실을 나와 내 옆을 질러갔다. 반쯤 무너진 목책을 훌쩍 뛰어넘어 10여 미터쯤 달리다가 하천으로 몸을 던졌다. 풍덩 소리와 함께 하얀 물보라가 솟구쳤다. 유리 조각 같은 물방울들이 사방으로 튀어 올랐다. 하천이 생각보다 깊은 듯 한참 동안 잠잠하더니 잠시 후 건너편 모래톱으로 물개 한 마리가 기어 나왔다. 광수였다. 놈은 하얀 모래톱에 서서 상의를 벗었다. 운동으로 단련된 듯한 거무스름한 상체를 자랑스럽게 드러낸 채 양손을 번쩍 쳐들었다.

"둘이 다 이리 와!"

"싫어!"

선옥이 단호하게 도리질을 했다.

"안 잡아먹을 거니까 이리 와, 이년아."

그가 연해 재촉하자, 선옥이 마지못해 거실에서 나왔다.

"가자!"

내 발을 툭 찼다.

하지만 나는 속이 여전히 메슥거려 머리를 가로저었다.

"병신!"

선옥이 실망스러운 눈으로 하얗게 흘겨보다가 목책을 조심스럽게 넘어갔다.

나는 다시금 치미는 구토증을 억누르면서 호흡을 가누려 애썼다. 뱃속은 여전히 실뱀장어들이 날뛰는 것처럼 엉망으로 울렁거렸고, 어지러웠고, 자꾸만 눈이 감겼다.

선옥이 좌측 비탈면으로 내려가자 광수가 하천으로 뛰어들어 물을 뿌려댔다. 하얀 물보라가 터져 오르면서 무지개 조각들이 비단벌레처럼 허공을 날아다녔다. 선옥이 지지 않고 하천으로 내려가 물을 뿌려댔다.

"야! 야!"

목청이 갈라지는 듯한 기성을 내지르면서 물을 뿌렸고, 광수가 물을 뒤집어쓸 때마다 선옥이 커다란 젖가슴을 출렁거리면서 미친 듯이 깔깔거렸다. 눈을 어지럽히는 무지개 조각들과 선옥의 천박한 웃음소리에 속이 더욱 들썽거렸다. 도저히 견딜 수가 없어 나는 급히 가방을 챙겼다. 몰래 폐가를 빠져나와 정신없이 숲길을 내달렸다. 숨길이 이마까지 차오르고, 온몸에서 땀방울이 터져 나왔다. 숲속의 나무들과 길바닥과 하늘의 구름들이 허공으로 날아올랐다가 곤두박질치곤 했다.

어떻게 집에 도착했는지는 기억에 없었다. 눈을 떠 보니 이미 캄캄한 밤이었고, 할머니가 저녁을 먹으라면서 나를 흔들어 깨우고 있었다.

"맞아요. 그날 내가 저녁에 와 보니까 우리 유근이가 자고 있었어요. 낮잠을 잔 적이 없던 애가 자고 있길래 어디 아프냐고 물었던 기억이 나요"

할머니가 증언을 보충하면서 다시금 내 손을 잡았다.

형사가 곤혹스러운 표정을 지었다.

"그러니까 광수가 선옥이를 물속으로 끌고 들어가거나, 옷을 벗기는 것을 전혀 못 보았단 말이지?"

"예."

나는 광수가 전혀 마음에 들지 않았으나 사실대로 말할 수밖에 없었다.

"싸우는 소리도 못 들었고?"

"예."

"이제 됐지요?"

할머니가 당당한 표정으로 나를 안다시피 했다. 할머니의 믿음과 사랑이 다시금 가슴속으로 밀려드는 것을 느끼면서 나도 할머니의 손을 잡았다.

형사가 영 짐짐한 얼굴로 잠시 대답이 없더니 녹음기를 주머니에 담고 할머니를 쳐다보았다.

"죄송합니다만, 현장에 가서 당시 상황을 자세히 듣고 싶은데요?"

"애가 자세히 말씀드렸잖아요."

"그러니까요. 그때 유근이는 정확히 어디에 있었고, 두 사람은 뭘 하고 있었는지 정리할 필요가 있어서요. 거기 가면 더 생각나는 것도 있을 테구요."

할머니가 그다지 내켜 하지 않자 담임 선생이 한 걸음 다가와 낙지 머리를 숙였다.

"오늘 깔끔하게 정리하시지요."

할머니는 역시 담임 선생에게 약했다.

"알았수다."

별로 내키지 않은 뜨악한 표정으로 내 손을 잡고 마루로 내려섰다.

"우리 차를 타시죠."

파출소장이 다가와 친절하게 말했다.

"아뇨. 우리 차로 갈 거예요."

할머니는 나를 데리고 집 밖에 서 있던 마티즈로 다가갔다. 앞뒤 범퍼가 약간씩 찌그러지고 문짝에도 긁힌 자국이 있는 낡은 승용차였으나, 할머니가 시골로 내려와 어렵게 마련한 것이었다. 할머니가 시동을 걸고 에어컨을 켜자, 나는 옆으로 올라탔다. 할아버지가 따라와 잘 다녀오라고 배웅을 했다.

할머니는 입을 굳게 다문 채 운전대를 잡고 순찰차를 따라갔다. 감나무 그늘에 주차돼 있었지만 차 안은 찜질방처럼 후끈했다. 에어컨 바람마저 미지근해서 금세 몸에서 땀이 배어 나왔다. 할머니도 괴로운 듯 차창을 모두 열었다.

할머니의 차량이 막 회관 앞을 지날 때였다. 회관 옥상의 확성기에서 느닷없이 사이렌이 터져 나왔다. 이장이 마을 방송을 하기 전에 주민들의 주의를 환기시키기 위해 늘 켜는 사이렌이었는데, 아니나 다를까 사이렌이 그치자마자 불도그가 왕왕거리는 듯한 이장의 목소리가 이어졌다.

"나 이장이오. 내가 오늘 붓쟁이 년한테 별놈의 소리를 다 들었소. 이 ×만 한 년이 말이지, 선옥이가 강간당한 것이 내 책임이라고 하더라 이 말이오!"

"저런 미친놈!"

할머니가 몽둥이 같은 욕지기를 내뱉었다. 평소 점잖은 말만 하던 할머니가 오늘은 계속 맵찬 욕설을 내뱉고 있었다. 에어컨 바람이 아직도 미지근했으나, 할머니는 이장의 음성을 듣기가 싫은 듯 차 문을 꼭 닫고 순찰차를 따라갔다.

"아니, 내가 선옥이가 불쌍해서 내 돈으로 고기 사다 주고, 틈만 나믄 학교로 통학시키고, 즈그 아부지가 서울서 사고 났을 때는 서울까지 뎃고 갔다 왔소. 이장이 뭔 벼슬이나 된 것만이로 내 돈 들여서 도와준 죄밖에 없는디, 나한테 잘못했다고 하더라 이 말이오."

"개만도 못한 놈. 내가 모를 줄 알고."

할머니가 증오가 박힌 어조로 무슨 뜻인지 모를 소리를 뇌까렸다.

앞서가던 순찰차가 서서히 농로를 벗어나 백룡산 좌측의 산자락으로 들어서고 있었다. 잡초가 듬성듬성 나 있는 임도였는데, 할머니도 곧바로 그 뒤를 따랐다.

"좌우지간 인자 나는 이장을 그만둘란께, 그 똑똑한 붓쟁이 년한테 이장을 하라고 하시오. 이 싸가지없는 년이 사람을 무시해도 분수가 있지……, 내가 지 서방하고 깨복쟁이 친구라서 참고 있는께는, 요년이 나를 걸핏하믄 개무시하더란 말이오. 이 ×같은 년을 내가 오늘은……."

더 이상 듣고 싶지 않은지 할머니가 라디오를 켰다. 볼륨을 극한으로 높이면서 이장의 악담을 차단하려고 안간힘을 썼다. 이장의 욕설과 라디오 소리와 쉭쉭거리는 에어컨 소리로 비좁은 차 안이 숨이 막힐 지경이었다. 선옥과 어울리지 말라던 할머니의 당부를 듣지 않은 게 너무도 후회스러웠다.

어제도 실은 가지 말았어야 했다.

하지만 이미 두 번이나 갔던 탓에 집에 가자는 그녀의 권유를 이제는 거절하기가 어려웠다. 그리고 솔직히 게임에 재미를 붙인 참이라 나는 그녀를 따라갔다. 처음 방문했을 때처럼 그녀는 노트북을 꺼내 화투를 쳤고, 나는 몇 단계까지 올라가는지 실력을 가늠해 보고 싶어 야심 차게 블록 게임에 뛰어들었다. 한 판 한 판에 정신을 집중하다 보니 순식간에 시간이 흘러갔다. 그 사이에 지난번처럼 이장이 먹을 것을 사 왔고, 화투 게임을 훈수하다가 선옥을 부엌으로 불러들였고, 10여 분 후에 그녀가 돌아와 5만 원짜리를 책상에 던지면서 전보다 더 역겨운 어조로 투덜거렸다.

광수가 찾아온 것은 이장이 간 지 30여 분 후였다. 트랙터 굉음이 들리는가 싶더니 광수가 집 안으로 들어왔다. 어디선가 논일이라도 하고 왔는지 밀짚모자를 쓴 농부 차림이었는데, 이장이 사 온 과자를 두 봉지나 먹어 치우고서도 배가 덜 찬 듯 이장이 사 온 돼지고기를 구워 먹었다. 주인처럼 당당하게, 게걸스럽게 배를 채우고는 데스크톱 전원을 꺼버렸다.

"나가자. 술이나 한잔하자."

나와 선옥의 어깨를 잡아당겼다.

선옥은 그가 집에 있는 것이 싫어서인지 선뜻 따라나섰다. 나는 모처럼 실력 발휘를 해보고 싶었으나 아쉬운 마음으로 두 사람을 따라갔다.

광수는 잠시 내려가다가 회관과의 거리가 불과 50여 미터밖에 되지 않은, 전 조합장의 집이라고 하던 기와집 앞에서 멈췄다. 어귀에서 마루로 돌멩이를 하나 던져 보다가 아무런 기척이 없자, 성큼 마당으로 들어갔다. 그 집에도 강아지가 있었다. 얼마 전에 본 강아지보다 작고, 털은 희고 고급스러운 강아지였다. 내가 손가락을 내밀자, 지난번 강아지와 마찬가지로 알사탕처럼, 어미젖처럼 빨아댔다.

자물쇠가 채워진 안방 문을 발견하고 광수는 집 모퉁이로 돌아갔다. 유리창이 달린 부엌문을 두어 번 밀어보다가 문틈으로 주머니칼을 꽂아 넣었다. 턱 소리와 함께 문이 열렸다. 광수가 주도면밀하게 집안을 둘러

보는 동안 선옥은 늘 그렇듯이 마루에 엉덩이를 걸치고 스마트폰을 만지작거렸고, 나는 강아지가 빨아먹는 손가락들이 닳아지지 않도록 한 번씩 바꿔 주었다.

그때 드륵드륵 기괴한 소리가 들리더니 성인용 보행기 하나가 집 안으로 들어왔다. 허리가 꾸부정한 연동댁이었다. 전 조합장 부인으로 마을에서 유일하게 할머니와 어울리던 사람이었는데, 강아지를 돌보고 있는 나를 발견하고는 반가운 기색을 했다.

"오매, 늬가 뭔 일이냐?"

연동댁의 목소리를 들은 듯 방 안에 있던 광수가 부리나케 대밭으로 도망쳤다. 그 순간 연동댁의 표정이 험악하게 찌그러졌다. 몇 걸음 뒤쫓는 듯하다가 돌연 왕대가 폭발하는 것처럼 큰소리를 내질렀다.

"도둑이야! 도둑놈 잡아라!"

양은으로 된 개 밥그릇을 꽹과리처럼 막대기로 두들기면서 소리를 내질렀다. 늙고 왜소한 몸집과는 달리 폭죽이 터지듯 큰소리로 악을 써댔다. 회관에 있던 이장이 가장 먼저 달려왔고, 회관 방에 누워 있던 노파들도 보행기를 밀면서 모이를 발견한 오리 떼처럼 뒤뚱뒤뚱 걸어 들어왔다. 병색이 완연한 광수의 아버지와 지팡이를 짚고 다니는 광수의 어머니, 심지어는 집에 있던 할아버지와 할머니까지 잰걸음으로 나타났다.

조합장 부인은 개 밥그릇을 더욱 요란하게 두들기면서 소리를 질러댔다.

"동네 사람덜! 빨리 경찰을 불러 주시오! 이것들이 우리 집에서 도둑질을 하고 있드란 말이오!"

나와 선옥을 가리키면서 소리를 질러댔다.

어안이 벙벙해서 내가 쳐다보는 사이에, 선옥이 연동댁에게 대들었다.

"우리는 도둑질 안 했어요! 우리는 광수 오빠를 따라온 죄밖에 없단께라우!"

"느그덜도 한 패잖아. 이 도둑년아!"

연동댁이 입 버캐를 튀기며 개 밥그릇으로 선옥의 어깨를 후려쳤다.

하지만 선옥이 물러서지 않고 삿대질을 했다.

"집이가 봤소? 내가 도둑질하는 것을 봤소?"

선옥이 눈에 불을 켜고 당당히 맞서자, 이장이 눈알을 부라리면서 대신 나섰다.

"아니 연동댁! 선옥이가 도둑질을 안 했다고 하잖소. 애가 안 했다고 하는디, 어째서 자꾸 도둑년이라고 하요? 내가 선옥이를 잘 아는디, 이 앤 절대 도둑질 같은 것을 할 애가 아니어요!"

이장의 역성에 선옥이 더욱 악에 받친 소리를 내질렀다.

"맞아요! 나는 암만 돈이 없어도 절대 도둑질은 안 해요! 광수 오빠만 집 안에 들어갔단께라우. 집이도 보았잖아요!"

선옥의 앙칼진 부르짖음에 이장이 맞장구쳤다.

"그렇지! 선옥이가 아니라믄 아닌 것이제! 이 앤 절대로 거짓말을 못 한단께라우. 당신 눈으로 다 봤담시로 왜 애먼 사람을 잡으요?"

이장이 머리를 후려칠 듯이 윽박지르자, 연동댁이 억울한 듯이 좌우를 둘러보다가 아무도 호응을 하지 않자 결국 꼬리를 내렸다.

"……그라믄 광수나 잡아 주시오."

토방에 풀썩 주저앉았다. 가빠진 숨길을 가누면서 눈물까지 찔끔거렸다.

그러자 이장이 더욱 기세등등해져 선옥을 마루에 앉히면서 물었다.

"선옥아! 아무 걱정 말고 말해 봐라! 광수가 어떻게 도둑질을 했는지 사람덜한테 소상하게 얘기해라! 그래야 도둑놈을 빨리 잡을 수 있다."

그러자 선옥이 광수의 죄상을 털어놓기 시작했다. 예전에도 조합장 댁은 물론, 마을 모든 집을 자신의 집마냥 마음대로 들어가 필요한 물건을 가져오곤 했다고 말했다. 한 집에서만 도둑질한 것도 아니고, 자주 한 것도 아니기 때문에 눈치를 채지 못했겠지만, 마을 사람들이 집을 비우면 제집처럼 들어가 도둑질을 했다고 고자질했다. 표가 나지 않도록 조금씩 도둑질하는 좀도둑이라고 덧붙였다. 그제야 주민들이 집에서 소주가 가끔 한 병씩 사라지고, 돈이 조금씩 없어진 이유를 알게 되었다면서 광수를 잡으면 손목을 잘라 버리겠다고 말했다. 이장은 사명감에 불타는 얼굴로 팔을 걷어붙이면서 마을 이름으로 광수를 고소해서 이번에 본때를 보이고야 말겠다고 다짐했다. 그러고서도 아직 뭔가가 미진한 듯 계속 선옥을 다그쳤다.

"선옥아, 이참에 그놈 죄를 전부 말해 봐라. 또 그놈이 뭔 짓을 하디야?"

"우리 집 컴퓨터도 맨날 지 맘대로 써요! 이장님이 우리 할머니랑 나한테 먹으라고 사 준 고기도 그놈이 반 이상 퍼 묵었단께라우. 봄에 나한테 20만 원이나 빌려 가더니 여태 안 갚았어요."

이장이 숨을 씩씩거리는가 싶더니 발을 쾅 굴렀다. 그의 회색 상고머리가 절굿공이처럼 꼿꼿이 섰다.

"이런 호로 상놈의 자식! 벼룩의 간을 빼먹어도 유분수지, 그런 도둑놈이 어딨어. 그라고 또 뭔 짓을 하디야?"

"나를 강간했어요!"

선옥이 불쑥 그렇게 내뱉고는 큰소리로 울음보를 터뜨렸다.

웅성거리던 마을 사람들이 물벼락을 맞은 듯 조용해졌다. 선옥은 그동안 참았던 설움과 억울함이 북받친 듯 눈물을 쏟으면서 자신은 살고 싶은 마음이 하나도 없다고 말했다. 잠시 당혹감으로 입을 닫았던 노파들이 잇달아 혀를 찼다. 마을에서 이런 큰 사건이 발생한 데 대해 어쩔 줄 몰라 하는 눈치였다. 광수 부모가 서리 맞은 콩잎처럼 검게 변한 얼굴로 살그머니 연동댁 집을 나갔다.

선옥이 돌연 울음을 뚝 그쳤다.

"내가 광수한테 당한 것을 유근이도 봤어라우."

나는 순간적으로 가슴이 선뜩했다. 무슨 말인지 몰라 선옥을 멍멍히 바라보았고, 그 사이에 이장이 나를 냉큼 잡아다가 선옥의 옆에 앉혔다.

"네가 증인이구만!"

할머니가 재빨리 이장과 나 사이로 끼어들었다. 이장의 우격다짐이 마음에 들지 않은 듯 작은 등으로 굴강하게 이장을 밀어냈다. 팔목이 아플 정도로 나의 손을 꼭 잡고 거칠게 잡아 흔들었다.

"아가! 겁먹지 말어라! 봤으면 봤고 못 봤으면 못 봤다고 사실대로만 말해라. 봤냐 못 봤냐?"

나는 잠시 정신을 가다듬다가 머리를 가로저었다.

"못 봤어요."

선옥이 발칵 성을 내며 일어났다.

"얼마 전에 변호사 집에 같이 갔잖아! 거기서 광수란 놈이 나를 냇가에다 자빠뜨리고 올라탔잖아!"

이장이 할머니 등 뒤에서 눈알을 부라렸다.

"사실이냐?"

"사실이잖아. 병신아! 눈깔이 곯았냐?"

선옥이 흘러나온 콧물을 들이마시면서 나의 어깨를 쳤다.

하지만 나는 도무지 본 기억이 없어 대답을 머뭇거렸다.

"봤냐 안 봤냐?"

이장이 할머니의 등 뒤에서 눈알을 부라렸다. 구릿한 술 냄새가 콧속으로 밀려들면서 숨을 쉬기가 곤란했다.

"나는 속이 안 좋아서 먼저 집에 왔었는데……?"

내가 더듬거리자, 선옥이 내 어깨를 다시 때렸다.

"에라 문둥이, 병신 자식아!"

"뭔 짓이냐? 유근이가 못 봤다고 하는디."

할머니가 두 손으로 선옥을 힘껏 밀쳤고, 그 바람에 선옥이 토방에 주저앉았다.

이장이 급히 선옥의 어깨를 안아 일으키면서 할머니를 쏘아보았다. 할퀼 듯이 흘겨보다가 울고 있는 선옥을 달랬다.

"울 거 없다. 당장 경찰서에 가서 고소하자! 경찰이 다 알아서 해줄 거니까."

돌발적인 말이었다. 하지만 다들 이장을 지켜볼 뿐 이의를 다는 사람이 없었다.

이장은 용의주도했다. 선옥의 어깨를 안고 경찰서에 다녀오겠다고 말하고 나서, 주민들에게 광수를 보는 즉시 경찰서에 신고해 줄 것을 요청했다. 조금 전까지 서슬이 시퍼렇던 연동댁은 한쪽에 구경꾼처럼 찌그러져 있었다.

"가자."

할머니가 기회를 놓치지 않고 나를 밖으로 잡아끌었다. 지옥에서 건져 내듯이 나의 손을 잡고 총총히 집으로 향했다. 꼭 다문 할머니의 입술이 파르르 떨리고 있었고, 검버섯이 핀 목덜미에도 경련이 스치고 있었다.

하지만 할머니는 한마디도 하지 않았다. 집으로 돌아와서도, 저녁을 먹으면서도 끝내 아무것도 묻지 않았다. 그날 밤 나는 안방에서 이따금 들리는 할머니의 울음소리에 잠을 이룰 수가 없었다.

경찰차가 변호사 집 어귀에 멈춰 섰다. 할머니는 그 옆에다 차를 세우고 기진한 목소리로 내게 말했다.

"갔다 와라."

시동을 끄고 고단한 품으로 눈을 꼭 감았다. 할머니의 손에는 예의 침향 팔찌가 들려 있었고, 검버섯이 핀 여윈 목덜미가 자꾸만 씰룩거렸다. 저러다 할머니가 비구니처럼 암자로 들어가지 않을까 걱정스러웠다.

나는 형사를 따라 폐가로 다가갔다.

파출소장과 담임 선생은 마을에 이런 우범지대가 있을 줄은 전혀 몰랐다면서 짐짓 걱정스러운 눈길로 변호사 집을 둘러보았다. 안방 문을 열고 들어가 이불이 반쯤 기어 나온 먼지 낀 고급 장롱이며 화면이 깨진

TV까지 세심히 살펴보다가 다시금 거실로 나왔다.

형사가 소주병들과 더러운 종이컵들이 놓인 탁자를 발로 툭툭 건들었다.

"여기서 술을 마셨단 말이지?"

"예."

"저 하천에는 두 사람만 갔었고."

"예."

다소 짜증이 나는 듯 형사는 수첩으로 차양을 만들어 하천을 유심히 바라보았다. 이미 오전에 한 번 왔었는데 하천에는 아무런 증거도 없더라고 했다. 하천은 오늘따라 유난히 점잖게 보였다. 비닐을 씌워둔 것처럼 투명하고 무덤덤한 낯으로 조용히 누워 있었다. 그 너머의 들판도 햇살이 무거운 듯 고단한 빛으로 널브러져 있었다. 백룡산 너머에서 이따금 이장의 음성이 날아왔으나 거리가 멀어서인지 알아들을 수가 없었다.

"너는 저기에 있었다고?"

"예."

"가 보자."

형사가 거실을 나갔다.

나는 형사의 뒤를 따라 멸치를 토해냈던 자리로 주춤주춤 다가갔다. 하지만 잔디밭에는 아무런 증거도 남아 있지 않았다. 멸치 부스러기는 물론 게워낸 밥알들도 보이지 않았다. 비스듬히 기울어가는 햇살이 잔디밭에 침입한 바랭이며 여뀌 등을 회초리질하고 있었다.

내가 엎드렸던 자리와 하천과의 거리를 대충 가늠해 보는 듯하던 형사가 수첩을 주머니에 담았다. 파출소장과 담임 선생이 옆으로 다가왔다.

"뭔가 보입니까?"

담임 선생이 물었다. 형사가 머리를 가로저었다.

"걱정이네요. 피해자는 분명히 있는데 증인으로 내세운 사람은 못 봤다고 하고."

"그러면 어떻게 되나요?"

담임 선생이 햇살에 번들거리는 낙지 머리를 옆으로 기울였다.

"일단 광수를 잡아야 결론이 날 것 같습니다. 서울에 있는 자기 누나들한테 갈 것 같은데, 한번 서울에도 갔다 와야 할 것 같네요."

"오늘 낼 사이에 끝나긴 어렵겠군요."

"시간이 오래 걸릴 겁니다. 날짜도 이미 많이 지났으니까."

파출소장이 부연하듯 말했다.

담임 선생이 연신 낙지 머리를 끄덕이다가 다소 걱정스러운 낯으로 형사와 파출소장에게 소문이 나지 않게 해달라고 당부했다. 나쁜 소문이 나게 되면 내년도 신입생 모집이 더욱 어려워질 것이고, 그렇게 되면 교육청에서 중학교를 앞당겨 폐쇄시킬 수도 있다는 것이었다.

더는 듣고 싶지 않은 듯 할머니가 다가섰다.

"이제 우리 애는 가도 되죠?"

형사는 뭔가 미진한 기색이었으나 체념하듯 머리를 끄덕거렸다.

"수고하셨습니다. 그리고 죄송합니다만, 내일 한 번만 더 오겠습니다. 오늘 진술서에다 지장을 찍어야 해서."

"알았어요."

할머니는 인사를 받는 둥 마는 둥 나를 잡아끌었다.

조사가 끝난 것만도 다행이라는 듯한 표정으로 시동을 걸었다. 안전띠를 매고 있는 할머니의 얼굴은 호도 껍질처럼 단단히 응집돼 있었고, 나는 죄스러운 마음으로 마주 볼 수가 없었다.

할머니는 곧바로 마을로 향했다. 순찰차는 잠시 꽁무니를 따라오다가 산자락 끝에서 읍내 쪽으로 방향을 바꿨고, 할머니는 마을로 난 농로로 접어들었다. 콘크리트로 포장된 농로를 타고 마을로 다가가자 이장의 음성이 점점 선명해졌다.

"개 같은 놈."

할머니가 방음막을 치듯 음악을 크게 틀었다. 할머니의 입에서 오늘처럼 많은 욕설이 나오기는 처음이었다. 노을빛이 낮게 기어 다니는 들판을 지나 회관 앞에 도착한 할머니는 우측으로 핸들을 꺾었다. 한길 가장자리에서 꾸부정하게 비껴선 조합장 부인에게 목례를 하고 올라가다가 선옥의 집으로 들어갔다.

선옥의 할머니는 오늘도 텃밭에서 삭정이처럼 말라붙은 마늘 대를 뒤적이고 있었다. 그 옆에서 닭들이 한가롭게 낮잠을 자고 있었고, 선옥은 노란 반바지 차림으로 마루에 걸터앉아 노트북을 들여다보고 있었다.

할머니가 토방으로 성큼 올라섰다.

"네 이년. 어째서 죄 없는 우리 유근이를 계속 끌어들이냐? 어제 분명히 못 봤다고 하는 소리를 들었으면서, 왜 증인으로 세워?"

선옥이 어이가 없다는 듯이 토방으로 내려섰다.

"이보세요 할머니. 나는 저 자식이 언제 갔는지 모르잖아요. 나를 두고 혼자 간 저놈이 나쁜 놈이지 내가 나쁜가요."

"뭣이 어째?"

그때 이장의 목소리가 마당으로 내리꽂혔다.

"야, 이년아. 늬가 똑똑하믄 얼마나 똑똑하냐? 그렇게 잘난 년이 며느리가 바람나서 도망가고, 자식놈이 자살하게 만들었냐? 너 이년, 오늘 내 손에 잡히기만 해봐라. 깨를 할딱 벗겨서 뭣이 그렇게 잘났는지 한번 두 눈으로 똑똑히 볼 테니까. 이 ×만한 년이 내가 가만히 두고 보니까는……."

할머니는 끓어오르는 노기를 억누르듯 지그시 눈을 감았다가 떴다.

선옥이 재미있다는 눈길로 할머니를 내려다보았다. '톰과 제리'라는 만화에 나오는 고양이처럼 할머니의 늙고 조막손만 한 얼굴을 이죽거리듯이 굽어보았다.

다시금 입에 담기 힘든 이장의 욕설이 날아들자 할머니가 괴로운 낯으로 돌아섰다.

내가 뒤를 따르자 선옥이 어깨를 잡았다.

"병신아. 늬가 못 봤다고 해도 상관이 없어. 나는 광수만 없애면 되니까."

할머니가 부리나케 쫓아와 선옥의 손을 떼어냈다.

"우리 애한테 손대지 마!"

할머니는 나를 조수석에 밀어 넣고 운전석으로 올라탔다.

선옥이 어느새 할머니의 차 문을 잡았다.

"붓쟁이 할머니! 시방 이장 놈이 술 처먹고 지랄하고 있는디 내가 조용히 하라고 해 줄까요? 저놈은 내 봉이라서, 내가 전화만 하면 주둥이를 다물 것인디."

할머니는 그녀를 태워버릴 듯이 쏘아보다가 힘껏 밀쳐내고 차 문을 닫았다. 다시 문을 열었다가 문틈에 걸려 있는 안전띠를 끌어 올리고 차 문을 쾅 닫았다. 안전띠를 잡아매는 할머니의 모습이 비를 맞은 암탉처럼 초라해 보였다.

할머니는 이를 지그시 사리물고 선옥의 집 마당을 나왔다. 술기에 부어 터진 이장의 욕설이 다시 차 안으로 날아들었다.

"동네 양반들, 다 들어보시오. 다 알겠지만 나는 20년을 봉사한 죄밖에 없소. 이장을 그만둘라고 해도 맨날 또 맡겨서 이장을 한 것이여. 그런디도 무슨 벼슬이나 한 것만이로, 여러분이 장에 간단 하믄 장에 데려다주고, 병원에 간단 하믄 병원에 데려다 줌시로 종노릇을 한 죄밖에 없소. 거기다 수시로 회관에서 마누라 시켜서 밥해 주고, 동네일 다 해 주고, 내가 뭘 잘못합디까?"

할머니가 이장의 음성을 몰아내듯 차량용 테이프를 꽂아 넣었다. 목탁 소리에 박자를 맞춘 독경 소리가 낭랑하게 차 안을 채웠다. 학교를 오갈 때면 늘 듣던 반야심경이었다. 할머니는 테이프의 볼륨을 극한으로 끌어올리고 회관 앞을 지나 다시금 뒷골로 향했다. 마을에서 도망치듯이, 이장의 목소리에서 벗어나려는 듯 악착같이 차를 내몰았다.

농로를 지나 산길로 접어들던 자동차가 변호사 집과 반대쪽의 호젓한 작은 길로 접어들었다. 비좁고 구불구불한 길을 따라 백룡산 북쪽으로 계속 달렸다. 덜컹덜컹 차를 몰면서 할머니는 두 눈을 부릅뜨고 있었고, 운전대를 거머쥔 할머니의 여윈 손이 경련을 일으키고 있었다. 황소가 돌진하듯 범퍼로 나뭇가지를 마구 들이받으면서 위태롭게 내달렸다.

그러다 한순간, 쾅 소리와 함께 차가 기울면서 시동이 꺼졌다. 나는 불안한 옆눈질로 할머니의 기색을 살폈다. 할머니는 이쪽으로 기울어진 몸을 바로 세우고 잠시 숨을 고르다가 다시 시동을 걸었다. 다행히 엔진에는 이상이 없는 모양이었다. 할머니는 후진 기어를 천천히 넣고 액셀 페달을 밟았다. 엔진 소리가 점점 거칠어지고 급기야는 자동차가 비명을 내질렀다. 하지만 돌부리에 박힌 듯 꿈쩍도 하지 않았다.

할머니가 액셀 페달에서 발을 떼고 기어를 바꾸었다. 전진기어를 넣고 다시금 액셀을 밟았다. 자동차가 점점 거친 숨을 몰아쉬면서 목이 찢긴 소리를 내질렀다. 하지만 자동차는 요지부동이었다. 다시 기어를 바꾸어 액셀을 밟던 할머니가 타이어 타는 냄새에 황급히 시동을 껐다.

아무래도 뭔가에 단단히 걸린 모양이었다. 차 문을 열고 나가 앞바퀴를 살피던 할머니가 안으로 다시 들어와 폴더폰을 꺼냈다. 앙상한 두 손이 심하게 후들거렸다. 보험회사로 전화를 걸어 긴급 출동 서비스를 호출하려는 모양이었다. 하지만 두어 번인가 전화번호를 눌러보던 할머니가 신호가 잡히지 않은 듯 폴더폰을 이윽히 굽어보았다. 허공으로 손을 쳐들면서 부산하게 신호를 찾다가 맥없이 탁 내려놓았다.

이장의 목소리가 다시금 뭉텅이로 날아왔다.

"요년이 나를 욕한 것은 여러분을 욕한 것께 오늘 저녁 8시까지 다들 나오시오. 이년을 잡아다가 지가 뭣이 그렇게 잘났는지 우리가 한번 따져 봅시다. ×만 한 년이 요새 가만히 본께는 우리가 촌에 산다고 개무시하고 말이지, 이참에 요년을 잡아다가 깨를 할딱 벗겨서……."

할머니가 듣다못해 두 귀를 막았다. 양손으로 머리를 꼭 움켜쥐는가 싶더니 그래도 이장의 목청이 날아드는 듯 잇달아 머리로 운전대를 내리찍었다. 차의 경음기 소리가 발작적으로 터져 오르면서 숲속의 나뭇가지들을 뒤흔들었다. 숨이 턱 막혔다. 어둠은 내게 그렇게 다가왔다.

〈2016년〉

어둠의 그늘

한동네에 사는 고모로부터 전화가 걸려온 것은 새벽 다섯 시경이었다. 4월 초라서 이미 창밖이 희붐하게 밝아오는 시각이었으나, 벨 소리에 단잠을 망친 아내는 한껏 인상을 구기면서 저쪽으로 돌아누웠다. 스마트폰을 귀에 들이대자 가랑잎이 바스러지는 듯한 고모의 목청이 새어 나왔다.

"일어났니."

"목소리가 왜 그래? 어디 아퍼?"

"민태가 경찰서에 잡혀갔단다."

흠칫 자리에서 일어나 앉았다. 고모가 말을 계속했다.

"썩을 놈이 엊저녁에 술 처묵고 또 길태 집에 가서 난리를 쳤다고 하더라."

나는 속으로 혀를 찼다. 민태는 40여 년 전, 남편을 잃은 고모가 큰집에 맡겨두고 나온 아들이었다. 양육을 부탁하면서 전 재산을 큰집에 넘겨주었는데, 그 재산을 되찾겠다면서 민태는 사촌 형인 길태와 진흙탕 싸움을 벌이고 있었다. 민사소송에서 패소한 지난해 봄에는 아예 서울에서 내려와 큰집 앞에서 시위를 벌이거나 농사일을 방해하기도 했다.

"신경 쓰지 말소. 한두 번도 아니고, 무슨 일 있겠어?"

나는 대수롭지 않게 말했다. 하지만 고모의 음성이 울음기로 처져 내렸다.

"썩을 놈이 엊저녁에는 낫을 휘둘렀닥 한다. 길태가 도망가서 큰 사건은 안 난 것 같은디, 경찰이 수갑 채워서 잡아갔닥 하더라."

"낫을 휘둘렀다고요?"

"그랬닥 안 하냐? 길태는 나주 에덴 정형외과에 입원했고……. 파출소장이 잡아갔다고 하니까 네가 전화 한번 해 봐라."

걱정으로 밤새 한숨도 자지 못했다고 했다.

"알았어."

고모를 진정시키고 나서 전화를 끊었다. 옆에서 듣고 있던 아내가 민태의 일에 넌덜머리가 난 듯 머리를 절레절레 흔들면서 부엌으로 나갔다.

초등학교 후배인 군종면 파출소장에게 전화를 걸었다. 부드러운 바이올린 연결음이 잠시 이어지는가 싶더니 '지금 고객님께서 전화를 받을 수 없습니다. 다음에 다시 걸어주세요.'라는 메시지가 이어졌다. 다시 전화를 걸었으나 매한가지였다. 아직 이른 시간이어선지 전화를 받지 않았다.

나는 방을 나와 허청으로 들어갔다. 트랙터의 트레일러를 떼어내고 로터리를 부착했다. 내일 2천여 제곱미터의 밭에 엽연초를 심으려면,

오늘 중으로 로터리 경운 작업을 마무리해야 했다.

멀리 오봉산 자락 위에 머물던 새털구름 조각들이 붉게 변해가고 있었다. 해가 솟아오르려는 듯 조금씩 검푸른 이내가 묽어지면서 주변의 구름이 홍조를 머금고 있었다. 새끼 다섯을 거느린 검정 개가 내 옆에서 배가 고픈 듯 코를 끙끙거렸고, 뒤편의 대밭에서 참새 떼가 시끄럽게 떠들어 댔다.

로터리를 부착하고 윤활유를 채우고 있을 때, 고모가 집 안으로 들어왔다. 암회색 바바리코트에 얼룩무늬 스카프를 목에 두른 나들이 차림이었는데, 중병에 걸린 사람처럼 낯빛이 어둡게 앙당그러져 있었다. 부엌에서 아침을 준비하고 있는 아내의 눈치를 살피면서 내게 가만히 다가섰다.

"나하고 금계 좀 가자."

"지금?"

"며늘애가 민태하고 이혼할란닥 한다. 미애를 집에 놔두고 간담시로 나한테 와서 데려가라고 안 하냐."

아내가 놀라 밖으로 나왔다.

"동서가 이혼하겠대요?"

"용달차에다 짐도 다 실었담시로 차를 갖고 서울로 올라갈란닥 하대."

"애는 안 데리고 가고요?"

"몇 달만 나한테 맡아 달라고 하는디, 내가 절대로 안 된다고 했네. 금방 갈 테니까 기다리라고 했는께 얼른 가 보자."

고모가 내 팔을 잡아 흔들었다.

"알았소."

마음이 다급했다. 엽연초 심는 일보다, 낫을 휘두른 사건보다 민태의 이혼을 막는 일이 더 급했다. 고모가 애를 데리고 오게 된다면 신경 쓸 일이 한둘이 아닐 것이었고, 종국에는 내 짐이 될 수도 있었다.

옷을 갈아입고 있을 때 아내가 조바심을 치면서 다가왔다.

"담배밭은 어쩔라우?"

"당신이 초벌만 해놔."

"내가?"

"어쩌겄어."

전에도 아내가 가끔 했던 일이었다.

"오늘 회의는요? 오전에 면사무소에 간다고 안 했소?"

그러고 보니 오늘 오전 11시에 이장 회의가 있었다. 이장단 총무를 맡고 있었으므로 반드시 참석해야 할 회의였다. 더군다나 회의를 마치고 기관장들과 점심을 함께하기로 했었다. 하지만, 아무래도 참석이 어려울 것 같아 이장단장에게 전화로 양해를 구했다.

승용차에 고모를 태우고 군종면으로 난 군도로 접어 들었다. 봄 기운에 깨어나듯 들판이 나날이 푸르게 변해가고 있었다. 저 아래 밭에서는 외국인 인부들이 엽연초를 심고 있었고, 모종을 싣고 온 엽연초 조합 직원이 부지런히 모종을 내리는 중이었다.

이상한 소리에 옆자리를 흘끗 보았다. 고모가 저쪽으로 얼굴을 돌린 채 등을 들썩이고 있었다. 64세. 한창 손자의 재롱을 즐기면서 노후를 즐길 나이에 왜 자꾸 신산스러운 일이 벌어지는지 모를 일이었다.

나와 고모는 오누이처럼 자랐다. 내가 두 살이던 해 할아버지와 할머니가 잇달아 세상을 떠나면서 어쩔 수 없이 큰오빠 집으로 들어온 것이었다. 나와 한 이불을 덮고 자라면서 우리는 남매처럼 지냈고, 고모도 나를 친동생처럼 보살폈다. 마을 어른들이 과자라도 하나 주면 몰래 가져다가 나에게 주었고, 친구들과 놀 때도 항상 나를 데리고 다녔다. 여고 시절 고모는 해맑은 살결에 이목구비가 또렷한 서구적인 외모로 남학생들에게 인기가 많았는데, 남학생들과 은밀한 모임을 가질 때도 나를 데리고 나갔다. 지금 곰곰이 생각해 보면 모처럼 고모와의 데이트에 들떠 있었을 그들에게 나는 참으로 밉상이었을 터였다. 실제로 그들 중 몇몇은 이따금 고모 몰래 내게 알밤을 먹이곤 했었다.
　아마도 고모는 일찍 철이 들었던 것 같다. 스스로 알아서 어머니와 아버지의 일손을 거들던 모습이나, 객지에서 내려온 작은오빠들이 주고 간 용돈을 올케인 어머니에게 건네던 일 등을 되짚어 보면 내 생각이 맞을 것이다. 무엇보다도 시집가던 날까지 아무런 불평 없이 나와 한 방을 사용했던 일을 떠올려보면 지나칠 정도로 속이 깊었다.
　그리고 고모가 여고 3학년이던 해 여름이었다. 지루한 장맛비가 잠시 소강상태를 보이던 후덥지근한 7월의 어느 날, 은회색 승용차 한 대가 집 앞에서 멈췄다. 검정색 양복 차림의 낯선 청년이 내리는가 싶더니, 조수석에서 나온 것은 책가방을 든 고모였다. 그날 고모는 아버지에게 큰절을 하고 나서 청년을 결혼할 남자라고 소개했다. 매사에 조신하던 고모가 이날 보인 행동은 너무도 돌발적이었고, 아버지가 고모에게 큰소리를 낸 것도 이날이 처음이었다.

하지만 어찌 된 셈인지 이웃들이 몰려올 정도로 고함을 지르던 아버지의 목소리가 헐거워진 나사처럼 흔들리기 시작하더니 끝내는 고모의 울음 속에 묻혀 버렸다. 큰오빠의 은혜에 보답하기 위해서라도 빨리 결혼하고 싶다는 고모의 말에 더는 답변하지 못했던 것이다. 물론 아버지가 그날 고모에게 설복을 당한 이유 중 하나는 정경수라는 청년이 별로 흠잡을 데가 없는 신랑감이었기 때문이었다. 군종면 부잣집의 둘째 아들인 그는 20대 초부터 개간지에 수박과 무를 심어 매년 큰 소득을 올리고 있는 근동에서 알아주는 부자였다. 고모보다 열 살이나 위였지만, 그것은 오히려 장점으로 볼 수도 있었다.

그리고 이듬해 3월, 고모는 집안 어른들의 축복 속에 조촐하게 결혼식을 치렀다. 옥빛 드레스를 입고 아버지와 어머니에게 큰절을 하던 고모의 모습은 만화 속 천사처럼 보였다. 빨간 미니스커트에 검정 가죽 잠바를 입고 이따금 집에 찾아올 때면 나는 자랑삼아 고모의 손을 잡고 마을을 돌아다녔다. 친지들뿐만 아니라 주민들도 일찌감치 결혼한 고모를 칭찬해 마지않았다.

하지만 고모의 행복은 그리 오래가지 못했다. 민태가 세 살이던 해 겨울, 고모부가 교통사고로 세상을 떠나고 말았던 것이다. 그리고 고모의 불행은 거기서 그치지 않았다. 고모부가 죽은 지 일주일이 채 못 되어, 집에 침입한 이웃 마을 청년에게 몸을 빼앗긴 것이었다. 마을에서 100여 미터 떨어진 외딴집이었던 탓도 있지만, 칼을 들이대며 죽이겠다고 위협하는 통에 고모는 살려 달라고 애원할 수밖에 없더라고 했다. 아이의 목숨만 살려달라면서 몸을 내주었고, 그것을 빌미로 그놈은 밤이면 찾아와 고모를 능욕했다.

 몇 번이고 죽으려고 했는데 애 때문에 죽을 수도 없더라.

 훗날 고모가 내게 회한에 젖어 한 얘기였다.

 그리고 놈의 출입이 사람들의 눈에 띄게 되면서 고모의 인생은 더욱 더 깊은 수렁으로 빠져들었다. 어지럽게 눈보라가 치던 날 밤, 시동생들에게 머리채를 잡힌 채 고모는 큰집으로 끌려갔다. 대역죄를 지은 죄인처럼 토방에 무릎을 꿇리고 시댁 식구들이 문초를 했다. 강압적으로 당한 거라고 했지만, 아무도 귀담아듣지 않았다. 그놈이 이미 시댁 식구들에게 고모부가 살아 있을 때부터 관계를 맺은 사이라고 했다는 것이었다. 시아버지는 더 이상 보기 싫다면서 방으로 들어가 버렸고, 시어머니는 회초리로 등짝을 내리치면서 마을에서 떠날 것을 요구했다. 그날 밤 아들을 큰집에 빼앗기고, 재산까지 모두 포기하겠다는 각서를 써주고 나서야 고모는 간신히 풀려날 수 있었다.

 시어머니는 잔인하고 영악스러웠다. 영원히 돌아올 생각을 하지 말라면서 고모의 집에 불을 질러 버렸다. 진눈깨비가 쌀가루처럼 퍼붓던 그날 밤, 옷가지 하나 챙기지 못한 채 쫓겨난 고모는 30리 길을 걸어서 다시 내 방으로 돌아왔다.

 20분 후 금계마을 진입로 어귀에서 차를 세웠다. 우측에 자리한 단출한 조립식 주택 마당에 낡은 용달차가 있었다. 짐칸에는 이부자리 보따리 두 개와 텔레비전 등 가전제품, 그리고 옷이 담긴 캐리어 몇 개와 쓰다 남은 화장지 등이 실려 있었다. 얼마 전에 내가 사 준 분홍빛 세발자전거도 구석에 웅크리고 있었다. 민태 처가 서울로 갈 채비를 마친 모양이었다.

"할머니!"

차 소리를 들은 듯 방문이 열리면서 손녀가 달려 나왔다. 이제 여섯 살. 빨간 애기동백 리본을 얹은 양 갈래 머리칼이 앙증맞게 찰랑거렸다. 말끔한 피부에 깊숙하고 큰 눈매가 어릴 적 고모를 닮아 있었다. 어디서 힘이 났는지 고모는 손녀를 번쩍 안고 방으로 들어갔다.

민태 처가 방 안에서 엉거주춤 일어나 우리를 맞았다. 나이가 민태보다 두 살 많은 여자로, 고동빛 오리털 파카를 걸친 뚱뚱한 몸매에, 찰흙으로 빚은 듯한 검누런 얼굴에는 체념과 절망의 그림자가 번들거렸다. 방 안에는 김치 우거지와 된장이 섞인 퀴퀴한 냄새가 떠돌았고, 방구석의 쓰레기들 속에 자잘한 뽑기 인형과 헌 옷가지들이 나뒹굴었다.

고모가 손녀를 내려놓고 며느리 앞으로 다가앉았다.

"미애 엄마야. 우리 집으로 가자."

"아뇨."

"서울 가서 뭘 할라고?"

"전에 다닌 식당에 다시 나가기로 했어요."

"잠은?"

"식당에 딸린 방이 있어요."

"미애 아빠가 나올 때까지는 기다려 줘야지."

"이참에는 나오기 어렵대요. 큰집에서 살인미수로 고소했대요."

"내가 길태를 만나보마. 고소를 취하하라고 해볼 테니까 민태가 나올 때까지만 기다려 줘."

"아뇨. 나는 그 사람 포기했어요. 어머니가 미애만 좀 맡아주세요."

"그런 말 하지 말구!……."

고모가 애원하듯 울부짖으면서 민태 처를 끌어안았다. 자신은 키울 자신이 없다고, 조금만 기다려 달라고, 민태를 살려 달라고 며느리를 설득했다. 어른들의 눈치를 살피던 손녀가 분위기에 전염된 듯 훌쩍거리기 시작했다.

방을 나왔다. 서늘한 아침 기운 속으로 담배 연기를 불어 냈다. 100여 미터 전방에 50여 호가 들어선 금계마을이 눈에 들어왔다. 암탉이 병아리를 품고 있는 형상이라는 금계산 자락에 500여 년 전 동래정씨가 터를 잡은 곳으로, 맨 위쪽의 청색 기와집이 길태의 집이었다. 그 집 뒤란에서부터 마을 저 뒤쪽 도로변까지 연동형 하우스들이 밀물처럼 일렁거리고 있었다. 길태가 딸기 농사로 매년 1억 원 이상의 소득을 올린다는, 본래 고모부 소유였던 하우스 단지였다.

큰어머니를 어머니로 부르며 살던 민태는 중학생이 돼서야 자신이 친아들이 아닌 것을 알게 되었다고 했다. 무엇보다도 어머니가 바람이 나서 쫓겨났다는 소문이 듣기 싫어 고등학교를 중퇴하고 무작정 상경했다. 공장 생활을 전전하면서 어머니를 원망했다.

그리고 20대가 되어 가끔 고향 친구들과 어울리던 그는 어머니가 자신을 큰집에 맡기면서 막대한 재산을 증여했다는 사실을 알게 되었다. 집 뒤의 개간지 10만여 제곱미터와 간척지 2정보를 큰집에 모두 줘 버린 것이었다. 괴로웠다. 변호사 자문을 통해 땅을 되찾을 수 있는 방법을 찾았다. 하지만 90년대 초에 부동산 소유권 이전 특별법으로 정상 이전되어 찾기 어려울 거라고 했다. 어머니에 대한 분노가 잉걸불처럼 타오르기 시작한 것은 이때부터였다.

그리고 내가 결혼한 지 이태쯤 지난 어느 여름날이었다. 중키에 암회색 잠바를 걸친 청년이 집안으로 엉거주춤 들어와 인사를 꾸벅했다. 민태였다. 다소 야위었지만 하얀 피부에 선이 부드러운 이목구비가 영락없이 고모를 닮아 있었다. 하지만 희멀끔한 얼굴에는 선뜻 다가서기 어려운 차가운 미소가 감돌았다.

아내의 권유에 마지못해 마루에 걸터앉은 민태가 네모로 접은 종이를 꺼냈다. 손때로 닳아질 대로 닳아진 호적 등본이었다. '김은숙(金恩淑)'이라고 적힌 고모의 이름을 내 눈앞에 내밀었다.

"그냥 묻는 건데요. 이 여자 지금 어디 있어요?"

나는 뒷덜미가 서늘해져 순간적으로 숨겨야겠다는 생각이 들었다. 고모는 이미 오래전부터 아들이 셋 딸린 남자와 목포에서 살고 있었다. 이제 겨우 아들들을 분가시키고 주민센터 등을 다니면서 취미 생활을 즐기고 있었는데 민태에게 알려줄 수는 없는 노릇이었다. 일부러 즉답을 회피하고 고모가 금계리에서 쫓겨나게 된 경위를 들려 주었다. 하지만 민태는 듣는 둥 마는 둥 건성으로 고개를 끄덕이다가 내 말을 가로막았다.

"그건 됐구요. 어디서 사는지만 알고 싶은데요."

"만나서 뭐 하게?"

아무런 대답이 없이 입술을 씰룩이며 민태는 불만 섞인 표정을 지었다. 고모와 빼닮은 선한 눈매에 살모사의 독기가 어른거렸다. 내가 끝내 대답하지 않자, 민태가 억지웃음을 지으면서 일어났다.

"안 가르쳐 줘도 돼요. 사람 찾는 거야 아무것도 아니니까."

애초부터 별로 기대하지 않았다는 투로 집을 나섰다. 서릿발이 서린 얼굴로 인사도 없이 마당을 질러갔다. 섬찟한 기운이 느껴지는 그의 뒷모습을 보면서 아내가 진저리를 쳤다.

"무섭네요. 아까 웃는 거 봤어요?"

나는 대답하지 않았다. 불길한 예감이 먹물처럼 마음 밑바닥에서 피어올라왔다. 나는 잠시 고민을 하다가 고모에게 전화를 걸었다. 민태가 다녀갔다는 말에 고모는 한동안 숨을 죽였다가 짓무른 음성으로 물었다.

"……언제?"

"한 20분 됐어."

고모는 다시금 말을 끊었다가 절박하게 다그쳤다.

"지금 어디 있니? 내가 갈게."

"갔어. 고모를 찾길래 안 알려줬어."

"왜?"

고모의 목청이 갑자기 높아졌다. 뜻밖의 반응에 나는 가슴이 오그라들었다.

"연락처는?"

"안 물어봤어."

"왜?… 어떻게 연락처도 안 물어볼 수 있어?"

야단을 치듯이 소리를 마구 내질렀다. 민태의 표정이나 몸짓이 고모에게 별로 호감을 가진 것 같지 않더라고 했으나 아무런 소용이 없었다. 그동안 내색 한번 하지 않았지만, 가슴 밑바닥에는 아들에 대한 그리움이 사무쳤던 모양이었다.

그날 자정이 넘어 다시 전화를 걸어온 고모는 민태를 찾아줄 것을 요청했다. 남의 아들 셋을 길러 이미 결혼까지 시켰지만, 항상 마음 한구석이 허전하더라는 것이었다.

"네가 나를 모르면 어떻게 사니? 내가 왜 살고 있는데……."

고모의 마지막 말이 가슴에 쇠못처럼 와 박혔다. 너무도 죄송해서 나는 결국 고모에게 사과할 수밖에 없었다. 간신히 고모를 다독여 놓고 이틀날부터 은밀히 민태의 거처를 수소문했다. 알음알음으로 서울에서 공장 생활을 하는 민태의 주소까지 파악했다.

하지만 고모에게 굳이 알려줄 필요가 없었다. 불과 일주일 만에 민태가 보란 듯이 고모를 찾아냈던 것이다.

"재욱아."

고모가 불렀다. 울음기가 걷힌 말끔한 얼굴로 나에게 방으로 들어오라고 말했다. 무슨 좋은 수라도 생긴 듯 민태 처의 눈빛에도 생기가 감돌았다. 방으로 들어가자 고모가 나를 잡아 앉혔다.

"네가 좀 도와줘야 쓰겄다."

"어떻게?"

"내 집을 네가 갖고 2천만 원만 도라. 그 돈으로 서울에다 방을 구할란다. 내가 오늘 같이 서울로 가서 미애를 키우고, 미애 엄마는 식당에

다니기로 했다."

"어머님께서 한사코 원하시니까 그렇게 할게요. 어머님이 저러시는데 어떻게 하겠어요."

"뭔 말인지 알겠지?"

나는 천천히 숨을 들이마시면서 고모를 보았다. 며느리를 어떻게든 붙잡으려는 절박함이 엿보였다. 물론 갑작스러운 얘기는 아니었다. 민태 처는 전부터 고모에게 같이 살자는 말을 자주 했던 것이다. 민태와 고모의 관계를 복원하기 위해서라도 날마다 살을 부대끼며 사는 것이 좋겠다는 것이었고, 나와 아내도 어느 정도 공감하던 바였다.

하지만 나는 불안했다.

"고모 마음은 알겠는데, 지금 당장 방이 있겠어?"

"있어요. 실은 한 달 전에 누군가가 이 집이 불법 건물이라고 고발했다면서 양성화하라는 공문이 왔었는데, 양성화하려면 돈이 많이 든다고 해서 서울로 가기로 했어요. 식당 언니가 보증금 2천만 원짜리 월셋집이 있다고 해서, 어젯밤에도 미애 아빠가 2천만 원만 달라고 큰집에 간 거였어요."

"방도 두 칸이란다."

고모의 눈동자에 모처럼 희망이 반짝거렸다.

"저도 이참에 어머님이랑 같이 살았으면 좋겠어요. 미애도 할머니를 좋아하구요."

"나야 그렇게만 되면 좋지요."

더욱이 고모 집은 부지가 600여 제곱미터가 넘어서 3천만 원 정도는 충분히 받을 수 있었다.

나는 밖으로 나와 아내에게 전화를 걸었다. 이쪽의 상황을 간략히 설명해 주고 나서 낡은 트랙터를 바꾸기 위해 모아 둔 돈을 보내 줄 것을 요구했다.

아내가 반신반의했다.

"괜찮을까? 요즘도 아재가 고모한테 엄마라는 소리를 거의 안 한다고 하던데."

"같이 살다 보면 좋아지겠지. 고모가 서울로 가면 당신도 더 편할 거구."

"그건 그렇지만."

아내는 말끝을 흐렸다. 기실 아내는 고모를 시어머니처럼 부담스럽게 여겼다. 내가 고모와 오누이처럼 지내다 보니 애들과 모처럼 갖는 외식 때도 늘 고모를 모실 수밖에 없었고, 된장이며 김치를 담글 때도 고모 몫까지, 때로는 민태 가족 몫까지 더 담가야만 했다. 고모가 밤늦도록 엽연초를 엮어 주거나 새벽같이 밭에 나와 고추를 따주는 것조차도 달갑게 여기지 않았다.

"좀 해 줘. 손해는 안 볼 것인께."

"내가 돈 때문에 그래요?"

"그러니까."

"알았어요. 내가 동서하고 통화해서 처리할게요."

아내가 마지못해 승낙을 했다. 전화를 끊고 방으로 들어가자 손녀의 머리를 매만지고 있던 고모가 발딱 일어났다.

"어떻게 됐니?"

"그렇게 하기로 했어. 애 엄마가 제수씨하고 통화하기로 했으니까 고모는 나하고 같이 길태나 만나러 가세."

"그러자."

고모가 지체 없이 다리를 붙잡고 있는 손녀를 떼어냈다.

"제수씨는 일단 고모 집에 가 있으시오. 길태가 나오면 오늘은 고모 집에서 자고, 내일 가시오."

민태 처에게 당부하고 고모를 데리고 나왔다. 곧바로 차를 몰고 영산포로 난 도로로 꺾어 들었다. 길태의 하우스 안에서 붉게 익은 딸기들이 눈인사를 건넸다. 수경 재배로 겨울 동안 기른 딸기들이 출하를 기다리고 있었다. 인근 농협만 아니라 백화점에도 납품한다고 자랑하던, 지난해 각 읍면 이장들을 초대하여 딸기 재배법을 교육하던 길태의 모습이 눈에 선했다.

"파출소장이 뭐라디?"

"통화 못 했어. 전화를 안 받아서."

깜박 잊고 있었던 터라 서둘러 파출소장에게 전화를 걸었다.

이번에는 파출소장이 금방 나왔다. 아침부터 다소 지친 듯한 목청이었다.

"아, 민태 땜에 그러지라우."

"어젯밤에 고생했다면서?"

블루투스 스피커를 끄려 하자 고모가 손으로 제지했.

대화 내용을 듣고 싶은 모양이었다.

"하이고, 말도 마시오. 서울로 갈란다고 2천만 원만 달라고 했던가 보던데, 아무리 사정해도 못 주겠다고 하니까 민태가 욕을 했는갑습니다. 그래서 길태 씨가 뺨을 때렸고, 그러다가 또 사달이 난 것이지요. 집안 사람들이 몰려와 민태를 밖으로 끌어냈는가 본데, 11시가 넘어서 어디서 잔뜩 술을 처먹고는 낫을 들고 왔더랍디다. 길태 씨 가족들이 놀라서 숨어 버렸기에 망정이지, 살인이 날 뻔했다니까요."

"길태가 많이 다쳤는가?"

"아뇨. 내가 보기에는 목이 조금 할퀸 것밖에 없던디, 2주 진단이 나왔습디다. 기본이죠 뭐. 근데 낫을 휘둘러 놔서 이참에는 쉽게 해결하기 어려울 거 같아요. 길태 씨가 살인미수죄로 정식으로 고소했다니까요."

"그래서 길태를 만나러 시방 병원으로 가는 길이네, 고소 좀 취하해 달라고 하려고."

"가지 마십시오. 아까 형님이 전화했을 때도 길태 씨를 만나고 있었는디, 형님을 생각해서 엔간하면 고소를 취하해 달라고 통사정을 해 봤는디 절대로 안 된다고 합디다. 고소만 취하하면 단순 사건으로 내부 종결할 수도 있는디, 들은 척도 안 하더란 말이오. 형님이 시방 가봤자 헛걸음만 할 것인께 가지 마시오."

"오늘 민태가 안 나오면 민태 처가 이혼할란다고 하대, 애를 시어머니한테 맡기고 서울로 갈란다고 하는 것을 겨우 붙잡아두고 왔어."

파출소장이 전화기 저 너머에서 한숨을 내쉬었다.

"갈수록 태산이네요. 그라믄 길태 씨가 고소 취하서를 내야 할 것인디, 길태 씨가 하겠습니까? 조금 전에도 이빨을 뜩뜩 갈더란 말이오. 길태 씨 문병 온 사람들도 다들 감옥에 넣으라고 하구요."

듣고 있던 고모의 얼굴이 죽순 껍질처럼 검누레졌다.

파출소장이 말을 계속했다.

"그라고 형님도 이제 신경을 꺼 부시오. 그 자식, 구제 불능입니다. 젊은 놈이 일할 생각은 안 하고 맨날 자기 아부지 재산 찾을 궁리만 하니, 뭔 일이 되겠소? 엊저녁에는 내가 수갑을 채우니까 지 재산 안 찾아 준다고 지랄하더란 말이오. 그놈 각시만 없었으면 패 죽이고 싶습디다. 지 엄마한테도 심심하면 주먹질을 한다던디, 그런 쓰레기를 뭐가 이쁘다고 도와 주요? 그런 놈은 차라리 감옥에 있는 게 낫습니다. 여자가 이혼하겠다고 하면 놔두세요. 여자라도 편하게 살게."

고모 목에 가느다란 경련이 일었다. 나는 블루투스 기능을 끄고 파출소장에게 사정했다.

"그러지 말고 좀 도와줘. 병원에 들렀다가 경찰서에 가서도 한번 사정해 볼 거니까 친한 직원들한테 얘기 좀 해놓고."

"아따, 가봤자 헛수고란께요. 길태 씨가 취하를 하지 않으면 경찰서도 갈 필요 없어요."

"그래도 가 볼게."

파출소장이 입맛을 쩝 다셨다.

"알았소. 가 봤자 헛일이지만 사정은 해보시오. 경찰서에 갈 때는 나한테 미리 전화하시구요, 내가 직원들한테 부탁해 놓을 텐께."

나는 전화를 껐다. 고모는 창밖으로 얼굴을 돌린 채 이따금 손으로 눈두덩을 문질렀다. 세상 모든 어머니가 다 그렇겠지만, 고모는 민태를 험담하는 소리를 극도로 싫어했다. 민태의 모든 잘못은 자신 때문이라고 생각하고 있었기 때문에, 위로 삼아 하는 말조차 조심해야만 했다.

영산포 어귀로 들어서자, '에덴 정형외과' 간판이 눈길에 잡혔다. 암회색 건물 위의 굴뚝으로 희검은 연기가 뭉게뭉게 뻗쳐 오르고 있었고, 회색 구급차 한 대가 병원에서 나와 경망스럽게 광주 쪽으로 달려갔다.

고모가 나의 옆구리를 쳤다.

"밥 묵고 가자."

그렇지 않아도 차를 세우려던 참이었다. 아홉 시. 길태를 설득하려면 기력을 보충해야만 했다. 길태는 내가 어릴 적에 고모를 따라갔다가 가끔 함께 놀았던 사람이었다. 지난해에는 낭주군 이장단 속에 끼어 함께 제주도를 다녀온 적도 있었다. 대규모 전답에 소도 5백 마리나 키우는 알부자로, 군종면 이장 단장까지 겸하고 있는 인물이었다. 하지만 고모 때문에 우리는 늘 데면데면 인사만 나누었고, 그도 나를 의식적으로 멀리했다.

국밥을 주문해 놓고 고모는 말없이 손가락들의 보풀을 뜯었다. 어릴 적에 날마다 잡고 다녔던 고운 손과 남학생들이 쳐다보곤 하던 서구적인 이목구비도 잔주름과 검버섯으로 꾀죄죄하게 변해 있었고, 매초롬하게 찰랑거리던 단발머리도 삭풍을 맞은 갈꽃처럼 부스스했다.

무심코 고모의 손을 잡아당겼다. 닭발처럼 위로 휘어진 오른손 검지를 만졌다. 수년 동안 나주의 오리 가공 공장에서 날마다 칼질을 한 탓에 엿가락처럼 휘어져 버린 손가락이었다. 손가락이 너무 아프다면서 공장을 그만둔 고모는 요양보호사 자격증을 따기 위해 요즘 복지관의 무료 강좌에 나가고 있었다.

"고모."

"응?"

"창호한테 부탁을 해볼까?"

고모가 손을 거둬들이고 나무라듯 눈을 흘겼다. 우렁이처럼 움푹 꺼진 눈가에 금세 물기가 차올랐다. 잠시 멎었던 눈물이 다시금 후드득 떨어져 식탁을 적셨다. 식탁 밑으로 기어들 듯 엎드린 채 한참을 일어나지 않았다.

식당 여자가 국밥을 가져왔다.

"밥이나 먹세."

나는 속으로 후회를 하면서 주인 여자가 들고 온 국밥 그릇 하나를 고모 앞에 내려놓았다. 한참 만에야 고모가 엉거주춤 허리를 펴고 앉았고, 눈가에는 여전히 물기가 어려 있었다. 숟가락을 들고 국물을 몇 모금 넘기더니 입맛이 없는지 연신 깨지락거렸다.

고모가 시댁에서 쫓겨난 해 어느 봄날 오후였다. 오랜만에 양복을 걸치고 아버지가 집을 나섰다. 암회색 블라우스를 걸친 수수한 차림으로 고모는 말없이 뒤를 따랐다.

그리고 그날 해거름에 혼자서 집에 돌아온 아버지는 말없이 방 안에서 술을 드셨다. 아마 늦둥이로 낳은 아들만 의지하고 살던 아버지에게 고모는 친딸 같은 존재였던 듯싶다. 그날 이후 아버지는 가끔 부모의 산소에 올라가 상심한 빛으로 혼자 술을 드시는 날이 많았고, 그러면서도 고모의 일을 입에 올린 적이 없었다. 심지어, 작은아버지들에게조차 비밀로 했다. 주위 사람들의 쑤군거림이 듣기 싫었던 듯 바깥출입마저 삼간 채 연일 술로 보내다가 내가 대학에 다니던 어느 여름날 오후, 잡고 있던 내 손을 놓고 저세상으로 떠났다.

그날 밤, 장례식장의 손님들이 다소 뜸해진 자정 무렵, 반쯤 머리가 벗겨진 낯선 사내의 팔을 붙들고 검정 드레스를 입은 여인이 들어왔다. 고모였다. 그렇게 10여 년 만에 돌아온 고모는 소리를 죽인 채 한없이 울었다.

"귀 막고 눈 감고 숨어 살라고 하더라."

목포 수협에 다니는 사람의 재취 자리로 들어가, 전처가 남긴 세 아들을 기르며 살았다고 했다. 당시 일곱 살이던 창호와 다섯 살이던 창수, 그리고 민태와 동갑이던 창식을 기르면서 아버지의 명령처럼 죽은 듯이 지냈다. 혹시 마을 사람과 마주칠까 봐 외출도 거의 하지 않았다. 임종 직전에야 고모에게 전화를 건 아버지는 너무 가혹했다고 여긴 듯 미안하다는 말만 하더라고 했다.

그 후 고모는 족쇄가 풀린 듯 친정을 자주 오갔다. 집안 애경사에는 온 가족이 몰려와 오붓한 시간을 보냈다. 고모의 보살핌 덕분인지 몰라도 창호는 고시에 합격하여 검사가 되었고, 창수는 서울의 대기업에 취직했으며, 창식은 목포경찰서에 근무하면서 고모를 보살폈다.

하지만 삼 형제가 어엿한 사회인으로 성장하면서 고모의 가슴속에는 알 수 없는 그늘이 드리워졌다. 본래부터 가슴 한구석에 남아 있었던 듯한 정체를 알 수 없는 그늘은 시간이 지날수록 뭉게구름처럼 커져만 갔고, 삼 형제의 행복한 모습을 볼 때마다 어둡고 쓸쓸한 사막에 혼자 서 있는 듯한 느낌이 들었다.

그리고 어느 여름날, 시장을 다녀오다가 집 앞에 서 있는 말끔한 청년을 보는 순간 고모의 가슴 속에 환한 햇살이 들이비쳤다. 캄캄한 동굴에서 밝은 세상으로 나온 것처럼 행복했다. 이제 살았다는 느낌으로 민태에게 달려가 와락 끌어안았다.

하지만 그날은 고모의 일생에서 가장 무섭고 슬픈 날이 되었다. 지금까지도 일체 말한 적이 없지만, 그날 저녁 고모부가 발견한 고모의 모습은 집단 구타를 당한 것처럼 참혹했다. 퉁퉁 부어오른 얼굴로 마루에 누워 신음하고 있더라고 했다. 황급히 구급차를 불러 병원에 후송하는 한편 아들들을 불러들였다. 꼬박 하루가 지나서야 거동을 하게 된 고모는 그러나 누구에게, 왜 맞았는지 일절 말하지 않았다. 의사의 반대에도 불구하고 집으로 돌아와서는 방 안에 들어박힌 채 울기만 했다.

나에게서 민태의 얘기를 듣고 나서야 전후 사정을 짐작하게 된 고모부는 CCTV를 은밀히 설치했다. 창식은 틈이 나는 대로 집 주변을 순찰했고, 그리고 한 달여 만에 다시금 집 안에서 고모를 구타하는 민태를 붙잡았다. 하지만 고모는 민태의 구속을 완강히 막아섰을 뿐만 아니라, 도망치듯 집을 나서는 민태를 허위허위 따라갔다. 한사코 뿌리치는 민태의 팔을 붙든 채 집을 나가 버렸다.

그날 밤 나를 찾아온 창식은 울분을 가누지 못했다.

"정말 미치고 환장하겠소. 이럴 때는 내가 어떻게 해야 돼요? 그놈이 발길질까지 해도 따라가더란 말이오. 아부지가 얼마나 기가 막히는지 놔두라고 합디다."

고모는 그런 여자였다. 그리고 일주일이 지나도록 고모에게서는 아무런 연락이 없었다. 전화도 받지 않았다. 생사가 걱정되어 고모부와 세 아들이 실종 신고를 논의하던 날 저녁, 대문이 조용히 열리는가 싶더니 고모가 들어왔다. 외국 여행에서 돌아온 사람처럼 천연덕스럽게 콧노래까지 흥얼거리면서 저녁상을 내왔다.

그리고 고모는 한 달에 두어 번씩 서울 나들이를 했다. 밑반찬을 가득 담은 캐리어를 끌고, 마실이라도 가는 사람처럼 집을 나서곤 했다. 첫차를 타고 새벽같이 올라갔다가 막차로 내려오곤 했다. 때로는 민태에게 얻어맞고 오는 것 같지만 전혀 내색하지 않았다.

그렇게 또 여러 해가 지난 어느 날, 고모로부터 전화가 걸려왔다. 어릴 적에 한방에서 지낼 때, 가끔 책가방 속에서 과자를 꺼내 줄 때처럼 은근한 목소리였다.

"재욱아."

"응?"

"민태 장가간다. 고모부랑 같이 가서 날 잡고 왔다."

목소리 중간중간에 물기가 얼핏 드러나곤 했다.

"신부는?"

부모도 없고, 돈도 없고, 못생기고, 나이도 더 많고, 심지어 이혼 경력까지 있다고 말했다.

"근데, 민태가 좋아해. 처음 서울서 공장 생활할 때 밥도 사 주고, 일을 가르쳐주던 누나래."

"잘됐네. 지가 좋아하면 됐지 뭐."

"그러니까."

 말끝에 고모부가 아파트 전세 자금과 결혼 비용까지 마련해 주었다고 자랑했다. 결혼식 날, 신랑 신부의 큰절을 받으면서 눈물을 글썽이는 고모를 나는 한없이 존경할 수밖에 없었다.

 그리고 반년쯤 지났을 것이다. 췌장암이 뒤늦게 발견되어 갑자기 고모부가 사망하면서 고모의 삶이 다시금 덜컹거렸다. 을씨년스럽게 추적추적 가을비가 내리던 날 오후였다. 고모의 부름을 받고 나는 급히 목포역 앞의 약속 장소로 나갔다. 잔잔한 가곡이 깔린 한옥형 찻집에 창호 형제들과 고모가 있었다. 오랫동안 기다린 듯 내가 들어서자마자 고모가 반갑게 나를 잡아 앉혔다. 까만 원피스의 옷차림과 달리 고모는 유난스러울 만큼 들뜬 기색이었고, 마주 잡은 손을 연신 꼼지락거렸다.

 창호가 입을 열었다.

 "형님 마을에 빈집을 하나 샀습니다. 어머님이 형님한테 가시겠대요."

 나는 가슴이 뜨끔했다. 고모가 말한 집은 마을 위쪽의 세 칸짜리 한옥으로, 몇 달 전에 죽은 집안 할머니의 집이었다.

 "형님 모르게 해 달라고 하시길래, 우리 삼 형제가 의논해서 오늘 오전에 잔금까지 치렀습니다. 집을 수리해서 천천히 가시라고 해도 오늘 당장 형님을 따라가시겠대요."

 "내가 잘 모시겠다고 해도. 한사코 고향으로 가시겠대요. 우리가 뭔 잘못을 했는지 모르겠어요."

 창식이 서운한 투로 말했다.

 하지만 고모는 진지했다.

"너희들은 이제 내가 없어도 되잖아."

이미 오래전부터 마음먹었던 듯 고모는 삼 형제를 그렇게 떼어내고 내 차에 올랐다. 30여 년간 몸을 의탁한 재취 자리, 그러나 언제든 떠날 채비를 해온 듯 고모의 짐은 캐리어 하나가 전부였다.

그날 차 안에서 고모는 내게 당부했다.

"너도 이제 목포 애들한테 연락하지 마라."

"왜?"

고모는 끝내 답하지 않았다. 고모는 젊음을 쏟아부은 목포 생활을 그렇게 빗물에 지워 버렸다.

그리고 고모는 다음 날부터 그 집을 수리했다. 건축업자를 불러 중방과 서까래와 벽체만을 남긴 채 대대적으로 개수했다. 이따금 민태 가족이 와서 지낼 수 있도록 작은방도 새로 단장했다. 한 달 만에 공사를 마무리하고, 마을 사람들을 불러 집들이를 하던 날에는, 민태 내외도 내려와 자리를 함께했다.

고모는 그렇게 다시금 내 옆으로 돌아왔다.

병원 입구의 약국에서 음료수를 하나 사서 병원으로 들어섰다. 고모가 잠시 멈춰 서서 스카프로 얼굴을 감쌌다. 10여 명의 주민이 현관에서 웅성거리고 있었는데, 금계 사람들인 모양이었다. 마주치고 싶지 않은지 고모는 고개를 푹 숙인 채 현관을 지나 엘리베이터에 올라탔다. 내 팔에 매달린 고모의 손가락 사이로 전율이 스쳐 갔다. 엘리베이터 거울 속의 고모는 여전히 고개를 숙인 채 발끝만 굽어보고 있었다.

복도를 잠시 걸어가다가 길태가 입원한 병실 문을 열었다. 환자복 차림의 길태가 침상 머리에 앉아 회색 양복 차림의 노인과 담소를 나누고 있었다. 한창 얘기에 열중해 있다가 우리의 방문에 당황스러운 표정을 지었고, 노인이 고모를 곁눈질하면서 병실을 나갔다.

길태는 예상보다 멀쩡했다. 목 뒤에 반창고가 붙어 있었지만, 환자다운 구석은 전혀 없었다. 음료수를 내밀면서 인사를 건네자, 그는 고개만 까딱해 보이고 나서 고모를 향해 볼각거렸다.

"뭣 하러 왔소? 나한테 볼일이 없을 것인디."

고모가 한 걸음 다가섰다.

"민태 좀 나오게 해 주소. 민태가 없으면 애 엄마가 어떻게 살겠는가?"

나는 옆으로 다가서면서 애써 웃음을 지었다.

"고소 좀 취하해 주시오. 민태가 나오는 대로 서울로 보낼랍니다."

"아뇨, 내가 이놈을 이참에는 기어코 감옥에 보내고 말 것이오."

숯불에 달군 철판처럼 뜨거운 분기가 깔린 말투였다. 목덜미의 핏대가 선명하게 불거져 나왔다.

"가시오! 나는 집이덜하고 할 말이 없소."

텔레비전을 켜고 리모컨 버튼을 꾹꾹 눌렀다. 사람들이 화면에 나타났다가 사라지기를 반복하는가 싶더니 마음에 든 프로가 없는지 텔레비전을 껐다. 외면하듯 반대쪽으로 벌렁 누웠다.

고모가 침상을 돌아서 그의 앞으로 다가갔다.

"자네가 한 번만 더 봐주소. 그래도 자네 동생 아닌가?"

길태가 벌떡 일어나 고모를 쏘아보았다.

"거 말 잘했소. 내가 그동안 그 새끼한테 얼마나 잘해 준 지 아요? 지 놈 어려서 방죽에 빠져 죽을 뻔한 것도 내가 살려줬고, 초등학교 댕길 때는 날마다 자전거로 태우고 다녔소. 그란디 이 새끼가 은혜도 모르고 사람을 달달 들볶고, 그동안 내가 얼마나 참고 살았는지 아요? 자고로 머리 검은 짐승은 거두지 말라고 하더니, 옛말 틀린 것 하나 없습디다. 이 새끼가 엊저녁에는 나를 죽일라고 했단께요. 빨리 도망가지 않았으면 이미 황천길로 갔을 것이오."

"앞으로 그런 일이 없을 거니까 한 번만 더 봐주시오."

나는 마지막 치약을 짜내듯 다시금 억지웃음을 내보였다. 하지만 길태의 얼굴이 더욱 단호해졌다.

"당신은 제삼자니까 빠지시오. 이놈이 나만 괴롭히는 줄 알았더니, 요새는 92년도에 도장을 찍어준 특조위원들까지 협박하고 다닙디다. 다들 이참에 감옥에다 처넣으라고 하더란 말이오!"

"자네가 돈을 좀 줘도 되잖은가? 서울 가서 셋방 하나 얻을란다고 2천만 원만 달라고 했다던디, 그 정도는 줘도 되잖은가?"

고모의 말에 길태가 눈을 부릅뜨면서 성깔을 내질렀다.

"이보시오 아줌마! 당신이 바람 나서 쫓겨날 때 직접 각서를 써 줬잖아? 모든 재산을 다 줄 테니까 민태만 잘 키워달라고 했소 안 했소? 판사나 변호사도 다 인정을 했는데 왜 추잡스럽게 계속 헛소리여? 더러운 여편네 같으니라고."

"거, 말 좀 좋게 합시다."

분기가 치밀어 나는 그의 앞으로 다가섰다. 나와 나이가 같아서 어릴 적에 고모가 유난히 귀여워했던 큰집 조카였다. 고모에게 간식을 얻어먹으면서 함께 놀았던 어린 시절의 기억을 모조리 변기에 처박고 싶었다.

"그냥 가세!"

나는 고모의 등을 안았다.

하지만 고모가 머리를 저으면서 나의 손을 떼어냈다. 완강하게 밀치면서 잠시 숨을 가누는가 싶더니 무릎을 털썩 꿇었다.

"고모!"

어이가 없어 나는 고모를 안았다.

하지만 고모는 침상 다리를 붙든 채 움직이지 않았다.

"나한테는 뭔 욕을 해도 상관없는께 민태만 나오게 해주소. 민태가 감옥에 가믄 민태 각시가 바로 이혼할란다고 하데."

길태가 당황스러운 낯으로 침상에서 내려왔다. 나와 고모를 번갈아 쏘아보다가 창가로 가 버렸다. 어느 틈에 마을 사람들이 방문을 열고 구경하고 있었다. 옆 병실의 환자며 문병객들까지 호기심 어린 눈길로 내다보고 있었다.

나는 치욕스러운 느낌으로 고모의 허리를 잡고 흔들어댔다.

"그냥 가잔 말이오!"

하지만 고모는 침대 다리를 움켜쥔 채 머리를 가로저었다.

"고소를 취하하기 전에는 죽어도 안 나갈란다."

비장하게 내뱉고 꿈쩍도 하지 않았다. 결연함과 절박함이 깃든 낯빛이었다.

사람들의 눈길이 부담스러웠을까. 길태가 돌연 고모에게 돌아왔다.

"가서 그놈 각서를 가지고 오시오. 두 번 다시 재산 문제를 따지지 않겠다는 각서를 써 갖고 오시오!"

바닥에 달라붙어 있던 고모가 천천히 얼굴을 쳐들었다.

"내가 쓰믄 안 되겠는가?"

"당신 것은 필요 없는께 그놈 것을 갖고 오란 말이오. 공증까지 해오라는 말은 안 할 거니까 그놈 손모가지로 직접 쓴 것을 갖고 와요. 그리고 두 번 다시 내 앞에 나타나지 않겠다는 말도 넣고."

나는 그를 잠시 노려보다가 고모를 안아 일으켰다. 고모가 나를 밀어내고 스카프를 다시 여몄다.

"고맙네."

허리를 90도로 숙이고 나서 나의 팔을 잡아끌었다.

"가자."

우리가 병실을 나서자 구경꾼들이 길을 터주듯이 좌우로 비켜섰다.

고모는 나의 팔짱을 끼고 꿋꿋이 걸음을 옮겼다. 안됐다는 듯 혀를 차거나 재미있었다는 듯 낄낄거리는 소리도 들렸으나 돌아보지 않았다.

나는 차를 몰면서 한 손으로 고모를 안았다. 고모는 나에게 머리를 기댄 채 아무런 말도 하지 않았다. 아무것도 보고 싶지 않은 듯 눈을 꼭 감고 있었는데, 이따금 빛바랜 눈살에 자잘한 파문이 스치곤 했다. 뭔가 목에 걸린 듯 침을 억지로 삼키는 소리도 들렸다. 황사가 뿌옇게 낀 하늘에서 태양이 누런 잇몸을 보이고 있었다.

나는 민태 처에게 전화를 걸어 경찰서로 와 달라고 부탁하고, 파출소장에게도 도움을 요청했다.

민태의 결혼 생활은 순탄하지 않았다.

어려서부터 수많은 공장을 전전해 온 탓인지 결혼 후에도 취직과 퇴직을 되풀이했다. 창호가 건설 현장 감독 등 좋은 자리를 알선해 준 적도 있으나 진득하게 다니지를 못했다. 공사판을 전전하다가 허리를 다치거나 팔목이 부러져 집에 있는 날이 더 많았다.

고모가 목포 생활을 정리하고 고향으로 돌아온 것은 그렇듯 생활이 불안정한 민태를 돕기 위해서였다. 집들이를 마친 다음 날부터 고모는 나주의 오리 가공 공장에 다녔다. 새벽 다섯 시에 통근버스를 타고 가서 저녁 8시가 돼서야 돌아왔다. 때로는 자정까지 특근을 하면서 악착같이 돈을 벌었다. 일요일에는 텃밭에 심은 마늘이며 파 등을 손질해서 서울로 보냈다. 아내가 준 쌀과 채소, 고구마나 감자까지도 모조리 서울로 보냈다.

하지만 민태의 생활은 나아지는 기미가 없었고, 그럴수록 아버지의 재산에 대한 집착이 심해졌다. 급기야 이태 전에는 전세금을 빼서 길태와 민사 소송까지 벌였다. 생계를 아예 뒷전으로 한 채 땅을 찾는 데 골몰했다. 하지만 거액을 들여 유명 변호사를 선임했음에도 1심에서 패소했고, 항소해 봤자 결과가 뻔하다는 것을 안 연후에는 말없이 가출해 버렸다. 스마트폰마저 집에 둔 채 잠적한 것이었다.

그렇게 보름 남짓 지난 어느 날 파출소장으로부터 전화가 걸려왔다.

"형님. 나 죽겠소. 나 좀 살려주시오."

"뭔 소린가?"

"지금 금계에 가 보시오. 형님네 고모 아들이 내려와서 날마다 동네를 휘젓고 다니오."

 예전 자기 집터에다 조립식 주택을 한 동 사다 놓고 날마다 길태와 싸움을 벌이고 있다는 것이었다.

 그날 부랴부랴 고모를 데리고 금계에 도착한 나는 할 말을 잃었다. 고모네 집터에는 컨테이너 주택 한 동이 덩그러니 놓여 있었고, 그 주변으로는 형형색색의 플래카드가 어지럽게 펄럭이고 있었다. '정길태, 이 도둑놈아 땅 내놔라, 집안 사람들도 양심이 있으면 보시오, 밤길 조심해라 길태야! 동래정가 놈들아. 내가 성을 바꿀란다' 등등의 야유성 플래카드들이 서낭당처럼 괴기스럽게 춤추고 있었다.

 나와 고모는 방으로 들어갔다. 주방을 겸한 방 한가운데 민태가 널브러져 있었다. 라면 냄비며 술병들, 빈 생수병들 사이에 민태가 누워 있었다. 더러운 잠바와 운동복 바지를 걸친 흉물스러운 모습이 쓰레기 더미나 매한가지였다.

 고모는 민태를 흔들어 깨웠다. 한참을 흔들어서야 게슴츠레하게 눈을 뜬 민태는 물병부터 집어 들었다. 반병 가까이 마시고 나서야 나에게 인사를 꾸벅했다.

 "어떻게 알았소?"

 고모가 다가앉아 민태의 헝클어진 머리칼을 넘겼다.

 "어쩌려고 이러냐?"

 민태가 씨익 앞니를 드러냈다.

 "두고 보시오. 내가 당신이 넘긴 땅을 전부 찾을 것인께."

 "어떻게?"

"어떻게든 찾을 것인께 두고 보란 말이오. 형님, 이 아줌마 좀 데리고 가시오."

취기가 덜 가신 듯 다시금 벌렁 누웠다. 고모가 베개를 받쳐 주면서 민태를 안았다. 귀찮은 듯 밀어냈으나 한사코 달라붙어 떨어지지 않았다. 아들을 안은 채 한참을 울었다.

수분 후 나는 고모를 강제로 일으켰다.

"가세."

고모의 팔을 끌고 밖으로 나왔다.

플래카드 위로 참새들이 파르르 날아올랐다가 내려앉곤 했다. 한쪽 끈이 풀린 빨간 플래카드 하나가 상여 만장처럼 펄럭거렸다. 마을 회관 앞에서 사람들이 힐끔힐끔 이쪽을 곁눈질하고 있었고, 길태 집 마당에서 머리가 삘기 꽃처럼 하얀 노파가 빨랫줄 바지랑대를 밀어 올리고 있었다. 한때는 민태의 어머니 노릇을 했던 길태 어머니였다.

나는 플래카드를 모조리 철거해서 차에 실었다.

"그래도 찾아서 다행이다."

집에 오는 길에 고모가 안도의 한숨을 길게 몰아쉬었다. 그동안 행방을 몰라 잠을 제대로 잔 적이 없다고 했다. 고모의 짓무른 눈길 위로 연동 하우스들이 한스럽게 지나가고 있었다.

이튿날 나는 고모와 함께 서울로 올라갔다. 용달차에 살림살이를 싣고 민태 처를 데려왔다. 민태 처는 면사무소 앞 식당에서 허드렛일하면서 돈을 벌었고, 민태는 이따금 공사판에 나다녔다. 마침 오리 가공 공장을 그만두었던 고모는 틈틈이 손녀를 데려와 보살피곤 했다.

그 뒤로도 민태는 툭하면 말썽을 부렸다. 아버지 소유였던 간척지 길목에 호박돌을 쌓아 놓거나 자신의 트럭을 장기간 세워 두었다가 길태에게 고소당했다. 지난 겨울에는 하우스 앞에 악취가 나는 퇴비들을 잔뜩 살포했다가 두 번째 고소를 당했다. 면 소재지에 온갖 욕설이 적힌 플래카드 20여 장을 내걸어 길태를 망신 준 적도 있었지만 달라진 것은 아무 것도 없었다.

경찰서 화단 옆에서 민태 처가 기다리고 있었다. 방을 구한 데다가 고모까지 함께 가게 돼서 기운이 난 듯 아침보다는 한결 차분해진 낯빛이었다.

손녀만 봐도 힘이 나는 것일까. 조금 전까지 짚불처럼 사위어가던 고모가 활짝 웃으며 손녀를 안았다.

나는 민태 처와 함께 경찰서 본관 우측의 암회색 건물로 들어갔다. 다섯 평 남짓 되는 협소한 공간 중앙에 원형 탁자가 놓여 있었고, 면회인 접수 창구 안에서 여순경 하나가 스마트폰을 들여다보고 있었.

민태 처가 면회 신청을 하는 동안 나는 무료자판기에서 커피를 한잔 꺼냈다. 고모는 꽃들이 만발한 건너편 벚나무 밑에서 손녀와 놀고 있었다. 나무를 빙빙 돌다가 나뭇가지를 흔들면 꽃잎들이 손녀 머리 위로 우수수 떨어졌고, 그때마다 고모가 천진난만한 소녀처럼 환하게 웃으면서 스마트폰으로 사진을 찍었다.

"가시죠."

민태 처가 다가왔다.

나는 종이컵을 쓰레기통에 버리고 급히 뒤를 따랐다.

유치인 면회실은 회색 벽으로 둘러싸인 세 평 남짓한 방이었다. 구멍이 숭숭 뚫린 강화유리 건너편에 고동색 양복의 덩치 큰 중년 사내가 컴퓨터를 들여다보고 있었다. 벤치에 앉아 잠시 기다리자 사내 옆의 갈색 문으로 민태가 나타났다. 헝클어진 앞머리를 쓸어넘기고 터벅터벅 들어온 민태는 나에게 인사를 꾸벅했다. 주독에 걸린 얼굴이 뜨거운 물에 덴 듯 불그죽죽하고, 간밤에 드잡이질한 훈장인 듯 잠바 깃 위의 목덜미에는 송충이만 한 상처가 꿈틀거렸다.

"30분입니다. 시간을 지켜주세요."

고동색 양복의 사내가 말했다. 귀에 거슬린 듯 민태가 흘끗 그를 보다가 자기 처를 나무랐다.

"미애는 왜 안 데리고 왔어?"

"미쳤니? 애를 왜 데리고 들어와?"

민태 처가 머리를 후려치듯 내붙였다.

머쓱한 낯으로 제 처를 외면하는 민태와 마주 앉았다.

"뭘 좀 먹었냐?"

"예에."

그리고는 굵은 앞니를 보이면서 씨익 웃었다. 첫 만남에서도 느낀 거지만, 놈의 웃음 속에는 섬뜩한 면도날이 어른거렸다.

유리를 가볍게 치면서 민태 처가 용건을 꺼냈다.

"미애 아빠. 돈 생겼으니까 다시는 큰집에 가지 마. 어머니가 시골집 팔아서 돈을 주셨으니까 어머니 모시고 서울로 가자. 미애를 어머니한테 맡기고 둘이 열심히 돈이나 벌자. 알았지?"

"그 아줌마가 나하고 같이 살겠다고 하디?"

"야, 이 못된 자식아! 아줌마가 뭐야? 아줌마가?"

"목소리 좀 낮춰 주세요."

고동색 양복이 이맛살을 찌푸리면서 엄중하게 주의를 주었다. 육중한 덩치답지 않게 꽤 신경질적인 목청이었다. 나는 차분히 민태를 설득했다.

"아무 말 말고 각서 하나 써라. 길태가 고소를 취하해야 나올 수 있는데, 네가 두 번 다시 재산을 요구하지 않겠다는 각서를 써 달라고 하더라."

민태의 얼굴이 왕벌에 쏘인 것처럼 붉어지더니 주먹으로 책상을 쾅 내리쳤다.

"내버려 두시오! 내가 나가기만 하면 그놈 배때기를 찔러 죽여 버릴란께."

"야, 이 미친놈아! 나하고 미애는 어쩌구? 나하고 미애는 어쩌라고?"

민태 처가 다시금 욕을 퍼부었는데, 중년 사내가 짜증이 난 듯 재차 조용히 해 줄 것을 요구했다. 2차 경고였다. 민태 처가 숨소리를 고르면서 민태를 외면했다.

나는 고동색 양복에게 정중하게 양해를 구하고 필기도구를 요청했다. 파출소장의 부탁이 있었는지 한심한 빛으로 민태를 곁눈질하던 사내가 못 이긴 척 A4 용지 한 장과 사인펜을 내밀었다.

"당장 써."

민태 처가 다그쳤다.

하지만 민태가 옆으로 홱 밀쳤다.

"못해! 내 땅을 왜 내가 포기하냔 말이여."

"맘대로 해!"

민태 처가 벌떡 일어나 저쪽으로 돌아섰다. 덩치 큰 사내가 나의 눈치를 살폈고, 나는 고모가 길태에게 무릎을 꿇고 애원하던 일을 떠올리면서 끈질기게 민태를 설득했다.

"그거 없어도 살 수 있잖아."

"아니, 형님. 이렇게 억울한 일을 당하고 가만히 있으란 말이오? 내 말 틀렸소?"

"시간 없다."

나는 벽면의 시계를 턱짓했다. 이미 면회 시간이 절반이나 지난 상태였다.

"알아서 하시오. 나는 무식해서 그런 거 쓸 줄도 모른께."

민태가 허공을 올려다보면서 나를 외면했다. 탁탁탁탁. 손가락으로 책상 모서리를 치면서 움직이지 않았다. 나는 솔직히 그만두고 싶었다. 하지만 고모를 생각하면 도저히 그럴 수가 없었다.

"내가 부른 대로 써라."

하지만 민태는 여전히 미동도 하지 않았.

내가 잠시 갑갑한 한숨을 몰아쉬자, 민태 처가 돌아왔다. 눈물을 훔치고 나서 단호한 빛으로 민태와 다시 마주 앉았다.

"너, 나하고 살 거야 말 거야. 대답해 봐. 오늘도 어머니한테 미애 맡기고 가려다가, 하도 어머니가 사정해서 여기 온 거야. 지금 여기서 나가면 다시는 나를 볼 생각 마. 어떻게 할래? 당장 쓸 거야 말 거야? 대답해 봐! 대답하라고!"

분함을 이기지 못하고 욕을 섞어 가며 소리를 지르다가 끝내 울음을 쏟아냈다.

민태가 천천히 자기 처를 쳐다보았다. 한참 동안 소리 죽여 흐느끼는 제 처를 보고 있다가 못 이긴 척 눈길을 피하면서 입맛을 쩍 다셨다. 한결 풀이 죽은 얼굴로 펜을 집어 들었다.

"불러 보시오."

나는 잠시 머릿속을 정리한 후 입을 열었다.

"각서. 이름 정민태, 주민등록번호도 그 아래에다 써라."

초등학교 저학년에게 받아쓰기 문제를 불러 주듯이 나는 천천히 말을 이어나갔고, 민태가 비뚤배뚤 글을 써 내려갔다. 정길태에게 다시는 재산을 돌려달라는 요구를 하지 않을 것이고, 집에 찾아가지도 않을 것임을 서약함. 20××년 4월 5일 정민태.

말미에 사인까지 하라고 하자, 민태가 대충 이름을 휘갈겨 쓰고 나서 사인펜을 탁 내려놓았다. 아버지의 재산을 찾기 위해 수없이 밤을 새우고, 길태와 사생결단하듯이 다투었던 날들이 일단락되는 순간이었다.

"잘했다."

나는 진심으로 민태를 위로했다. 중년 사내에게 각서를 챙겨 달라고 다시 한번 부탁하고 면회실을 나왔다.

고모는 이제 손녀를 등에 업은 채 우측 화단의 진달래꽃을 구경하고 있었다. 손녀를 업을 힘이 남아 있었다는 게 신기할 정도였다. 스카프 사이로 드러난 고모의 흰 귀밑머리가 안쓰럽게 흩날리고 있었다. 어릴 적에 내가 늘 업혔던, 넓고 부드럽고 포근하던 고모의 등이 유난히 앙상하고 왜소하게 보였다.

 노란 봉투를 하나 들고 민태 처가 나왔다. 딸이 고모의 등에서 내려와 이쪽으로 달려왔다. 천천히 뒤따라온 고모가 나에게 결과를 묻는 눈길을 던졌고, 나는 말없이 고개를 끄덕거렸다. 그제야 고모의 얼굴에 안도의 기운이 어른거렸다. 촛불 같은 두 눈의 미소가 눈물처럼 처연하게 보였다.

 "제수씨가 병원에 갔다 오시오. 나는 고모랑 집으로 갈 테니까."
 나는 귀가를 서둘렀다.
 "그래라. 내가 먼저 가서 옷 가방을 대충 쌀 테니까."
 고모의 말에 민태 처가 주저하는 기색을 했다.
 "내가 가도 취하서를 써 줄까요?"
 "해줄 겁니다. 지가 약속했으니까. 민태가 나오면 우리 집으로 데려오시오. 저녁에 간단히 송별식이나 합시다."
 "알았어요."
 민태 처가 딸을 데리고 좌측에 주차돼 있던 용달차로 올라갔다. 차창 밖으로 손녀딸이 손을 흔들면서 경찰서를 빠져나갔다.

 나는 뒤미처 경찰서를 빠져나와 파출소장에게 전화를 걸었다. 이미 소식을 들은 듯 파출소장이 반갑게 받았다. 걸걸한 목청으로 고생했다고 말했다.
 "자네도 고생했네. 지금 민태 처를 병원에 보냈으니까 한 번만 더 길태한테 부탁해 놓으소."
 "걱정하지 마시오. 조금 전에 다시 갔더니 각서만 가져오면 취하하겠다고 합디다."

"고맙네."

나는 전화를 끊고 차의 속도를 높였다. 이 정도로 사태가 마무리되어 천만다행이었다.

마을에 도착하기가 바쁘게 고모를 내려주고 뒷산 중턱의 개간지 앞에서 차를 세웠다. 초벌 로터리를 해 놓은 밭 가에 트랙터가 주차돼 있었고, 아내는 집에 갔는지 보이지 않았다. 나는 전화를 걸어 아내에게 송별식 자리를 부탁하고 나서 곧바로 골내기 작업에 돌입했다. 밭머리에서부터 로터리 작업 깊이를 적당히 조정해 놓고 작업을 해나갔다. 매초롬한 엽연초 두둑들이 트랙터 꽁무니로 빨려 나오면서 뿌연 먼지가 바람에 휘날렸다.

그날 저녁 아내로부터 전화가 걸려온 것은 골내기 작업이 거의 끝난 무렵이었다. 고모가 없어졌다는 말에 황급히 트랙터의 엔진을 껐다.

"무슨 소리야?"

"그 인간이 집에 오자마자 고모님을 또 때렸대요. 정말 기가 막혀서 말이 안 나오네. 그런 놈을 당신은 왜 도와주냐고!"

민태 처가 만류하는 사이에 고모가 어디론가 피신을 했고, 어쩔 수 없이 민태 처가 민태를 데리고 서울로 가는 중이라고 했다는 것이었다.

"그것도 모르고, 밥 먹게 빨리 오라고 전화를 했더니 벌써 대전을 지났대요."

"고모한테 전화해 봐어."

"전화기도 방에 놔두고 나갔어. 벌써 밤이 다 됐는데 걱정돼 죽겠네."

말끝에 다시금 아내는 민태에게 욕을 퍼부었다.

"알았어. 내가 찾아볼게."

나는 다급히 밭을 나와 트럭으로 올라갔다.

불길한 예감에 문중 선영이 있는 산길로 차를 몰았다. 할머니가 돌아가신 후 고모가 이따금 나를 업고 놀러가곤 했던 곳이었다.

농로에 차를 세우고 협소한 숲길로 걸음을 재촉했다. 상수리나무와 소나무들 사이로 난 비탈길을 따라 숨가쁘게 올라갔다. 차가운 밤바람에 나뭇가지들이 우우 울부짖었다. 이따금 갈잎들이 허공으로 박쥐 떼처럼 날아올랐다. 중천에 허연 달이 걸려 있으나 해파리처럼 어지럽게 떠 있던 구름들이 이내 삼켜 버렸다.

짐작대로였다. 20여 미터 전방의 무덤들 사이에 희끄무레한 그림자가 눈에 띄었다. 나는 다급히 달려갔다.

"고모!"

목젖이 굳어 목소리가 갈라져 나왔다.

그 순간 죽은 듯이 누워 있던 그림자가 움찔 머리를 움직였다. 비치적거리며 상반신을 뒤틀었다. 나는 속으로 가슴을 쓸어내리면서 옆으로 다가앉았다. 등 밑으로 손을 넣어 고모를 일으켜 앉혔다. 시체처럼 차디찬 얼굴과 앙상하게 굽은 등과 팔다리를 주물렀다. 할머니 묘에 등을 기댄 채 고모는 가만히 눈을 감고 있었다.

"미쳤는가? 이러다 감기 걸리면 어쩔라고."

등짝을 흔들어대면서 나무라자, 고모가 어둠 속에서 실그러지게 웃었다.

"오랜만에 엄마 좀 보러 왔어."

목감기에 걸린 듯 잘게 재채기를 했다. 할머니와 이런저런 얘기를 나누다가 잠이 들어 버렸다는 것이었다.

"가세!"

등을 내밀자 고모가 순순히 업혔다.

나는 고모를 업고 어둠이 깔린 비탈길로 접어들었다. 어린 시절 고모가 할머니 묘지에서 놀다가 나를 업고 내려가던 그 길을 조심조심 더듬어 내려갔다. 이따금 눈앞이 뿌예져 발을 멈추자, 그때마다 고모는 나의 눈물을 닦아 주었다.

그날 이후 나는 두 번 다시 고모를 떠나보낼 수가 없었다.

〈2017〉

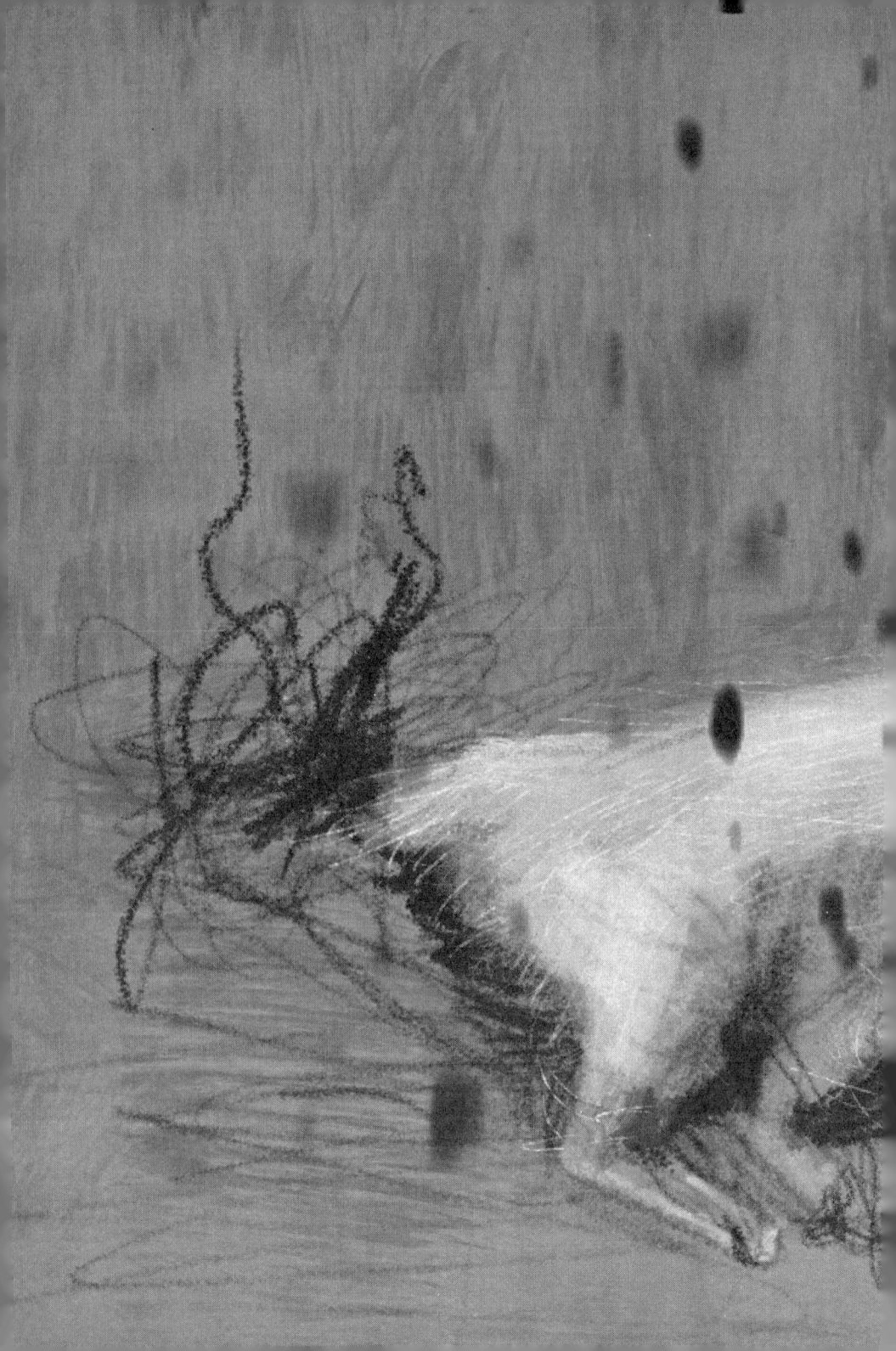

오늘 고양이의 꼬리에다 실을 단단히 감아 놓았습니다. 놈이 목젖이 찢어지는 소리를 내지르면서 발톱으로 마구 할퀴려 들었지만 홑이불을 씌워 놓고 옴짝달싹 못 하도록 가랑이에다 끼우고 그 미끈한 꼬리의 중간 지점에다 실을 다섯 겹이나 친친 감아 놓은 것입니다. 며칠 후면 피가 통하지 못한 아랫부분의 털이 차차 빠져나갈 것이고, 그러구러 시일이 좀 더 경과하면 오징어 발처럼 검붉게 말라 들었다가 종국에는 소나무 삭정이 가지처럼 몸에서 떨어져 나갈 것입니다. 할머니의 말씀에 의하면 이처럼 고양이의 꼬리를 잘라주는 것은 그러니까 할머니의 할머니, 할머니의 할머니, 아득한 옛날 고양이를 맨 처음 길들이기 시작했던 할머니 시대부터 음식물을 훔쳐먹는 도둑고양이를 길들이는 가장 좋은 비방으로 알려져 있다고 했습니다. 도둑고양이가 되지 않도록 하기 위해 새끼 때 칼로 꼬리를 절단해 주기도 한다는 것이었고, 실제로 나는 이웃에서 기르고 있는 고양이들의 꼬리가 대부분 중간 부위에서 뭉툭하게 잘려 나간 것을 볼 수가 있었습니다.

 이제부터는 내 고양이도 이웃집 찬장이나 밥상을 기웃거리지 않고 내가 준 음식만을 먹으면서 착하게, 아주 얌전하게 살아갈 것이 틀림없습니다. 놈 때문에 이웃 아낙네들로부터 눈총질을 받는 일도 없을 것이고, 어머니의 잔소리를 아침마다 들을 필요도 없을 것이며 누나와 매일같이 으르렁거리면서 신경전을 벌일 필요도 없을 것입니다. 걸핏하면 부지깽이를 들고 고양이를 쫓아다니던 누나, 옛날 같으면 애를 낳았어도 둘은 낳았을 여고 2학년이라는 여자가 이 새끼 저 새끼 상스러운 욕설을 갈기지를 않나, 주먹질을 하지를 않나, 어휴 누나만 아니었다면 진작 머리끄덩이를 잡아서 땅바닥에다 메치고 말았을 것입니다. 나보다 세 살 위이긴 하지만 맘만 먹는다면 한주먹감도 안 되거든요.

 하긴 곰곰이 생각해 보면 나라는 놈도 참으로 한심하기 짝이 없습니다. 낯살이나 먹어 가지고-어른들은 이해하고 들어주시길-고양이를 좋아하는 게 말이나 되는가 말입니다. 가족들과 친구들한테 놀림감이 되면서까지도 놈을 없애지 못하는 나 자신을 돌이켜보면 가끔은 내가 놈에게 홀린 것이 아닌가 하는 의구심마저 듭니다. 맞습니다. 나는 놈한테 홀렸다고 하는 게 옳은 표현일 듯싶습니다. 희뿌얀 햇솜처럼 눈부신 털과 지붕 위에서도 사뿐히 뛰어내리곤 하는 유연한 허리와 얼굴을 어루만지곤 하는 매끄러운 꼬리, 학교에서 돌아오면 누구보다도 먼저 나의 기척을 알아차리고 반갑게 달려오는 다정함에 반해 버린 것이 틀림없습니다. 아니 놈은 애초부터 나를 홀렸던 것 같습니다. 놈을 처음 본 순간 나는 완전히 넋을 잃을 만큼 놈의 눈부신 모습에 빠져 버렸었기 때문입니다.

그러니까 내가 놈과 첫 대면을 한 것은 두어 달 전이었습니다. 그날도 여느 날과 마찬가지로 나는 학교에서 돌아오기가 바쁘게 대철이랑 둘이서 뒷산으로 들어갔습니다. 토끼나 노루가 잡혔는가를 보러 가는 길이었습니다. 콩이나 고구마를 망치기 일쑤인 산짐승을 잡기 위해 우리는 이태 전부터 올가미를 설치해 놓곤 했는데, 더러는 포획물로 오랜만에 영양 보충도 하고, 또 더러는 그것을 팔아서 용돈을 장만하기도 했었습니다.

그날은 이미 이내가 검푸르게 피어오르면서 날이 저물어가던 시각이었는데, 우리가 산 중턱으로 올라설 즈음, 그야말로 처절한 산짐승의 울부짖음이 낭자하게 피어오르고 있었습니다. 전에 흔히 들어본, 산짐승이 올가미에 걸려들어 허우적거릴 때의 단말마적인 아우성 바로 그것이었습니다.

우리는 단숨에 가파른 산굽이를 돌아서 현장에 당도했죠. 즐거운 비명을 지르면서 말입니다.

그러나 그날 우리가 발견한 것은 산짐승이 아니었습니다. 어슴푸레한 나무 그늘 아래서 허공으로 뛰어오르며 올가미에서 벗어나고자 날뛰고 있는 것은 한 마리의 도둑고양이였습니다. 들고양이 말입니다. 한마디로 재수 옴 붙은 날이었죠. 하지만 기이하게도 나는 놈을 바라볼수록 애석한 감정 대신 찬탄이 가슴 가득히 피어오름을 느끼게 되었습니다. 놈은 여느 고양이와는 달리 순백색의 털빛을 지닌, 탄성이 절로 나올 만큼 아름다운 생김새였습니다. 중간쯤 자란 놈이었는데 코언저리와 발톱 부위에 검은 털이 약간 박혀 있을 뿐 목에서부터 꼬리까지 백설처럼 희었고 기름칠을 한 것처럼 윤기가 흘렀습니다. 특히 나를 사로잡는 것은 놈의 눈이었습니다. 파랗게 불을 켠 암녹색의 두 눈 말입니다. 에메랄드라 해도 그 눈처럼 아름답게 빛나지는 않을 거라고 생각합니다. 이날껏 무수히 많은 고양이를 보았었지만 놈처럼 멋진 외모를 지닌 고양이는 한 번도 본 적이 없었습니다.

살리고 싶었죠. 그래서 대철이가 작대기를 휘두르려고 하자 다급히 제지를 했습니다.

"죽이지 마!"

사뭇 절박한 몸짓으로 고양이를 가로막고 나서, 잠바를 벗어 싸잡아 안은 뒤 올가미에서 벗겨냈습니다. 집으로 데려온 것입니다.

나와 놈과의 인연은 이렇게 시작되었습니다. 내가 홀렸다고 하는 표현을 쓴 것도 무리는 아니라는 얘깁니다.

물론 놈과 가까워지기까지에는 여러 가지 어려움이 있었습니다. 방 안에 가둬두었더니 발광할 듯이 날뛰면서 천장을 뚫고 나갈 듯이 치솟아 오르는가 하면, 다람쥐 쳇바퀴 돌 듯이 쉴 새 없이 뜀박질하고, 꽥꽥 소리를 내지르고, 심지어는 내게 덤벼들기까지 했었습니다. 이틀 밤을 잠을 잘 수가 없었죠.

하지만 나는 최씨 집안의 내력인 고집과 내 또래 애들한테서 흔히 볼 수 있는 깡다구로 놈이 지치기를 기다렸습니다. 사람이든 짐승이든 불가항력적인 상황 속에서는 굴복을 하게 마련이니까요. 그리고 제 예상대로였습니다. 이틀이 지나자 놈이 제물에 지쳐서 가쁜 숨소리를 골골

내면서 한구석에 들어앉았습니다. 졸린 품으로 잠을 청하는 거였는데, 그 이튿날 아침에는 놈의 면전에다 구수한 고등어 조각을 던져 주었죠. 처음에는 경계심을 늦추지 않고 코만 벌름거리면서 내 눈치를 살피더군요. 빨간 혓바닥을 날름거리면서도 주저하는 빛이었습니다. 하지만 이제는 조급해할 필요가 없는 일이었죠. 나는 지켜보지 않고 밖으로 나갔습니다. 밥 덩어리 하나를 접시에 담아서 방으로 돌아와 보니 고등어 조각은 온데간데없더군요. 밥도 내밀었더니 엉금엉금 다가서서 처먹기 시작했고요. 그리고 이틀 후에는 할머니의 조언을 받아들여 헌 쟁반에다 모래를 담아서 놈이 처박혀 있곤 하는 아랫목 구석에다 놓아두었습니다. 놈의 화장실을 마련해 준 겁니다.

보름이 지났을 때 놈은 더 이상 나를 불편하게 하지 않았습니다. 이미 방 안의 생활에 적응해 나가고 있었습니다. 나의 체취며 움직임에까지 익숙해져 목덜미를 가만히 어루만지면 과히 싫지만은 않은 듯 목을 갸웃거리며 얌전히 있었습니다. 애교를 부리듯이 때로는 꼬리를 팔에 비벼대기도 했고요. 뿐만이 아닙니다. 밤이면 춥다는 기색을 하며 주춤주춤 나의 이불 한편으로 들어와 밤을 보내기까지 했습니다. 그리고 한 달이 지났을 때 우리는 누가 봐도 다정한 친구라고 할 수가 있었습니다. 내가 학교에서 귀가하면 다가들어 몸을 비벼대기도 하고, 무릎을 타고 어깨 위로 올라와 내 얼굴을 핥아보기도 하고 밤이면 품으로 파고들어 갓난애처럼 칭얼거릴 정도였으니까요. 아울러 방 안에다 구릿한 악취를 풍기는 화장실을 둘 필요도 없게 됐다는 뜻입니다. 놈은 용변을 보고 싶으면 내게 문을 열어달라고 떼를 쓰곤 했습니다. 이처럼 쉽게 놈이 나와의 생활에 익숙해진 건 놈이 어렸을 때 집에서 자라지 않았을까 하는 추측을 갖게 하기도 합니다만, 그러나 내가 그만큼 정을 쏟았다는 것을 강조하고 싶습니다.

하지만 덕분에 나는 대철이한테 계집애 같다는 창피한 소리를 들어야 했고, 어머니한테서는 놈이 부엌에 얼씬거릴 때마다 어서 고양이를 없애라는, 그렇지 않으면 가만두지 않겠다는 경고를 들어야 했습니다. 게다가 나는 몰랐지만 어머니를 비롯한 동네 아낙네들의 대부분이 아주 오래전부터 놈을 알고 있었습니다. 놈이 자주 부엌을 얼씬거린 모양이었는데, 어찌나 날쌔고 교활한지 부엌에 사람이 있을 때도 감쪽같이 반찬거리를 물어가더라는 것입니다. 모두들 내가 놈을 기르는 것을 못마땅하게 여길 수밖에 없는 상황이었다는 얘깁니다.

그러나 이런 경계와 비난과 경멸 속에서도 나를 옹호하는 사람이 있었습니다. 할머니였습니다. 이따금 요에다 지도를 그리는 바람에 부모님께서 맨 뒷방에다 감금하다시피 한 채 애물단지 취급을 하고 있지만, 그러나 아직은 온정신일 때가 많은 할머니는 나를 칭찬하고 격려까지 했습니다.

"잘 살래 줬다. 산짐승을 함부로 죽여 버릇하면 벼락을 맞는단다."

이 말은 내가 토끼 따위를 잡아 왔을 때 살코기를 발라 먹으면서 하던 말과는 전혀 상반된 것이지만 나는 그러나 할머니의 그 말씀이 백번 옳다고 믿었습니다. 토끼나 노루를 잡았던 것은 어디까지나 농작물을 해쳤기 때문이었으니까요. 아무튼 할머니는 놈에 대한 나의 애정을 이해하고 놈에게 이따금 점심이며 멸치 부스러기를 갖다 주었습니다. 심심하고 적적할 때면 내 방으로 들어와 놈과 장시간 동안 속말을 주고받았고, 놈은 또 할머니의 얘기에 귀를 기울이며 야옹야옹 대꾸질을 보내기도 했습니다. 놈이 할머니의 무릎에서 새큰새큰 단잠을 자는 광경도 볼 수가 있었고요.

그러나 놈이 내 집에서 살게 됐다고 해서 도둑고양이로서의 습벽까지 바꾼 것은 결코 아니었습니다. 못된 버릇 여든까지 간다는 말이 있듯이—이런 비유가 다소 부적절해 보이기는 합니다만— 자기도 이제는 집에서 그만큼 지냈으니까 집안의 법도며 집고양이로서의 예의범절을 익혔음직도 하건만, 용변을 보는 척 방을 나갔다가는 갈치 도막이나 고등어 도막을 물어오곤 하는 거였습니다. 이웃집 부엌을 엿보고 있다가 발각이 됐다 싶으면 재빨리 내 방으로 피신해 오기도 했습니다. 이제는 내 방을 자신의 은신처, 도피처로 삼아 버린 것입니다. 아낙네들과 어머니한테 뭔가 보여주려 했던 나의 바람이 무너지고 만 것이죠.

그리고 끝내는 놈으로 인해 할머니를 제외한 모든 식구로부터 지청구를 들어야 하는 신세가 되고 말았습니다. 어느 일요일 아침 놈이 고기도막을 먹고 감쪽같이 사라져 버린 것이 화근이었는데, 누나가 방으로 들어오더니 다짜고짜 뺨을 후려치지 뭐겠습니까? 아슴아슴한 선잠 속에서 따귀를 맞고 보니 참을 수가 있어야죠. 누나의 머리채를 잡고 두어 번 벽에다 쥐어박았죠. 여기까지는 좋았다고 할 수도 있겠습니다만, 그러나 누나의 비명을 듣고 달려온 어머니에 의해 나는 집에서 쫓겨나고 말았습니다. 놈과 마찬가지로 종일토록 밥 한 끼 얻어먹지 못하는 가련한 신세가 되고 만 것입니다.

놈으로 인해 겪게 된 나의 시련은 이런 것만이 아니었습니다. 식구들만 아니라 이웃 아낙네들까지 무시로 쫓아와 놈을 없애라고 야단이었습니다.

"아니 뭔 놈의 고양이 새끼가 그러코나 여시 같으께라우. 가스레인지에다 올려놓고 잠깐 방에 들어갔다가 나온께는 조구(조기)를 물어가 부렀드란 말이요."

어머니는 이럴 때마다 미안하다고 사죄를 해야 했고, 아낙네들이 간 다음에는 어김없이 그 불똥이 불벼락이 되어 내게 떨어졌죠.

이윽고 아버지가 나서시더군요. 아버지는 어지간해서는 자식들의 일에 관여하지 않으시지만, 한번 꺼낸 말은 반드시 실행하는 분이었습니다.

"고양이를 다시는 놈(남)의 집에 못 가게 해라. 안 그라믄 내가 없애고 말란께."

나는 할 말이 없었습니다. 그날 저녁밥을 비운 둥 마는 둥 하고 방으로 들어오자, 놈은 여느 때와 마찬가지로 사뿐히 무릎 위로 뛰어올라 꼬리를 비벼대더군요. 어떻게 해야 할지 답답한 노릇이었습니다.

아버지의 말에 잔뜩 풀이 죽어 있던 내가 보기 딱했던 걸까요? 할머니가 그날 밤 지팡이를 투덕거리며 내 방으로 들어왔습니다. 길고 매끄러운 놈의 꼬리를 가리키면서 이렇게 말했습니다.

"꼬랑지를 잘라 줘라. 꼬랑지만 잘라주면 다시는 그런 짓을 하지 않을 것인께."

당치도 않는 말씀이었습니다. 하지만 할머니는 망령이 나서 하는 소리가 아니라는 듯 잿빛으로 꺼져 든 눈알들을 희번덕거리며 재차 자신

있게 말했습니다.

"내 말대로 해봐라. 그날로부터는 절대루 도둑 짓거리를 않을 것인께."

하지만 나는 들은 척도 하지 않고 한 귀로 털어 버렸습니다. 꼬리에 도둑 귀신이라도 붙어 있다는 말인가. 도대체 긴 꼬리가 도벽과 무슨 관계가 있단 말인가? 눈알을 파 버린다든가, 다리를 분질러 버린다면 몰라도, 꼬리를 잘라야 한다는 데는 도무지 수긍이 가지 않았습니다.

그렇지만, 아버지의 말씀을 거역할 수도 없어 놈을 방 안에 가둬놓고 모래 쟁반을 다시 들여놨습니다. 악취가 고역스럽기는 하지만 달리 방책이 없었으니까요. 하지만 그게 적절한 처방이 아니었다는 것을 이내 알 수가 있었습니다. 놈이 벌써 집안에서의 자유로운 생활에 익숙해져 있었던 겁니다. 바람을 쐬고 싶다는 투로 쉴 새 없이 방문을 긁어대더군요. 우리에 갇힌 야수처럼 울부짖기도 하면서요. 그러다 내가 밖으로 나갈 참이면 잽싸게 문밖으로 나가려 하고, 내가 혼자서 빠져나오면 처량하다 못해 그지없이 구슬픈 목소리로 나를 불러대는 거였습니다. 며칠을 그렇게 식사까지 팽개치고 발광을 해 대더니, 번들거리던 체모에서 윤기가 빠져 버리고 활기마저 잃어갔습니다.

그러던 어느 날 나는 귀갓길에 마을 어귀에서 쥐색 고양이 한 마리를 목격하게 되었습니다. 꽤 큼직한 놈이었는데 저녁거리로 잡은 듯한 살찐 쥐새끼를 물고 있더군요. 하지만 내 주의를 끈 것은 놈의 꼬리였습니다. 도둑고양이가 아닐까 싶었는데, 그 튼실해 뵈는 꼬리의 중간 부위가 뭉툭 잘려 나가 있었고, 도둑고양이에게서 볼 수 있는 것과는 달리 여유 있고 재는 듯한 걸음새로 천천히 이웃집 대문으로 들어서는 것이었습니다. 집고양이의 꼬리 모양이며 거동새를 모범적으로 보여주듯이. 그 순간 내 머릿속에 스친 생각은 내 고양이가 저 고양이처럼 길거리를 활보하고 다니게 하려면 꼬리를 잘라줘야 한다는 것이었습니다. 긴 꼬리를 절반쯤 잘라내더라도 얼마든지 잘 살아갈 거라는 믿음과 함께.

"정말 괜찮겠죠?"

그날 밤 나는 다시 한번 할머니에게 물었습니다. 확인을 한 셈이죠.

"그라믄!"

할머니는 장담을 했습니다. 그리고 피 한 방울 흘리지 않고 꼬리를 자를 수 있는 방법까지 알려주더군요. 실로 묶으면 피 한 방울 흘리지 않고 잘려 나간다고요. 더 거리낄 이유가 없었습니다. 내가 놈의 꼬리를 묶은 것은 이 때문입니다. 놈에게 자유와 사랑을 가르쳐주기 위해섭니다.

꼬리를 묶은 결과가 어떻게 되었는지, 놈이 어떻게 변해 갈는지는 나에게 참으로 궁금한 일이었습니다. 우선 다행스러웠던 것은 어른들의 말씀, 저 할머니의 할머니의 할머니의 할머니 시대부터 전해 내려온 방법이 다소 비과학적으로 보일지언정 어느 정도 기대에 부응해 주었다는 점입니다. 꼬리가 묶이자 놈은 그 직후부터 발목이 똑깍 부러진 것처럼 방구석에 처박혀 버린 것입니다. 밖으로 시험 삼아 내놔 보았으나 용변조차 보지 않고 이내 들어와 버렸습니다. 한마디로 불가사의한 일이었다고나 할까요? 오로지 놈의 모든 신경은 꼬리를 묶고 있는 실에 집중돼 있었으며, 이따금 여리디여린 울음을 빼물면서 이빨로 실을 갉아 보기도 했습니다. 그러나 끊어지거나 풀릴 염려는 없었습니다. 질기기로 소문난 명주실로 아주 힘껏 묶어 놓았던 겁니다. 놈은 번번이 실을 끊는 데 실패하고 꼬리를 힘없이 축 늘어뜨리고 고통에 찬 신음을 토할 따름이었습니다. 내 옆으로 다가오지도 않더군요. "나비야." 하고 한껏 친근미가 감도는 음성으로 불러 보았으나 고갯짓조차 주지 않았습니다. 그저 괴로움에 찬 기색으로 엎드려 있었습니다. 밤에도 혼자 구석진 곳에 처박힌 채 잠이 들었고 말입니다. 식욕도 갈수록 감퇴해 가고 있었습니다. 할머니가 짠하다는 듯 갈치 도막이며 조기 머리를 갖다가 접시에다 차려주었으나, 마지못해 코를 들이대고 냄새를 맡아 본 뒤 머리를 외로 돌려 버렸습니다.

그렇게 닷새쯤 지나자 놈은 눈에 띄게 야위어 버렸습니다. 육안으로도 갈빗대들의 낱낱이 보일 정도였으며 신경이 무척이나 예민해져 내가 어루만지는 것조차 귀찮아했습니다. 다정히 등덜미를 쓰다듬으면 전과 달리 발톱이나 이빨로 할퀴려 들었습니다. 살벌하게 으르렁거리기까지 해서 놈이 원하는 대로 방치해 두는 도리밖에 없었습니다.

꼬리를 자르려고 하는 나의 행동이 처음으로 잔인한 것이라는 느낌이 들더군요. 조바심과 불안으로 할머니에게 물었죠.

"언제쯤 다 짤라질까?"

할머니는 여유작작한 낯으로 거뭇한 입귀에다 웃음을 지어내더군요.

"쬠만 더 기다리그라."

"꼬랑지만 잘라지믄 정말 도둑질을 안 할까요?"

나는 아직도 확신을 갖고 있었던 게 아닙니다.

그러나 할머니는 더욱 여유 있는 얼굴로 그렇다고 답했습니다. 틀림없이 꼬리가 잘라지면 놈은 아주 착한 고양이가 된다는 거였습니다.

다시 닷새쯤 경과했을 즈음, 비로소 피가 통하지 않는 꼬리의 하단부에서 털이 뭉텅뭉텅 빠지기 시작했습니다. 실로 묶인 부위부터 빠져나가더니, 10일쯤 지나자 대머리처럼 매끄럽게 솜털만이 드문드문 남아 있을 따름이었습니다. 그것은 꼬리의 일부라기보다 꼬리에 달라붙은 일종의 애벌레를 방불케 했습니다. 내 성기가 발기될 때의 모습과도 흡사해서 솔직히 쳐다보기가 민망스러웠다고 고백해야 되겠습니다.

"인자 차츰 꺼멓게 말라갈 것이다."

매일같이 꼬리의 변화를 주시하던 할머니가 만족스러운 빛으로 그렇게 말했습니다. 나 역시도 놈의 꼬리가 속히 말라비틀어져서 떨어져 나가기를 원했고요. 녀석은 이제 다리며 어깨뼈가 울뚝불뚝 도드라져 보일 정도로 수척해져 볼썽사납기 그지없었는데, 어서 꼬리가 떨어져 나가고 다시금 기운차게 집 안팎을 돌아다니는 모습을 보고 싶었습니다.

그러던 어느 날 저녁입니다. 저녁밥을 먹고 있을 때 대철이가 내 방으로 들어가는 소리가 들렸습니다. 수학 참고서를 빌리러 온 것이었는데, 고양이를 구박하는지 날카로운 울음소리가 연해 들려 왔습니다. 짓궂은 녀석이라서 서둘러 식사를 마치고 들어와 보니, 이미 일판이 벌어져 있더군요. 고양이의 꼬리 부위에다 사인펜으로 망측스러운 그림을 그려놓은 것입니다. 음모와도 같이 삐죽삐죽 칠을 해놓았는데, 나도 모르게 얼굴이 확 달아올랐습니다.

"느그 누나한테 보여줘라."

길길 칙살맞은 웃음을 흘리면서 내가 주먹질을 하려 하자 도망을

쳐 버렸습니다. 놈에게 곤욕을 치렀을 게 뻔한 고양이는 구석에 처박힌 채 나올 줄 몰랐고요. 고양이는 역겨운 형상으로 변한 꼬리를 들었다가 내려놓길 반복하며 구슬프게 울고 있을 따름이었습니다.

이제 어떻게 할 것인가. 답답한 한숨밖에 나오지 않았습니다. 쳐다보기조차 역겨워 궁리를 해보다가, 날이 밝는 대로 가위로 잘라내기로 했습니다. 누나나 어머니가 보기 전에 그렇게 해치우는 게 적당할 듯싶었습니다. 대철이란 놈이 내 고양이를 구경하라면서 동네 애들한테 소문 낼지도 모르는 일이고 말입니다. 어쩌면 애당초 가위로 싹둑 잘라 버렸더라면 좋았을는지도 모른다는 생각마저 들었었습니다. 단번에 잘라 버렸더라면 지금쯤은 상처가 아물어 놈이 본래의 생기발랄한 모습을 회복했을는지도 모를 일이기 때문입니다.

이윽고 그 고심스러운 밤이 지나고 방문이 희붐하게 밝아오자, 나는 평소보다 일찍 자리를 털고 일어났습니다. 큰방에 들어가 가위를 가져왔습니다. 놈은 그 흉물스러운 꼬리를 방바닥에다 대고 아직도 단잠에 취해 엎어져 있었습니다. 나로서는 참으로 다행이다 싶더군요. 놈이 깨어나지 않도록 조심조심 이불을 정리해서 이불장에 넣고, 살며시 녀석의 옆으로 다가들었습니다. 잔인한 짓이지만 어쩔 수 없는 일이었습니다. 놈에게 자유를 주기 위해서는 말입니다. 그래서 다시 한번 마음의 각오를 다진 후 실로 동여맨 바로 아랫부분에다 가위를 들이댄 것입니다.

놈이 그제야 눈을 똑 떴습니다. 그러나 움직인다거나 경계의 빛은 없었습니다. 만사가 귀찮은 양 아예 눈을 감아 버렸습니다. 나는 가위를 깊숙이 밀어 넣었죠. 이제 놈의 꼬리는 가위의 맨 안쪽 아귀에 걸려 있었으며, 나의 마지막 결단만이 남아 있었습니다.

정말이지 내키지가 않았다는 것을 이 자리에서 거듭 말씀드리고 싶습니다.

하지만 나는 놈을 위해 재삼 마음을 다잡아 앉히고, 한순간 힘껏 아귀를 오므렸습니다. 뭉턱! 뭔가 잘려 나가는 느낌이 손안으로 잡히더군요. 그와 동시에 목청이 터지는 외마디가 귀청을 파고들더니 놈이 허공으로 번쩍 뛰어올랐다가 저쪽으로 나가떨어졌습니다. 잘려 나간 부위에서 가느다란 핏줄기가 뿜어져 나오는 게 보였습니다. 얼른 피했지만 나는 핏방울들을 뒤집어쓰고 말았습니다. 하지만 놈은 도무지 진정할 기미가 보이지 않았습니다. 주사액 같은 핏줄기를 내뿜으면서 온 방 안을 발광한 듯 뛰어다니며 괴성을 내지르고……, 온 방 안에다 피를 뿌리면서 미친 듯이 울부짖었습니다.

수 초 동안 얼이 빠져 있던 나는 식구들이 달려오는 소리에 황급히 방문을 열었고, 놈이 탈출구를 찾은 듯이 밖으로 뛰어나가더군요. 숨넘어가는 소리를 내지르면서 뒤란을 지나 뒷산으로 달아나 버렸습니다. 꼬리에서는 계속 핏줄기가 분출하고 있었고 말입니다.

"뭔 일이냐?"

어머니가 물었습니다. 온 가족이 달려와 방 안을 보고 있었습니다. 쥐구멍에라도 숨고 싶은 심정이었고, 나는 그날 아침 아버지로부터 회초리를 다섯 대나 맞았고, 어머니나 누나는 말려주지도 않았습니다. 학교에 갈 때까지 물걸레로 방 안이며 벽면의 모든 피 얼룩을 닦아내야만 했고, 그리고 수일 내로 용돈을 아껴서 도배를 하라는 엄명까지 받았습니다.

 하지만 나는 이제 모두 끝났다, 하는 기분이었습니다. 놈이 다시는 내게 오지 않을 게 분명했습니다. 자신의 꼬리를 자른 나를 용서할 리 만무했으니 말입니다. 서운하면서도 한편으로는 홀가분했습니다. 다시는 대철이한테 고양이와 연애한다는 조롱을 받지 않을 것이고, 누나나 어머니한테 야단을 맞을 필요도 없을 것이고, 이웃 아낙네들이 꼬꼬댁거리는 소리도 들을 필요가 없을 테니 말입니다. 잘 가라. 나는 속으로 그렇게 말하고 놈이 숲에서 자유롭게 살기를 빌어 주었습니다.

 그러나 이상한 일이었습니다. 그날 밤 잠자리에 들었을 때, 놈이 토방 위로 올라와 방문을 긁어대는 것이었습니다. 삭풍의 휘파람 소리에 실려 온 놈의 울음소리가 연해 나의 고막을 적시곤 했습니다. 어쩐지 소름이 끼치면서 불길한 예감에 가슴이 눌리는 것 같았지만, 한편으로는 반갑기도 해서 나는 문을 열어주었습니다. 놈이 훌쩍 방으로 들어오더군요.

 그리고 나는 절로 얼굴을 돌리고 싶었습니다. 놈의 몸뚱어리가 더럽다 못해 흉측하기조차 했던 것입니다. 순백의 몸뚱어리는 피로 끔찍하게 얼룩져 있었고, 그리고 감기에라도 걸린 것처럼 캑캑 기침을 해 댔습니다. 고양이가 그렇듯 기침을 해 댄다는 것은 놀랍기조차 했습니다. 놈은 마땅한 잠자리가 없어서 찾아온 모양이었습니다. 쓰러질 듯 배트작거리는 걸음새로 이불 속으로 기어들더니 숨을 쌕쌕거리며 잠을 청하는 거였습니다. 배 속이 텅 비었는지 아랫배가 홀쭉했고, 갈퀴 발처럼 꾸부정한 등허리가 가엾다는 느낌마저 주는 것이었습니다. 가위에 절단된 부위는 힘살이 말려 올라가 뼈가 삐죽 나와 있었습니다. 나를 반하게 했던 눈부신, 영물스럽기조차 했던 모습은 영원히 되살아날 것 같지 않아 마음이 무거웠습니다.

나는 결코 잔인한 인간이 아닙니다. 볼썽사납게 변하기는 했지만, 녀석이 가엾다는 생각이 들어 상처를 치료하는 연고를 발라주고, 살금살금 부엌으로 들어가 밥을 한 덩어리 훔쳐내다가 놈의 코앞에다 들이댔습니다. 어서 먹고 기운을 되찾기를 빌었습니다. 식욕만 되찾으면 늘 고기를 사다 줄 결심이었고, 그러다 보면 오래지 않아 본래의 면모를 회복하리라 믿었습니다.

그러나 놈은 식욕마저 잃어버린 듯했습니다. 밥을 코앞에다 바짝 들이댔으나 쳐다보지도 않고 응어리가 맺힌 괴로운 숨소리를 내면서 한사코 이불 속으로만 파고드는 것이었습니다. 난감하더군요. 소를 냇가로 끌고 갈 수는 있어도 물을 먹일 수는 없다, 뭐 이런 식이었습니다. 나는 도저히 놈에게 밥을 먹일 수가 없었습니다. 배고픔을 참다 못해 스스로 먹을 때까지 마냥 기다릴 수밖에 없었습니다.

놈은 이튿날도 졸고만 있었습니다. 중병에 걸린 것 같았습니다. 가축병원 같은 데로 데려가 보고 싶었으나, 놈의 처참한 몰골을 보이기가 부끄러워 단념하고 말았습니다.

"뭣 할라고 짤랐냐?"

놈을 살펴보러 온 할머니가 혀를 끌끌 차면서 방을 나가 버렸습니다. 할머니마저 내게 실망을 했는지 다시는 오지를 않았습니다. 결국 놈의 문제는 나 혼자서 해결해나갈 수밖에 없었습니다.

놈은 삶의 의욕을 잃어버렸는지도 모를 일이었습니다. 그러지 않고서야 저렇듯 식음을 전폐하고 있을 리 만무하니까요. 일주일 동안 물 한 모금 먹지 않고 견딘다는 것이 신통할 정도였습니다. 놈은 이제 어찌나 말랐던지 성냥불을 들이대면 관솔처럼 타들 것만 같았습니다. 추레한 몰골로 엎드린 채 밭은 숨만 내쉬고 있었습니다. 아무래도 죽여 주는 것이 좋을 듯싶었습니다. 잔인한 짓 같지만 달리 방도가 없었습니다. 어차피 죽을 테니 말입니다.

마음을 모질게 다져 먹은 나는 어느 일요일 저녁, 놈을 잠바 앞섶에다 싸 들고 집을 나왔습니다. 얼음장 같은 차가운 달빛이 들판을 더욱 차갑게 물들이고 있었으며, 구름장들 틈으로 어른대는 잔별들이 간간이 딸꾹질을 해 대고 있었습니다. 뒷산을 미끄러져 내려온 바람이 뒷덜미를 선뜩선뜩 스쳐 가곤 했습니다. 놈이 한기를 견디지 못하고 사지를 잔뜩 앙당그리며 풀피리 같은 울음소리를 연방 내질렀습니다만, 나는 재차 마음을 다져 먹었습니다. 내가 죄지은 것은 없었습니다. 순전히 놈이 스스로 화를 자초했던 것입니다. 그리고 어느 날 아침 방구석에 처박혀 있는 놈의 시체를 봐야 한다는 것은 상상하기조차 싫은 일이었습니다.

집 앞의 농로를 따라 200미터 가량 내려가다가 작은 둠벙 앞에서 걸음을 멈추었습니다. 밤바람에 일렁대는 수면 위로 턱이 찌그러진 달이 들락날락했습니다. 조소가 맺힌 눈길로 나를 힐끔거리는 것 같았고, 마음결도 덩달아 간들거렸습니다. 가슴 밑바닥이 서늘하게 움츠러들더군요.

하지만 이미 내친걸음이었습니다. 이를 악물고 놈을 잠바 섶에서 끄집어냈던 것입니다. 위기감을 느끼기라도 한 양 놈이 손에 매달리며 두리번두리번 허공을 둘러보면서 잔 울음을 질러댔습니다만, 나는 눈을 질끈 감고 놈을 둠벙 한가운데로 내던졌습니다.

풍덩 물결이 외침을 발하는 소리가 들렸습니다. 놈이 물을 삼키면서 칵칵 아우성을 쳐대더군요. 살려달라고 처절하게 울부짖으면서 허우적허우적 발버둥을 쳐댔습니다. 사람처럼 물을 들이마시면서 죽을 둥 살 둥 모르고 발을 놀려대는 것이었습니다. 순식간에 2미터 가량 되는 거리를 헤엄쳐 나와 둑 위로 올라왔습니다. 경이로운 일이었습니다. 입김만 스쳐도 나동그라질 것 같던, 두어 걸음도 걷지 못하고 픽 쓰러져 버리던 놈에게 그런 기력이 남아 있다는 사실이 가슴 끝을 서늘하게 했습니다. 녀석이 헤엄쳐 나오리라고는 상상도 못 했던 터니까요.

놈은 곧바로 내게로 다가왔습니다. 오싹해진 기운으로 뻣뻣하게 서 있는 나의 발등을 타고 기어오르려 했습니다. 놈이 진저리를 쳐댈 때마다 놈의 몸에 묻은 물기가 얼굴까지 튀어 올라왔습니다. 정말이지 못난 놈이었습니다. 내가 자기를 죽음의 길로 이끌었다는 것도 모르는 멍청이였습니다. 왜 나한테 애원을 하는가 말입니다. 왜 멀리 도망쳐 버리지 않았는가 말입니다.

그렇습니다. 비정하게 들릴는지 모르지만, 나는 이제 전혀 놈에게 미련이 없었습니다. 놈은 고양이에 불과하다, 솔직히 이런 식으로 체념했다고나 할까요. 그래서 그런지 어둠 속에서 발등에 머리를 비벼대며 울어대는 녀석이 추악한 생쥐처럼 혐오스럽게 여겨졌습니다. 방 안으로 다시 데리고 들어가 놈의 비실대는 몰골을 봐야 한다는 것은 정말 싫었습니다. 나는 그동안 놈에게 가능한 모든 온정을 베풀었던 것입니다. 내가 없었다면 이미 넉 달 전에 대철이의 작대기질에 결딴이 났을 테니까요.

 이렇게 잡념들을 가다듬고 마음속의 잔주름까지 지운 나는 놈을 다시 잠바 앞섶에다 싸 안았습니다. 집으로 들어가 삽을 들고 나와 삭풍이 배회하고 있는 컴컴한 뒷산으로 들어갔습니다. 상수리나무들이 삭풍에 몸을 떨면서 바스락대고 있었고, 멀리 우측 능선 쪽에서 부엉이의 울음소리가 들려왔습니다. 머리 위에서는 여전히 냉기를 머금은 달빛이 흘러내리고 있었고요. 고양이란 놈은 숨길이 갑갑한 듯 간간이 밭은 숨을 내쉬며 오들거리고 있었습니다.

 음침한 소나무들 앞에서 걸음을 멈춘 나는 놈을 내려놓고 구덩이를 팠습니다. 되도록 양지 녘에다 묏자리를 파 내려갔습니다. 한 자가 넘도록 깊은 구덩이를 판 다음 놈을 집어 들었습니다. 다시 위기감을 느낀 양 놈이 발을 버둥거리면서 벗어나려고 안간힘을 쓰고 있었습니다만, 삽으로 떠둥그려서 구덩이 안으로 밀어 넣었습니다. 놈은 더는 버틸 기력이 없는 듯 데굴데굴 굴러서 구덩이 안으로 들어갔습니다. 살려 달라는 듯 절박한 울음소리를 내질렀지만, 나는 못 들은 척 부지런히 흙을 덮어나갔습니다. 울음소리가 더욱 커지더군요. 다른 사람들이 눈치챌까 봐 평무덤을 만들었는데, 놈이 튀어 오를 듯이 그악스럽게 울부짖으면서 꿈틀대는 것이었습니다. 한 자가 넘도록 흙을 덮었는데도 질식하지 않고 끈덕지게 울부짖었고, 흙이 들썩였습니다. 놀라운 일이었습니다. 놈이 튀어나오지 않을까 겁이 난 나는 무덤 위로 올라가 힘껏 두 발을 굴렀죠. 놈이 튀어나온다는 것은 생각만 해도 끔찍했으니 말입니다. 어찌나 반탄력이 거센지 내가 고꾸라질 정도였습니다. 나는 넘어지지 않기 위해 삽을 짚고 발을 계속 굴렀고, 정신없이 발을 굴러대다가 한순간 푹 고꾸라져 귀를 막았습니다. 도무지 더는 놈의 아우성을 들을 수가 없었습니다. 어서 죽으라고 애원하고 싶을 정도였습니다.

 그날 밤 나는 놈의 무덤 위에 한참 동안 쪼그려 앉아 있었고, 산에서 내려올 때는 등 뒤에서 달빛이 부서져 내리고 있었습니다. 눈에는 물기가 말라붙어 있었습니다.

〈1992년〉

나는 어두운 담벼락에 몸을 숨긴 채 집안을 기웃거렸다. 큰방에는 형광 불빛이 어둠을 밀어내고 적막하게 들어앉아 있었고, 아버지의 기척은 전혀 들을 수가 없었다. 며칠 전에 사 온 잿빛 강아지가 고무 신짝을 물고 다니며 마루 밑에서 혼자 놀고 있는 게 보였다. 시커먼 주둥이로 짓씹다가 제법 거칠게 내던지고, 다시 덤벼들어 물어뜯으면서 자못 흥겨워하고 있었다. 잠이 든 것일까. 나는 발소리가 나지 않도록 살금살금 마당을 가로질러 토방으로 올라섰다. 방문에 간사하게 붙어 있는 유리 조각을 통해 방 안의 정경을 살폈다. 그것은 주로 방 안에서 방문객을 내다보는 데 이용하는 것이었는데 나는 오래전부터 어둠 속에 머리를 숨기고 들여다보는 데 이용하고 있었다.

아버지가 보인다. 오늘도 짐작했던 바대로 고주망태가 된 몰골로 벽에 등을 내던진 채 볼썽사납게 널브러져 있다. 더부룩하게 자란 머리칼은 샛바람에 휘말린 연기 다발처럼 어지럽게 치솟아 있고, 주독과 오기와 증오로 뒤섞인 입과 눈언저리가 험상궂게 찌그러져 있고, 손가락 틈새에는 담배꽁초가 깊숙이 박혀 있다. 나를 기다리다가 잠결에 말려든 것 같았다.

나는 다시 발소리를 내지 않고 뒤란으로 몸을 돌렸다. 이런 때는 도망쳐 버리는 게 상책이었다. 걸리기만 하면 돌덩이 같은 주먹으로 쥐어박으면서 어머니를 데려오라고 할 것이었다. 그것은 내가 어릴 적부터 수없이 당해 온 아버지의 술주정이었다. 내 어머니는 아버지와 이혼을 한 뒤 읍내에서 비밀스러운 술집을 운영하고 있었다. 허약한 체질이었는데 얼굴만큼은 흰 나팔꽃처럼 아름다웠다. 어둠침침한 복도를 걸어 나오는 모습을 보면 천사가 나타나는 것 같았다. 그렇게 연약하고 고운 어머니가 우락부락하게 생긴 문지기 청년에게 함부로 명령을 내리는 것을 보면 믿어지지가 않을 정도였다. 불행하게도 아버지는 어머니를 잊지 못했다. 요즘도 걸핏하면 찾아갔다가 문지기에게 얻어맞고 오기 일쑤였고, 술에 취하면 내게 어머니를 데려오라고 명령했다. 하지만 이날까지 나는 한 번도 거기에 따른 적이 없었다. 솔직히 아버지처럼 가난하고 불결한 술주정뱅이가 천사 같은 어머니와 다시 결합한다는 것은 너무도 어울리지 않는다는 느낌이 들기 때문이었다. 예전에 함께 살았다는 것조차 부인하고 싶을 정도였으며, 차라리 어머니를 그대로 방치해 뒀다가 내가 어른이 되었을 때 데리고 사는 게 나으리라는 생각을 하고 있었.

긴 네모꼴의 뒤란에는 습자지처럼 희푸르게 잔설이 빛나고 있었고, 표면은 신경질적으로 얼어붙어 있었다. 발을 조심히 내딛는데도 비스킷이 바스러지는 듯한 음향을 발했다. 아버지가 들을 수는 없는 미세한 것이었으나 과히 듣기 좋은 것은 아니었다. 뒤편으로는 부잣집 담장과 같은 높직한 벼랑이 치솟아 있었고, 그 위로 펼쳐진 무성한 대밭이 숲으로 이어지고 있었다. 삭풍에 부대끼며 오후 내내 삭막한 노래를 해 대던 대나무들이 기진한 듯 어둠을 들이마시며 잠을 취하고 있었다. 벼랑의 아래쪽에는 아주 오래된 고구마 굴이 하나 뚫려 있었다. 근년에는 항상 비어 있는 그곳을 나는 얼마 전부터 아버지가 술주정을 부리려는 기미가 보일 때면 잠자리로 이용하곤 했다. 방보다는 못하지만 땅 밑에서 올라온 미지근한 온기가 감돌고 있는 탓에 얼어 죽을 염려는 없었다.

그러나 굴을 막고 있는 합판을 들추려다 말고 나는 손을 떼었다. 이대로 잠을 청하기에는 너무도 배가 고팠다. 아버지가 주정을 부릴 것 같은 날은 일찌감치 혼자 차려 먹고 도망치곤 했었는데 오늘은 그렇지를 못했던 것이다. 돈치기를 하지 말았어야 했다. 이제 와서 후회한들 아무 소용이 없지만 오늘은 정말 더럽게도 운이 따르지를 않았다. 삼치기에서 벽치기로, 구멍 넣기로, 막판에는 날이 저무는 것도 아랑곳하지 않고 다시 삼치기를 했으나 결과는 마찬가지였다. 같은 6학년이면서도 나이가 한 살 어린 종만이와 했었는데, 10원짜리 동전 한 푼 없이 잃고 말았다. 돈 잃고, 밥 굶고, 거기다 잠도 편히 잘 수 없는 재수에 옴 붙은 날이었다. 하지만 빈속으로 잘 수는 없는 일, 나는 무엇이든 찾아보기 위해 일단 몸을 돌렸다.

마당을 질러 나오던 나는 자지러지게 놀라 주저앉을 뻔했다. 강아지가 어느 결에 다가와 발등을 물었던 것이다. 내 발이 고무 신짝쯤으로 보이는지 끈질기게 따라오며 신경을 갉작거렸다. 짜증스럽다 못해 차츰 노기가 치밀어오른 나는 한순간 콧부리를 걷어차 버렸다. 숨넘어가는 비명을 지르며 강아지가 저만큼 나가떨어졌다. 코가 터졌는지 세찬 울부짖음을 발했고, 아버지가 잠에서 깨어나 방문을 쾅 열었다.
"누구냐!"

그러나 나는 이미 골목을 내려가고 있었다.

"형섭아!"

이번에는 내 덜미를 채듯이 사납게 부르고 있었다. 나는 묵묵히 걸음을 놀렸고, 강아지의 울음소리가 차츰 잦아드는 것을 느낄 수가 있었다. 왠지 등마루에 식은땀이 돋아나 있었다.

"형섭아!"

아버지의 부름이 잇따라 어둠의 장막을 찢어발기고 있었다. 내가 집 주변을 배회하고 있다고 여기는지 술에 취하기만 하면 아버지는 나를 불러대곤 했다.

나는 아랫집 앞에서 발을 세웠다. 자식들을 전부 출가시키고 노인 내외가 살고 있는 집이었는데, 저 안쪽 몸채에서 불빛이 물줄기처럼 흘러나와 마당을 적시고 있었다. 텔레비전 노랫소리, 젓가락으로 상바닥을 툭툭 두드리는 소리, 영감의 헛기침 소리가 간헐적으로 들렸다. 이제야 저녁을 먹는 모양이었다. 아닌 게 아니라 구수한 청국장 냄새, 간고등어 냄새, 시큼하고 얼큰한 김치 냄새 따위가 마구 구겨져 콧속으로 들어왔다. 잠시 잊고 있던 공복감이 서슬을 가다듬어 뱃속 밑바닥까지 저며 들고 있었다. 나는 청각을 곤두세우고 우측의 허청을 노려보았다. 일전에 쇠스랑을 빌리러 갔다가 알자리 두 개가 마련된 짚가리를 발견했던 것이다. 개를 키우고 있었으나 마침 밥을 처먹는지 보이지가 않았다. 나는 생쥐처럼 살금 또 살금 발소리를 죽이며 허청으로 스며들었다. 어슴푸레하게 드러난 짚더미 앞으로 다가가 어림 되는 지점을 더듬적거렸다. 하천에서 더듬이질로 물고기를 잡듯이 까칠까칠하고 뻣뻣한 짚들을 헤집으며 거리를 좁혔다. 저 몸채 너머에서 아버지가 나를 부르는 음성이 찌그러진 깡통처럼 날아와 가슴을 때렸다. 내가 부근에 있다는 것을 어떻게 아는지 정말 알 수가 없었다. 나는 어렵지 않게 밑알 둘을 꺼내 들고 골목으로 나왔다. 달빛이 미치지 않은 시커먼 담벼락에 붙어서서 계란 하나를 먼저 깨뜨렸다. 개는 여전히 밥을 처먹는지 나를 전혀 알아채지 못했다. 내일 점심때쯤 밑알이 없어진 것을 발견하게 된 노인 내외는 분통이 터져 가슴을 칠 것이고, 내 손버릇이 고약하다는 것을 알고 있는 터라 득달같이 쫓아와 꼬챙이처럼 매섭게 추궁을 할 것이었다. 하지만 조금도 두렵지가 않았다. 증거를 대라면서 눈을 부릅뜨고 대들면 그만이었다. 아버지도 나를 역성들며 따질 것이므로 끽소리를 못하고 물러갈 것이었다.

하지만 이런 나의 실력도 누나와 비교하면 한 수 뒤진다는 것을 자인할 수밖에 없다. 2년 전, 학교 옥상에서 몸을 던져 저세상으로 간 누나는 이 방면에 천부적인 소질을 구비하고 있었다. 초등학교 1학년 때의 일이다. 당시 4학년이던 누나를 따라 나는 학교 앞 구멍가게에서 공책을 한 권 사게 되었다. 누나가 일부러 사라고 했던 것 같다. 단정할 수는 없지만 그랬을 거라는 생각이 들었다. 아무튼 나는 백 원짜리 백동전 하나를 몸뻬를 입은 주인 여자한테 주었고, 그녀는 내게 공책을 하나 건네주고 거스름돈을 가지러 방 어귀에 놓아둔 금고를 열었다. 바로 그 순간이었다. 누나의 희고 가느다란 손이 찰나적으로 과자 진열장을 스치고 지나갔다. 언젠가 텔레비전을 통해 개구리가 파리를 채 먹는 장면을 슬로비디오로 본 적이 있다. 조금 과장을 하면 누나의 손놀림도 바로 그 장면처럼 잽싸고 정확했으며, 아무런 기척도 내지 않았다. 표정도 전혀 변화가 없었다. 앞에 있던 초콜릿들만이 상당히 줄어들어 있을 따름이었다. 상상도 하지 못한 그 행동에 나는 침이 바특하게 혀 밑으로 타들어 가고, 피란 피가 모조리 얼굴로 솟구치고, 체내의 기력이 땀구멍을 통해 급속히 빠져나가는 듯한 느낌이 들었다. 그럼에도 누나의 안색은 끝내 달라진 게 없었다. 이윽고 주인 여자가 거스름돈을 가져왔다. 그녀는 어리석게도 조금도 눈치채지 못했다. 내게 다정한 색조의 웃음까지 한 방울 던져 주며 거스름돈을 내밀었다. 가자. 누나가 담담하기 이를 데 없는 어조로 등을 떼밀었다. 두 다리가 가파른 산을 오르고 난 뒤처럼 퍽퍽해져 있었다. 나는 누나에게 의지하다시피 하여 겨우 가게를 물러 나왔다.

　다정다감하게 보이던 누나는 그 뒤로 아주 용감한 인물로 내 영혼 속에 깊숙이 부각돼 버렸다. 이 세상에서 내가 존경하는 사람이 있다면 누나뿐이었다. 누나는 나로서는 도무지 엄두가 나지 않던 일들을 거침없이 해냈다. 아무것도 겁낼 것이 없어. 누나가 내게 주입시키던 생활 신조는 바로 이것이었고, 몸소 그런 행동을 보여주었다. 참외, 수박, 복숭아, 사과 등을 서리할 때는 조금도 서두름이 없이 잘 익은 것을 골랐고, 농번기 때 빈집을 털면서도 흔적을 남기지 않았다. 집을 털던 얘기를 좀 더 하자면 누나는 천 원을 찾으면 백 원 정도만 꺼냈고, 계란 20개가 보이면 둘만 훔쳐냈다. 그래야만 주인이 무심히 넘기게 되고, 그럼으로써 우리가 나중에 마음대로 실례를 할 수가 있다는 것이었다. 물론 꼬리가 길면 밟힌다는 말처럼 더러 들통이 나서 벌을 받은 적도 있었다. 선생님이나 아버지, 혹은 주인에게 죽지 않을 만큼 얻어맞은 적이 있고, 한번은 아버지가 사흘 동안 굴속에다 감금시키기도 했었다. 하지만 그런 경우는 극히 드물었다. 백 번에 한 번 정도, 많아야 그 정도에 불과했다. 우리는 우리가 원하는 것은 무엇이든 손에 넣을 수가 있었다.

바로 위쪽에서 길쭉하고 거무스름한 그림자가 종종걸음으로 내려오는 게 보였다. 내 집 앞을 거쳐 빠르게 다가오고 있었다. 마을 어귀에 사는 뱀골댁이었다. 방정맞은 걸음걸이와 꾸부정한 상반신으로 보아 금방 알 수가 있었다. 나는 마주치고 싶지 않아 숨어 버릴까 하다가 적당한 은신처가 없어 잠자코 서 있었다. 기온이 급강하한 듯 어느덧 발부리가 시려 들고 질척거리던 길바닥이 꽁꽁 오므라들고 있었다. 하늘에서는 잔별들이 입을 벌리고 잿빛 입김을 내뿜고 있었다. 언월형으로 구부러진 달이 서녘 하늘에 걸려 있었다. 눈이 쏟아질 것 같지는 않았으나 혹독하게 추운 밤이었다. 굴속에서 자다가 얼어 죽지나 않을까 걱정이었다.

가까이 다가오던 뱀골댁이 멈칫 걸음을 멈추었다가 나를 확인하는 순간 도끼날 같은 욕덩이를 휘둘렀다.

"떽 이놈! 사람이라고 인기척을 내야제. 구신(귀신)같이 가만히 있어?"

나는 무시해 주기로 하고 밤하늘을 계속 바라보았다. 빨간 별 하나가 남녘으로 외마디를 지르며 떨어지고 있었다. 쭈그렁바가지를 닮은 뱀골댁의 낯바닥이 코를 부딪칠 듯이 다가들었다.

"늬 아부지 또 술 처먹었구나."

나는 역시 묵묵히 서 있었고, 그녀는 혀를 찼다.

"내 방에서 자게 가자."

"필요 없어요."

나는 뒤통수로 떨쳐버리고 집으로 향했다.

"맘대로 해라, 이놈아!"

뱀골댁이 다소 분기가 치민 소리로 욕을 하고 있었다. 나는 그 소리도 발뒤꿈치로 밀어 버리고 내처 걸음을 놀렸다. 고마워해야 할 일이었지만 도무지 내키지가 않았다. 뱀골댁은 과댁으로 자식 둘을 객지에 내보내고 혼자 살고 있었다. 보일러 설비가 된 좋은 방을 갖고 있었기 때문에 나는 어릴 적부터 누나를 따라가 그녀의 신세를 졌다. 가끔 밥을 얻어먹기도 했었고, 누나가 죽은 후에도 한동안은 그런 도움을 받았었다. 하지만 지난 여름부터는 내가 찾아간 적이 없었다. 그녀가 마귀할멈처럼 추악하게 변하고, 손가락이 닭발처럼 거칠고, 젖통이 쭈글쭈글해서가 아니었다. 불쌍하다느니 귀엽다느니 하며 멋대로 입을 맞추기 때문도 아니었다. 다른 것은 견딜 만했는데, 밤마다 그녀가 사타구니를 주물럭거리는 것만은 참을 수가 없었다. 남자 체면 때문에 누나에게는 차마 말을 하지 못했지만 그녀의 손가락만 떠올려도 구역질이 나오려 했다. 하반신을 더듬을 때마다 어서 크기를 기다렸었으며, 내년에는 중학생이 될 것이므로 발을 끊기로 했다. 나도 이제는 어린애가 아니었다.

맹추 같은 강아지였다. 집에 들어서자마자 쪼르르 다가들어 꼬리를 흔들어댔다. 불과 수분 전에 걷어차였음에도 전혀 기억이 나지 않는 모양이었다. 주인의 심기를 헤아리고, 제대로 집을 지키려면 아직도 한참이 지나야 할 것 같았다.

술기로 마구 구부러진 아버지의 혓바닥이 욕지기를 주워섬기고 있었다.

"이년, 개잡년, 가랑이를 쫙 찢어 죽일 년!… 형섭아!"

나는 얼결에 대답을 할 뻔했다. 머리 꼭대기까지 들끓던 술기가 광기로 치닫고 있는 듯했다.

"요런 쥐새끼 같은 놈! 잡히기만 하면 모가질 비틀어 죽일란께."

이번에는 나를 증오하고 있었다. 입안과 목젖, 뱃속까지 독기와 살기가 충일해 있는 듯했다. 침방울이 살에 묻으면 그대로 까맣게 타버릴 것 같았다. 돌덩이 같은 주먹을 연상하자 척추가 서늘하게 오므라들었.

나는 더욱 긴장된 걸음으로 굴 앞에 당도했다. 볼수록 멍청한 강아지였다. 성가시게 계속 따라와 발등을 물곤 했다. 다시금 걷어차 버릴까 하다가 생각을 바꾸어 가만히 안아 들었다. 연민이 솟아올랐다. 강아지도 나처럼 밥을 먹지 못했던 것이다. 가만히 뒷덜미를 쓰다듬자 작은 꼬리를 탄력적으로 흔들며 손등을 마구 핥았다. 더럽다는 느낌이 들었으나 떼어내지 않았다.

나는 강아지를 안은 채 굴속으로 들어갔다. 성냥을 꺼내 한편에 놓아둔 양초에다 불을 붙였다. 노란 불꽃이 급속히 부풀어 올라 용달차 내부만 한 굴속을 음침하게 지배해 버렸다. 저 안쪽에 하우스용 보온 덮개 조각들과 짚 가마니 두 장이 차곡차곡 포개어져 있고, 바닥에는 습기가 올라오지 못하도록 두꺼운 건조 필름이 깔려 있었다. 군데군데 필름의 아래쪽에 허연 성에가 붙어 있음을 볼 수가 있었다. 퀴퀴한 곰팡냄새, 텁텁한 흙냄새, 그리고 보온 덮개에서 풍기는 메스꺼운 지린내 같은 것이 후각을 난잡하게 자극하고 있었다. 사방 벽면에는 생쥐들이 파놓은 구멍들이 여기저기 섬뜩하게 뚫려 있었다. 나는 강아지를 내려놓고 잠자리를 마련했다. 가마니 두 장을 두툼하고 푹신하게 깔고 그 위에다 이불 대용인 보온 덮개들을 가지런히 펼쳤다. 먼지투성이인 데다 습기가 배어 툭툭한 느낌이 들었지만 보온에는 그만이었다. 말 그대로 보온용 덮개인 것이다. 나는 일찌감치 자는 게 나을 것 같아 신발을 입구 쪽에 놓아두고 보온 덮개 속으로 기어들었다. 머리를 안쪽으로 향하도록 해서 두 다리를 쭉 펴고 잠을 청했다. 굴 문을 단단히 닫았음에도 한기가 침투하는 듯 발가락이 시려 왔다. 하지만 움직이기가 싫어 가만히 한숨만 불어냈고, 강아지는 입구 쪽에서 얌전히 엎드려 있었다. 촛불이 이따금 흔들리면서 천장에 찍힌 삽날 자국들을 애잔한 그림자로 어루만지고 있었다. 어느새 체내에서 발산된 열기가 모여 따뜻하게 감싸오고 있었다. 앞으로 얼마나 더 이런 생활을 해야 할지 갑갑증과 딱딱하게 굳은 외로움이 심장을 압박해 왔다.

다시금 공복감이 창자를 옥죄어 왔다. 계란 둘로는 어림도 없다는 듯 거북살스러운 음향을 발출했다. 뱃속에 어떤 짐승이 들어앉아 있다가 빈창자를 걸레처럼 쥐어짜는 듯한 느낌이 들었다. 굶어 죽을 염려는 없었으나 그래도 과히 유쾌하지가 않았다. 어서 겨울이 갔으면 싶었다. 나도 곰이나 뱀처럼 동면을 할 수가 있었으면 싶었다. 겨울만 아니라면 얼마든지 먹이—내게는 음식이라고 하는 표현이 어울리지 않을 듯했다—

를 구할 수가 있었다. 온 들판이 나의 뱃속을 향해 미소를 지었고, 어디에서든 잠을 잘 수가 있었다.

하긴 이런 푸념은 순전히 게으른 탓이라고 볼 수도 있다. 누나는 이보다 더 추운 겨울에도 나를 굶긴 적이 없기 때문이다. 아버지의 광기가 더 극렬했던, 그래서 거의 매일 나가 자야 했던 때에도 저녁거리를 푸짐하게 준비해 오곤 했었다. 사과 과수원에 들어가 어둠과 낙엽을 헤치며 절반쯤 썩은 사과들을 자루가 묵직하게 주워오기도 했고, 배추 섭치며 저장된 무를 서너 개 파 오기도 했고, 쌀을 훔쳐다가 양철판 위에다 볶아 주기도 했다. 표고버섯을 구워 먹어 본 사람이 있는지 모르겠다. 누나는 가끔 버섯 재배단지로 들어가 표고버섯을 한 바구니 훔쳐다가 이글이글하게 타오르는 모닥불에 구웠다. 보기와 달리 소금을 찍어 먹으면 꽤 감칠맛이 났다. 또 언젠가는 서낭당 앞에 버려져 있던 쌀밥 덩어리들을 주워 왔었다. 싸락눈을 뭉쳐 둔 것처럼 희푸르게 속까지 얼어붙어 있었는데 먼지가 묻어 있는 겉면을 긁어내고 내 입에 한 조각 넣어 주었다. 보기와 달리 밥알의 속은 허분허분했고, 씹을수록 밥맛이 우러나면서 전혀 역한 기분이 들지 않았다. 누나만 곁에 있으면 나는 아무것도 걱정할 필요가 없었으며, 누나가 하자는 대로 따르기만 하면 되었다.

그러나 꼭 한 가지, 어머니 문제에 있어서는 누나의 의견을 따를 수가 없었다. 이상하게도 누나는 어머니를 좋아하지 않았다. 내가 보고 싶다고 떼를 쓰다시피 졸라대면 마지막이라는 다짐을 받은 뒤에 마지못해 데려가곤 했다. 읍내에 가서도 어머니를 보고 싶지가 않다며 술집에서 조금 떨어진 공터에 혼자 숨어 있곤 했다. 내가 왔다는 말 엄마한테 하지 마. 이런 당부도 잊지 않았다. 정말이지 왜 어머니를 싫어하는지 알 수가 없었다. 이 의문은 일종의 불안을 동반하면서 갈수록 나를 번민케 했고, 나름대로 해결하고픈 충동을 갖게 했으며, 급기야는 어머니에게 누나가 근처에 와 있다는 것을 고백하기에 이르렀다. 누나가 학교 옥상에서 몸을 던지기 한 달 전의 일이었다. 어머니는 내 말을 듣기가 무섭게 골목을 달려 나갔다. 그러나 내가 천천히 모녀가 상봉하는 장소로 다가갔을 때 두 사람이 심하게 다투는 소리가 들렸다. 누나는 나를 발견한 순간 간이 졸아붙도록 하얗게 눈을 흘기면서 어머니가 붙들고 있는 손을 뿌리치고 떠나려고 했다. 노기를 주체할 수가 없는 듯 어머니가 따귀를 내갈겼다. 내가 무슨 죄가 있다고 미워하니? 네 아빠가 두더지 새끼처럼 흙만 파먹고 살겠다고 해서 내가 나온 것인데 내가 무슨 죄가 있어? 어머니는 울부짖음을 토하면서 누나를 땅바닥에 엎어놓고 다듬이질을 하듯 후려쳤다. 나는 다급히 달려들어 어머니의 손을 붙들었다. 그러나 툇검불과 흙먼지를 털고 일어난 누나의 얼굴은 스테인리스 그릇처럼 여전히 차고 냉정했으며, 어머니의 얼굴만이 눈물로 범벅돼 있었다. 이상한 모녀였다. 누나는 끝내 말을 않고 어머니를 비탄 속에 남겨 놓고 집으로 향했다. 황혼빛이 차가운 들판을 채우면서 알 수 없는 아련한 아픔이 나를 사로잡았다. 읍내를 빠져나오다가 뒤를 돌아다보았을 때 어머니는 쓰레기가 날리는 그 공터 속에 앉아 계속 흐느끼고 있었다. 그날 이후로 누나의 어머니에 대한 증오는 더욱 깊어졌기 때문에 나는 어머니가 정말 무슨 잘못을 저지른 게 아닐까 하는 의구심이 일었고, 결국 더 이상 알아보는 일을 그만두기로 해 버렸다.

선잠 속으로 미끄러져 들어가던 나는 문득 귀를 기울였다. 큰방 문이 우지끈 여닫기는 소리가 들리는 듯하더니 아버지의 흉포한 부름이 굴문을 거칠게 흔들었다. 아버지가 마침내 나를 찾아 나선 듯싶었다. 이것은 역시 고주망태가 되었을 때 볼 수 있는 광태의 하나였다. 허청이며 어둠이 고적하게 감도는 부엌, 변소, 뒤란까지 둘러보다가 끔찍한 욕지기를 내뱉으며 방으로 들어가는 것이었다. 두 번쯤 그런 발작을 보이다가 잠이 드는 게 통례였다. 도대체 무엇이 그로 하여금 어머니에 연연하게 하는지 알 수가 없었다. 내가 어머니와 친하게 지내는 것을 질투하는 게 아닐까 하는 생각이 들어 때로는 어머니를 아버지에게 넘겨 버릴까 하는 충동마저 일었다.

아버지의 발소리가 뒤란으로 접근해 오는 게 들렸다. 잔설이 밟히면서 잔뼈들이 부러져나가는 듯한 신음을 발했다.

"요놈의 새끼."

사뭇 이를 갈면서 분노에 찬 소리로 중얼거렸다. 플래시 불빛이 낚싯줄처럼 굴 문 틈새로 파고들었다가 서서히 빠져 나갔다. 발소리가 허청 쪽으로 향하는 것을 알 수가 있었다. 이때였다. 느닷없이 강아지가 끙끙거리며 굴 문을 긁어댔다. 심장이 뚝 떨어지는 듯한 놀라움으로 황황히 강아지를 안아 들고 입을 싸 쥐었다. 강아지의 입안에서 고통에 찬 신음이 간단없이 흘러나왔다.

절망적이었다. 플래시 불빛이 다시 다가드는 듯하더니 아버지의 발소리가 굴 쪽으로 되돌려졌다. 나는 순간적으로 내 몸뚱어리가 투명 인간처럼 변해 버리기를 빌었다. 타임머신을 타고 미래나 과거 속으로 사라져 버렸으면 싶었다. 그러나 부질없는 짓이었다. 굴 문이 열리는가 싶더니 플래시 불빛이 무자비한 속도로 폭사돼 들어왔다.

"나와."

아버지의 목청이 귓전을 때렸다. 나는 강아지를 먼저 내보내고―강아지를 죽여 버리고 싶었다― 한껏 울상을 지어 보이며 굼뜨게 기어 나갔다. 이제는 아버지의 동정심에 매달리는 수밖에 없었다. 아버지는 더러 나를 불쌍한 인종이라고 말하곤 했던 것이다.

굴 앞에 몸을 세우던 나는 아버지가 주먹을 쳐들자마자 두 손으로 머리를 감싸 쥐고 오금을 푹 꺾었다. 눈앞이 아득해지고, 내 몸뚱아리가 형편없이 땅바닥에 널브러지는 광경이 떠올랐다. 눈물이 맥없이 터져 나오려고 했다.

나의 연기가 효력을 본 것일까. 허공으로 번쩍 치켜 올라간 주먹이 한참이 지나도록 내려오지 않았다. 무슨 강력한 힘에 제지를 당한 듯 나를 무섭게 내려다보고만 있었다. 안심하라는 듯 강아지가 발등을 간지럽혔다.

"따라와."

아버지가 한숨을 푹 내쉬고 발을 돌렸다. 내게도 운이 따르려는 모양이었다. 나는 잠잠히 뒤를 따랐다.

방으로 들어온 아버지는 오리 떼가 짓밟은 시궁창 같은 표정으로 아랫목에 퍼질러 앉았고, 나는 그지없이 공손한 자세로 그 앞에 무릎을 꿇었다. 머리를 숙인 채 죄인처럼 가만히 있자 아버지가 휴지를 한 줌 찢어서 코를 풀었다. 아버지의 눈에서는 어느새 눈물이 지저분하게 흘러내리고 있었다. 울고 있었다. 이것 역시 술주정 때 으레 나타나는 작태였다. 아버지는 아무래도 술기운이 부족하다고 판단된 듯 주머니에서 동전을 꺼냈다.

"가서 막걸리 두 병만 사 와라."

"예."

나는 자라가 목을 감추는 듯한 소리로 답하고 방을 물러 나왔다. 주먹 세례를 면했다는 즐거움으로 기분이 차츰 유쾌해지고 있었다. 어쩌면 나에게 이불을 펴주며 방에서 편히 자라고 할는지도 몰랐다. 지나친 기대일지 모르겠지만, 충격을 받은 듯한 모습으로 보건대 그럴 가능성도 없지 않았다. 나는 구판장으로 걸음을 재촉했다. 길바닥은 이제 자갈밭 같은 감촉으로 꽁꽁 얼어붙어 있었고, 별들도 약한 입김을 내뿜고 있었다. 귀와 얼굴이 금세 짜릿하게 시려왔다. 아버지가 어머니를 데려오라고 한다면 들판의 짚가리나 남의 갈퀴나무 더미 속에서 잘 수밖에 없었고, 그러다가는 정말 얼어 죽을 위험이 있었다. 제발 기적이 일어나 아버지가 술을 마시고 그대로 잠이 들기를 바랐다.

구판장 문은 벌써 굳게 닫혀 있었다. 미닫이 유리문에 칙칙한 얼룩무늬 커튼이 드리워져 있었고, 커튼 틈새로 어스름하게 박명이 떠돌고 있는 가게가 들여다보였다. 방 안에서는 아이들의 웃음소리와 형광 불빛과 텔레비전 소음이 어지럽게 흘러나오고 있었다. 코미디라도 하는지 텔레비전 속에서 잇따라 드센 웃음소리가 터졌고, 거기에 덩달아서 아이들도 폭소를 쏟아냈다. 거푸 문을 두드려서야 방문이 열리면서 안경쟁이가 걸어 나왔다. 그는 가게에 불을 켜놓고 커튼 틈새로 나를 보더니 그다지 달갑지 않은 투로 문을 열었다.

"막걸리 두 병요."

그는 동전을 불빛에 비춰보더니 나를 경멸적인 눈초리로 흘겨보고 구석으로 다가갔다. 그곳에는 라면 상자와 여러 가지 과자 상자, 음료수, 소주, 막걸리 곽 따위가 즐비하게 서 있었다. 라면 상자들 너머로 쓰다 남은 보온 못자리용 필름이 비스듬히 세워져 있었다.

안경쟁이는 푸른 비닐봉지를 벌리고 앙금이 허옇게 가라앉은 막걸리 병을 하나 꺼냈다. 한쪽 귀와 안경 속의 두 눈은 불안스레 나를 힐끔거리고 있었다. 영락없이 사팔뜨기 같은 눈 놀림이었다. 저것 보라구. 막걸리 병을 아직도 담지 못하고 나를 다시 한번 곁눈질했다. 4년 전, 과자 한 줌을 훔치다가 들킨 뒤로 그는 내가 들어서기만 하면 저렇듯 불안해했다. 나는 그를 골려줄 셈으로 일부러 과자 진열장 앞으로 다가섰고, 그의 행동이 더욱 부자연스러워졌다. 방 안에서 다시금 텔레비전과 아이들의 폭소가 터져 나왔다. 나는 무지갯빛 알사탕들을 군침을 삼키듯 보면서 그를 속으로 마음껏 비웃어 주었다. 제까짓 게 아무리 열심히 감시해도 소용이 없었다. 나는 그에게 들킨 뒤로 그가 문을 잠그고 출타한 틈을 이용했다. 내게는 어떤 자물쇠든 열 수 있는 물건이 있었다. 쇠톱을 그라인더에 갈아서 그 끝을 기역자로 가늘게 만든 것으로, 열쇠 구멍에 넣고 좌우로 가볍게 비틀면 용수철이 튕기듯 열리곤 했다. 나는 동네의 거의 모든 자물쇠를 열 자신이 있었고, 구판장 문이 잠긴 날은 나의 생일처럼 배불리 먹을 수 있었다. 전에 누나에게 지도받은 대로 알사탕 하나, 껌 한 통, 라면 두어 개, 아이스크림 둘, 고무 과자 하나…, 이런 식으로 주머니에 담고 다시 문을 잠갔다. 따라서 안경쟁이는 내가 그동안 몇 번이나 훔쳐 먹었는지, 내 머리가 얼마나 비상한지 상상도 못 하고 있었다. 바보, 멍청이, 머저리, 팔푼이, 돌대가리 같은 자식……!

"옛다."

안경쟁이가 술병 둘이 담긴 비닐봉지를 내밀었다. 나는 공손히 인사를 하고 집으로 내달렸다. 앙금과 물이 잘 희석되도록 흔들면서 집으로 들어섰다.

하지만 곧바로 방으로 들어가지는 않았다. 근동에 소문난 주정뱅이의 아들로서, 고스란히 술을 갖다 바친다는 것은 솔직히 체면 문제라 하지 않을 수 없었다. 나는 샘으로 다가가 가만히 비닐봉지를 내려놓고 먼저 한 병 꺼냈다. 공기구멍이 나 있는 주둥이를 입에 물고 물렁물렁한 비닐 병을 압축했다. 물총의 원리처럼 막걸리가 공기구멍을 통해 오줌 줄기처럼 뿜어져 나왔다. 진저리가 날 정도로 차가운 술이었다. 한 모금, 두 모금, 세 모금. 배를 채우기 위해 터지지 않도록 소중히 다루면서 입 안으로 넘겼다. 얼큰한 액체가 들어가자 한결 원기가 솟고 기분이 좋아졌다. 술이란 내 경험에 의하면 적당히만 마시면 정말 유익한 것이었다. 아버지의 경우는 너무 과음을 하기 때문에 뱃속에 든 짐승이 이성을 앗아간다고 할 수가 있었다. 나는 다른 병에서도 약간 뽑아 마시고 주머니에서 일회용 주사기를 꺼냈다. 바늘을 빼내고 물이 담긴 함지박 앞으로 다가섰다. 표면에는 겨우내 녹지 않은 얼음이 들어차 있는데, 가만히 한쪽을 누르자 서서히 물이 솟아오르는 것을 볼 수가 있었다. 이제는 내가 마신 만큼을 물로 채워야 할 차례였다. 주사기를 들이대고 피스톤을 끌어당겨 물을 뽑아 들였다가 공기구멍을 통해 밀어 넣었다. 더 마시고 싶지만 자제할 수밖에 없었다. 신기하게도 아버지는 아무리 만취한 상태에서도 술맛을 대번에 감별해 냈다. 물을 탔을 때는 거의 어김없이 머리를 갸우뚱거리며 주조장 놈들의 모가지를 잘라야 한다고 욕설을 퍼부었다. 심하면 술병들을 내던지고 구판장으로 달려가 다른 주조장에서 술을 갖다 놓으라고 위협하기도 했다. 나는 주의 깊게 계속 물을 집어넣었고, 강아지가 다가와 꼬리를 흔들어댔다.

두 번째 병에다 물을 집어넣다 말고 나는 멈칫 손을 멈추었다. 암울한 머릿속으로 시퍼런 섬광이 스치고 지나갔다. 아버지를 저승으로 보낼 수 있는 기막힌 아이디어가 떠오른 것이었다. 여름철에 농약을 살포할 때 보면 거개의 농약의 빛깔은 막걸리와 흡사했다. 주전자에 담으면 얼른 봐서는 도저히 식별을 할 수가 없었다. 그리고 마침 허청에는 지난여름에 사용하고 남은 살충제 한 병이 독기를 머금은 채 도사리고 있었다. 주사기로 뽑아서 약간 타게 되면 아버지는 의심 없이 벌컥벌컥 들이켤 것이고, 오래지 않아 사지를 뻗고 죽어 버릴 것이었다. 아버지만 죽으면 재산은 전부 내 소유가 될 것이고, 나는 어머니와 읍내에다 집을 하나 마련하여 정답게 살 수가 있을 것이었다. 어머니의 몸에서 풍기는 정신을 몽롱하게 하는 그 야릇한 향수 냄새를 취하도록 마실 수가 있을 것이고, 밤이면 하얀 젖가슴을 만지며 잘 수가 있을 터이고, 내가 요구하면 기꺼이 뽀뽀도 해줄 터였다. 그리고 이따금 학교를 방문하도록 해서 아이들과 날 밉살맞게 보기 일쑤인 선생 놈들에게 자랑할 수도 있을 것이었다.

상상만으로도 기분이 황홀해진 나는 이 우발적인 충동을 실행할 것인가의 여부를 놓고 차근차근 검토해 보다가, 이내 무모한 짓이라는 것을 깨달았다. 애석하게도 농약의 맛과 냄새는 막걸리와 전혀 달랐다. 냄새만 보더라도 막걸리와는 비교할 수가 없을 정도의, 뇌 신경을 일시에 파괴해 버릴 듯한 독향을 품고 있었다. 물을 약간만 섞어도 귀신처럼 알아내는 아버지가 그런 살인적인 냄새를 무심히 넘길 리 만무했다. 코를 벌름거리며 몇 번 맡아보다가 잔을 벽에 내던질 것이고, 구판장으로 달려가 안경쟁이를 땅에 꽂을 테고, 내일 아침에는 경찰서로 가서 고발을 할 것이었다. 이런저런 과정을 거쳐 끝내는 내 손에 쇠고랑이 채워질 것이었다. 이거야말로 제 꾀에 제가 넘어가는 격이었다.

나는 하는 수 없이 물로 남은 병도 채우고 방으로 들어갔다. 아버지가 벽에 등을 기댄 채 앉아 있다가 허리를 곧추세웠다. 표정은 곰팡이가 슨 메주처럼 더럽고 흉측해 보였고, 눈물이 질펀하게 말라붙어 있었다. 나는 공손히 무릎을 꿇고 앉아 잔에 술을 채웠다. 아버지는 들고 있던 담뱃불을 끄고 잔을 집어 입으로 가져갔다. 소가 각통질 당하는 듯한 소리를 내면서 단숨에 잔을 비웠다. 나는 두 잔째 채웠다.

"형섭아."

"예."

"아빠가 무섭냐?"

나는 뭐라고 대답을 해야 할지 몰라 머뭇거리다가 아버지가 쏘아보자 엉겁결에 그렇다고 말해 버렸다. 아버지의 표정이 이번에는 된장 덩어리를 짓이겨 바른 듯 흐물흐물하게 처져 내렸다. 다시금 울지 않을까 했으나 꿀꺽 삼키는 소리가 들렸다.

"다 네 엄마 때문이다. 네 엄마가 집에 있으믄 내가 왜 이러겠냐? 이 개쌍년…!"

그는 소리가 나게 이빨을 갈았다.

"가서 그년한테 내가 한번 보잔다고 해라. 이년. 개만도 못한 년. 안 오겠다믄 모가지라도 잡고 끌고 와. 오늘 밤에 나하고 편하게 자고 싶으면 어서 가서 데리고 와라."

결국 다른 때와 달라진 것은 아무것도 없었다. 나 같은 놈에게 계속 운이 따를 리는 없는 것이다. 나는 알았다고 답변하고 맥없이 방을 물러나왔다.

"빨리 데리고 와라이. 안 그러면 늬놈도 모가지를 비틀어 죽일란께."

나는 대답을 하지 않고 집을 나섰다. 낙심과 울분으로 자꾸만 기운이 빠져나가고 있었다. 한길로 나온 나는 막막하고 불안한 느낌으로 저 앞의 들판을 바라보았다. 응달진 쪽으로 허연 눈가루를 뒤집어쓰고 짚가리들이 측은한 눈길을 건네고 있었다. 오늘 밤은 부득이 저것들의 신세를 질 수밖에 없었다. 저기 동네 초입에 서 있는 뱀골댁 집은 아직 불이 켜져 있었으나 논둑을 타고 들판으로 내려갔다. 결코 그녀의 신세를 지고 싶지가 않았다.

지난해 여름의 일이었다. 종만이와 더불어 내 집으로 올라가던 길이었다. 우리가 골목 중간쯤 걸어가자 뱀골댁이 위쪽에서 내려오는 게 보였다. 대낮에 그녀를 만나면 공연히 열적은 느낌이 들어 나는 피해 버리곤 했었는데 그때는 그럴 수가 없었다. 종만이가 의례적으로 인사를 건넸고, 나도 건성으로 머리를 끄덕여 보이고 그녀를 비켜 갔다. 한데 느닷없이 뒤쪽에서 덤비더니 바지 속으로 손을 집어넣었다. 앙탈을 하면서 버둥거리자 낄낄낄 음충맞은 웃음을 흘리며 놓아주지를 않았다. 턱을 들이받고 그녀의 손아귀에서 빠져나왔을 때 나의 자존심 — 오로지 깡다구 하나로 지켜 온 나의 위신은 이미 뿌리째 거덜이 나 있었다. 생솔가지가 타들어 가는 듯한 시커먼 연기가 괴롭게 전 신경을 태우고 있었다. 결심을 미적미적 미뤄 오던 나는 다시는 그녀의 방에 가지 않기로 했다. 철없이 그날까지 몸을 맡겨 온 것을 누군가가 알까 두려웠다. 그 뒤부터는 항상 허리띠를 차고 다녔었다.

나는 논둑을 벗어나 짚가리가 들어선 논으로 발을 들여놓았다. 논의 표면은 콘크리트 바닥처럼 딱딱하게 결빙이 돼 있었고, 발자국이 난 구덩이에는 얼음이 달라붙어 있었다. 발길에 스칠 때면 절박한 비명을 지르며 바스러졌다. 운동화 덮개 위로 물방울이 튀어 오르기도 했다. 서서히 불이 꺼져 가는 마을은 자기와는 무관하다는 듯 지붕 자락들을 여미고 잠 속으로 빠져들고 있었다. 잔설이 희고 긴 물줄기처럼 전방의 하천 둑을 따라 저 아랫마을 쪽으로 이어지고 있었다.

나는 짚가리에서 짚단들을 빼냈다. 짚가리의 한쪽 면을 이용하여 바닥을 두툼하게 깔고 좌우와 앞쪽에 벽을 세웠다. 두 뭇씩 차곡차곡 쌓아서 지붕도 튼튼히 이었다. 이런 집을 만드는 데는 이미 이골이 나 있었다. 나는 지붕의 앞부분을 약간 젖히고 서둘러 안으로 몸뚱어리를 들이밀었다. 벽들이 불안하게 실그러졌다. 무너지지 않게 신중히, 하반신을 먼저 넣고 자연스럽게 상체도 길게 눕혔다. 오른손을 쳐들어 젖혀진 짚단을 내리자 시야가 캄캄해졌다. 불유쾌하게 육신이 으스스 떨리고 턱이 캐스터네츠처럼 딱딱 소리를 냈다. 심신이 안온해지려면 굴속에서보다 더 느긋하게 기다려야 할 것 같았다. 나는 양손을 가슴에 모으고 최대한 몸을 작게 구부렸다. 발치에 틈이 생겼는지 한기가 발목으로 스며들었으나 움직이기가 싫어 가만히 있었다. 어서 잠이 들기를 바랐다.

누나가 죽은 날 밤이었다. 북적거리는 사람들 틈에서 시달리다가 내가 겨우 잠이 들었을 때 어머니가 흔들어 깨웠다. 졸음이 고춧가루처럼 쏟아져 들어와 미칠 지경이었으나 어머니가 울고 있었기 때문에 나는 마지못해 눈을 비비고 일어났다. 시계를 보니 새벽 네 시였다. 가서 누나가 어디에 묻히는지 보고 와라. 내게 큼직한 남포등을 들려주며 말했다. 무슨 뜻인지 얼른 납득을 하지 못하고 머뭇거리자 아버지를 따라가라고 일러주었다. 이날 밤 아버지는 어머니와 휴전을 하고 술도 마시지 않았었는데 내 손을 잡고 마당으로 나갔다. 얼굴은 술기가 고갈된 탓인지 그 어느 때보다도 슬프고 고단해 보였다. 아버지는 마당 구석에 있던 네댓 자루의 삽을 양어깨에 메고 집을 나섰고, 나는 등불을 든 채 그림자처럼 뒤를 따랐다. 뒤미처 마을 장정 네 명이 사다리를 메고 내 뒤에 따라붙었다. 사다리 위에는 누나의 시신이 놓여 있었다. 광목으로 머리부터 발끝까지 칭칭 동여맨 다음 튼튼한 대발로 쌌기 때문에 누나가 살아 있다 하더라도 질식해 죽고 말았을 거라는 느낌이 들었다. 누나의 죽음을 애통해하듯 눈보라가 치고 있었다. 아버지는 줄곧 입을 봉한 채 휘적휘적 걸어가다가 경사가 완만한 앞산 중턱에서 발을 멈추었다. 그곳이 이른바 장지였다. 내게 불을 비추게 하고 어른들은 즉시 광을 파기 시작했다. 긴 네모꼴로 윤곽을 얼추 잡고 일사불란하게 손을 놀렸다. 번쩍이는 삽날에 의해 시뻘건 흙들이 피를 토하듯 내동댕이쳐졌다. 바람이 어둠을 찢고 들이닥칠 때마다 남포등 불빛이 꺼질 듯 위태롭게 잦아들었다가 발악하듯이 타오르곤 했다. 나는 발이 시린 줄도 모르고 장승처럼 서서 어른들을 지켜보고 있었다. 누나는 자기가 영면하게 될 자리가 마땅치 않은 듯 멀찍이서 새침하게 흘겨보고 있었다. 어른들은 하나같이 궂은일에 익숙해 보였으며, 순식간에 광을 다 파고 시신을 사다리에서 들어다가 안으로 집어넣었다. 구덩이를 메우는 속도는 더욱 빨랐다. 침 한 번 겨우 삼켰을 뿐인데 어느새 지면과 평탄하게 고르고 뗏장을 입혔다. 봉분을 하지 않고 뗏장이 잘 살도록 삽날로 몇 번 토닥거려주더니 떠날 채비를 했다. 나로서는 너무 의외였고, 두렵기조차 한 일이었지만 차마 이유를 물을 용기가 나지 않았다. 누나에게는 그런 무덤이 적당하다는 듯한 태도들이었다. 결국 나는 어른들을 따라 잠잠히 내려올 수밖에 없었다. 누나는 그렇게 내게서, 마을에서, 학교에서 완전히 사라져 버렸다.

　나는 눈을 떴다. 아랫도리로 침투한 한기가 몸 전체를 짓눌러 왔고, 턱은 여전히 불유쾌한 박자를 맞추고 있었다. 이대로 잤다가는 얼어 죽기 십상이었다. 나는 암울한 느낌으로 한숨을 불어내다가 한순간 폭발하듯이 일어났다. 분노가 머리끝까지 치밀어 올라왔다. 나는 짚단들을 난폭하게 걷어차 버리고 마을로 몸을 돌렸다. 뱀골댁 방으로 가서 자기로 했다. 달리 방도가 없는 것이다. 하지만 그녀에게 결코 몸을 맡기지는 않을 것이었다. 그녀가 내 바지 속으로 손을 집어넣으면 나도 그녀의 배꼽 밑으로 손을 집어넣기로 했다. 이제까지 주저했던 것이지만 한번 대항해 보기로 했다. 그녀가 야단을 치면 나는 뺨을 후려치면서 이빨로 손을 물어뜯을 것이었다. 아버지에게는 아직 대항할 힘이 없었지만 환갑이 넘은 꾸부정한 할망구 정도는 깔아뭉갤 자신이 있었다. 나는 걸음을 빨리했다. 나를 도둑으로 착각한 듯 마을의 개들이 분분히 짖어대기 시작했다.

〈1990년〉

수렁은 마르지 않는다

소주 한 병, 그리고 거스름돈을 집어 들고 달수 형이 절뚝거리며 다가왔다. 빨갛게 달아오른 담배꽁초가 빨려들 듯이 입술에 박혀 있었고, 코끝에서는 고통의 신음 같은 검푸른 연기가 뿜어나오고 있었다. 윤후는 말없이 돈을 받아 비옷 주머니에 담고 병의 마개를 따서 조금 마시고 구판장을 물러 나왔다.

"술이 문제를 해결해 주는 것은 아니다."

달수 형이 충고하듯이 한마디 던지고 있었다.

한길에는 어둠을 달래는 듯한 빗방울이 빠르게 떨어져 내리고 있다. 이 집 저 집에서 도망쳐 나온 물들이 콘크리트 길바닥을 지나 논으로 숨어들고 있었다. 지푸라기, 울긋불긋한 과자 봉지들, 거무죽죽하게 부패한 감꽃들, 비닐 조각들이 물살에 떠내려와 논으로 구겨 박히고 있었고, 논배미들에서는 맹꽁이와 개구리들의 울음소리가 자글자글하게 들끓고 있었다. 그는 잠시 서서 술을 절반쯤 입술 안으로 붓고 비옷에 부착된 비닐 모자를 눈썹 밑까지 당겨 쓰고 턱밑의 똑딱단추를 잠갔다. 양쪽 귀가 비닐 모자에 달라붙어 약간 거북살스러웠다. 물장화 속에 땀이 배어 나와 걸음을 뗄 때마다 칙살맞은 음향이 거꾸로 치솟곤 했다. 바지와 셔츠도 몸뚱어리에 달라붙어 몹시 언짢았다. 그는 집을 향해 연해 걸음을 놀렸다. 집들은 하나둘씩 불이 꺼지고 있었다. 비가 오고 있기 때문이겠지만, 다른 밤 같으면 살벌하게 쫓아 나와 짖어댔을 개들이 쥐약이라도 삼킨 듯 조용했다. 그는 다시 멈추어 술병을 입으로 들이박았다. 장산댁네 모내기를 하면서 온종일 마신 막걸리에다 소주가 약간 들어가자 술기가 활성화되면서 어릿어릿하게 고단한 육신을 달구고 있었다. 쓰고 뻣뻣한 액체가 설탕물처럼 순하고 달보드레하게 혀끝에 감겨들었다. 비는 비닐 모자로 덮인 정수리를 치며 가랑가랑하게 떨어지고 있었다. 장산댁의 속삭임이 이제는 기억조차 나지 않았다. 불과 한 시간 전의, 흉중으로 오싹 파고들던 소리였음에도 도무지 기억조차 어령칙했다. 그는 부득이 잊고자 했던 그 말을 되살리기 위해 걸음을 늦추며 눈을 감고 분산된 정신 세포들을 한 곳으로 집중시켰다. 은철이 엄마가 집으로 들어갑디다. 그러나 이것은 결코 아니었다. 이보다 적어도 서너 마디가 더 있었다는 느낌이 들어 세차게 도리질을 했다. 은철이 엄마가 해름 참에, 이 말부터 잘못돼 버린 게 틀림없었다. 그와 유사한 의미의 어휘가 있었을 따름이었다. 해거름에? 해 질 녘에? 황혼 녘에? ……빌어먹을! 그는 자신의 형편없는 기억력에 자조와 분노를 금치 못하면서 결국 단념하고 말았다. 은철이 엄마가……, 확실한 것은 이 대목뿐이었다. 거기에 수반되는 서술문은 지워진 녹음테이프처럼 결코 재생되지가 않았다. 충격으로 인해 기억 장치가 순간적으로 고장을 일으켜버렸는지도 모른다는 생각을 했다. 그러나 그것은 과히 중요하지 않았다. 미경이 날이 저물 무렵 마을로 들어와 집으로 들어가더라는 것. 이 내용만은 똑똑히 기억하고 있었고, 이 점만이 중요했으며, 이 점은 장산댁네 모내기를 한 사람들뿐만 아니라 구판장의 달수 형까지도 벌써 알고 있었다. 그것을 깨닫지 못하고, 자신에게만 은밀히 전해 준 것으로 단정하고 태연히 밥을 먹고 술을 마시고 잡담을 나누다가 한순간 자신에게 집중돼 있는 연민의 눈길을 의식했을 때의 수치심과 끝없는 나락으로 추락하는 듯한 현기증, 어떻게 술좌석을 빠져나왔는지 지금은 생각나지 않았다. 실수였다. 아낙네들의 입은 누구에게나 열려 있다는 사실과 소문은 빛보다 더 빨리 확산된다는 것을 간과한 탓이었다. 그러나 그게 어쨌단 말인가. 그는 우뚝 골목에 선 채 큰소리로 항의했다. 그 여자가 돌아온 게 나와 무슨 상관이냐구! 그녀의 반들반들하고 웃음이 굽이치는 낯바닥, 야무지고 똑똑하고 비아냥거리는 듯한 말투, 오만하고 독단적인 행동들, 그녀의 모든 것들을 증오와 미움의 쇳덩이를 매달아 망각의 밑바닥에다 수장시켰고, 처남이자 친구인 광석과의 우정마저 단절하고 지냈었다. 이미 자신과는 무관한 여자였다. 반년 전에 끝났었다구. 그는 그렇게 스스로에게 명확히 확인을 해 주고 남은 술을 입으로 털어 넣었다. 나와는 상관없어.

그는 집에, 마당에 들어섰다. 남촌댁네 모내기를 갔던 어머니가 먼저 귀가한 듯 큰방에 불빛이 묵직하게 들어차 있다. 아들이 텔레비전을 보며 앵무새처럼 뭐라 흉내를 내고 있는 소리가 들리고, 작은방에도 불이 켜져 있음을 볼 수가 있었다. 마루로 배어 나온 두 방의 불빛이 교차하면서 희부옇게 마당을 밝히고 있었다. 아버지가 기거하는 우측 사랑채에서는 그 어느 때보다 음산하고 적막하고 시커먼 기운이 뻗쳐 나오고 있었다. 농번기가 절정에 이른 요즘, 아버지는 손등에 흙을 묻히기가 싫어 면 소재지에서 정육점을 하는 작은 여자한테 빌붙어 지내고 있었다. 그가 비틀거리며 마루에 다가앉자, 유령을 방불케 하는 희멀건 그림자가 작은방에서 나와 옆으로 다가섰다. 그는 비옷을 벗어 빨랫줄에다 걸었다. 물 장화는 토방 구석에다 거꾸로 세워놓았고, 양말과 바지와 셔츠는 모조리 까뒤집어 마루 구석에 구겨 박았다.

"미안해."

그림자가 목이 패인 소리로 말했다. 그는 떨치듯이 일어나 방으로 향했다. 그림자의 음성이 그대로 빗물에 쓸려가 버렸다.

방문을 열고 들어서던 그는 눈살을 찌푸렸다. 한 달에 한두 번, 그것도 어머니가 틈나는 대로 치우곤 하던 닭장 같던 방 안이 말할 수 없이 청결해져 있었다. 타인의 방에 들어선 듯한 당혹감과 주저가 아랫도리를 휘감아 왔다. 아랫목에는 붉은 장미 무늬의 담요가 반듯하게 깔려 있고, 이쪽으로는 베개들이 예전처럼 나란히 놓인 채 창녀처럼 뻔뻔하게 올려다보고 있었다. 습하고 음울한 공기 속에는 미경의 체취가 녹아 흐르고 있었다. 먼지가 내려앉아 있던 화장대 위에는 형형색색의 화장품들이 요사스럽게 반짝이고 있었다. 미경이 뒤따라 들어와 문을 닫자 그는 우꾼 치솟는 분노로 담요를 걷어찼다.

"날이 밝는 대로 가도록 해."

쓰러지듯 누웠다. 네 활개를 벌리고 잠을 청했다. 뇌리를 난무하는 애증의 잔영들과 환청들을 몰아내기 위해 어금니를 깨물었다. 마당에는 거침없이 비가 쏟아져 흐르고 있었다. 멀리 한길 쪽에서는 맹꽁이와 개구리들의 울음소리가 골목을 굽이굽이 타고 올라와 빗소리를 단조롭게 핥아내고 있었다.

미치겠군. 미경의 음성이 툭 불거져 나왔다. 고막으로 떨어진 돌멩이처럼 귓전이 아파 온다. 서울 가면 누가 잡아먹을까 봐 그래? 고등학교 졸업하고 서울서 한 달간 살았다더니 누구한테 죄짓고 도망 왔어? 써빠지게 일해 봤자 빚만 창창 느는데 뭘 보고 더 살겠다는 거야? 어디 꿈이 있으면 얘기해 봐. 언제 돈 벌어서 나 일 안 하고 살게 해 줄 거야? 말해 봐. 잠만 자지 말고 말해 봐! 말해 보라니까! 말해 봐! 그러나……, 할 말이 없었다. 한숨만 내쉬고 자학적으로 말했다. 가고 싶으면 너 혼자 가. 널 원망하지 않을 거니까 가서 돈 많은 사람 만나서 잘 알아. 흥! 누가 그런다고 안 나갈 줄 알아? 요 겨울에도 그냥 주저앉을지 아는 모양인데 천만에! 올해는 죽어도 결판을 낼 거야. 죽어도 이렇게 더 이상 못 살아. 못 살아! 못 살아! ……흐으흑. 병신 멍청이 같은 자식! 땅 파먹는 재주도 없었으면 틀림없이 쪼빡 찼을 거야…… 내가 미쳤지. 어쩌다 저런 병신을 좋아했는지 모르겠어. 멍청이, 겁쟁이, 똥 멍청이 같은 자식! ……더 참고 들었어야 했을까. 아니다. 그렇지가 않았다. 몇 대 쥐어박은 게 화근으로 볼 수는 없었다. 참을성의 한계에까지 도달했다는 자체가 이미 파탄을 예고하고 있었다. 개에자식! 네가 날 때려? 우리 오빠도 생전 때린 적 없는데 네까짓 게 뭐가 잘났다고 날 때려? 퉤, 개자식!

내가 혀를 꽉 깨물고 죽었으면 죽었지 더는 안 살아. 백정 놈의 새끼. 나 없이 한번 살아 보시지. 누가 너 같은 자식 쳐다보기나 할 줄 알아? 흥, 난 지금 나가도 너보다 똑똑하고 유식하고 잘생기고 돈 많은 사람 만나 결혼할 자신이 있어…… 쯧, 잠이 안 오시나 보군. 내가 옛정 생각해서 자장가라도 불러 드릴까? 그럴 것 없어. 막 나가려던 참이니까. 앞으로는 전화도 할 것 없어. 좋아. 나도 그럴 참이야……. 그것으로 마지막이었다. 광석이 며칠 후에 어디선가 소식을 듣고 서울서 달려 내려와 같잖게 위로하며 찾아 보내겠다고 했을 때 그는 그만두라고 만류했다. 찾지 못했다고 미안해하는 투로 전화를 걸어왔을 때도 그는 그럴 거 없다고 진심으로 말했었다. 광석이 구정 때 부모의 산소에 성묘하러 왔다가 읍내에서 잠깐 만나자고 했을 때도 그는 할 말이 없어 나가지 않았었다. 미경과 관련된 모든 것들과 가능하다면 영원히 이별하고 싶었다.

  닭이 홰치는 소리에 그는 눈을 떴다. 오늘도 아침이 고단한 빛으로 다가들고 있었다. 방 안을 지배하던 어둠이 무력하게 사그라지면서 어슴푸레한 기운이 악착같이 기어들고 있었다. 다시금 사랑채 구석에서 수탉이 홰를 치고 악다구니를 내질렀다. 정적과 어둠을 흉측한 갈고리로 끌어다 구겨 던지는 듯한 난폭함과 수천 년 동안 인간들의 단잠을 깨워 온 악마적인 냉소가 서린 음성이었다. 그는 일어나기 위해 몸을 뒤채었다. 목줄기가 짚처럼 건조하게 말라 있고 허리부터 팔다리, 머릿속까지 둔기로 심하게 얻어맞은 것처럼 고통스러웠다. 허리의 하단부는 대못을 박은 것처럼 끔찍한 통증이 옥죄고 있었다. 이제 30대 중반에 늙어가는 조짐으로 여겨져 비애스러운 전율이 서늘하게 척추를 훑어내렸다. 그는 준비운동을 하듯 베개를 명치께에다 들이박았다. 한결 숨 쉬기가 편했다. 오늘도 그는 동산리댁네 모내기를 나가기로 돼 있었다. 닷새 후면 모내기 날, 20여 마지기를 단도리하기 위해 내일부터 모내기 날까지 그와 어머니는 품앗이가 없었다.

불현듯 윗목을 보았다. 손이 미치지 않은 저 구석에 미경이 담요로 하반신을 두르고 구부린 채 잠들어 있었다. 박명 속으로 얼굴이 희멀겋게 떠올라 있었고, 소년들처럼 짧게 자른 머리칼 위로 희고 작은 귀가 비죽 솟아올라 있음을 볼 수가 있었다.

마당으로 나온 그는 길게 심호흡을 하고 샘으로 다가가 냉수를 배불리 들이켰다. 한결 심신이 가뿐해진 성싶었다. 날이 희붐하게 계속해서 밝아오고 있었다. 어둠이 시나브로 벗겨지면서 드러난 하늘에는 밀가루 반죽을 짓이겨 발라놓은 듯한 구름 조각들이 지저분하게 드리워져 있었다. 장마가 도래하리라는 예보가 수일 전부터 들리더니 마침내 머리 꼭대기까지 다가드는지도 모를 일이었다. 어머니가 나오더니 마루에 걸터앉았다. 화강암 조각 같은 그녀의 얼굴에는 굴강한 기질과 배타적인 무관심이 선명하게 드러나 있고, 검푸른 연기가 입과 코를 뚫고 간헐적으로 뿜어져 나오고 있었다. 주색잡기로 소일하는 남편과 살면서 그와 세 동생을 오롯이 성장시킨 여인. 견디다 못해 남편을 완력으로 큰방에서 쫓아내고 문중의 대소사까지 관장을 해온 여장부. 그러나 그녀는 아들 내외의 일만큼은 일절 간여를 하지 않았었고, 이번에도 알 바가 아니라는 듯 냉담할 정도로 무심히 담배만 들이빨고 있었다.

윤후는 어머니를 더 마주 보지 못하고 모내기에 갈 채비를 해서 집을 나와 버렸다. 미경이 막 방에서 나오는 소리가 들렸으나 돌아다보지 않았다. 뒷골 논에 나가 식전에 잠시 일을 하다가 곧바로 모내기에 참여한 후, 모를 찌고 먹는 첫 새참으로 조반을 삼기로 했다.

뒷골로 나온 그는 물꼬 밑에다 숨겨둔 삽을 꺼내 들고 냇둑을 따라 뻗어 내려간 아홉 마지기의 논을 바라보았다. 고만고만한 크기로 된 일곱 배미의 논으로, 어젯밤까지 내린 비로 죄 물이 들어차 박명을 흡수하듯이 희번덕거리고 있었다. 맨 아랫배미는 수렁배미였다. 크고 작은, 깊고 얕은 수렁들이 지뢰처럼 도처에 음험하게 깔려 있어서 경작하기가 여간 까다롭지 않았다. 갈이 때는 가늘고 긴 소나무를 베어다가 소가 주의하여 다니도록 푯말을 세워야 했고, 지금도 지난 초봄 갈이 때 박아둔 소나무들이 고스란히 생명력을 지속해 옴으로써 어설픈 묘목장을 방불케 했다. 잎들이 검푸른 윤기와 싱싱한 생동감을 발하고 있었고 먹이를 구하러 나온 제비들이 더러 휴식을 취하며 앉아 지지배배거리고 있었다. 수렁논의 경운기 로터리 작업은 특히 까다롭다. 물에 덮여 버린 탓에 한 사람이 경운기를 앞서 다니며 수렁을 발로 더듬어 폭과 깊이가 어느 정도인지 알려주지 않으면 안 된다. 바퀴보다 폭이 좁으면 사이를 두고 조심히 지나가도록 인도해야 하고, 실수나 부주의로 위험에 처하게 되면 황황히 달려들어 앞에서 끌어당겨야 한다. 그는 물꼬를 조금 낮추면서 내려가다가 수렁배미로 들어섰다. 소가 도망쳐 다닌 수렁 주변을 삽으로 꼼꼼하게 파 넘겼다. 수일 전부터 삽을 논에다 두고 식전이면 나와 하던 일과로, 인제는 조금밖에 남아 있지 않았다. 수렁의 심장부에는 거무스름한 펄이 부패한 짐승의 내장처럼 흐물흐물 괴어올라 역겹기 그지없었다. 주변에는 올미, 방동사니, 둑새풀, 피 따위가 음모처럼 삐죽삐죽 돋아나 있었다. 수렁에서 솟구친 물이 많은 듯 물 장화를 통해 전달된 감촉이 얼음에 닿은 양 서늘했다. 로터리를 전혀 들이댈 수 없는 부위는 파 넘김과 동시에 풀이 소생하지 못하도록 발로 짓이겨 놓았다. 흙이 물러 자꾸만 삽날에 달라붙었고, 억지로 떼어낼 때마다 흙탕물이 깜짝 튀어 올라 옷을 적시곤 했다.

어머! 윤후 오빠 아니에요? 윤후 오빠 맞죠? 나예요. 나, 미경이. 중학교 때 우리 오빠를 따라서 자주 우리 집에 놀러 왔었잖아요. 그래도 모르겠어요? 아! 그렇군. 그래, 이제 기억이 난다. 그제야 정말 기억이 났다. 작고 토실토실한 몸매에 싱싱한 아름다움을 지닌 아가씨. 그녀는 바로 광석의 동생이었다. 중학 졸업 후 광석과 헤어지면서 그녀와도 만나지 못했으므로 꼭 14년 만의 해후였다. 5년 전, 단골로 다니던 읍내 다방에서의 일이었다. 지금 오빠는 뭐해? 나야 보다시피 농사꾼이다. 광석이는 뭐하니? 우리 오빤 지금 대학에 다녀. 공장에 들어가 돈 벌면서 쭉 공부를 해서 지금은 서울서 야간대학에 다니고 있어. 나이가 많지만 꼭 졸업하겠대. 지금 3학년이야. 너는 여기서 뭐 하고 있니? 나, 이 다방에서 돈 벌고 있어. 언제부터? 오늘이 이틀째야. 한 달 전까지는 부산에서 회사에 다니다가 엄마가 신경통으로 운신이 어렵다고 해서 내려왔는데 지금은 많이 좋아졌어. 주사약 기운으로 움직이기 때문에 내가 오빠 장가갈 때까진 모셔야 될 것 같아. 여긴 집하고도 가깝고 돈도 벌어야겠기에 나온 거야. 조금만 기다려. 내가 퇴근해서 술 사 줄게. 좋지! 대신 술 마신 뒤에는 나를 집까지 좀 바래다 줘. 집이 지척이라도 모르는 애가 하도 많아서 무서워. 논둑길이라 가로등도 없구. 그러지 뭐……. 오빠, 미안하지만 일주일 뒤에 우리 모내기 때 모쟁이 좀 와서 해 줘. 경운기 몰고 오면 20분밖에 안 걸리잖아. 엄마가 동네 애한테 품앗이를 하기로 하고 보리를 베어줬는데, 이앙기 샀다며 돈을 벌러 다니겠다고 했대. 그것 때문에 엊저녁에 우시는데 혼났어. 내가 여자라는 게 요즘처럼 한스러운 적이 없어. 눈물까지 글썽이는 것을 보자 거절할 수가 없었다. 그의 일도 숨 돌릴 수 없을 정도로 밀려 있었으나 해 주마고 약속했다. 초봄부터 만날 때마다 술을 얻어 마신 보답으로 해주기로 결심을 하게 되었다.

 모내기 날, 그는 밥을 지어내 오고 나서 잠시 모내기를 하는 그녀를 홀린 듯이 보았다. 퐁퐁퐁퐁. 논에다 모를 꽂고 빼내는 소리가 리드미컬하게 들렸고, 손이 보이지 않을 정도였다. 탄성이 절로 나왔다. 히야! 너 언제 그런 재주를 다 배웠냐? 내가 못 하는 거 있는 줄 알아? 엄마 도우면서 뭐든 다 해봤다구. 힘에 부쳐서 그렇지 지게질도 해봤어. 오빠네 모내기할 때도 내가 다방 일 쉬고 가서 품 갚아 줄까? 야, 그만둬라. 그러다가 광석이한테 맞아 죽는 꼴 보려고 그러냐? 내가 오빠한테 너무 미안해서 그러잖아. 그리고 또 실은 앞으로도 종종 오빠 신세를 져야겠어. 대여섯 마지기뿐인 농사지만 엄마가 이제는 힘에 부치나 봐. 우리 오빠 대학교 졸업할 때까지만 좀 도와줘. 내가 언제든 신세 갚을게. 신세는 무슨? 틈나는 대로 해보는 거지. 걱정하지 마라.

 그리고 겨울, 그것도 세모의 밤이었다. 그녀로부터 전화가 걸려왔다. 오빠, 오늘 어땠어? 오케이? 오케이는 무슨 오케이냐? 장남인 데다가 가난한 농사꾼인데 누가 시집오고 싶겠어? 작것, 아예 포기할 작정이다. 무슨 소리야? 그렇게 기죽지 말고 나와, 내가 술 사 줄게. 관둬라. 술 마시고 싶지도 않다. 내가 기분 전환해 줄게. 지금 택시 한 대 불러 보낼 거니까 나올 준비 하고 있어. 알았지? 안 나오면 혼날 줄 알아!

눈보라가 어둠의 비늘처럼 선뜩선뜩 거리를 어지럽히고 있었다. 가슴으로 거침없이 파고들고 있었고, 뼛속까지 한기가 스며들고 있었다. 막상 만나자 그녀와 아무런 할 말이 없었다. 그는 내내 술만 들이켰고, 그녀는 잔이 비는 족족 채워 주었다. 30의 나이가 술과 혼탁한 불빛에 젖어 스러져가고 있었다. 어머니를 모시고 효도하리라는 꿈이, 꿈이라기보다 당연한 촌부의 인생길이 고독하고 황막한 불모지로 변한 시대였다. 버둥거릴수록 점점 모래 늪 깊숙이 빠져들 뿐이었다. 얼마나 마셨는지 무슨 재주로 그곳을 나왔는지 전혀 기억에 남아 있지 않았다. 눈을 떴을 때 그는 미경을 끌어안고 낯선 여관 침대에 누워 있었다. 술 탓이었다. 술만 마시지 않았다면 그런 식으로 모래 늪을 탈출하지 않았을 것이었다.

 그는 삽을 물꼬 밑에다 다시 넣어놓고 논을 나와 냇둑을 따라 올라갔다. 시내 건너편 동산리 양반네 논으로 모내기꾼들이 다가들고 있었다. 칙칙한 쑥 빛 비닐 모자를 쓴 동산리 양반의 바지게에는 못짚과 긁괭이(로터리 친 논밭을 고르는 데 쓰는 농기구)와 막걸리 박스가 담겨 있음을 볼 수가 있었고, 모내기꾼들이 앉을깨를 들고 뒤를 따르고 있었다. 오늘 여섯 마지기를 심을 예정이었는데, 여남은 명 모두가 아낙네들이었으며, 그나마 대개가 50줄에 들어앉은 늙다리들이었다. 오늘도 일찍 거니 심고 귀가하기는 그른 성싶었다. 이른 아침부터 무슨 입심이 그리도 좋은지 가뭄 날 소나기를 만난 오리 떼처럼 저마다 주둥이를 벌리고 꽥꽥거리고 있었다. 그녀들의 웃음소리, 농탕 같은 욕설과 잡담이 질척거리는 길바닥에 떨어져 지저분하게 달라붙고 있는 것을 느낄 수가 있었다. 악취가 난다는 듯 그때까지 재잘거리던 주변의 개구리들이 입을 다물어 버리고 있었다. 아낙네들의 꽁무니에는 상촌양반이 요소를 한 포대 멘 채 볼품없이 뒤뚱뒤뚱 걸어오고 있었다. 윤후네 수렁배미와 접한 서 마지기 논에다 웃거름을 하러 오는 성싶었다. 거기에는 벌써 보름 전에 모내기를 해서 벼들이 연녹색으로 짓까불고 있었다. 다시금 비를 부르는 듯한 바람결 따라 고개를 나붓나붓 흔들면서 주인을 부르고 있었다. 하늘은 분규와 혼란의 소용돌이를 연상케 했다. 먹구름이 흉측하게 부풀어 오르면서 땅뺏기 전쟁을 벌이듯 다투어 허공을 덮어가고 있었다.

상촌양반이 다리를 혼자 건너 냇둑을 따라 내려오고 있었다. 그는 올라가면서 나오시냐고 의례적인 인사를 던졌고, 상촌양반은 반색을 하면서 일찌거니 나왔었는가고 물었다. 그는 암황색 민방위 모자를 쓰고 있었고, 헌 와이셔츠와 낡은 군복 바지를 걸치고 있었고, 바짓부리를 돌돌 말아 정강이가 드러나도록 하고 있었으며, 검정 고무신으로 물이 들어간 듯 벌컥거리는 음향이 규칙적으로 들리고 있었다. 그는 무겁지도 않은지 걸음을 가로막더니 개가 웃듯이 기이한 미소를 윗입술에 내걸었다.

"자네 처가 돈을 벌어 왔담시로?"

"?"

금시초문이라는 투로 멍하니 쳐다보자 그는 재미있다는 듯 바짓부리가 흔들리도록 웃었다. 더욱더 개가 웃는 듯한 느낌이 들었다.

"엊저녁에 또 싸우고 못 들은 모양이구만. 좀 전에 자네 처가 애기 넷고 장에 반찬거리 사러 나가는 것을 곡원댁이랑 여럿이서 만났는디, 부산서 친구 장사를 도움시로 200만 원이나 벌었다고 하대. 작년 초동에 탄 곗돈하고 합해서 논을 서너 마지기 사야겠다고 했으니까, 오늘 밤에 물어 봐 갖고 사실이믄 여그 논을 자네가 사소. 논도 한 군데가 있어야지, 여기 조금 저기 조금 있다 보니 귀찮아서 그래. 자네야 여그가 아홉 마지기나 있은께 벌기 편하잖아."

"……."

"그라고 이 사람아, 젊은 사람이 왜 꽁해 갖고 그러나? 얻어맞고 나간 여자가 돈을 많이 벌어 왔으니께 나 같으면 엎드려서 절이라도 해주겠네. 마누라는 그저 안아 주고 다독거려 주는 것이 제일이여. 좀 속이 상하더라도 참는 게 제일이란 말이시."

"아재 일이나 하십시오."

그는 귓맛이 없어 내처 걸음을 놀렸다. 졸지에 맥이 빠져나가고 오금이 저렸다. 우쩍 갈라진 심사를 달래기 위해 담배를 피워 물었다. 미경이 떠나지 않았다는 사실보다도 주민들에게 금의환향한 듯한 인상을 심어주었다는 데 참을 수 없는 모멸과 수치심을 느꼈다. 다시 살겠다고 하는 것이야 막을 능력이 없었다. 자신의 무능에서 빚어진 일이므로 그것을 탓할 자격은 없었다. 그러나, 콧대를 더욱 높이 쳐들고 살겠다고 한다면 차라리 이제는 자신이 도망쳐 버리고 싶었다. 그는 다리 위에 서서 담배를 빨면서 모내기 판으로 선뜻 다가가지 못했다.

  그는 천덕꾸러기처럼 입을 다물고 방 한 켠에 누워 있었다. 잠을 청했으나 정신은 말짱했고, 눈이 떠지곤 했다. 미경은 엄청나게 헐렁한 셔츠를 걸치고 화장대 앞에서 얼굴을 다듬고 있었다. 잡스러운 향기가 끊임없이 공기를 오염시키고 있었고, 엉덩이를 덮은 셔츠 밑으로 흰 발바닥이 내다보고 있었다. 아들은 방 안을 돌아다니며 인형과 놀고 있었다. 인형이라기보다는 장난감이라고 하는 게 더 옳겠다. 주먹만 한 계집애가 줄넘기를 하는 형상이었는데 계집애가 뛰면 플라스틱 줄이 힘차게 돌곤 했다. 손으로 돌리는 게 아니라 줄과 연결된 팔이 저절로 회전하는 것이므로, 줄이 돌 때마다 계집애가 뛴다고 하는 게 또한 더 옳겠다. 탁탁 방바닥을 치면서 줄이 자꾸 돌았고, 계집애는 가엾게도 발딱발딱 뛰지 않으면 안 되었고, 그때마다 한 발짝씩 전진했다. 거꾸로 뒤집혔다가도 줄의 반동을 이용해 일어서기도 했고, 벽에서 돌아서기도 했다. 일종의 움직이는 오뚝이였다. 미경이 사 온 듯했는데, 무슨 저주를 받은 양 계집애는 쉬지 않고 줄넘기를 해야 했고, 그의 신경을 적잖게 괴롭히고 있었다. 탁탁탁탁탁……. 잠이 들 여유를 주지 않고 의식을 망치질하고 있었다. 던져버릴까 하다가 모처럼 아들이 신명이 나 있는 것 같아 꾹 눌러 참았다. 아들에게만은 늘 가책을 떨칠 수가 없었다. 그녀가 떠난 날 종일 훌쩍거리던 모습, 잠이 겨우 든 밤에는 습관처럼 젖가슴을 찾아 방바닥과 자신의 가슴을 더듬던 손길, 아침에 눈을 뜨자마자 역시 습관처럼 부엌문을 열던 뒷모습, 왜 오지 않는가고 따지곤 하던 불만스러운 음성, 미경이 오면 밥을 먹겠다며 유난히 괴롭히던 밥투정, 그밖에 미경과 관련된 이야기들·눈길들·몸짓들……. 참다 못해 그는 미경이 떠난 지 나흘 만에 어머니 방으로 내쫓고 말았다. 아들을 위해 미경이 다시 연락을 해 오면 상경하리라는 결심도 얼마 동안 했었다. 세월의 물결에 씻기고 밀려 다시 예전처럼 짓까불고, 어리광을 부리고, 친구들 집을 찾아다니고, 일터 부근에서 놀다가 밥을 얻어먹으면서 탈 없이 자라는 것이 신통하기만 했었는데, 이제는 반년 동안이나 보지 못한 그녀를 기억하고 있었을 뿐 아니라 과거와 다름없이 따른다는 것이 신통하다 못해 어이없게 느껴진다. 네 살. 올해 네 살이었다. 아직 덜 컸을 때 고아원에다가 넣어 버려. 술집 접대부와 중매 결혼을 했다가 선녀의 옷을 감춰둔 나무꾼의 동화를 연상시키듯 제 고향으로 가 버린 아내를 회상하며 두 아이를 기르고 있는 달수 형이, 미경이 한 달째 귀가하지 않자 빈 잔을 채우며 침중하게 말했다. 끊을 것은 빨리 끊는 게 좋아. 애도 크면 떨어지려고 하지 않고……. 은철이만 없으면 낼이라도 오빠를 만나고 싶다는 사람이 있어. 누이들도 한사코 아들을 버리기를 종용했다. 옳은 말이었다. 그러나 그는 차마 용기가 나지 않았다. 단지 어머니에게 죄스러울 따름이었다.

"자, 이제 할머니 방으로 가서 자."

미경의 목소리가 비밀 막처럼 엷게 다가든 졸음을 벗겨갔다. 어느새 인형의 소리는 그쳐 있었다.

"싫어."

"왜? 여태 할머니하고 잘 잤잖아."

"싫어."

아들이 단호하게 거부하며 어리광을 부리고 있었다. 얼핏 보자 미경의 등에 기어올라 가슴에 양손을 집어넣고 있었고, 미경은 손목들을 잡고 가만히 허리를 흔들고 있었다. 아들의 두 발이 방바닥을 쓸고 있었다. 그러나 미경은 한사코 점액질처럼 달라붙는 목소리로 아들을 설득하고 있었다. 무슨 수작을 부리려는 건지 알 수가 없었다. 그는 관심을 두지 않고 얼핏 잠이 들었다가 아들이 방문을 열고 나가는 소리에 눈을 떴다. 어떻게 설득했는지 알 수가 없었다. 모기약을 살포하는 소리가 들리더니 매캐한 모기약 냄새가 후각을 자극해 왔고, 또 조금 지나자 미풍 같은 입김이 얼굴로 다가들었다. 미경이 교태로운 모양새로 다가앉아 있었다.

"나, 오늘 밤에도 구석에서 자야 돼?"

그는 대꾸도 않고 눈을 감았다. 그녀가 얼굴로 손을 뻗치자 파리를 죽이듯 냅다 갈겨버렸다. 미경의 안면 근육이 불에 덴 듯 험하게 부풀어 올랐다. 발딱 일어나 코웃음을 쳤다.

"좋아. 다시는 애원 안 해. 내가 진짜 잘못한 게 있어 이러는 줄 아나 보군."

이불장에서 담요와 베개를 꺼내 안고 불을 찰칵 쫓아버렸다. 아쉬울 것이 털끝만큼도 없다는 기개가 서릿발처럼 돋아나 있었다. 구석으로 가서 반듯하게 눕고 있었다. 다시 비가 내리는지 가랑가랑하게 지붕을 간지럽히는 소리가 방 안을 지배하면서 밤이 깊어가고 있었다. 홀연 미경의 흐느낌이 파리 날갯짓처럼 귓전을 어지럽혔으나 그는 잠이 들고 말았다.

트레일러 대신 로터리를 경운기에다 채우고 공구 상자를 창고에 넣고 문을 닫았다. 여섯 시 10분이었다. 아들은 늦잠이 없다. 벌써 일어나 마루에서 간밤에 어울리던 인형—지금 생각해도 장난감이라고 하는 게 더 나을 것 같다—과 놀고 있었다. 탁탁탁탁탁. 플라스틱 줄이 끊임없이 마루를 치고 있었고, 심지어 물구나무를 서도 역시 똑바로 일어나 마루를 올리고 있었다. 파리 떼가 분분히 비켜났다가 다시 내려앉았고, 추녀 끝의 제비집에서는 털이 돋아나기 시작한 제비들이 숨을 죽인 채 내려다보고 있었다. 그러다 어미 제비가 날아들면 서로 부리를 찢어지게 벌렸다. 지지배배지지배배, 그러다 탁탁탁탁탁. 두 가지 소리가 반복적으로 신경을 괴롭히고 있었다. 오늘도 비가 내릴 게 분명했다. 모르타르를 처발라 놓은 듯 진한 암회색의 하늘이 마을을 굽어보고 있었고, 태양은 아예 지하에 들어앉은 듯 어두웠다. 초저녁과 같은 자줏빛 대기가 마을을 답답하게 억누르고 있었다. 이내가 스민 듯해서 아침이면서도 상쾌한 기분이 조금도 들지 않았다. 미경이 밖에서 들어왔다. 그녀의 옆구리에는 작은 바구니가 들려 있었는데, 세수를 하고 있는 그의 앞에다 던지듯이 내려놓았다. 아직 덜 자란 가지 서너 개와 풋고추 한 줌, 고구마순 한 다발, 팔뚝만 한 오이 한 개가 담겨 있었다. 뒷밭에 나갔다 오는 모양이었다. 그녀의 신발에 물기가 묻어 있었다. 그녀는 빨랫줄에 있던 어머니의 비옷과 토시, 그리고 토방에 있던 앞을깨를 아들에게 주었다.

"이거 할머니한테 갖다 주고 와. 밥 먹게 얼른 와. 뒷밭 알지?"

아들이 안다면서 뛰어나갔다. 그는 얼굴을 닦다 말고 그녀를 보았다.

"뭐 하는 거야?"

"나주댁이 오늘 모 심을 놉이 하나 자빠졌다며 어머니를 달라고 해서 보내 드린 거야."

그는 어처구니가 없었다.

"누구 맘대로 가시게 해? 우리 집 일이 얼마나 밀렸는지 알아?"

"논일이고 밭일이고 내가 어머니 몫은 할 테니까 염려 마. 우리는 나중에 아쉬운 소리 안 할 거야? 작년에 우리 엽연초 썩어갈 때 그분 말고 누가 해 준 적 있어? 왜 그렇게 생각하는 것이 세 살 먹은 어린애 같어? 제발 속 좀 크게 트고 살아!"

그녀는 아이를 나무라듯 면박을 주고 밭에서 해온 찬거리들을 함지박에 붓고 수도꼭지를 틀었다. 모터 펌프가 지면을 뚫고 용솟음치는 듯한 굉음을 발했다. 등에 오한이 퍼지고 있었다. 그는 싸울 의욕을 잃고 비옷을 주워 입었다. 물장화를 신고 장갑을 끼고 경운기를 시동했다. 밥 먹고 나가라며 미경이 경운기 소리가 움츠러들도록 소리를 질렀으나 내처 들로 향했다. 똑똑한 년. 그는 이를 갈 듯이 중얼거렸다. 헛바람이 폐부로 침투한 듯 자꾸만 맥없는 웃음이 콧등으로 흘러내렸다. 최저 속도로 경운기를 몰면서 휘청휘청 걸어갔다.

매사가 그런 식이었다. 직수굿하게 지시를 따라 준 적이 거의 없었다. 잎만 쓸데없이 무성하니까 고추에 너무 요소를 많이 주지 마라. 모르는 소리. 잎이 무성해야 병충해에 대한 저항력이 강한 법이야. 내가 밭작물은 알아서 할 테니까 자기는 논이나 잘 관리해. 네가 농사를 얼마나 안다고 큰소리야? 자기는 뭘 알길래 그래? 10년이나 농사지은 사람이 고추를 작년에 다 죽였어? 나도 책 보고 교육받고 했으니까 밭작물은 구경이나 하고 있어. 농사일만이 아니었다. 냉장고에 물건 좀 작작 넣을 수 없니? 장에 한번 가면 뭘 그렇게 잔뜩 사 오니? 닷새마다 한 번 가는데 그럴 수밖에 없잖아. 다 은철이 먹을 거란 말이야. 은철이도 그만 좀 먹여. 말이 난 김에 얘긴데 옷도 작작 좀 사 입히고. 우리가 무슨 부잣 줄 알아? 아니 애가 먹고 입는 게 아까워서 그래? 애가 하나뿐이잖아. 돈 아까운 줄 알면 술 담배나 끊어. 우리 은철이는 해마다 옷을 열 벌 이상 사 입힐 결심이니까 돈 벌 궁리나 하란 말이야! 그렇다. 돈. 애 문제도 돈 때문이었다. 그러나 돈 때문만이 아니었다. 또 많이 있었다. 아무리 피곤해도 그렇지 젊은 여자가 들판에 발랑발랑 누워 버릇하는 거 누구한테 배웠니? 나아참. 피곤해서 잠시 누운 게 뭐가 나빠서 그래? 젊다고 눕지 말라는 법이라도 있어? 자기야말로 영감들같이 왜 고리타분한 소리만 해? 화장 진하게 하지 말어라. 청바지 입지 말어라. 아버님하고 화투 치지도 말어라. 피곤해도 술 마시지 말어라. 크게 웃지도 말어라……. 어휴 지겨워. 무슨 인간이 이렇게 잔소리를 하는지 모르겠다니까. 네가 안 하게 좀 해 봐! 네가 잘하면 내가 잔소리를 하겠어? 형욱이한테 공대말을 쓰라고 했던 것도 왜 안 들어? 그것은 내 맘이야! 친구 동생인데, 걔가 바라는 것도 아니고 꼭 올릴 필요가 뭐가 있어? 이장이고 어머니도 말을 올렸어. 네가 잘났으면 얼마나 잘났길래 아이까지 가진 놈한테 해라를 탕탕 해? 내 일을 가지고 왜 계속 잔소리야? 내 앞가림은 내가 할 테니까 신경 쓰지 말란 말이야. 내 성미 건드려서 이로울 게 있는 줄 알아? 또 싸워 볼 거야? 씨팔, 일이고 뭐고 던지고 가서 잠이나 종일 자 버릴까 부다. 그러나 참고 보기에는 너무도 눈에 거슬렸다. 가서 바지 벗고 와. 제사상을 차리는 여자가 바지를 걷어 올려 입고, 창피하지도 않니? 다른 때 멋 부리지 말고 이런 때 좀 부려봐. 일이 바빠서 숨 쉴 틈도 없는 사람한테 꼭 잔소리를 해야 되겠어? 손님들 앞에서 이래야 옳으냐구! 어머니, 은철이 아빠 좀 봐요. 나, 이러다 은철이 아빠 잔소리 때문에 미쳐버리겠어요. 결혼 전에는 뭐든 잘한다고 하더니 이제는 사사건건 트집이에요. 남들은 시어머니가 잔소리를 한다는데 우리 집은 서방이 잔소리니 어떻게 된 판국인지 모르겠다니까. 작은어머니, 웃지 말고 은철이 아빠 좀 나무라 주세요. 정말 웃을 일이 아니라구요! 그것은 정말이지 웃을 일이 아니었다. 그럼에도 주민들과 친척들, 그리고 어머니까지 그녀를 역성들었다. 그가 하늘같이 믿고 의지해 온 어머니마저도 놔두라면서 나를 제지했다. 아버지와 화투를 치면서 잡스럽게 깔깔거리는 소리를 듣고 한숨을 푹푹 내쉬면서도, 야하게 화장하고 오는 딸들에게는 불호령을 내리면서도, 멋대로 볏섬이며 고추며 참깨를 파는 것을 보고 노기를 역력히 드러내면서도 끝내 잔소리 한번 하지 않았다. 그의 무능으로 인해 살림의 주도권마저 빼앗긴 채 그저 개미처럼 일만 했다.

그는 둑에서 논으로 발판을 걸쳤다. 쇠파이프로 된, 사다리와 흡사하면서도 가로대가 촘촘한 발판이었다. 위로 올라가 발로 굴려 보며 단단히 설치됐음을 확인하고 매우 느린 속도로 경운기를 들이댔다. 비가 자주 내린 탓에 냇둑이 극히 물렀다. 풀뿌리들이 우두둑 끊기는 게 보이고 개구리들이 분분히 달아나고 있었다. 잔잔하던 수면이 괴로운 듯 출렁거린다. 간간이 서늘한 바람이 등을 훅 스쳐 가고 혼탁한 하늘이 혐오스럽게 굽어보고 있다. 조만간에 다시 비가 내려와 들판을 눈물짓게 할 조짐이다. 그는 담배를 한 대 태워 물고 3단 저속으로 가장자리부터 쪼아 나갔다. 액셀을 극한까지 올리자 고요하던 논바닥이 엔진 소리로 뒤흔들리는 듯했다. 흙덩이들이 부서지고 갈라지고 짓이겨져 납작하게 흩어지고 있었다. 사나운 흙탕물이 고무 덮개를 젖히고 나와 얼굴에까지 튀어 올랐다. 그는 경운기에 끌려가듯이 숨 가쁘게 걸음을 놀렸다. 물장화 발이 깊숙이 박힐 때마다 옮기기가 힘이 들었고, 숨이 빽빽하게 차올랐으며, 사타구니께부터 땀과 열이 나고 있었다.

한바탕 다 쪼았을 때 미경이 나와 논둑을 베기 시작했다. 새참을 함지박에 담아 미리 내왔었으나 그는 멀리 나주댁네 모내기 판으로 가서 배를 채우고 왔다. 두 참 때도, 점심참에도, 오후 두 번의 새참까지도 얻어먹고 왔다. 미경이의 양 볼에 미움과 조소가 그들막하게 차오르는 것이 보였다. 그러나 괘념하지 않았다. 이래 봤자 자신만 옹졸하고 채신머리 없는 인간이 될 뿐이라는 것, 균열되고 곪은 가슴의 상처를 덧낼 뿐이라는 것을 잘 알고 있었다. 그러나 자존심, 더 무시당하고 싶지 않다는 궁색한 오기를 스스로도 어이할 수 없었다. 지독한 경멸을 품은 채 한방에서 자야 하는 부부라는 굴레, 그 허울 좋은 인간 사회의 기본 양식, 정말이지 서로 쳐다보기조차 싫어하면서 계속 살 필요가 있는 것일까. 무엇이 그녀를 이 지옥으로 되불러 들였을까……. 산다는 것이 무엇인지 나이가 들어갈수록 어렵고 괴롭고 벅차기만 했다. 끝없는 가정불화로 소년 시절을 방황과 우울로 보내면서도, 대학에 낙방하고 비참한 심정으로 상경하였을 때도, 맞선에서 네 번이나 퇴짜를 맞고 수렁에 빠진 듯 허우적거리면서도 조금은 미래적이고 낙관적인 기대가 있었다. 살고 싶다는 본능이 풀잎처럼 번뜩였었다. 그러나 지금은 초로의 노인처럼 씁쓸한 회한만이 남은 채 무의미하게 일상에 얽매여 있을 따름이었다. 그녀에 대한 강박관념으로 인해 어디론가 훌쩍 잠적해버리고 싶은 기분마저 일었다.

해가 없어도 날은 저문다. 햇살 한 줄기 볼 수 없이 비가 오락가락한 날이었지만 어둠이 어김없이 쏟아져 대지를 덮어버렸다. 고단한 육신을 끌고 귀가한 그는 대충 샤워를 하고 욕실을 나왔다. 미경이 아들과 마루에서 식사를 하고 있었다. 아들이 밥투정을 하는 듯 다정히 어르며 숟갈로 떠먹이고 있었다. 밥상의 한켠에는 뚜껑이 덮인 밥그릇이 그를 기다리고 있었다. 그의 몫이었다. 하나 그는 옷을 챙겨입고 밖으로 향했다.

"이젠 거렁뱅이 노릇까지 하는군. 하루 종일 얻어먹고도 낯짝 좋게 또 가?"

그는 천천히 돌아섰다. 미경이 쪼는 듯한 눈길을 던지고 있었다. 그는 틀린 말이 아니었으므로 화를 내지 않았다.

"그래. 거렁뱅이 노릇을 해서 먹기로 했어. 그게 네가 해 준 밥보다 나으니까."

그 순간 그녀에게서 칼날이 튕겨 나왔다. 단숨에 어슴푸레한 허공을 가르며 빛살처럼 날아들고 있었다. 그는 반사적으로 머리를 옆으로 비켰고, 물체는 그의 가슴으로 찍혔다가 발치로 떨어졌다. 등골이 오므라들었고, 입도 바싹 말라 있었다. 소름이 끼치는 여자였다. 다행히 물체는 칼이 아니라 숟가락이었다. 그녀는 태연히 다른 숟가락을 집어 들어

아들의 입에 밥을 한 번 떠먹이고는 자신의 입에다가도 크게 떠서 욕심사납게 담았다. 걸신들린 듯 김치를 손으로 집어 뜯어먹고 있었고, 모기에 물린 듯 한 손으로 발등을 긁었다. 등 뒤에서 선풍기가 세차게 돌고 있었다. 그는 재차 진저리를 치면서 휘청대는 오금을 가누고 집을 나섰다. 심장이 작게 수축하여 형편없이 기우뚱거리고 있었다.

 흥! 얼마든지 하자구. 내가 또 맞아 줄지 알아? 내 몸에 손만 대면 이빨로 살점을 하나도 남김없이 물어뜯어서 피를 말려 죽일 거야. 날 때린 주제에 뭐가 잘났다고 도도하게 굴어? 병신 거렁뱅이 같은 자식. 아예 그 길로 나서지 그래. 누가 잘했나 온 동네 사람한테 물어보지. 똑똑한 자기 어머니한테 물어보면 더 잘 알걸? ……. 그는 머리를 떨군 채 묵묵히 골목을 내려갔고, 두 집을 지나자 그녀의 목소리가 더는 들리지 않았다. 그는 못난 자신의 얼굴을 아무에게도 보이고 싶지 않아 1킬로쯤 떨어진 진입로 어귀까지 나가 술을 사 들고 마을 귀퉁이에 있는 정자로 들어갔다. 비닐장판이 깔린 콘크리트 바닥에 앉아 술을 벌컥벌컥 들이켰다. 격랑에 휩쓸린 조각배처럼 심장이 뒤집힐 듯이 요동하고 있었다. 그러나 의식은 얼음처럼 투명하게 굳어 있었다. 왜 이리 요동을 하는지, 왜 수전증에 걸린 듯 손이 떨리는지, 열병에 걸린 사람처럼 왜 오한이 나는지 모를 일이었다. 그럼에도 의식만은 지극히 냉정하게 맑은 광채를 내뿜으며 심장을 들여다보고 있었다. 평정을 되찾으려는 몸부림처럼 그는 술병을 움켜쥐고 계속해서 술을 들이켰다. 그러나 도무지 가라앉지 않았다. 그는 바닥에 엎드리면서 가느다랗게 숨을 몰아쉬었다. 자신도 모르게 절박한 목소리로 "어머니" 하고 불렀다. 그 목소리는 지

극히 낮았고, 공포에 깔려 있는 것 같았다. 그렇다. 그는 두려웠다. 어머니, 어머니, 어머니……

그해 그는 작은아버지의 기어공장에 취직했었다. 치차제작기 여섯 대와 선반 둘, 그릴 따위가 설치된 공장으로, 공장장을 포함하여 10여 명이 일하고 있었다. 공장장은 출퇴근을 했고, 주임 이하 공원들은 식당 밥을 먹으며 기숙사 생활을 했다. 그가 기숙사에서 지낸 지 두 주일쯤 지난날 밤, 쇳가루 한 포대를 팔아먹는 동료들을 보고 의분을 느꼈고, 회식을 하면서 스트레스를 해소할 작정이라는 주임의 인간적인 변명에 역겨움을 느끼며 함께 가자는 권유를 사양했다. 그들이 나간 직후 작은집으로 전화를 걸어 보고를 했다. 작은아버지는 부재중이었으나 작은어머니가 노발대발해서 쫓아왔다. 거기까지는 자신이 옳았다. 그것은 그가 학교에서 어려서부터 배운 윤리의식 및 양심에서 우러나온 것이었다. 그러나 작은어머니의 뒤를 이어 어디선가 나타난 작은아버지는 전혀 예상 밖의 반응을 보여주었다. 도둑들을 질책하고 있는 작은어머니를 집으로 쫓아 보내고는, 그들을 가볍게 용서하고 마시려고 한 김에 더 마시라며 5만 원을 내놓았다. 윤후에게도 그들과 언제나 함께 어울리라는 말을 훈계조로 남기고 미련 없이 귀가해 버렸다. 거기서부터 그의 생활관과 학교에서 배운 관념들이 흔들리면서 세상이 요지경으로 보이기 시작했다. 너, 세상이 뭔지 아직 모르는 모양인데 형님들이 오늘 밤에 구경시켜 주마. 축제를 벌이며 도둑들은 그에게 세상을 안내했다. 그는 모조리 옷이 벗겨진 채 사지가 묶여 허공에 매달렸다. 주물로 된 대형 기어를 주로 나를 때 사용하던 수동식 호이스트에 의해 함석지붕에

등가죽이 닿도록 매달려 오들오들 떨었다. 들이친 눈보라가 등에서 녹아들어 배꼽을 타고 내려가 성기에 머물렀다가 빗방울처럼 떨어졌다. 눈앞에서는 백 촉짜리 알전구가 눈요기하듯 번쩍이고 있었다. 도둑들은 지상에서 난로를 세 개 피워놓고 둘러앉아 갈비를 구워 먹고 있었다. 술을 권커니 받거니 하면서 노랠 번갈아 부르고 있었다. 그러다 그의 몸에서 물이 떨어지면 말할 수 없이 추잡한 욕지거리를 퍼부었다. 그는 간단없이 떨고 있었다. 결박된 부위는 이미 감각을 잃어 통증도 느껴지지 않았다. 그들은 자비를 베풀 듯 이따금 천장에서 내려 난로 위에다 놓아주었다. 뜨거워 몸부림치면 역시 자비롭게 위로 올렸다. 오줌 같은 물방울을 떨구면 득달같이 난로에 말려 주었다. 그리고 한기와 열기와 공포를 극복하도록 입을 벌리고 소주를 들이부었다. 술을 마셔 보기는 그게 생전 처음이었다. 한 병, 두 병, 세 병……, 그는 점점 고통을 잊은 채 의식을 잃어갔다. 갈비가 타들어 가면서 발산하는 매캐한 연기, 축제를 즐기는 노랫소리, 자동 치차체작기들이 쇠를 갉아내는 마찰음, 절삭유 쏟아지는 소리, 도시를 횡행하는 눈보라와 활활 타오르는 석유 난로, 어둠을 잔인하게 파괴하는 눈부신 백광, 도로는 질주하는 차 소리와 거기에 뒤따르는 아득한 정적, 그리고 육신을 매달고 경쾌하게 오르내리는 쇠사슬……, 세상이 뭔지 어떻게 돌아가는지 이제 알겠지? 아득한 의식 속으로 주임의 음성이 파고들었다. 그는 알 것 같았다. 하늘은 무자비하고 춥고 공허하다는 것과 땅은 술과 노래와 뜨거운 불길과 고기와 인간들로 차 있다는 것을. 보름 후 그는 아프다는 핑계를 대고 낙향을 했다.

"잘하고 다닌다. 동네 여편네들이 입이 심심할까 봐 그러냐?"

샘에서 걸레를 빨고 있던 어머니가 집에 들어서자마자 힐책하듯이 말했다. 더 방관하기에는 너무도 한심한 모양이었다. 윤후는 면목이 없어 빈 기름통을 집어서 드럼통을 열고 경유를 담기 시작했다. 공기주머니를 두어 번 눌러주자 금속적인 색깔을 지닌 액체가 세차게 쏟아져 내리는 것을 호스를 통해 볼 수가 있었고, 미경은 부엌에서 밥상을 차리고 있었다. 골이 띵해서 그는 세차게 머리를 내둘렀다. 술기와 피로가 전혀 풀리지 않은 듯했다. 손으로 만져본 머리칼은 수세미가 된 듯 헝클어져 있었다. 팔이며 종아리에는 모기가 피를 빨아먹은 자국이 도드라져 있었다.

"이 병신 같은 놈아! 뎃고 살라믄 살고 말라믄 말지 왜 집 놔두고 마실잠을 자냐?"

그는 이번에도 역시 대꾸를 하지 못했다. 무연스레 공기만 집어넣어 주었다. 기름이 더욱 세차게 쏟아지는 소리가 들렸다. 어머니가 걸레를 마루에다 집어 던지고 부엌으로 쫓아 들어갔다. 미경의 손에서 주걱을 뺏어 들었다.

"놔두고 나가그라! 늬 서방도 못 보겠다고 하는디 내가 더 보겠냐?"

"다시는 안 나가요, 어머니!"

"어머니라고 부르지도 말고 가!"

어머니가 소리를 질렀다. 불 속에서 왕대가 열기에 폭발하는 소리와 흡사했다. 미경이 더 버티지 못하고 마루로 나왔다. 그녀는 그러나 가지 않고 그의 뒤통수를 찌르듯이 쏘아보며 객쩍은 거동으로 마루를 닦았다. 그녀의 목과 얼굴은 독이 오른 듯 부풀어 올라 있었다. 위에서는 제비 새끼들이 흥미롭게 굽어보고 있었다. 어머니의 고함소리에 놀란 듯 아들이 문을 열고 나와 의아한 투로 어른들을 번갈아 보며 눈을 비비고 있었다. 오줌이 마려운 모양이다. 눈곱을 게으르게 털면서 마루 끝에 서서 팬티를 까 내리고 있었다. 미경이 걸레를 놔두고 아들의 엉덩이를 받쳐 주며 거들었고, 눈길은 여전히 그의 전신을 흘겨보고 있었다.

"놔두고 안 나갈라냐?"

어머니의 입에서 다시금 폭발음이 들렸다. 바위 같은 얼굴이 전보다 더 무섭고 완고하게 굳어 있었다. 여차하면 달려 나와 미경의 머리채를 잡아 던질 기세였다. 손에 든 밥그릇에서는 흰 김이 불안스레 피어오르고 있었다. 미경이 아들에게서 물러나며 윤후를 때릴 듯이 주시하고 있었다. 그러다 언뜻 밖으로 몸을 돌렸다. 얼굴을 손바닥으로 가리고 점점 빨리, 아들의 눈길과 지옥 같은 집에서 도망치듯이 뛰어나갔다. 그리고 이내 보이지 않았다.

가정의 위기에 경종을 울리듯 전화통이 작은방에서 따르릉거렸다. 한 차례, 두 차례, 세 차례, 환멸적인 정적을 짓부수고 있었다. 쇳가루 같은 정적의 부스러기가 뇌 신경을 들쑤셨다. 그는 다시 따르릉거리는 순간 미쳐버릴 듯한 기분을 맛보면서 맥없이 다가가 전화통을 집어 들었다. 저쪽에서 튀어나온 음성이 덜미를 채는 듯했다. 광석이었다. 미경이 간밤에 전화를 한 듯 인사고 뭐고 없이 댓바람에 사정 조로 나왔다. 반년 만에 듣는 그의 음성은 퍽이나 낯설고 불유쾌하게 느껴졌다.

"야, 좀 봐줘라. 걔가 겉과 달리 속은 약한 애잖아. 네가 안 때렸으면 어디 나갈 애냐? 저도 실은 그동안 무척 괴로웠단다. 며칠 바람이나 쐬려고 친구 장사를 돕다가, 돈 버는 데 정신이 팔려 이렇게 늦었고. 너를 약 올리고 싶기도 했고, 돈벌이가 좋아 계속 있고 싶었지만, 농번기라 돌아왔다더라구. 네가 안 들어온다며 어젯밤 한 시에 전활 하면서 죽고 싶다고 울더란 말이다. 네가 조금만 아량 있게 대하면 될 것인데 왜 그러냐? 너, 그러다 진짜 뭔 일 나면 나도 가만 안 있는다? 내 동생이라서 하는 얘기가 아니라…….”

그는 더 듣지 않고 수화기를 팽개치듯 내려놓았다. 미친 자식. 새끼 제비들이 먹이를 서로 먹으려고 아우성을 치고 있었다. 다시 전화통이 떠들어대자 코드를 뽑아 버렸다. 상을 마루로 내오던 어머니가 혀를 차고 있었다. 그러나 이제는 자신을 스스로조차 어떻게 해볼 수가 없었다. 반년 전으로 되돌아간다는 것은 과거로 거슬러 올라가려는 시도처럼 무모하고 어리석고 부질없는 짓으로 여겨졌다. 제비들이 다시금 얌전해져 있었다. 어미 제비는 빨랫줄에 앉아 날개를 털면서 휴식을 취하고 있었.

10리 밖, 그녀 부모의 산소에 갔으리라는 추측과 달리 미경은 뒷골 논에 나와 있었다. 그녀는 긁괭이로 로터리가 미치지 못한 논귀와 미흡하게 고름판(로터리질을 마무리할 때 뒤에 매달고 다니는 널판자)이 스쳐간 부분을 찾아다니며 평탄하게 고르고 있었다. 이앙기로 심을 논도 아니므로 대충 골라도 상관없었으나 세심하게 찾아다니며 고르고 있었다. 이따금 돌출한 두엄 덩어리를 짓밟기도 하고, 긁괭이를 박아둔 채 풀을 주워 내기도 했다. 팔매질을 하듯이 냇둑으로 집어 던지다가 그를 발견하고는 억새 끝처럼 독기 묻은 눈길을 던졌다. 얼굴은 물에서 건져 낸 얼음덩어리처럼 차갑게 번들거리고 있었고, 입가에는 여유의 조소를 머금고 있었다. 짧은 머리칼 아래의 눈과 희고 작은 귀와 다물어진 입술과 도드라진 셔츠 속의 젖가슴, 탱탱한 허벅지, 펄이 묻은 종아리에까지 온통 증오심과 오만함이 깃들어 있었다. 제비들이 비상의 자유를 즐겨야 할 하늘에는 어둡고 불길한 구름이 드리워져 있었고, 태양은 햇살을 거세당한 듯 구름 뒤쪽에 멀쩡하게 떠올라 있었다. 그나마 곧 숨어 버릴 것만 같았다. 비가 오면 낭패였다. 수렁배미만 남아 있었는데, 열 시 안에 마치고 밑거름과 제초제를 뿌릴 예정이었던 것이다. 비가 내리면 별수 없이 앞들 논의 로터리까지 마치고 모내기 전날이나 그 이후에 뿌릴 수밖에 없었다.

그는 경운기에 기름을 붓고 장화로 물도 가득 채우고 시동을 했다. 미경이 괭이를 던지고 들어와 지난해처럼 경운기 앞에서 걸어 다니며 안내역을 자청했다. 푯말을 일단 뽑아 다시 질러보다가 조심히 건너오라는 듯 나뭇잎만 살짝 띄워놓는가 하면, 접근이 불가능한 곳은 한 자 정도의 푯말을 남겨 놓았다. 긴 푯말은 이제 철회하지 않으면 안 된다. 모내기를 할 때 못줄을 뗄 수가 없을 뿐더러 농약 살포 시에 호스를 끌고 다닐 수가 없는 까닭이다. 그는 비옷을 단단히 챙겨입고 저속 1단으로 잘게 쳐나갔다. 우렁이를 잡으러 다니듯 천천히 걸음을 놀렸다. 잔잔하던 수면이 굵은 주름을 잡으며 화난 듯 갈려 나간다. 개구리들이 쏜살같이 자맥질을 하면서 달아나고, 흙탕물이 정강이에 부딪히면서 아랫도리를 간지럽힌다. 경운기 소리가 대기를 산산이 부수면서 고막을 처절히 울린다. 소리는 경운기에서 나는 것이 아니라 고막에서, 고막의 아우성이 되어 전 신경을 압박해 오고, 이내 다른 소리는 들리지 않게 돼 버린다. 저 앞에 수렁의 표지가 나타났다. 건너오라는 듯 손가락만 한 잔가지가 보리잎처럼 솟아올라 있었다. 미경이 급히 돌아와 좌우에 평행선을 그렸다. 그는 물에 곧바로 지워지는 선으로 바퀴를 들이대며 신경을 집중했다. 어머니가 아직 나오는 기미가 없고, 그녀에게 의지할 수밖에 없었다. 이렇게 사는 것이 진정한 부부인지도 모른다는 자괴감이 입안을 감돌았다. 흠칫 긴장했다. 다 빠져나갔다고 어림되는 지점에서 걷잡을 수 없이 좌측 바퀴가 박히고 있었다. 벽에 부딪힌 듯 손잡이의 감촉이 묵직하고, 바퀴가 시커먼 펄을 물고 제자리를 돌고 있고, 엔진은 힘이 달리는 듯 무겁고 가쁜 숨을 토하고 있었다. 낭떠러지 아래로 추락한 짐승처럼 아득하게 울부짖고 있었다. 그는 이를 악물고 손잡이를 밀어붙였다. 사납게 안면을 일그러뜨리며 들어 올렸다. 미경이 황황히 덤벼들어 헤드라이트 밑에 달린 손잡이를 당겼고, 금세 얼굴이 붉게 충혈되었다. 그러나 부질없는 짓이었다. 좌측 바퀴가 보이지 않을 정도로 박히면서 벨트가 물에 닿아 시커먼 물보라를 일으켰다. 미경이 외마디를 지르며 도망을 치고 있었고, 그는 엔진을 껐다. 회전 속도가 급격히 떨어지면서 물줄기가 오줌 줄기처럼 잦아들었다. 사위가 텅 빈 듯한 정적으로 빨려들었다.

"이상하네. 분명히 얕았는데."

미경이 중얼거렸다. 그러나 조금도 미안해 하는 기색이 아니었다. 그는 묵묵히 발판을 들어다가 바퀴 밑으로 질러 넣었다. 이런 식으로 골탕을 먹일 여자는 아니었다. 발이 썩은 모양이군, 하고 쏘아주려다가 애써 목 밑으로 삼켜 버렸다. 논 로터리를 칠 때는 고무바퀴를 떼어내고 쇠바퀴를 채우는데, 쇠바퀴의 테두리에는 철판 조각이 촘촘히 부착되어 있는 까닭에 기어를 넣으면 서서히 돌면서 발판의 가로대를 물고 올라온다. 이쯤은 간단히 빠져나올 수가 있었다. 그는 발판을 좌측 바위 밑에다 들이박고 다시 시동을 했다. 검갈색의 물줄기가 세차게 허공을 갈랐다. 흙탕물의 분수였다. 기어를 넣으면서 극한까지 가속을 하자 물줄기가 무자비하게 허공을 가르고 있었다. 바퀴가 펄을 철판이 보이지 않을 정도로 가득 물고, 빠져나오려고 발판을 물어 당겼다. 지반이 무른 탓에, 겨우 건넌 수렁 때문에 계속 끌려들고 있었다. 차츰 논바닥으로 반항적으로 일어서고 있었다.

"눌러!"

고함을 내질렀다. 수직으로 일어서면 그대로 타고 올라온 경운기는 뒤집힌 두더지처럼 가련한 신세가 되고 만다. 흙탕물 속으로 뛰어들기가 겁나는 모양이다. 미경이 주저를 했다.

"뭐 해!"

재차 소리를 질러서야 머리를 처박고 뛰어들었다. 양손으로 발판의 끝을 누르면서 더 끌려들지 않도록 당기고 있었다. 뭐라 아우성을 치는 소리가 엔진 소리에 휘말려 바스러지고 있었다. 흙탕물이 분출하듯이 그녀의 머리로, 가슴속으로, 아랫도리로 잔인하게 파고들고 있었으며, 발판이 안타깝게 계속 먹혀들고 있었다. 초조하지만 발판이 멈출 때까지 지켜볼 도리밖에 없었다. 미경은 무방비 상태로 흙탕물을 뒤집어쓰고 있었다. 50센티 정도를 겨우 남기고 발판이 멈추었다. 거의 즉시로 은백색의 쇠바퀴가 펄을 잔뜩 물고 올라왔다. 미경이 비명을 지른 것은 그가 안도의 한숨을 내쉬며 방심을 한 바로 그 순간이었다. 그녀의 한 발이 쇠바퀴와 거의 맞닿아 있었다. "발이 안 빠져!" 하고 숨넘어가듯이 부르짖고 있었고, 절박한 몸짓을 보이고 있었다. 아찔했다. 그는 저승으로 갈 기력까지 뽑아 올려 경운기를 우측으로 돌리고 급히 엔진을 죽였다. 대지를 온통 바들거리게 하던 엔진 소리가 다시금 귓전에서 소실돼 나가고, 납덩이 같은 무게로 정적감이 목을 짓눌러왔다. 재차 몸서리를 치면서 미경을 보았다. 그녀는 가슴과 얼굴과 양팔을 논바닥에 박은 채 저쪽으로 엎어져 있었다. 발 하나는 뽑혀 나와 부끄러운 듯 허공에 떠 있었고, 하나는 아직도 발목까지 박혀 있었다. 쇠바퀴의 철판 조각이 아쉽다는 듯 정강이에 닿아 있었다. 어느새 등에 오한이 배어 나와 있었다. 한두 번 해본 일도 아니었다. 납득을 하기에는 너무도 어이가 없는 행동이었다. 그는 다가가서 박혀 있는 발을 빼내 난폭하게 내동댕이쳤다. 살의와도 같은 분노가 균열된 가슴을 지글거리게 했다.

"누굴 죽이려고 이래? 날 못 잡아 먹어서 환장을 했어?"

미경이 벌렁 뒤집힌 채 얼굴을 손으로 닦고 그를 올려다보았다. 눈알이 마늘쪽처럼 세모꼴로 번쩍였다. 그가 잇따라 폭언을 퍼붓자 미친개처럼 이빨을 드러내며 덤벼들었다. 양 주먹을 휘두르면서 그의 얼굴과 가슴과 턱을 다듬이질했다.

"너는 실수 안 하니? 발이 깊이 박혀 안 빠지는 걸 어쩌란 말이야!"

그는 참으려고 했었다. 그러나 미경이 주먹을 마구 휘두르며 대들자 참을 수가 없었다. 여자의 주먹도 펀치력이 있다. 코가 깨진 듯 아파서 자제력을 잃고 그녀의 머리칼과 어깨를 움켜쥐고 논바닥에다 메다꽂았다. 그제야 발광한 기세로 덤비던 여자가 조용해졌다. 발판을 제거하기 위해 손으로 당겼다. 그러나 지하에다 땜질을 한 듯 꿈쩍도 하지 않는다. 그는 삽을 갖고 들어와 조금씩 파헤쳤다. 어머니가 언제 나왔는지 논 어귀에서 함지박을 내려놓고 이쪽으로 보고 앉아 있었다. 아들이 가까이 다가와 두 사람을 불안스레 보고 있었다. 그러나 그는 아무런 가책도 느낄 필요가 없다는 생각이 들었다. 애초에 바퀴 앞에다 발을 들이대지 말았어야 했고, 그게 불가능했다면 급히 빼냈어야 했다. 잘못을 범했으면 순순히 사과하는 게 옳았다. 미경이 마침내 버르적거리며 일어나고 있었다. 머리칼은 유치원생들이 찰흙으로 빚어놓은 인간의 두상처럼 펄투성이였고, 입속과 귓속, 콧속에까지 펄이 침투해 있었고, 어깨를 가늘게 들먹이는 것을 볼 수가 있었다. 사레가 들린 듯 한 차례 심하게 재채기를 하고 나서 비치적거리며 겨우 몸을 가누었다. 펄 주버기가 뺨에서 턱 아래로, 가슴에서 배를 타고 내려가다가 논바닥으로 숨어들고 있었고, 흉물스러운 짐승을 연상시켰다. 침을 뱉을 때마다 암갈색 찌꺼기가 섞여 나오고 있었다. 아직 한 두둑도 쪼아놓지 못한 상황에서 시간은 부지런히 흘러가고 있었고, 보슬비가 음울하게 내리고 있었다. 태양은 무슨 미련이 남아 있는지 여전히 동녘의 구름 뒤에서 희멀건 얼굴로 내다보고 있었다. 밟아 버리고 싶었다. 미경이 마침내 씻기를 얼추 마치고 숨길을 바로잡으며 허리를 곤추세웠다. 눈알이 쓰린 듯 좁게 빠르게 껌벅이고 있었고, 눈물이 지렁이처럼 길게 턱으로 기어들고 있었다.

"나한테 이렇게까지 할지는 몰랐어. 갈 거니까 염려 마."

비틀비틀 기어서 냇둑으로 올라가더니, 냇물로 목욕이라도 하고 싶은 듯 밑으로 사라졌다. 아들이 뒤따라 내려가고 있었다. 정말이지 개 같은 논이었다. 한참을 파헤쳤는데도 발판을 꿈쩍하지 않았다. 저주받을 수렁이었다. 이 배미 하나 때문에 이앙기로 심을 수도 없었고, 콤바인 수확도 불가능했다. 팔아 버리려고 내놓은 지 수년째, 그러나 선뜻 덤비는 사람이 없었다. 어쩌다 나타난 매입자는 턱없이 헐값으로 삼키려 드는 바람에 하는 수 없이 경작을 계속하고 있었다. 그는 샘을 파듯이 끈질기게 파헤쳤다. 냇둑 너머에서는 미경의 울음소리가 간헐적으로 터져 오르고 있었고, 아들도 거기에 전염된 듯 목청을 찢으며 합창하고 있었다. 둘이 한통속이 된 것 같아 몹시 불쾌했다. 갈 테면 가라지. 아들까지 데리고 간다 해도 말리고 싶지 않았다. 사람은 본래 혼자인 것이다. 아들 녀석도 귀찮기만 했다. 아들이고 어머니고 아버지고 집이고, 모두 다 버리고 정처 없이 방랑의 길로 떠나고 싶었다. 아니 그도 부질없는 짓, 목이라도 매고 죽어 버렸으면 하는 충동까지 일었다. 자신이 사라지면 미경이 아들을 기르고 부모님도 잘 모시리라는 생각이 들었다. 가까스로 발판을 파낸 그는 대충 다시 구덩이를 메꾸어 나갔다. 드렁허리 한 마리가 제집으로 찾아들 듯 순식간에 펄 속으로 파고들었다. 그는 화풀이를 하듯 삽날로 몇 번이고 내리찍었다. 토막이 난 살점들과 피가 흙 속에 뒤섞이고 있었다. 살심이 뼈마디에서 뭉클뭉클 피어오르고 있었다.

구덩이를 메꾸고 허리를 펴던 그는 흠칫 아래쪽을 보았다. 미경이 어느 틈에 다시 논으로 들어와 있었다. 풋말을 정리해 가고 있었다. 연방 울음을 논바닥에 처바르면서도 수렁을 탐색해 나가고 있었다. 머리칼과 얼굴은 본래의 색깔을 되찾았으나, 하늘색 셔츠와 밤색 바지는 암갈색으로 변해 있었다. 아들이 냇둑에 선 채 코를 훌쩍이며 그와 그녀를 번갈아 보고 있었고, 머리칼은 빗물에 젖어 윤기를 발하고 있었다. 보슬비가 소리 없이 내리고 있었다. 방울이 갈수록 굵어지고 있었다. 한바탕 세차게 퍼부을 듯 바람이 일고 있었다. 제비들은 집으로 피신한 듯 하나도 볼 수가 없었고, 상촌양반네 논배미에서는 벼들이 나붓나붓 춤을 추고 있었다. 어머니가 아들을 부르더니 등에다 업었다. 비옷과 장갑과 물장화를 미경에게 건네듯 남겨 놓고 집으로 무기력하게 걸음을 옮기고 있었다.

그는 발판을 둑으로 끌어올리고 논 어귀로 다가갔다. 목이 깔깔했다. 어머니가 머물렀던 자리에 앉아 막걸리 병을 집어 들었다. 스테인리스 잔이 철철 넘치도록 채웠다. 빗방울이 더욱 굵어져 잔 속의 술이 튀어 올랐다. 잠잠하던 개구리들이 불안을 느낀 듯 울어대기 시작했다. 어머니가 사라지고 있는 저 산속에서는 청개구리들이 곡성을 내고 있었다. 뻐꾸기도 슬픔이 북받쳐 오르는 소리로 딸꾹질을 하며 울고 있었다. 하늘과 땅이, 미물들과 바람과 미경이 난잡스럽게 신경을 거스르고 있었다. 술잔을 들고 냉정히 목으로 들이부으려는 순간 뜨거운 핏덩이 같은 게 목을 턱 막았다. 개구리들의 울음소리가 더욱 낭자하게 부서지고 있었다. 미경이 그들 속에 섞여 논바닥을 기어 다니고 있는 게 보였다. 추운 듯 안면이 파리하게 응축돼 있고, 비바람이 세차게 전신을 회초리질하고 있었다. 수렁을 발로 더듬적거리다가 휘청 빠져들곤 했고, 가까스로 일어나 다른 수렁으로 기어가고 있었다. 그녀는 유난히 작게 보였고,

일말의 기운도 없어 보였다. 아침을 굶은 상태였고, 비옷도 물장화도 장갑도 없었다. 모자조차도 없었다. 그녀의 몰골은 시궁창에서 허우적거리는 생쥐처럼 초라하고 더럽고 혐오스럽게 보였다. 오만함이나 아름다움은 추호도 찾아볼 수가 없었다. 그는 천착된 심정으로 잔을 내려놓고 말았다.

"은철아."

그러나, 너무도 오랜만에 부르는 탓인지 녹이 슨 듯 꽉 막혀 제대로 나오지 않았다. 자신의 귀에조차 낯설고 어색하고 부끄럽게 들렸다. 그녀도 듣지 못한 양 수렁을 연방 더듬고 있었다. 그는 길게 비바람을 들이마셨다가 가슴을 찢어내듯이 부르짖었다.

"은철아! ……."

〈1989년〉